SOPHIA SCHEER

# Alles Tote kommt von oben

Der 1. Fall der oberösterreichischen Chefinspektorin Diana J. Pölz

KRIMINALROMAN



emons:

**Bibliografische Information der Deutschen Bibliothek**
Die Deutsche Bibliothek verzeichnet diese Publikation in der Deutschen Nationalbibliografie; detaillierte bibliografische Daten sind im Internet über http://dnb.d-nb.de abrufbar.

FSC www.fsc.org
MIX
Papier aus verantwortungsvollen Quellen
FSC® C083411


Umschlagmotiv: iStockphoto.com/ozgurdonmaz
Umschlaggestaltung: Tobias Doetsch
Gestaltung Innenteil: César Satz & Grafik GmbH, Köln
Druck und Bindung: CPI – Clausen & Bosse, Leck
Printed in Germany 2013
ISBN 978-3-95451-188-4
Originalausgabe



Dieser Roman wurde vermittelt durch die Michael Meller Literary Agency GmbH, München.

# 1

Die Frage ist die: Würde sich Stefan Stösser an diesem Abend anders verhalten, wüsste er, dass er, auf die Minute genau, in drei Monaten sterben wird? Dass sein Kopf, von einer kräftigen Pranke im Genick gepackt, gegen einen blauen, viereckigen Parkautomaten krachen und dann ein gezielter Schlag gegen die Halsschlagader folgen wird? Stösser wird noch einige Sekunden Zeit haben, überrascht zu sein, aber ein langes Leiden wird ihm erspart bleiben. Tot wird er trotzdem sein. Und das passt ihm derzeit so gar nicht ins Konzept, denn er ist soeben dabei, Jenny Pichlinger aufzureißen. Es ist Viertel nach zehn, wie man hier in Oberösterreich sagt. Viertel elf, so sagt man in Wien, und Stefan Stösser hat sich angewöhnt, die Wiener Regeln zu befolgen. Er studiert in der Hauptstadt. Publizistik und Kommunikationswissenschaften, um genau zu sein, um irgendwann einmal Journalist zu werden. Nein, besonders gut formulieren kann Stefan nicht, das weiß er selbst. Dazu fehlen ihm Kreativität und das, was seine eifrigen Studienkollegen Inspiration nennen. Was er hingegen zweifellos kann, ist abschreiben. Stefan liest viel, und er liest schnell. Und er merkt sich alles. Fast könnte man sagen, er hat ein fotografisches Gedächtnis. Und dazu Improvisationstalent. Er schreibt ab und kombiniert. Macht aus zehn alten Artikeln einen neuen. Bisher ist das niemandem aufgefallen. Den Professoren gefallen seine Texte sogar, also hat er ohne eigene Ideen gute Noten, der Stefan. Doch er wird sich hüten, das irgendjemandem zu erzählen.

Jenny sieht hübsch aus heute Abend. Kurzer Jeansrock, pinkfarbenes Top, die blonden Haare zu einem Pferdeschwanz zusammengebunden. Es ist nichts Besonderes an ihr. Sie ist weder besonders groß noch besonders dünn. Stefan hat schon einen üppigeren Busen in der Hand gehabt und sinnlichere Lippen geküsst. Und doch hat er die Jenny haben wollen. Von dem Tag an, an dem sie mit Joesi Drazal das erste Mal hier im »Cleese« aufgekreuzt ist. Das war vor drei Monaten, und seitdem kommt

Stefan immer, wenn er in Linz ist – und er ist derzeit oft in Linz, weil bald Ferien sind und er die nächsten Prüfungen auf den Herbst verschoben hat –, ins »Cleese« in der Hoffnung, Jenny allein anzutreffen. Denn auch, wenn er keinerlei Skrupel hat, anderer Männer Freundinnen anzubaggern, so ist es ihm doch lieber, wenn diese dabei nicht in unmittelbarer Nähe sind. Vor allem dann nicht, wenn sie ihn um fast zwanzig Zentimeter überragen und sich Landesmeister im Kickboxen nennen. Vollkontakt. Mit Händen und Füßen und allem, was dazugehört.

Heute Abend scheint er Glück zu haben, kein Joesi Drazal weit und breit. Jenny ist mit ein paar Mädels da, die in der rechten hinteren Ecke sitzen, jedes ein Glas mit einem bunten Cocktail in der Hand. Der Lautstärke ihres Lachens nach ist es nicht ihre erste Runde. Stefan Stösser steht mit dem Rücken zur Bar, einen Ellbogen aufgestützt, die kurzen dunkelblonden Haare mit Wetgel – »So wet! So stark! So hot!« – zum Stehen gebracht, ein Bein lässig vor das andere gestreckt. Es hat keinen Sinn, sich in eine Mädchenrunde drängen zu wollen. Er würde sich nur zur Zielscheibe boshaft origineller Bemerkungen machen, und kein Mädchen würde sich trauen, zuzugeben, dass es ihn gut findet. Auch nicht Jenny. Der kluge Mann wartet ab. Irgendwann wird das Beutetier schon an ihm vorbeikommen, und dann – schnapp! Und wieder hat Stefan Stösser Glück: Jenny geht zur Toilette. Und er hat sogar noch größeres Glück, denn sie geht allein. Ohne Begleitschutz einer Freundin, wie Mädchen das sonst so machen, weiß der Himmel, warum. Sie ist schon fast an ihm vorbei, als er leise, aber doch unüberhörbar, und etwas heiser etwas sagt. Heiser ist ganz wichtig – Insidertipp Nr. 29 aus dem für Aufreißer extrem nützlichen Werk »So bekommst du jede, Mann!«.

»Mein Gott, die Jenny ist wirklich das süßeste Mädchen, das ich kenne!« Den Text hat er von ebendort geklaut.

Abrupt bleibt sie stehen, sieht ihm ins Gesicht und lächelt. »Oh, hi, Stefan! Ich hab dich echt nicht gesehen. Was hast du grad gesagt?« Natürlich hat sie ihn zuvor gesehen und auch genau gehört, was er gesagt hat.

Er lächelt zurück. Stefan Stösser kann sehr charmant sein, wenn er will. Und jetzt will er. »Magst was trinken?«

Jenny überlegt nicht lange. Stefan ist einer von den Geldigen. Den reichen Burschen aus gutem Haus, die über einen einflussreichen Vater und einen eigenen Mini in der Garage verfügen. Joesi ist bei einem Kampf in Wiener Neustadt. Langsam wird es lästig mit seiner Eifersucht, sein Vater ist ein gewalttätiger Maschinenschlosser, und ein eigenes Auto hat er auch keines. »Ein Cola-Rot wär echt super. Wart auf mich, ich bin gleich zurück.«

Stefan grinst zufrieden. Er dreht sich zum Barkeeper um: »Du hast es gehört, Chef. Ein Cola-Rot für meine neue Freundin und für mich noch ein kleines Bier. Aber flott, wenn ich bitten darf!«

Der Barmann wischt in Ruhe das Glas trocken, das er in der Hand hält, bevor er die Bestellung ausführt. »Wenn ich du wäre, würde ich die Finger von der Jenny lassen, Stösser. Der Joesi versteht keinen Spaß.«

»Muss er ja auch nicht.« Stefan nimmt ein paar Erdnüsse aus der Schale neben sich und steckt sie in den Mund. »Hauptsache, ich hab ihn, den Spaß.«

# 2

»Nachhaltigkeit! Haben Sie das noch immer nicht begriffen? Wir brauchen Nachhaltigkeit!« Der Herr Stadtrat brüllt so laut, dass sein wohlfrisierter Schädel rot anläuft und an seinem Hals Zornesadern hervortreten.

Hans Pichler vom Linzer Veranstaltungsverein LIVEVE nickt ergeben. Wenn der Herr Stadtrat in einer derart gereizten Stimmung ist, hat es ohnehin keinen Sinn, vernünftig mit ihm diskutieren zu wollen. Nachhaltigkeit! Wenn er das Wort nur hört, muss er schon kotzen. Und er hat es in letzter Zeit oft gehört. Viel zu oft. Regelrecht überfressen hat er sich an diesem Wort. Vor ein paar Jahren ist es plötzlich aufgetaucht. Linz 09 – Kulturhauptstadt Europas. Sie hatten das Großereignis jahrelang vorbereitet. Wie viele gescheite Menschen – und viele andere Menschen auch – haben dabei mitgeredet! Jetzt ist das Jahr längst vorbei. Das Kulturhauptstadtjahr ist Geschichte, doch wenn es nach den Stadtpolitikern ginge, hätte es gefälligst nachzuwirken. Und zwar mehrere Jahre. Nachhaltig nachzuwirken.

Aber was soll *er* denn machen, wenn es sich nicht so verhält, wie es sich die Herren vorstellen? Die meisten Gescheiteren von damals haben sich längst vertschüsst und sind weitergezogen, um anderswo gescheit zu sein. Doch er, Hans Pichler, ist immer noch da. Vielleicht hätte er sich doch für Riga 2014 bewerben sollen? Aber was hätte er in Riga tun sollen, bitte schön? Auch der Stadtrat ist noch da. Zusammen mit diesem Wort: Nachhaltigkeit.

Nach einem Schluck Kaffee folgt ein neuer Anlauf. »Es ist uns gelungen, das höchst erfolgreiche Projekt des ›Eremiten im Dom‹ auch dieses Jahr wieder fortzusetzen. Schon 2009 hatten sich bekanntlich Freiwillige jeweils eine Woche im Turmzimmer hoch über der Stadt einsperren lassen, um zu meditieren und über ihr Leben nachzudenken. In Kürze zieht nun der über die Grenzen unseres Landes bekannte Literat Bernd Werner Grundlsee in das Turmzimmer, um seine Memoiren zu schreiben. Und zwar für ganze drei Monate! Sämtliche Medien haben schon darüber berichtet. Hier die gestrigen Ausgaben der ›Austria‹ und des ›Tagesblattes‹, ich weiß nicht, ob Sie schon Zeit gefunden haben, die Artikel zu lesen«, er schiebt dem Politiker zwei aufgeschlagene Zeitungen über den blank polierten Tisch, »aber natürlich sind sie auch online im Internet nachzulesen.«

Doch die Begeisterung des Stadtrats hält sich in überschaubaren Grenzen. »Ein Schreiberling allein macht das Kraut auch nicht fett.«

»Im Herbst wird überdies die Fernsehshow ›Wetten, dass …?‹ aus der Sporthalle übertragen«, setzt Pichler fort. Er ist ermutigt, weil der Stadtrat aufgehört hat zu brüllen.

»Wir haben damit neuerlich die Möglichkeit, Linz einem Millionenpublikum zu präsentieren. Man hat uns eine Außenwette auf dem Hauptplatz versprochen.«

Unvermittelt erhebt sich der Stadtrat von seinem Stuhl. »Das höre ich mir nicht länger an. Wiederschau'n, Herr Pichler.« Er streckt seinem Gast die Hand zum unmissverständlichen Abschied hin. »Bringen Sie mir einen Star in die Stadt oder lassen Sie sich sonst etwas einfallen. Ich will einen Kracher!«

Hans Pichler ergreift die Hand, verbeugt sich höflich und knirscht insgeheim mit den Zähnen. Kracher, das nächste Unwort. Wenn es schon im Kulturhauptstadtjahr nicht gelungen ist, die gewünschte Anzahl von Krachern auf die Beine zu stellen, wie soll ihm das jetzt gelingen? Vier Jahre danach? Wo die Welt schon längst auf Riga blickt? So die Welt denn überhaupt auf Kulturhauptstädte blickt. Er verlässt das Büro des Stadtrats, bohrt seine Fäuste in die Taschen seines Sakkos und macht sich eiligen Schrittes auf den Rückweg zur LIVEVE.

»Bringen Sie mir einen Star«, nuschelt er vor sich hin, während er das Gesicht des Stadtrats zu imitieren versucht. »Bringen Sie mir einen Star!« Ja, was glaubt der denn? Dass die Stars Schlange stehen, um in Linz auftreten zu dürfen? Er erinnert sich an die legendäre Theaterszene mit Helmut Qualtinger. Zwei Schauspieler unterhalten sich in der Theatergarderobe, und einer sagt wehmütig: »In Linz müsste man sein.«

Pichler lächelt säuerlich. Ja, glaubt der Stadtrat vielleicht, dieser Satz sei ernst gemeint gewesen? Welcher Star kommt schon freiwillig nach Linz, noch dazu bei dem begrenzten Budget, das ihm zur Verfügung steht? Sofort nach dem Kulturhauptstadtjahr wurde der Gürtel wieder enger geschnallt, da war Schluss mit lustig. Jetzt kann nur mehr ein Wunder helfen. Hans Pichler ist ein gläubiger Mensch, der Ostern in die Kirche geht, seine Kinder hat taufen und firmen lassen und keine Weihnachtsmette verpasst, aber an Wunder glaubt selbst er nicht. Zu Unrecht, wie sich bald darauf herausstellen wird.

Kaum hat er sein Büro betreten, da stürmt ihm auch schon seine Sekretärin entgegen. »Du kannst dir nicht vorstellen, was ich hier habe!«

Noch ist er unbeeindruckt. »Schaut aus wie ein ausgedrucktes E-Mail.«

Sie nickt strahlend, ihre Wangen glühen. »Aber du errätst nie, von wem.«

»Dann sag's mir halt.«

Sie schweigt einen Augenblick lang, um die Dramatik zu erhöhen. Dann haucht sie: »Hollywood!«

»Wer soll denn das sein?« Hans Pichler knallt die Aktentasche so vehement auf seinen Schreibtisch, dass es kracht. Er könnte dem Stadtrat gut und gern auch eine krachen, aber das ist wohl nicht die Art von Kracher, von der er immer spricht.

»Jetzt schau doch einmal her!« Seine Sekretärin hält ihm das E-Mail unter die Nase.

»›Matthew McCortney Agency‹«, liest er laut und versteht noch immer nichts. Doch je mehr Worte er überfliegt, desto mehr stockt ihm der Atem. Schließlich blickt er fassungslos zu seiner Sekretärin, die noch immer strahlt und so schnell nickt, wie er noch nie jemanden hat nicken sehen. Er liest den Text noch einmal, dann brüllt er aus Leibeskräften und so laut, wie seine Sekretärin noch nie jemanden hat brüllen hören: »Alle sofort in mein Zimmer! Die LaBelle kommt!«

Schlagartig erscheinen die Köpfe sämtlicher Mitarbeiter in seinem Türrahmen. »Die LaBelle? Die richtige Caro LaBelle?«, fragt die Rothaarige aus der Buchhaltung.

»Die Oscar-Preisträgerin? Der Star?«

Hans Pichler nickt so stolz, als wäre das Ganze sein persönlicher Verdienst.

»Was um Gottes willen will die denn bei uns in Linz?«

»Lieder singen«, sagt Pichler und kann es selbst kaum glauben.

# 3

»Und darum ist es höchste Zeit geworden, dass einmal auch eine Frau etwas bei uns im LKA wird.« Der Herr Oberst kommt so richtig in Fahrt. »Ich meine, wir wollen uns schließlich nicht nachsagen lassen, dass wir Männer, na ja, Sie kennen doch alle das Gerede wegen Diskriminierung und den ganzen Schwachsinn.«

Etwa zwanzig Mitarbeiter des Landeskriminalamts haben sich zu der spontan einberufenen Vorstellungsrunde im Besprechungsraum 1 versammelt. Unter ihnen alle acht des Fachbereiches »Leib und Leben«, dazu der Fachbereichsleiter von »Betrug« – aus Höflichkeit – und der von der »Sitte« – aus Neugierde. Schließlich geht es darum, einen ersten Eindruck von der neuen Chefinspektorin zu bekommen. Diana J. Pölz, Fachbereichsleiterin »Leib und Leben«, also die, die ab dem nächsten Ersten maßgeblich für die Aufklärung von Mord und Totschlag zuständig sein wird.

Nicht dass die Leute dem Herrn Oberst mit voller Aufmerksamkeit zuhören würden. Wenn er nicht wirklich meint, was er sagt, dann redet er immer so umständlich, und seine Schmähs kennt eh schon jeder. Außerdem waren sämtliche Informationen vorab im Intranet nachzulesen, aber die gute Frau Kollegin persönlich in Augenschein zu nehmen, sich ein erstes Bild zu verschaffen und dabei freundliche Nasenlöcher zu machen, das hat noch niemandem geschadet.

»Eine Wienerin, die haben wir gerade noch gebraucht«, flüstert Inspektor Wöglinger – auch genannt: »der kleine Fritz« – seinem Kollegen Karl-Heinz See – auch genannt: »der schöne Carlos« – zu.

Letzterer lehnt an der hinteren Wand des Raumes. Seine dunklen, etwas zu langen Haare hat er mit flottem Schwung nach hinten gekämmt, sein Gesichtsausdruck ist betont unwillig, die Hände hat er in den Hosentaschen vergraben. Als er antwortet, bemüht er sich nicht im Geringsten, seine Stimme zu dämpfen. »Wurscht, woher die kommt, wir haben die *überhaupt* nicht gebraucht.« Er unterstreicht die Ernsthaftigkeit seiner Aussage mit einer energischen Handbewegung.

Diana steht vorn beim Oberst und wünscht sich nichts sehnlicher, als dass der Zirkus, den man ihretwegen veranstaltet, endlich zu Ende ist. Sie steht nicht gern im Rampenlicht und mag es noch weniger, von fremden Augen kritisch gemustert zu werden. Dazu noch die peinlichen Worte des Herrn Oberst. Es ist nicht einfach, still zu stehen und mit eingemeißeltem Lächeln in die Runde zu blicken. Die versammelten Männer und die vereinzelten Frauen machen nicht den Eindruck, als würden sie sie mit offenen Armen empfangen, und die Worte des gelangweilten Kollegen mit den etwas zu langen Haaren passen perfekt zu ihrem Eindruck. Natürlich hat sie ihn gehört, ihre Ohren sind so gut wie ihr Namensgedächtnis schlecht. Wie heißt der Kollege doch gleich, dieser oberlässige?

Der Herr Oberst beginnt ihren Werdegang von einem weißen DIN-A4-Papier abzulesen. Sie hört nur mit einem Ohr zu, sie kennt ihn schließlich. Jetzt fällt ihr auch wieder ein, wer der große, gelangweilte Kollege sein könnte. Ein gewisser »schöner Carlos«, der sich ebenfalls für ihren Job beworben hatte. Klar, dass der sich über ihre Bestellung nicht freut. Hannes, ihr Lieblingskollege in Wien, hat mit ihm die Polizei-Ausbildung absolviert und sie bereits vorgewarnt. »Pass auf den Carlos auf, Diana, das ist ein ganz unguter Hund. Seine fachlichen Fähigkeiten kann ich nicht beurteilen, aber seine Arroganz ist unbeschreiblich. Wenn der für sich irgendwo einen Vorteil sieht, dann wird er ihn ergreifen – ohne Rücksicht auf Verluste.«

Der Herr Oberst betet inzwischen ihre gesamte Lebensgeschichte herunter. Er erzählt von ihrer Geburt in Linz als Tochter des international anerkannten Architekten Gerhard Kropetz, dem für den aufsehenerregenden Entwurf der Santa-Catarina-Maria-na-Kirche in Sevilla einer der begehrtesten europäischen Architekturpreise verliehen wurde. Woher hat er bloß die Informationen?, fragt sie sich. Sie kann sich kaum vorstellen, dass das die Kollegen interessiert. Die Tatsache, dass Diana auch eine Mutter hat, wird im Gegenzug dazu nicht mit einem Wort erwähnt. Aber die Mutter betreibt ja auch nur ein Aura-Soma-Studio in Linz/

Ebelsberg, das hätte bei Weitem nicht so imponierend geklungen wie die Sache mit Sevilla.

»Frau Pölz ist in Linz aufgewachsen und kann so gesehen als eine von uns gelten«, sagt der Herr Oberst, weil ihn die Tatsache offensichtlich freut, dann liest er weiter von seinem Zettel ab. »Bis zu ihrem zehnten Lebensjahr ist sie auch hier zur Schule gegangen, dann erfolgte die Übersiedlung nach Wien.« Er überspringt einige Zeilen, um etwas später unvermittelt fortzusetzen: »In der Zwischenzeit ist sie geschieden. So frisch, dass man noch gratulieren kann.« Der Oberst lacht, einige tun es ihm gleich, und weil Diana ohnehin schon die ganze Zeit ein eingemeißeltes Lächeln auf den Lippen trägt, lächelt sie unverdrossen weiter und denkt sich, dass der Herr Oberst ein ziemlicher Idiot ist.

Wieder flüstern der schöne Carlos und der kleine Fritz miteinander. Diesmal kann sie nichts verstehen. Da der blasse junge Mann mit Brille und blonden Stichelhaaren jedoch zu kichern anfängt, wird es nichts Nettes gewesen sein.

Doch der Oberst lässt sich in seiner Rede nicht beirren. Er spricht nun schneller, liest nur mehr halbe Zeilen von seinem Zettel ab und sagt dafür mehrmals »und so weiter und so weiter«. Es scheint, als wolle er seine Aufgabe möglichst schnell hinter sich bringen. Diana ist das nur recht. Er erwähnt noch, dass sie eine Tochter hat, die derzeit in den USA studiert, dann folgen zu ihrem Erstaunen, aber auch zu ihrer Entrüstung weitschweifende Überlegungen zur Zukunft ihrer Abteilung. Überlegungen, die mit ihr in keinster Weise abgesprochen wurden und die die alleinigen Vorstellungen des Herrn Oberst wiedergeben. Zwei Kollegen schauen verstohlen auf die Uhr.

»Und darum, liebe Diana Pölz, machen Sie Ihrer Namensvetterin Diana, der Göttin der Jagd, alle Ehre.« Der Herr Oberst erhebt die Hand mit seinem Sektglas. »Gehen Sie in die Welt hinaus und jagen Sie die Verbrecher.«

Allgemeiner Applaus, Stimmengewirr, manche Kollegen kommen auf sie zu, um ihr die Hand zu schütteln und auf gute Zusammenarbeit anzustoßen, andere verlassen bereits den Raum.

Wenn der Oberst wüsste, denkt Diana und lächelt unverdrossen weiter – sie hat sich schon daran gewöhnt –, während sie die

Glückwünsche zu ihrer Bestellung entgegennimmt. Von wegen Göttin der Jagd. Ihre wirkliche Namenspatronin ist die Musikerin Diana Ross von den Supremes. Und nicht zu vergessen Janis Joplin, die sich hinter ihrem zweiten Vornamen, der stets mit J. abgekürzt wird, versteckt. Ihre Mutter war bei ihrer Geburt ein sechzehnjähriger Hippie, dem die römischen Götter völlig egal waren.

## 4

»Komm, nimm Platz, Mam, ich habe schon alles vorbereitet, wie du es gewünscht hast.«

Er schiebt den breiten, bequemen Schreibtischsessel unter ihren zarten Hintern und rollt sie auf ihm direkt vor den Computer. Sein muskulöser Arm streift ihre blonde Mähne, als er sich nach vorn beugt, um die Maus zu bedienen. »Da haben wir zuerst einmal den Zeitungsausschnitt, den du ja schon kennst.«

Als er weiterklicken will, hält sie ihn zurück. »›Bernd Werner Grundlsee‹«, liest sie laut, und der Hohn in ihrer Stimme überwiegt kurz Hass und Verbitterung. »*Grundlsee.* Wie ist er bloß auf diesen idiotischen Namen gekommen?«

»Was bedeutet Grundlsee, Mam?«

»Soweit ich mich erinnern kann, ist das ein kleiner See in der Steiermark, ein Gewässer. Aber wer wählt einen See als Pseudonym, bitte schön?«

»Und in Wirklichkeit heißt er Wernher?«

Sie nickt: »Bernd Wernher, ganz normal. Nix Grundlsee. Schau, hier steht es«, sie liest laut vor, »›Grundlsee, geboren als Bernd Wernher‹ … bla, bla, bla … ›einer der bedeutendsten Literaten deutschsprachiger Zunge‹ – ha, dass ich nicht lache – ›zieht ins Turmzimmer in die Einsamkeit und Stille hoch über der Stadt, um in sich zu gehen‹ … So etwas Lächerliches! In sich gehen will er also, der Herr Grundlsee? Der soll bloß aufpassen, dass er dabei nicht in einen seiner inneren Abgründe stürzt.« Sie lacht.

Er versteht nicht ganz, was sie meint, stimmt jedoch in ihr Lachen ein, froh darüber, dass sie zum ersten Mal seit vielen Stunden überhaupt den Anflug von Fröhlichkeit zeigt. Doch es ist kein heiteres Lachen.

Sie beugt sich vor und kneift die Augen zusammen. »Auf diesem Foto kann man nichts erkennen. Hast du kein besseres? Ich will seine Visage sehen. Ich will sehen, wie der Sauhund heute aussieht.«

Gehorsam klickt er weiter.

Gebannt sehen sie, wie sich ein Video öffnet. Es zeigt einen Mann um die vierzig mit Bart und Brille, der durch gotische Spitzbögen sinnierend ins Weite starrt. Hinter ihm der sandfarbene Stein einer Kathedrale und der hellblaue Himmel, unter ihm die Dächer einer Stadt. Er trägt die Kutte eines Mönchs.

»Das soll er sein? Nein, das ist er nicht! Dieser Mann ist viel zu jung …«

»Die Türmerstube im neugotischen Linzer Mariendom wurde im Zweiten Weltkrieg eingebaut«, ertönt eine sonore Stimme aus den Lautsprechern des PCs. »Sie diente als Beobachtungsposten, um schneller Bombentreffer lokalisieren und Hilfe koordinieren zu können. Aufgrund der exponierten Lage hat man von ihr einen guten Überblick über die Stadt. Während des Kulturhauptstadtjahres 2009 nützten wöchentlich wechselnde Turm-Eremiten die Symbolkraft des markanten Ortes, der für sie über das Kunsthistorische, Musikalische und Liturgische hinaus eine Qualität auslösbar machte, die sie in kaum einem anderen Kontext hätten erfahren können.«

»Hä?« Sie wendet sich zu ihm um. »Was soll das heißen?«

Er zuckt mit den Schultern. Wenn sie es schon nicht versteht, wie soll er es dann tun?

»In diesem Raum wird ab Anfang September auch Bernd Werner Grundlsee seine Tage verbringen, um abgeschieden von der Hektik der Welt seine Memoiren zu schreiben. Die Arbeit soll in drei Monaten abgeschlossen sein, doch wie sagte Grundlsee bei seiner Pressekonferenz so treffend? ›Ich verweile ohne Eile, bis das Werk Vollendung findet.‹«

»Gib das weg«, fordert sie angewidert, und der nächste Zeitungsartikel folgt.

»›Meine Memoiren‹, sagt Grundlsee bei seiner gestrigen Pressekonferenz im Wiener Café Landtmann, ›dienen nicht in erster Linie dazu, mir selbst ein Denkmal zu setzen. Das natürlich auch …‹, fügt er augenzwinkernd hinzu und lässt all den Charme erkennen, mit dem er seit mehr als zweiundsiebzig Jahren die Damenwelt verzaubert. Grundlsee hat sie, wie gut informierte Kreise zu wissen glauben, alle ›gehabt‹. Die Stars der heimischen Bühnen ebenso wie Politikergattinnen und Damen der sogenannten besseren Gesellschaft – oder die, die sich dafür halten beziehungsweise hielten. ›Ich habe mein Leben lang meinen Mund gehalten, denn ein Gentleman, so sagt man doch, genießt und schweigt. Aber jetzt bin ich alt und grau …‹ Sein verschmitztes, noch immer jungenhaftes Lächeln straft seine Worte Lügen …« Es war der Journalistin offensichtlich ein persönliches Anliegen, diese Tatsache herauszustreichen. »›… und daher denke ich mir: Pfeif auf deine Diskretion! Erzähl frei von der Leber weg, wie es so zugeht in der Welt der Reichen und Schönen. Und ich sage Ihnen, so schön wie gedacht geht es dort meist gar nicht zu.‹ Freie Worte, die für zustimmendes Gelächter sorgen. Grundlsee verspricht unseren Lesern: ›Ich sage Ihnen, da kann ich Geschichten erzählen, na, lassen Sie sich überraschen!‹ Wie man hört, will Grundlsee nicht nur pikante Details aus seinem unerschöpflichen Liebesleben zu Papier, sondern auch düstere Familiengeheimnisse manch prominenter Zeitgenossen ans Tageslicht bringen. ›Bevor ich vor meinen Schöpfer trete‹, so formuliert es der Literat in der ihm eigenen poetischen Sprache, ›möchte ich schonungslos, ich betone: schonungslos die Wahrheit über manche Menschen aufdecken, die als Lieblinge der Massen ihr wahres Gesicht und gar manch böse Tat früherer Tage zu verschleiern suchen.‹«

Die Frau vor dem Computer lacht nun nicht mehr, sondern lehnt sich stumm nach vorn, um das Bild unter dem Artikel genauer in Augenschein zu nehmen. Ein Herr, ein Sir mit kleinem Bärtchen über der Oberlippe, das ihm gut steht. Sie würde es nur ungern zugeben, deshalb spricht sie ihren Gedanken nicht aus. Volles Haar, natürlich inzwischen grau, fast weiß. Seine schönen Hände liegen auf der Tischplatte, ein schmaler Ehering ziert einen Finger. Er ist noch immer so schlank wie vor vielen Jahren und sieht schlichtweg gut aus. Dabei hätte er seinem ausschweifenden Lebenswandel nach so zerfurcht sein müssen wie Keith Richards von den Rolling Stones. Mindestens. Und doch ähnelt er einem gealterten Clark Gable. Findet sie. Und ärgert sich darüber.

»Da haben wir den alten Sack. Schaut jetzt schon aus wie eine

Leiche«, meint der Mann hinter ihrem Rücken und freut sich offensichtlich darüber.

Sie lacht kurz auf. »Zeigst du mir noch einmal das Video?«

»Mam, hör mal«, der große Mann geht in die Knie, um mit ihr auf Augenhöhe zu sprechen, »es ist mir nicht recht, dass du ... Ich meine ... Soll nicht lieber ich ...? Du weißt, ich würde alles für dich tun.« Sein Blick ist eindringlich. »Wirklich alles.«

Energisch schüttelt sie den Kopf. »Nein, Bernd, Herr *Grundlsee*, und ich haben noch eine Rechnung offen, und die werde ich persönlich begleichen. Ich habe lange genug damit gewartet. Viel zu lange.« Sie schnauft unwillig. »Ich will nicht warten, bis es zu spät ist.«

»Dann lass mich dir wenigstens helfen. Dieser Mann ist größer als du, stärker und –«

»Das vielleicht, aber nicht wendiger. Und klüger auch nicht, auch wenn er das natürlich vehement bestreiten würde. Weißt du, Bub, seelische Qual ist etwas Furchtbares. Sie wächst und wächst, wenn man nichts dagegen unternimmt. Ich habe keine Lust mehr, mich von ihr auffressen zu lassen.«

»Du meinst also, dass dir die Rache helfen wird? Aber du hast doch immer gesagt –«

Sie tätschelt seine Hand. »Ich weiß, Bub, ich weiß, was ich gesagt habe. Aber das hier ist etwas anderes, das verstehst du nicht. Und jetzt möchte ich noch einmal das Video –«

Wie auf Kommando erscheint der Mönch wieder zwischen den neugotischen Rundbögen. Sie dreht sich nicht um, als sie fragt: »Wann beginnt heute die Trainingseinheit?«

»In einer Stunde.«

»Gut. Ist das neue Gerät, dieser Stepper, bereits geliefert worden?«

Der Mann ist aufgestanden. »Selbstverständlich, Mam. Mit einer Zählvorrichtung, so wie du es wolltest. Es ist bereits alles installiert.«

Wieder tätschelt sie eine seiner Hände, die auf ihrer Schulter liegen. »Das ist sehr gut. Hast du Mat beauftragt?«

Der Druck seiner Hände auf ihren Schulterknochen verstärkt

sich. »Gestern, Mam. Es läuft alles genau so, wie du es dir gewünscht hast.«

Sie streichelt noch einmal seine Hand. »Bist ein braver Bub.«

Er freut sich.

# 5

Diana geht zu Fuß nach Hause. Nach *Hause*! Sie kann es selbst noch nicht glauben, dass sie jetzt also wieder in Linz zu Hause ist. In der Mozartstraße, keine fünfzehn Minuten von der Polizeidirektion entfernt, in der auch das Landeskriminalamt LKA untergebracht ist. Sie ist erleichtert, den Vormittag überstanden zu haben. Jetzt kann es kaum noch schlimmer werden, so hofft sie, irrt aber.

Hannes, ihr Wiener Kollege, hat recht gehabt: Der Einstieg in Linz wird nicht leicht sein. Sie hat seine Worte noch genau im Ohr: »Wir hier in Wien sind ein eingespieltes Team, Diana. Wir vertrauen einander blind, unser Oberst ist erträglich und stört uns nicht, weil er ohnehin kaum da ist, sondern lieber im Innenministerium gescheit daherredet. So gut wie bei uns wird's dir nie wieder gehen. Und Eifersüchteleien und Grabenkämpfe haben wir in unserer Abteilung auch längst überwunden, wohingegen sie dort, wo du hinkommst, erst anfangen. Überleg dir gut, ob du diesen Schritt tatsächlich gehen willst.«

Doch was heißt schon »gehen willst«? Sie ist jetzt zweiundvierzig, so eine Chance, die Karriereleiter hinaufzuklettern, wird sich ihr kaum noch einmal bieten. Außerdem wollte sie weg von Wien, auch wenn sie die Scheidung von Norbert mittlerweile überwunden hat. Diana versucht, in sich hineinzuspüren, so wie es ihre Mutter immer wieder gepredigt hat: »Spüre, Didschei«, die mütterlich originelle Zusammenziehung der Anfangsbuchstaben ihrer beiden Vornamen mit amerikanischem Akzent, »spüre das Leben! Nur in dir wirst du die Wahrheit finden.« Aber in ihr ist weder Schmerz noch ein taubes Gefühl. Und trotzdem: Dem Exmann dabei zuzusehen, wie er mit seiner Neuen noch einmal Vaterfreuden entgegenblickt, nein, das musste nun wirklich nicht sein. Außerdem braucht Tante Gusti sie. Sie ist einundachtzig und lebt allein. Wenn sie jetzt im selben Haus wohnen, dann kann Diana zumindest ab und zu bei ihr nach dem Rechten sehen. Sie hat nie vorgehabt, in die Stadt ihrer Kindheit zurückzukehren, aber das Leben spielt manchmal so, und jetzt hat sie es doch getan.

Diana betritt den Hausflur. Raus aus den Stöckelschuhen, immer zwei Stufen auf einmal nehmen, bis hinauf in den zweiten Stock. Im Flur riecht es noch so wie vor fünfunddreißig Jahren. Woran das wohl liegt? Hat jedes Haus eine eigene Duftnote? Oder hängt das mit seiner Bewohnerin Tante Gusti zusammen?

Sie schließt die Tür auf, die Tür zu ihrer neuen Wohnung, in der es anders riecht. Nach frischer Farbe und geöltem Parkett. Sie geht in ihre neue Küche, klein, aber fein, mit einem Fenster zum winzigen Garten, wo inmitten von kurz gemähtem Rasen üppig die Hortensienbüsche blühen. Sattes Rosa auf der einen, tiefes Blau auf der anderen Seite. Eine unerwartete Idylle inmitten der Stadt. Sie öffnet das Fenster, beugt sich hinaus, aber statt des erhofften zarten Blumendufts zieht der deftige Geruch von Schweinsbraten zu ihr herauf. Tante Gusti hat zur Feier des Tages gekocht. Sie liebt Hausmannskost. Diana muss grinsen, als sie daran denkt, dass sie selbst sich seit Jahren bemüht, zu Mittag nur Salat und, wie Ernährungsexperten wie ihre Mutter raten, eine »faustgroße« Portion Eiweiß zu essen.

»Du wirst sehen, Didschei«, hat ihr die Mutter vor zwei Jahren angekündigt, »bald wirst du zehn Kilo zulegen, so schnell kannst du gar nicht schauen. Und das, obwohl du nicht mehr isst als vorher.«

Die Voraussage hat ihr einen ordentlichen Schrecken eingejagt, darum der Salat zu Mittag, wenn sie denn in der Hektik des Alltags überhaupt Zeit zum Essen findet. Morgens gibt es nur Müsli, Vollwert, ohne Zucker, aber mit zweiundzwanzig Prozent Ballaststoffen, und Soja-Joghurt, natürlich gentechnikfrei. Wenn man Beeren unterrührt oder einen Apfel reinreibt, schmeckt die Mischung gar nicht mal so grauslich, wie sie klingt. Aber am Abend lässt sie sich nicht in ihre Ernährung hineinreden. Da isst sie, was ihr schmeckt, so wie heute – Tante Gusti zuliebe. Außerdem würde sie sich nie die Chance auf ein selbst gekochtes Essen ihrer Tante entgehen lassen, das sie an ihre frühe Kindheit erinnert. Irgendwie ist es doch schön, wieder in Linz zu sein. *Back to the roots*, sozusagen.

Der Herr Oberst hat es schon angesprochen – auch wenn sie sich lange Jahre als eine gefühlt hat, ist sie doch keine wirkliche Wienerin, sondern war stets eine waschechte Linzerin. Tochter von Marianne Holzer, damals sechzehn, und Gerhard Kropetz, damals achtzehn. Geboren 1971, als die wilden Siebziger begannen. Sie war alles andere als geplant und auch alles andere als erwünscht.

»Was war das damals für eine tolle Aufbruchsstimmung, Didschei, das kann man sich heutzutage gar nicht mehr vorstellen.« Die Sprüche ihrer Mutter haben Dianas Kindheit geprägt. Einer Mutter, die heute noch wie ein Hippie herumläuft. Mit wallenden, etwas strohig gewordenen grauen Locken, die an den Schläfen zu Zöpfen geflochten und am Hinterkopf mit einer Spange zusammengehalten werden, auf der, dem jetzigen Zeitgeist entsprechend, ein Yin-Yang-Symbol prangt. In den Siebzigern war es wohl noch das Peace-Zeichen, von Yin-Yang war damals ja noch keine Rede. Einer Mutter, die sich »Hazel« nennt. »Hazel Wood«, um genau zu sein.

»Gerhard war mein erster Versuch der freien Liebe, und prompt hat es mich erwischt. Was bin ich die Treppen hinauf- und hinuntergesprungen in der Hoffnung, dadurch nicht mehr schwanger zu sein! Aber genützt hat es nichts. Du warst schon damals äußerst hartnäckig, Didschei, das muss ich dir lassen.«

Ja, so ist Dianas Mutter, immer offen und direkt. Sie nimmt auf niemanden Rücksicht und ignoriert die Gefühle anderer, das ist ihre Art von Freiheit. Ob sich Diana solche Worte zu Herzen nimmt? Nicht mehr. Früher einmal, ja, da hat sie bittere, einsame Tränen geweint, weil sie nicht gewollt war. Doch jetzt, mit zweiundvierzig? Die Sätze sind schon längst zur Gewohnheit geworden. Und zu der Gewissheit, dass eingeschränkte Mutterliebe zwar eine harte Schule fürs Leben ist, aber zumindest einen Vorteil hat: Diana hat gelernt, sich durchzusetzen. Nicht aufzugeben. Schon als Fötus war sie hartnäckig und hat ihr Ziel erreicht? Nun, dann wird sie das bei ihrem neuen Job wieder schaffen.

Diana schließt das Fenster und dreht den Wasserhahn auf, um sich einen Espresso zu machen. Ein Hoch auf ihre neue italienische Kaffeemaschine. Doch so leicht es ist, sie einzuschalten, so schwer ist es, Mutters Stimme im Kopf abzuschalten: »Du glaubst gar nicht, was die damals für einen Wirbel veranstaltet haben. Ich bin umgehend von der Schule geflogen. Eine Schwangere war eine Schande für das ach so keusche Mädchengymnasium. Das muss man sich mal vorstellen! Diese elenden Heuchler. Meine Eltern sind förmlich durchgedreht!«

Diana sieht im Geiste ihre Mutter die Augen verdrehen und folgt ihrem Beispiel. Ein prüfender Blick durch die offene Küchentür in den Vorzimmerspiegel, neben den unbedingt noch ein Kästchen für Telefon und Schlüssel muss, dann ein befreites Aufatmen. Sie erblickt ihr schmales Gesicht, die schulterlangen dunklen Haare. Die braunen Augen und die kleine gerade Nase hat sie vom Vater. Die Falten um die Augen vom Lachen und der Zeit. Nein, sie sieht ihrer Mutter Hazel nicht ähnlich. Noch nicht? Hoffentlich wird es nie so weit kommen.

»Ein Richter vom Landesgericht und die werte Frau Gemahlin«, setzt Mutter in ihren Gedanken fort. »Ich mit meinem Bankert passte nicht mehr in die Jugendstilvilla am noblen Freinberg, also haben sie mich rausgeschmissen. Der Gerhard hat's da natürlich besser gehabt. Weil er Vater geworden ist, hat keiner auch nur mit einem Ohrwaschl gewackelt. Anstandslos hat er die Matura machen können und ist dann zum Studium nach Wien. Typisch! Mich hat er mit meinem Kind, also mit dir, und all meinen Sorgen alleingelassen.«

Was so nicht ganz stimmt. Ihre Mutter hat ihr Baby bei Tante Gusti abgeladen, der jüngeren Schwester ihres Vaters, und ist mit den Musikern der »Frightful Angels« nach London abgerauscht. Und weil dem Drummer ihre braunen Augen so gut gefallen haben, heißt sie seither »Hazel«. Wie eine englische Haselnuss. Und »Wood« klingt allemal besser als Holzer, außerdem passt es somit natürlich perfekt, dass der Song aus den sechziger Jahren »These Boots Are Made for Walkin'« von einem gewissen Lee Hazlewood heute das Motto ihrer Praxis ist und in ihrem Wartezimmer in Endlosschleife läuft. Hazel Wood spielt Hazlewood, wirklich komisch. In der »Praxis für Aura-Soma und Frauenmut«, einem Ort, den Diana meidet, wann immer es geht. Im Gegensatz zu ihrer Mutter hält sie wenig von übersinnlicher Esoterik. Bei ihr zählen Fakten, Fakten, Fakten, ihr eigener untrüglicher Instinkt und ihr Humor – eine Qualität, die sie ebenfalls von ihrem Vater geerbt hat. Denn Hazel hat ihre Freiheit und Leichtigkeit schon immer verdammt ernst genommen.

## 6

Die Nachricht, dass die Oscar-Preisträgerin Caro LaBelle, noch bevor sie nach Wien reist, beabsichtigt, in Linz Station zu machen, um einen ihrer seltenen, aber umso geschätzteren Cole-Porter-Abende zu geben, eine ganze Woche zu bleiben und dann auch noch Stargast bei »Wetten, dass …?« zu sein, macht rasch die Runde. In der Stadt. In Österreich. Im ganzen deutschsprachigen Raum. Weltweit?

Hans Pichler von der LIVEVE ist am Ziel seiner Träume. Der Herr Stadtrat gibt eine Pressekonferenz, und er darf direkt neben ihm sitzen, im gleißenden Scheinwerferlicht der nationalen und internationalen Presse. Der große Saal ist bis auf den letzten Platz gefüllt. Pichlers Sekretärin ist hinter den Kulissen aufgeregt damit beschäftigt, Nachschub für den anschließenden groß angekündigten, aber viel zu knapp kalkulierten Imbiss heranzuschaffen, während vor den Kulissen der Stadtrat und Pichler mit stolzgeschwellter Brust Rede und Antwort stehen. Ja, natürlich ist es richtig, dass die LaBelle die ersten dreiundzwanzig Jahre ihres Lebens in Wien verbracht hat und in Wirklichkeit Caroline Schönhuber heißt. Wer erinnert sich nicht an die Filmtrilogie »Maria Theresia, Kaiserin unserer Herzen«, »Maria Theresias große Liebe« und »Maria Theresias schwere Zeiten«, in denen sie die Irrungen und Wirrungen der jungen Erzherzogin so anschaulich verkörperte? Die Filme lockten damals ebenso viele begeisterte Zuschauer in die Kinos wie die Sissi-Streifen mit der unvergessenen Romy Schneider.

»Ich war natürlich in den fünfziger Jahren noch nicht auf der Welt. Ich bin viel zu jung«, ist es dem Herrn Stadtrat, geboren am 2.1.1960, wichtig zu betonen, »aber meine Mutter hat mir erzählt, dass es damals so etwas wie einen regelrechten Glaubenskrieg gab. Wer ist unsere bessere Kaiserin? Die Romy oder die Caro, also Caroline, wie sie damals noch hieß?«

»Und wer hat gewonnen?«, fragt der Mann vom Sportmagazin,

der eigentlich nur des Buffets wegen gekommen ist – der Herr Stadtrat ist bekannt dafür, dass ihm nur Feinstes gut genug ist – und plötzlich den vertrauten Duft eines Sieges wittert.

Aber so weit will sich der Stadtrat nun doch nicht aus dem Fenster lehnen. Schließlich gibt es jede Menge Wählerinnen und Wähler, die Romy Schneider glühend verehren. Warum sollte er die unnötig vergrämen? Darum sagt er, während Hans Pichler schon »Na, unsere Caro natürlich!« auf den Lippen hat, mit der Diplomatie, die ihn als Politiker von Format auszeichnet: »Es stand damals und steht bis heute unentschieden.«

»So ähnlich wie bei den Beatles und den Rolling Stones? Da gab's in den Sechzigern doch auch einen Glaubenskrieg.« Der Mann von dem neuen Musikmagazin »30 Something« scheint sich auszukennen. Der Stadtrat stutzt kurz, gibt ihm aber dann recht. Je mehr berühmte Namen und Vergleiche fallen, desto besser für die Veranstaltung.

»Es heißt, LaBelle soll im nächsten James-Bond-Film die Mutter des Geheimagenten spielen. Was können Sie darüber sagen?« Ein Mann aus Deutschland. Der Stadtrat weiß nicht mehr genau, von welchem Blatt, und kennt auch das Gerücht nicht. Doch wer kann es ihm verdenken, dass er die Chance, die potenzielle Mutter von James Bond in Linz begrüßen zu dürfen, mit Freuden ergreift?

»Vom Alter her käme die eher als Großmutter in Frage«, meldet sich eine Stimme zu Wort, noch bevor er antworten kann. Natürlich kommt der beißende Spott von Hubert Grobian, dem Kulturredakteur vom heimischen »Tagesblatt«. Kann der Mann nicht ein einziges Mal seinen Mund halten? Muss er immer das eigene Nest beschmutzen?

Als die Journalisten lachen, beschließt der Stadtrat, das Ruder schleunigst wieder an sich zu reißen. »Man sagt, es schaut gut aus. Die LaBelle hat den Vertrag für James Bond, selbstverständlich für die Mutter des Geheimagenten, bereits so gut wie unterschrieben.«

Das Gelächter verstummt, ein Raunen geht durch die Menge, einige kritzeln fleißig in ihre Notizblocks, und Hans Pichler will noch eins draufsetzen. »Vielleicht gelingt es uns ja sogar, die

Dreharbeiten für diesen James-Bond-Film nach Linz zu holen. Was den Bregenzer Festspielen bei ›Ein Quantum Trost‹ recht war, ist uns Oberösterreichern schließlich nur billig.«

Der Stadtrat wendet sich mit anerkennendem Blick zu ihm um. Pichler platzt vor Stolz. Jetzt hat er dem depperten – er könnte natürlich auch »dämlichen« denken, aber das ist hierzulande nicht üblich – Hubert Grobian das Maul gestopft. Der Journalist geht ihm so etwas von auf die Nerven. Seitdem er zu Beginn des Kulturhauptstadtjahrs Ressortleiter des Bereiches Kultur beim »Tagesblatt« geworden ist, stellt er immer wieder Fragen, die er selbst wohl für kritisch hält, die aber in Wirklichkeit nur blöd, provokant und überflüssig sind. Keine einzige enthusiastische Kritik für all die Veranstaltungen der LIVEVE hat er sich abringen können. Ein paar wohlwollende Beurteilungen sind zwar dabei gewesen, ja, aber keine enthusiastische.

»Weiß man eigentlich, warum die LaBelle damals nach Amerika gegangen ist? Steckte da auch so eine Liebesgeschichte dahinter wie bei der Schneider mit dem Delon?«, fragt eine Dame in der letzten Reihe.

Da Pichler keine Ahnung hat, sagt er: »Wenn Hollywood ruft, wer würde da schon zögern? Und der Erfolg gibt ihr recht. Zuerst glänzte sie in zahlreichen Filmen an der Seite von Robert Redford und Paul Newman, dann kam der Oscar für –«

»Vielleicht haben sie ja braune Flecken auf ihrer angeblich so blütenweißen Weste aus dem Land getrieben?« Während er Pichler mit diesen unglaublichen Worten unterbricht, kratzt sich Hubert Grobian mit dem Kugelschreiber hinter dem Ohr, als würde er nachdenken. Wieder der Grobian. Immer dasselbe mit diesem Querulanten. Pichler und der Stadtrat ringen gleichzeitig nach Luft, während alle Augen auf den »Tagesblatt«-Redakteur gerichtet sind.

»Also, Ihre Bedenken in allen Ehren, aber das geht nun wirklich zu weit. Die LaBelle ist Jahrgang 1944. Bei Kriegsende war sie ein Jahr alt. Woher hätten da die braunen Flecken kommen sollen?«

Die Köpfe schnellen wieder nach vorn. Die meisten rechnen nach, murmeln zustimmend.

»Natürlich nicht durch sie selbst«, Grobian kratzt sich noch immer hinter dem Ohr, »sondern durch ihre Eltern.«

»Ihre Eltern? Die Mutter war eine einfache Sekretärin, der Vater unbekannt, soweit mir bekannt ist.«

Zwei, drei Leute lachen über Pichlers unbeabsichtigtes Wortspiel.

»Es überrascht mich nicht, dass Ihnen etwas unbekannt ist, mein lieber Herr Pichler. Aber man munkelt, dass der Vater Ihrer verehrten Frau Schönhuber ein hochrangiger Nazi war, der auch nach dem Krieg über weitreichende Kontakte verfügte. Wie sonst hätte ein einfaches Mädel die Hauptrolle in einer Film-Trilogie bekommen? Romy Schneider entstammte immerhin der bekannten Schauspielerfamilie Albach-Retty. Ihre Mutter Magda war selbst Schauspielerin und hat die Karriere ihrer Tochter beinhart vorangetrieben. Aber wie sollte eine einfache Sekretärin …? Sie wissen schon.« Von seinen Kollegen angestachelt, die ihm aufmerksam zuhören, kommt er so richtig in Fahrt.

Jetzt wird es Pichler wirklich zu blöd. Er ist ein geduldiger Mensch, hat in den letzten Jahren die Häme dieses Idioten mit nahezu stoischem Gleichmut ertragen, aber was zu viel ist, ist zu viel. Er springt auf, holt tief Luft, strafft die Schultern, wippt ein Mal auf der ganzen Fußsohle vor und zurück und nützt dann eine kurze Atempause in Grobians Monolog. »Wie heißt doch gleich noch mal der Preis, der jedes Jahr an den Journalisten vergeben wird, der die beste Aufdeckungsarbeit leistet?«

»Golden-Print-Preis!«, ruft eine junge Frau der Zeitung »Austria« wie aus der Pistole geschossen.

»Ja, richtig, der Golden Print-Preis«, bestätigt Pichler und gibt sich nachdenklich. »Und wer war bloß der Journalist, der letztes Jahr so vollmundig verkündet hat, er hätte diesen Preis so gut wie in der Tasche? Und der ihn dann doch nicht bekommen hat? Ja, der es nicht einmal unter die besten drei geschafft hat?«

Die anderen haben keine Ahnung, von wem Pichler spricht, und hätten es wohl auch nie erfahren, wäre Grobian nicht feuerrot angelaufen und hätte er nicht gerufen: »So ein hirnverbrannter Idiot!«

Ein Raunen geht durch die Menge. Hälse recken sich empor, Köpfe wenden sich, alle wollen die Zielscheibe des Spottes mit eigenen Augen sehen. Grobian schnappt seine Unterlagen, schnellt hoch und verlässt ebenso grußlos wie fluchtartig den Saal.

Na warte, Pichler, denkt er, während er die Stufen hinunterspringt, um das Haus zu verlassen, bevor ein paar Neugierige noch auf die Idee kommen könnten, ihm zu folgen, um aus dieser seiner persönlichen Blamage eine große Story zu machen. Das zahl ich dir heim, das schwör ich dir!

Mit eingezogenem Kopf geht, nein, rennt er durch die Innenstadt. Leute, die ihn grüßen, bemerkt er nicht. Er hat einen Plan zu fassen, und er fasst ihn.

Ich werde damit anfangen, dass ich die geheime Geschichte der LaBelle gnadenlos an die Öffentlichkeit zerre. Ich würde meinen Hut darauf verwetten, dass es da eine Nazi-Vergangenheit gibt. Und damit ist der Star mit einem Schlag nur mehr die Hälfte wert. Doch auch das ist ihm noch zu wenig. Er denkt nach. Wir werden von ihrem Gastspiel nur so viel berichten, wie wir es unseren Lesern unbedingt schuldig sind. Und zum Konzert werde ich gar nicht erst hingehen, auch wenn mich der Pichler auf Knien anfleht. Na, der wird schon noch bereuen, was er getan hat. Der wird erkennen müssen, was es heißt, ihn, Hubert Grobian, vor allen Leuten bloßzustellen. Ihn, den bedeutendsten Kulturjournalisten des Landes.

Grobian ist mit seinem Plan zufrieden. Als er beim Torbogen Richtung Redaktion einbiegt, lächelt er fast schon wieder und erwidert den Gruß der Frau in der Portierloge mit routinierter Freundlichkeit. In der Woche, in der die LaBelle in Linz auftritt, wird er einen wenig motivierten Praktikanten haben, den er zum Konzert schicken wird. Sein Name ist Stefan Stösser.

## 7

»Ich bring dich um!«

Bernd Werner Grundlsee, Literat von – etwas verblasstem – internationalem Ruf, hat kaum die Wohnungstür aufgesperrt, was angesichts eines überdimensionalen Koffers in seiner Linken und einem Stapel Bücher unter dem rechten Arm gar nicht so einfach war, da stürzt seine Frau schon auf ihn zu und verkrallt ihre langen dunkelroten Fingernägel in seinen Haaren. Ihr Gesicht ist wutverzerrt, ihre Wimperntusche verschmiert. Sie hat geweint, aber das merkt er nicht.

»Aua! Gwen! Bist du denn jetzt komplett übergeschnappt? Lass gefälligst meine Haare los!«

Koffer und Bücher fallen knallend auf den Steinboden, dann umklammert er mit festem Griff ihre Handgelenke. »Weißt du, was mich diese Haare gekostet haben? Mehr als den Vorschuss für meine Memoiren, die ich noch nicht einmal geschrieben habe. Was denkst du dir also dabei, sie mir wieder auszureißen?«

Okay, er hat Gwendolyn vor fünf Jahren geheiratet, weil ihm damals ihr südländisches Temperament gefallen hat. Was war sie doch für eine Wildkatze gewesen. Jung – für einen damals Siebenundsechzigjährigen ist eine Frau Anfang vierzig jung –, leidenschaftlich und wild. Doch seit ihm ihre Leidenschaft im Bett zu viel geworden ist, lässt sie sie leider im Alltag an ihm aus, was gewaltig nervt. Wie gut, dass er sie in wenigen Tagen los sein wird.

»Wo bist du schon wieder gewesen? Wer ist sie? Wie heißt sie?«

Gott, immer die gleiche Leier. Seit er im Bett nicht mehr so kann, wie sie es offensichtlich erwartet, verdächtigt sie ihn, seine Energie in Betten anderer Frauen zu vergeuden. Natürlich ist das völlig aus der Luft gegriffen. Mein Gott, er ist zweiundsiebzig, auch wenn ihm das niemand ansieht. Er kann auch nicht mehr so, wie er gern wollen würde. Höchstens noch ab und zu, und diese Schäferstündchen sind nicht einmal ganz freiwillig und finden nur selten mit seiner Frau statt. Was soll er denn machen? Er hat nun einmal den Ruf eines Weiberhelden, und dieser Ruf verpflichtet. Wenn er also schon mit einer anderen flirtet oder schläft, dann hat das vielleicht etwas mit seinem Ruf zu tun – und mit Viagra –, aber doch überhaupt nichts mit Gwendolyn. Das hat er ihr schon so oft gesagt. Weiber! Dass sie sich so etwas nie merken können.

»Das Objekt deiner Eifersucht ist dein Sohn Ferdinand. Er hat mir seinen Koffer geliehen. Ach ja, und ich soll dir bestellen: ›Schöne Grüße an Mam!‹ *Mam!* Was für ein grässlicher neumodischer Ausdruck für ›Mutter‹. Diese Anglizismen und Amerikanismen können mir gestohlen bleiben.«

Gwendolyn lässt von ihm ab und bricht in Tränen aus. »Es tut mir ja so leid, Bernie.« Sie hebt die Bücher vom Boden auf und trägt sie ins Wohnzimmer. »Aber ich bin so schrecklich eifersüchtig. Ich könnte es nicht ertragen, wenn du mich noch einmal vor allen Leuten demütigst. Wie steh ich denn da? Immer machst du mit anderen Frauen rum, jungen Mädchen, die deine Töchter, ach, was sage ich, deine Enkelinnen sein könnten. Weißt du, wie die Leute über mich reden, wenn sie solche Bilder in den Zeitungen sehen? Sie sagen …«

Bla, bla, bla, denkt Grundlsee, schaltet auf Durchzug und folgt ihr mit dem Koffer in die Wohnung. Weibergewäsch. Sinnloses Lamentieren. »Suderei«, wie es der Exbundeskanzler einmal genannt hat. Grundlsee tut nicht einmal so, als würde er ihr zuhören, sondern ist in Gedanken bereits bei den nächsten Monaten. Ob er wohl sämtliche seiner bisherigen Bücher mit in den Turm nehmen soll? Das würde sicher Eindruck machen. Schon sieht er den Kommentar unter entsprechenden Bildern vor sich: »Inspiriert vom Geist und der Aura seiner eigenen Werke schreibt der intellektuelle Literat an seinen Memoiren.« Außerdem würde das Turmzimmer dann nicht mehr ganz so kalt und kahl wirken, und er könnte die religiösen Bücher, die die bisherigen Turm-Eremiten gelesen haben, getrost aus den Regalen entfernen lassen. Man hat ihm bereits gesagt, dass die Bibel und der Koran bereitlägen. Die Bibel? Der Koran? Was, bitte, soll er denn damit? Und wie schaut das denn aus, wenn ihn

Journalisten im Turm wegen einer Fotostory besuchen? Da sollte man doch besser die Gelegenheit nützen, seine eigenen Bücher ins rechte Rampenlicht zu rücken.

»Versprich mir, dass du in Zukunft treu bist, Bernie.«

Gwens absurde Forderung dringt nun doch durch seine Gedanken zu ihm durch. »Versprich mir, dass man dich in Zeitschriften nie wieder in den Armen anderer Frauen abbilden wird. Dass du nie mehr …«

Schlagartig sieht er wieder das Objektiv der Kamera vor seinem geistigen Auge, das vorgestern Abend auf ihn gerichtet war. Den Fotografen dahinter hat er leider beim besten Willen nicht erkennen können, doch der altbewährte Trick, im Restaurant die Vorhänge scheinbar beiläufig etwas zur Seite zu schieben, um den neugierigen Presseleuten ein willkommenes Fressen zu bieten, hatte wieder einmal funktioniert. Mit einigen Leuten vom ORF hatte er beim Nobel-Italiener im 1. Wiener Bezirk zu Abend gegessen, als er plötzlich das Objektiv entdeckte. Er konnte sich immer noch auf seinen durch langjährige Übung geschulten Instinkt verlassen. Rasch legte er den Arm um die hübsche Fernsehmoderatorin, die zufällig neben ihm saß, und drückte ihr einen Schmatz auf die Wange. Sie war zwar sichtlich überrascht, wehrte sich aber nicht. Vielleicht auch deshalb nicht, weil die Kamera und damit auch sein Arm rasch wieder verschwanden. Von der Anwesenheit ihres Freundes auf der anderen Seite des Tisches hatte der Fotograf offensichtlich nichts mitbekommen – und der Freund hatte den Zwischenfall zum Glück ignoriert. In welcher Zeitung das Foto und die es begleitenden kecken Mutmaßungen wohl erscheinen werden?

»Ich sage es dir noch einmal, Bernie, die nächste Weibergeschichte, und ich bring dich um! Und wenn ich mich dafür heimlich deinen dummen Turm hinaufschleichen muss …«

Bla, bla, bla, denkt Grundlsee noch einmal und hebt den Koffer auf den Wohnzimmertisch. Im Nachhinein wäre es vielleicht besser gewesen, er hätte die Worte seiner Frau ein wenig ernster genommen, aber das weiß er natürlich noch nicht.

## 8

Beim Ranking der wichtigsten Männer Oberösterreichs, das die Zeitung »Austria« auch in diesem Frühjahr wieder veröffentlicht hat, belegte Dr. Georg Stösser den dritten Platz. Damit landete er unmittelbar hinter dem Landeshauptmann und dem Generaldirektor der Raiffeisen-Landesbank, aber noch vor seinem Kollegen des benachbarten Stahlwerkes und einem Sänger mit Ziehharmonika. Als Generaldirektor der Linzer Chemiewerke LCW unterstehen Stösser fast viertausend Mitarbeiterinnen und Mitarbeiter. Der promovierte Chemiker zählt zu den anerkanntesten Fachleuten auf seinem Gebiet, und seine Mitarbeit in der Testphase der Polyolefin-Meltblown-Anlage sorgte selbst in internationalen Fachkreisen erst kürzlich für Aufsehen. Im näheren Umfeld gilt Dr. Stösser als machtbewusster, aber durchaus umgänglicher Manager, als ehrgeiziger Golfspieler und begnadeter Netzwerker.

»Der Georg Stösser kennt Gott und die Welt«, hatte der Landeshauptmann dem hochrangigen Publikum begeistert verkündet, als er ihm das »Goldene Ehrenzeichen des Landes« an die Brust heftete, »und Gott und die Welt kennen ihn.«

Damals hat er geschmeichelt gelächelt und seinem Laudator insgeheim recht gegeben. Doch als er jetzt so dasitzt und die Worte seines Sohnes in den Ohren nachklingen, da fühlt er sich, als hätte Gott ihn schlagartig aus seinem Bekanntenkreis verbannt.

Dabei hatte der Sonntagmorgen so friedlich begonnen. Alles war perfekt. Der Frühstückstisch elegant gedeckt, beide Kinder anwesend, seine Frau chic zurechtgemacht, korrekt frisiert und gut gelaunt, das Frühstücksei nicht zu hart und nicht zu weich und knusprig krachende Kaisersemmerln zwischen seinen Fingern.

»Ich weiß ja nicht, ob's euch interessiert«, begann Stefan, also sein Sohn, unvermittelt, während sich seine Frau und Helene, die Jüngste der Familie, über deren Tanzstunde unterhielten, »aber die Jenny ist schwanger.«

Hätte Helene nicht erschrocken nach Luft geschnappt, wäre Georg Stösser die Tragweite dieser beiläufig geäußerten Worte gar nicht bewusst geworden.

»Und wer, bitte, ist die Jenny?«, wollte er wissen.

»Na, die Freundin vom Drazal-Joesi.« Stefan zuckte beiläufig mit den Schultern.

Er selbst schaute ratlos von seinem Sohn zu seiner Frau, dann zu Helene und schließlich wieder zu Stefan zurück »Und warum erzählst du uns das?«

»Drazal?«, erkundigte sich seine Frau. »Der Name sagt mir etwas …« Sie überlegte kurz. »Sag jetzt nicht, dass du den Schläger meinst. Er ist Schlosser, wenn ich mich richtig erinnere. Voriges Jahr habe ich eines seiner Opfer vor Gericht vertreten. Der Mann sollte eigentlich in der Haftanstalt Stein sitzen, er ist zu achtzehn Monaten unbedingter Haft verurteilt worden.

»Und ist seit ein paar Tagen wieder auf freiem Fuß.« Stefans Stimme war düster.

»Und da hat er gleich seine Freundin geschwängert? Das ging aber prompt. Alle Achtung«, sagte Georg, weil er es nicht leiden kann, wenn ihm ein Gespräch entgleitet.

Sein Sohn schaute ihn mit großen Augen an, während Helene in ihre Serviette kicherte.

»Was redest du da? Warum sollte sich der Alte an der Jenny vergreifen?«

Er verstand gar nichts mehr. »Aber du hast doch selbst gesagt, dass der Schläger, also dieser Drazal, eine gewisse Jenny geschwängert hat, von der ich immer noch nicht weiß, wer das eigentlich sein soll. Eine Studienkollegin?«

»Der Drazal, von dem die Mama redet, ist der Vater vom Joesi«, erklärte Stefan ungeduldig und mit kaum zu überhörendem Trotz. »Der Joesi ist der Freund von der Jenny. Aber das Kind von der Jenny ist nicht vom Drazal, weder vom Joesi und schon gar nicht vom Alten, sondern von mir.«

»Dann werde ich ja Tante!« Helene war die Einzige am Frühstückstisch, die sich für ihren neuen Status begeistern konnte.

Es war nicht das erste Mal, dass sich Georg Stösser fragte, womit er einen so dämlichen Sohn verdient hatte. Seine Frau war zweifellos intelligent, das stellte sie jeden Tag in ihrer Rechtsanwaltskanzlei unter Beweis, und bei ihm selbst stand die Intelligenz ohnehin außer Frage. Aber bei Stefan war er sich nie sicher gewesen. Gut, der Junge hatte in der Schule stets annehmbare Noten, und sein Studium – Kommunikationswissenschaften, was auch immer das sein soll – verlief ohne nennenswerte Klagen. Dennoch wäre es ihm lieber gewesen, Stefan hätte etwas anders studiert, irgendetwas, das man in der Wirtschaft brauchen konnte, aber er hatte sich im Familienrat nicht durchgesetzt. Und nun machte ihn der Depp mit dreiundzwanzig tatsächlich zum Großvater. Kopfschüttelnd fuhr er sich mit beiden Händen durch sein schütter werdendes Haupthaar. »Schon mal etwas von Kondomen gehört, Parisern, Gummis?«

»Georg!« Die Frau Rechtsanwältin reagierte schockiert. »Denk an Helene.«

Ihre Tochter kicherte.

Mit mehr Lässigkeit, als er empfand, zuckte Stefan wieder mit den Schultern. »Ich wollte nicht mit Gummistiefeln schwimmen gehen.« Entnommen aus der Taschenbuchreihe »Die coolsten Sexwitze«, Band 12.

Sein Vater fuhr auf. »Bitte?«

Stefan bemerkte, dass sein Versuch eines Scherzes bei seinem Vater nicht so gut wie erhofft angekommen war. Also wurde er zunehmend sauer. Wer war er denn, dass er sich für sein Leben rechtfertigen musste? Er war dreiundzwanzig, und außerdem traf ihn nicht die geringste Schuld. Was konnte er denn dafür, dass die dumme Schnalle nicht aufgepasst hatte?

»Ich dachte, Jenny nimmt die Pille.«

»Natürlich, mein Sohn *dachte*, sie nimmt die Pille …« Die Stimme seines Vaters triefte vor Hohn. »Das kommt also dabei heraus, wenn mein Sohn denkt. Lass das Denken in Zukunft lieber gleich ganz bleiben. Man soll nur tun, was man auch kann.«

Stefan wurde rot.

»Wie wollt ihr weiter vorgehen? Wie willst du das Kind finanzieren?« Frau Rechtsanwältin Stösser beschloss, Vernunft statt Sarkasmus walten zu lassen.

Stefan, nicht im Geringsten beruhigt, schaute seine Mutter an, als hätte nun *sie* völlig den Verstand verloren. »Ich will gar nichts finanzieren. Ich dachte, ihr könnt mir das Geld für die Abtreibung leihen, also schenken, meine ich. Die Jenny will zwar nicht, aber die kriege ich schon noch so weit, dass sie –«

Nun läuft auch sein Vater rot an. »Ich denke gar nicht daran, eine Abtreibung zu unterstützen. Wir sind hier ein katholischer Haushalt, du Hohlkopf! Ihr werdet zu eurem Fehler stehen und das Kind großziehen. Und du wirst dir eine Arbeit suchen, damit du deinen Anteil dazu beitragen kannst.«

Stefans fassungsloser, vielleicht auch ein wenig hilfesuchender Blick zu seiner Mutter nützte ihm nichts. »Sehr richtig, Georg. Du nimmst mir die Worte aus dem Mund. Wir Stössers drücken uns nicht vor unserer Verantwortung. Das gilt auch für dich, Stefan.«

Georg Stösser erhob sich von seinem Stuhl und knallte die Stoffserviette neben den Teller. »Mir ist der Appetit vergangen.« Er zog das Handy aus seiner Hosentasche und wandte sich wieder an seinen Sohn. »Natürlich musst du dir einen Job in Wien suchen, den du mit deinem Studium vereinbaren kannst. Und in den Ferien reicht ein Praktikum beim ›Tagesblatt‹ aus. Ich werde sofort den Herausgeber anrufen. Es ist mir zwar unangenehm, ihn beim Sonntagsfrühstück zu stören, aber da erreiche ich ihn wenigstens.«

Stefan winkte ab. Er hatte nicht die geringste Lust auf das Provinzblatt. »Die Mühe kannst du dir sparen, Papa Freunde von mir haben schon nachgefragt. Das ›Tagesblatt‹ nimmt in diesem Sommer niemanden mehr.«

Doch sein Vater suchte unbeirrt weiter nach dem richtigen Namen im Verzeichnis. Aufgrund fortschreitender Alterssichtigkeit hatte er dazu seine Brille gegen Kurzsichtigkeit auf die Nasenspitze vorgeschoben und überprüfte nun über deren Rand hinweg das Display. »Es mag richtig sein, dass sie nicht *jeden* nehmen, aber einen Stösser nehmen sie ganz sicher.«

»Der Joesi Drazal bringt mich um«, murmelte Stefan. Es war alles, was ihm dazu einfiel.

Das Telefon wählte bereits. »Und das kann ich ihm nicht einmal verdenken. An seiner Stelle würde ich genauso handeln«, sagte sein Vater, ohne die Worte seines Sohnes wirklich ernst zu nehmen und seine eigenen wirklich so zu meinen. Dann meldete sich der Herausgeber. »Ach, Luigi, wie geht's, alter Freund? Ich bräuchte mal deine Hilfe, kannst du kurz einige Minuten für mich erübrigen?«

## 9

Seite 1, Zeitung »Austria«, Schlagzeile

### Sensation: LaBelle kommt nach Linz!

Wer hätte das gedacht? Der LIVEVE unter der bewährten Leitung von Hans Pichler ist nach all den Ereignissen der letzten Jahre neuerlich ein großer Coup geglückt: Sie bringt LaBelle in unsere Heimatstadt! Damit steigt Linz endgültig in die erste Riege von Österreichs Kulturhochburgen auf. LaBelle, die, wie sie »Austria« exklusiv verrät, im nächsten Film die Mutter von James Bond verkörpern wird, gastiert mit ihrem weltberühmten »Cole-Porter-Abend« in der oberösterreichischen Hauptstadt. Der Abend verspricht ein Ereignis der Superlative zu werden. Die Diva wird Gustostückerl aus ihrem musikalischen Repertoire zum Besten geben, die die Welt so noch nicht gehört hat. Als einzige Zeitung Österreichs verlost »Austria« drei Karten für den VIP-Bereich.

Zeitung »Tagesblatt«, irgendwo im Innenteil, Kommentar des leitenden Kulturredakteurs (hg):

… und da drängt sich jedem vernunftbegabten Bürger natürlich die Frage auf: Warum erst jetzt? Wenn die LIVEVE über so gute Kontakte zu Hollywood verfügt, wie ihr bisher eher mäßig erfolgreicher Langzeitmanager Hans Pichler behauptet, warum hat man diese dann nicht schon längst spielen lassen? Warum hat man nicht schon längst Nutzen aus diesen Kontakten gezogen, wenn denn eine, Sie verzeihen bitte dem Schreiber die offenen, wenig charmanten Worte, alternde Hollywood-Diva, die ihre besten Jahre längst hinter sich hat und sich beim Casting für die Rolle der Großmutter im nächsten James-Bond-Film anstellen muss, überhaupt einen Nutzen für die Stadt bringen kann. Eine Schauspielerin, die von ihrer despotischen Mutter vor mehr als fünfzig Jahren zu diesem Beruf gezwungen wurde und deren Vater, wie in Insiderkreisen zu hören ist, ein ranghoher Nationalsozialist gewesen sein soll, dessen Klüngel der jungen Caroline Schönhuber – denn einen so banalen Namen trägt Frau LaBelle in Wirklichkeit – in den fünfziger Jahren des letzten Jahrhunderts den Einstieg beim Film ermöglichte. Leider hat es Frau LaBelle selbst bisher noch mit keinem Wort für nötig erachtet, sich von diesem Gedankengut zu distanzieren.

## 10

Seinen Einzug in Linz hat sich Bernd Werner Grundlsee irgendwie anders vorgestellt. Jubelnder, triumphaler. Erweist nicht er, der große Literat von Weltruf, ihr, der mittelmäßigen Provinzstadt, die Ehre? Ist es denn nicht so, dass er, der vielfach international ausgezeichnete Poet, diese Stadt für einige Monate aus der grauen Masse anderer Industriestädte herausheben wird, um ihr einen Hauch von Kultur zu verleihen? Mindestens den Bürgermeister hatte er zur Begrüßung am Bahnhof erwartet, insgeheim aber schon auf den Landeshauptmann spekuliert. Und natürlich hatte ihm der Direktor der LIVEVE in seiner Vorstellung persönlich den roten Teppich ausgerollt. Sogar mit einem Mädchenchor in Dirndlkleidern und den traditionellen Linzer Goldhauben hätte er sich abgefunden, obwohl er Volksmusik nicht ausstehen kann. Mit Kindern und Politikern und dem überdimensionalen Blumenstrauß, mit dem man ihn empfangen hätte, hätte er sich zum Gruppenfoto zusammengestellt, um der versammelten Weltpresse buntes Zeugnis seiner Beliebtheit abzulegen. Doch die Realität sieht anders aus. Fassungslos steht er am oberen Ende der steilen Treppe seines Waggons und muss der Tatsache ins Auge sehen, dass nicht nur der rote Teppich fehlt, sondern er wohl oder übel seinen schweren Koffer – der Rest des Gepäcks inklusive Bücher ist von seinem Agenten schon gestern nach Linz gebracht worden und sollte im Turmzimmer auf ihn warten – selbst auf den Bahnsteig hinunterheben muss. Seine Laune sinkt rapide. Nur einer gezückten Kamera ist es zu verdanken, dass ihm sein – berühmt charmantes – Lächeln nicht vollkommen gefriert. Wie tief würde seine Laune erst sinken, wüsste er, dass die von ihm erwarteten Politiker tatsächlich vorgehabt hatten, ihn persönlich in Empfang zu nehmen – wer lässt schon eine Gelegenheit aus, sich als Freund der gehobenen Kunst zu präsentieren? –, aber die Ankunft von Caro LaBelle just zur selben Zeit ihr Kommen verhindert hat? Hollywood/USA schlägt Hietzing/Wien eben immer noch um Längen. Auch

Hans Pichler ist aus demselben Grund nicht anwesend, hat jedoch seine Stellvertreterin geschickt. Eine engagierte junge Frau, leider noch völlig ungeübt in öffentlichen Auftritten, die Grundlsee zuerst vergeblich bei den Wagen der zweiten Klasse gesucht hat und ihm nun mit hochrotem Kopf entgegeneilt. Zumindest der überdimensionale Blumenstrauß, den sie ihm mit leiser Stimme und zittriger Hand überreicht, entspricht halbwegs seinen Erwartungen. Hinter ihr nähert sich gemäßigten Schrittes Monsignore Gruber. Grundlsee kennt den Geistlichen bereits. Der Mann hatte es für notwendig befunden, mit ihm ein Vorbereitungsgespräch zu führen. Anscheinend konnte der Pfarrer nicht verstehen, dass er mediengerecht im Turm seine Memoiren schreiben will – um endlich einmal so richtig abzukassieren. Seine Lyrik bringt ihm zwar Preise und Anerkennung ein, aber nicht den Rubel, den er sich erhofft – und nicht etwaige Gebete. Und meditieren will er schon gar nicht. Schließlich ist er ein Mann, kein Weichei. Aus der Kirche ist er auch schon lange ausgetreten, aber das muss er dem Pfaffen ja nicht auf die Nase binden.

Aha, das lokale Fernsehen, immerhin. Grundlsee wirft sich in Pose. Im Zug hat er noch kurz mit dem Gedanken gespielt, beim Betreten des Bahnsteigs Linzer Boden zu küssen. Quasi als Symbol seiner Hingabe an die Stadt und als Anflehen der Musen um Inspiration. Aber für diese Geste erscheint ihm das Empfangskomitee jetzt doch zu dürftig, auch wenn sich der wichtigtuerische Dicke mit der Brille als Stellvertreter des Stadtrats vorgestellt hat. Jetzt kommt auch noch Hubert Grobian vom »Tagesblatt« mit wehendem Mantel die Rolltreppe heraufgestürmt. Der leitende Kulturredakteur persönlich. Sein Auftauchen versöhnt Grundlsee ein bisschen. Er weiß ja nicht, dass er Grobians Kommen allein der Tatsache zu verdanken hat, dass dieser Hans Pichler von der LIVEVE dadurch eins auswischen will, dass er den Aufenthalt der Diva demonstrativ ignoriert. Leider folgt Grobian noch jemand die Rolltreppe herauf. Evelyn. Mit blond gefärbtem Haar und einer viel zu engen roten Hose. Hinter ihr schlurft ihr völlig vertrottelter Sohn daher.

»Bernie! Wir sind's!«, ruft Evelyn schon von Weitem – als ob das nicht ohnehin unübersehbar wäre – und läuft ihm winkend entgegen. »Das wollten wir uns doch nicht entgehen lassen. Wenn du schon einmal höchstpersönlich in unsere Stadt kommst! Grüß Sie Gott!«

Sie streckt allen Anwesenden die Rechte entgegen, schüttelt ihre Hände, ohne ihnen wirklich ins Gesicht zu sehen. Ihre Aufmerksamkeit gilt allein dem Literaten, der darauf gut hätte verzichten können.

»Evelyn, mach dich nicht lächerlich.« Er versucht ihr diese Worte diskret ins Ohr zu flüstern, doch der Frau steht nicht der Sinn nach Diskretion.

»Ich mache mich doch nicht lächerlich, Bernie. Ich freue mich einfach nur, dass du uns endlich einmal besuchen kommst. Wir haben uns so viele Jahre nicht gesehen. Sag deinem Vater schön Grüß Gott, Bub.«

Während die anderen an Grundlsees Familienverhältnissen zum Glück offensichtlich wenig Interesse zu haben scheinen, fährt Hubert Grobians Kopf herum. Vater? Seinem Wissen nach sind alle bisherigen Ehen des Poeten kinderlos geblieben. Ist er hier vielleicht einer kleinen Pikanterie auf der Spur, die er seiner Leserschaft exklusiv präsentieren kann? Bislang hat er jedenfalls noch nie etwas von einem Grundlsee-Kind gehört.

Der Kameramann vom lokalen Fernsehen zoomt das Gesicht des Literaten heran. In der Großaufnahme ist zu sehen, dass diesen Lächeln und Charme völlig verlassen haben.

»Ich bin nicht der Vater ihres Bankerts, Frau …« Verdammt, er hat tatsächlich vergessen, wie die Evelyn mit Nachnamen heißt. Es hätte viel distanzierter geklungen, hätte er sie jetzt mit dem Nachnamen anreden können. »Wie oft soll ich Ihnen das noch sagen?«

»Keine Sorge: Ich will dich auch nicht zum Vater haben, Arschgesicht. Komm, Mamsch, wir gehen.«

Grobian schaut zu dem jungen Mann hinüber. Was für derbe Gesichtszüge, dazu noch mit entzündeten Pickeln übersät. Ein verkniffener, unverkennbar dummer Mund. Kleine graue Äuglein. Die Stirnfransen fallen ihm schräg in die Stirn. Wie alt mag der wohl sein? Anfang zwanzig?

»Schleich dich besser wieder aus der Stadt hinaus, Verbrecher!«

Die kreischende Stimme des jungen Mannes holt Grobian aus seinen Gedanken zurück.

»Red nicht so mit deinem Vater, Bub«, fordert Evelyn fast flehentlich, doch ihr Sohn hört ihr nicht zu, sondern baut sich in voller Körpergröße und muskulöser -breite vor dem Literaten auf.

Ein seltsamer Anblick, denkt Hubert Grobian. Der Alte ist höchstens halb so breit wie der Junge. Wie Vater und Sohn sehen die wahrlich nicht aus. Er mustert den jungen Mann von oben bis unten. Sein massiger Körper steckt in einem Jeansanzug. Ist der so durchtrainiert, dass er die Jacke fast sprengt, oder einfach nur fett?

»Na, was ist jetzt, Arschgesicht?« Die beiden Männer stehen einander Auge in Auge gegenüber.

»Red nicht so schirch, Bub«, mahnt die Evelyn noch einmal, jetzt schon etwas strenger. Und ebenso streng fragt sie Grundlsee: »Wann überweist du uns endlich wieder etwas Geld, Bernie? Wir müssen Heizöl bestellen. Weißt du überhaupt, wie teuer das ist? Du in deinem Luxusbunker in Wien …«

Jetzt wird es Grundlsee wirklich zu blöd. Dass man ihm auf die Nerven geht, ist eine Sache, aber bloßstellen lässt er sich nicht. Energisch schnappt er den Griff seines Koffers. »Treten Sie zur Seite, junger Mann. Und auch Sie, Frau …« Verdammt, wenn er sich doch nur erinnern könnte, wie sie heißt. »Sehen Sie nicht, dass Sie mir im Weg stehen?«

Reflexartig tut Evelyn wie ihr geheißen, gibt aber noch nicht auf. »Der Bub hat schon wieder seine Arbeitsstelle verloren. Alle sind immer so gemein zu ihm.« Sie verlegt sich aufs Betteln. »Bernie, bitte, sei doch so gut …«

Aber der gute Bernie denkt gar nicht daran, der Frau in der Zukunft für was auch immer irgendetwas zu überweisen. Blöd genug, dass er ihr in der Vergangenheit manchmal hat Geld zukommen lassen. Nicht dass er dazu verpflichtet gewesen war, das sicher nicht, aber die Evelyn hat ihm eben leidgetan. Was war sie für eine fesche Katz gewesen, damals. Jetzt ist sie nur noch eine verbitterte, keifende Kuh. Dass er der Vater von diesem, diesem … Kretin ist, das muss sie ihm erst einmal beweisen.

Aber um diesen Beweis zu erbringen, müsste er erst einmal einen Vaterschaftstest machen lassen, was er selbstverständlich nicht tun wird. Immerhin besteht ja die Möglichkeit – wenn auch klitzeklein –, dass er tatsächlich der Vater von diesem muskelbepackten Idioten ist, und das will er keinesfalls schwarz auf weiß haben.

Wenn es nichts zu reden gibt, dann hilft es meist, einfach weiterzugehen. Das weiß Grundlsee aus langjähriger Erfahrung. Er ist schließlich ein Weiberheld und kein Frauenversteher.

»Meine Herren, auf zu neuen Ufern«, fordert er daher, fest entschlossen, Evelyn und ihren Sohn nicht weiter zu beachten, und strebt in großen Schritten auf die Treppe zu. Pichlers Vertreterin hofft, dass sie in der Bezeichnung »meine Herren« ebenfalls eingeschlossen ist, und folgt den Männern, die sich bereits an Grundlsees Fersen geheftet haben.

»Bleib stehen, du gemeiner Hund!«, ruft Evelyn ihm noch nach, die erkannt hat, dass flehentliches Betteln nicht weiterhilft.

»Das wirst du bereuen, du Arschgesicht!«, schreit ihr umfangreicher Sohn. »Dich mach ich kalt, mit links mach ich dich kalt!«

»Wir sehen uns wieder, Bernie«, flüstert Evelyn, »das verspreche ich dir. Ich weiß ja jetzt, wo ich dich finde.«

Doch Grundlsee und sein Tross sind bereits in der Dunkelheit der Bahnhofsunterführung verschwunden.

## 11

Der Empfang ist einer Königin würdig. Der »Blue Danube«-Flughafen Linz/Hörsching platzt aus allen Nähten vor Menschen, die aus ganz Österreich und den benachbarten Ländern angereist sind und sich schon seit den frühen Morgenstunden um die besten Plätze raufen. Ein roter Teppich wurde direkt vom Rollfeld durch das Gebäude hindurch bis hin zur Limousine verlegt, die man sich bei »Ferdis Hochzeitsträume« ausgeliehen und deren schnörkeligen Schriftzug »In den 7. Himmel mit Ferdi« – neben zwei sich küssenden Tauben – man noch schnell mit wiederablösbarer schwarzer Folie überklebt hat. Die Menge wartet, abgetrennt durch stabile Absperrungen, Autogrammkarten in den vor Aufregung feuchten Händen, Kugelschreiber bereit, Hoffnung im Blick. Wie würden sie Freundinnen um die Unterschrift von der LaBelle beneiden! Und was würde diese bei eBay einbringen?

Nur die Politprominenz und die Honorarkonsulin der USA wurden direkt auf den Teppich vorgelassen. Die Musikkapelle hat den »Yankee Doodle« und alternativ auch die oberösterreichische Hymne »Hoamatland« als Willkommensgrüße einstudiert. Das Empfangskomitee blickt staatstragend an den blitzenden Kameras vorbei und neugierig dem Learjet entgegen, der von der Landebahn zum Flughafengebäude rollt. Die Hebebühne, die von LaBelles Assistentin beim Zwischenstopp in Frankfurt telefonisch geordert worden war, ist auch noch in aller Eile besorgt worden. Als die Maschine zum Stillstand kommt, kennt der Jubel der Menge kein Halten mehr. Die Fotografen drängen sich um das Foto ihres Lebens, Musik erschallt, und der Stadtrat klopft Hans Pichler mit derartiger Wucht auf die Schulter, dass dieser um ein Haar laut aufgeschrien hätte, wäre ihm nicht bewusst geworden, dass dieser Schlag die längst fällige Anerkennung bedeutet, für die er seit Jahren bisher vergeblich gearbeitet hat. Der Ritterschlag sozusagen. Sein Strahlen wird noch strahlender. Jetzt darf während des Aufenthalts der LaBelle in Linz nur nichts schiefgehen. Mit einem großen weißen Taschentuch wischt er sich erst den

Schweiß von der Stirn und dann auch verstohlen seine Handflächen trocken.

Als die Luke des Flugzeugs geöffnet wird, streckt eine Stewardess ihren kess behüteten Kopf aus dem Inneren, um die Lage zu erkunden, und tritt dann zur Seite, um Platz für ihren berühmten Passagier zu machen. Die Hebebühne wird zur Öffnung gefahren. Präzisionsarbeit ist gefragt, und plötzlich ist sie da: die LaBelle. Caro LaBelle aus Hollywood. Nichts, aber auch gar nichts an ihr erinnert an die kleine Caroline Schönhuber aus dem 10. Wiener Gemeindebezirk, die sie vor vielen, vielen Jahren einmal gewesen ist. So eine elegante Erscheinung! Eine Figur hat die Frau! Sagenhaft. Und das mit knapp siebzig. Der Herr Stadtrat schnalzt anerkennend mit der Zunge. »Sehen Sie, Pichler, das habe ich immer mit ›Kracher‹ gemeint!«

Das violette Kostüm der LaBelle sitzt hauteng und hätte auch der singenden Gattin des ehemaligen französischen Staatspräsidenten an Stil und Klasse alle Ehre gemacht. Ihre Hände stecken in feinen Kalbslederhandschuhen des exakt gleichen hellgrauen Farbtons wie der ihrer Handtasche. Die noch vor Kurzem lange blonde Mähne wurde zu einem flotten Pagenkopf gestutzt, die überdimensionale dunkle Sonnenbrille ist weniger dem Wetter als ihrem Ruf als kapriziöse Diva geschuldet. Eine dreireihige Perlenkette ist das einzige Schmuckstück, das die LaBelle trägt. Nur ein Verband am linken Knie stört das makellose Bild. Etwas. Nicht zu sehr.

»Frau LaBelle hat sich vor einer Woche am letzten Drehtag für ihren neuesten Film verletzt«, flüstert Pichler dem Stadtrat ins Ohr, der ihm einen fragenden Blick zugeworfen hat. »Nichts Ernstes. Nichts, was ihren Auftritt bei uns gefährden könnte. Allerdings hat ihr der Arzt das Stiegensteigen verboten.«

Warum trägt sie bloß einen Rock, wenn ihr Knie doch so dick bandagiert ist?, fragt sich die Konsulin im Stillen und kommt zu dem Schluss, dass sie in dieser Situation einer Hose den Vorzug gegeben hätte.

Und dann eilen sie alle nach vorn, um die Diva zu begrüßen, die eben zum ersten Mal seit mehr als sechsundvierzig Jahren österreichischen Boden betreten hat.

Im Hotel ist längst alles vorbereitet. Noch gestern hat der Direktor eine Gruppe auserwählter Journalisten und ein Kamerateam des ORF durch die Räume geführt.

»Gibt es einen Grund, warum die LaBelle ausgerechnet bei Ihnen und nicht in einem der großen Hotels absteigt? Man hätte doch meinen können, so ein Star würde das Haus einer internationalen Kette bevorzugen?«, war die erste Frage eines Journalisten gewesen.

Doch auch der Hoteldirektor wusste keine Antwort darauf, wenn er ehrlich war. Er selbst hatte sein Glück kaum fassen können, als sich die LIVEVE bei ihm meldete. Vielmehr hatte er zuerst an einen Scherz gedacht, aber nein, das konnte er jetzt nicht sagen. Also holte er aus. »Frau LaBelle bevorzugt bei allen Hotels, die sie mit ihrer Anwesenheit beehrt, kleine, gediegene Häuser, die dem Kolorit der Gegend Rechnung tragen.« Und die über einen uneinsehbaren Hinterausgang verfügen. Aber das sagte er wohlweislich nicht. »Es standen wohl mehrere Hotels zur Wahl, aber als Frau LaBelle erfuhr, dass vor Kurzem einige Musiker der Wiener Philharmoniker bei uns zu Gast waren, hat sie die Buchung sofort bestätigt. Wie man hört, versäumt Frau LaBelle keine Übertragung des Neujahrskonzerts. Außerdem können auch wir unserem prominenten Gast allen nur erdenklichen Komfort bieten. Das fängt mit einem Butlerservice an«, den sie abgelehnt hatte, aber auch das sagte er nicht dazu, »und geht so weit, dass wir neben WLAN auch Wertkartenhandys für ihre gesamte Entourage zur Verfügung stellen. Die meisten amerikanischen Handys kann man bei uns ja nicht verwenden.«

»So viel zur Globalisierung«, warf einer der jungen Journalisten ein, um zu beweisen, dass er im Wirtschaftsressort besser aufgehoben gewesen wäre. Dann begann der Direktor mit der Hotelführung.

Durch das mit dicken Teppichen ausgelegte oberste Geschoss schritt er voran und öffnete die erste Tür. »Erst vor wenigen Jahren haben wir im Hinblick auf das Kulturhauptstadtjahr das Haus komplett renoviert, aufgestockt und die geräumigen Dachfenster hier einbauen lassen. Sehen Sie nur den wunderschönen Ausblick auf die engen Gassen. Und dort drüben, etwa zweihundert Meter links von Ihnen, können Sie den Mariendom erblicken, der abends in warmes Licht getaucht einfach sensationell ausschaut.«

Da alle Journalisten einheimisch waren, konnte keiner von ihnen am Dom irgendetwas Sensationelles finden, aber bitte, vielleicht sah die Amerikanerin das ja anders.

»Das ist also *ihr* Zimmer?« Klick-klick-klick machten die Fotoapparate.

»Nein, nein, nein«, sagte der Herr Direktor. »Hier wird ihr Leibarzt wohnen, ein Spezialist für chinesische Medizin.« Er ging wieder auf den Flur zurück und öffnete die nächste Tür.

Das nächste Zimmer war viel größer. Neben dem überdimensionalen Bett standen ein Hometrainer, ein Stepper und ein Crosstrainer.

»Ein Fitnessstudio? Sagen Sie jetzt nicht, dass die Alte hier trainieren wird?«

Indigniert hob der Herr Direktor eine Augenbraue. Abfällige Bemerkungen über seine Gäste waren ihm verhasst, und in diesem Fall hasste er sie ganz besonders, denn der prominente Gast stand unter seinem persönlichen Schutz. Allerdings war er zu vornehm, um auch nur ein Wort über diesen Umstand zu verlieren. »Wir befinden uns hier im Zimmer des Leibwächters. Frau LaBelles Management legt höchsten Wert darauf, dass ihm während seines Aufenthalts in Linz beste Trainingsmöglichkeiten geboten werden. Wenn Sie jetzt bitte wieder vom Zimmerfahrrad heruntersteigen würden? Und verstellen Sie nichts, um Himmels willen! Alles ist bereits den vorgegebenen Maßen angepasst worden.« Die letzten Worte galten dem unflätigen Sprecher von eben, der sich schon auf den Hometrainer geschwungen hatte.

»Und wozu soll diese große, dicke Matte gut sein?«, erkundigte sich derselbe Journalist, als er wieder auf festem Boden stand.

»Vielleicht will der Leibwächter ja zur Abwechslung auch mal Purzelbäume schlagen?«, mutmaßte ein anderer.

Während die meisten über den schlechten Witz kicherten, kam die Redakteurin von der »Austria« so richtig in Fahrt. »Das habe ich im Fernsehen gesehen! Eine Reportage über eine Leibwächterschule in den USA, ich glaube, in Miami, wo man lernt, Promis zu bewachen. Wenn etwa ein Killer den zu Bewachenden angreift, dann schnappen sie ihn sich von hinten und knallen ihn mit einer Art Purzelbaum auf den Boden. Das müsst ihr euch mal vorstellen, das sah aus wie in einem Jackie-Chan-Film.«

Doch der Hoteldirektor hatte offensichtlich keine besonders große Lust, sich die Purzelbaumtechnik näher vorzustellen, und wies stattdessen auf die nächste Tür im Flur. »Wenn Sie mir bitte folgen wollen.«

Die Gruppe durchschritt das Zimmer der Assistentin, trat durch eine Verbindungstür und – voilà – stand endlich im Zimmer der Diva. Insgeheim hatten sich die Journalisten etwas Besonderes vorgestellt, etwas Großartiges, etwas Bombastisches, doch die Einrichtung war so schlicht wie die der anderen Zimmer. Kirschholzmöbel zu weißer Bettwäsche. Sauber, aber überraschend schlicht. Klick-klick-klick.

»Und für wie lange wurden die Räume gebucht?«

»Für eine gute Woche. Von heute bis zum nächsten Montag, um genau zu sein. Dann geht es wohl weiter nach Wien, wo Frau LaBelle, soweit ich weiß, ein weiteres Konzert gibt, bevor sie nach einer Einladung beim Bundespräsidenten in der Hofburg am darauffolgenden Mittwoch wieder nach Amerika abreisen wird.«

Die Journalisten machten sich eifrig Notizen.

»Wer wird Frau LaBelle begleiten?«

»Ihr Arzt und ein Leibwächter, die ich ja schon erwähnte, und natürlich ihre persönliche Assistentin.«

»Also wurde das gesamte obere Geschoss für vier Gäste gemietet?«

Der Direktor nickte und zupfte seine blütenweißen Manschetten unter den dunklen Anzugärmeln zurecht. »Eigentlich die beiden oberen Geschosse. Frau LaBelle braucht absolute Ruhe und Konzentration, um sich auf ihre Auftritte vorbereiten zu können, und da wollte man nicht riskieren, dass sie Lärm aus unteren Etagen stört.«

»Und wie schaut es mit der Sicherheit aus?« Die Frage kam von einem mittelgroßen Mann mit Glatze im grauen Trenchcoat, der sich bisher noch nicht zu Wort gemeldet hatte. Er stand mit dem Rücken zum Nachtkästchen vor dem Bett.

Der Direktor überlegte: Von welcher Zeitung war der noch mal?

»Ich hoffe jedenfalls, dass die Dame gut bewacht werden wird«, fuhr der Mann fort. »Schließlich ist sie eine weltbekannte Schauspielerin, die kann man doch nicht … Da muss man doch –«

»Der Kollege hat recht!« Auch die junge Journalistin von der »Austria« ereiferte sich, um dann die österreichische Popgruppe EAV zu zitieren: »Das Böse ist immer und überall!«

Alle lachten, nur der Mann im grauen Mantel und der Hoteldirektor blieben ernst. »Ihre Sorgen sind unnötig, meine Damen und Herren. Glauben Sie mir, Frau LaBelle kann sich in unserem Haus absolut sicher fühlen. An sämtlichen Treppen werden Männer des Sicherheitsdienstes postiert, und auch der Lift wird unter ständiger Kontrolle stehen. Alle Wachleute in Zivil sind von der Eliteeinheit Cobra ausgebildet worden.« In Wirklichkeit war nur einer bei der Cobra gewesen, aber so klang es einfach besser. »Sie werden so unauffällig wie möglich agieren, um die anderen Gäste nicht zu verunsichern.«

»Sicherheitskräfte, die verunsichern«, fasste die Redakteurin der »Austria« zusammen, »das ist wirklich witzig.« Sie kicherte, aber diesmal schloss sich niemand ihrer Heiterkeit an.

»Und natürlich dürfen Sie den Leibwächter nicht vergessen«, setzte der Direktor fort. »Ich sage Ihnen, ich habe Fotos von ihm gesehen. Das ist ein riesiger … Afroamerikaner, ein Mann wie ein Schrank!«

## 12

Der interne Chat auf der Internetseite der GDB war seit Wochen mehr schlecht als recht dahingeplätschert, wurde aber durch den Artikel von Hubert Grobian im »Tagesblatt« schlagartig wiederbelebt. Wahrscheinlich hätte den Redakteur der Schlag getroffen, hätte er gewusst, zu welchen Spekulationen seine Worte – die einzig und allein als eine Art persönlicher Rache an Hans Pichler gedacht waren – Anlass gaben.

Hasso: Im »Tagesblatt« steht, der Vater von der LaBelle könnte interessant gewesen sein. Glaubt ihr das?

Wolf: Wärst du ein wenig kulturinteressierter, mein junger Freund, dann wüsstest du, dass Hubert Grobian ein zuverlässiger Mann ist, dessen Worten man beruhigt Glauben schenken kann.

Hasso: Was bist du nur für ein arroganter Idiot?

Helge: Hallo, Freunde, nicht streiten! Es wäre doch schön, wenn wir von der Dame profitieren würden.

Wolf: Wenn der Vater wirklich ein hohes Tier war, dann hat sie sicher allerhand Passendes. Und wenn sie schon einmal im Lande ist … Wir haben doch beschlossen, uns keine Gelegenheit entgehen zu lassen, oder?

Hasso: Eh klar. Dieser Argentinier da, ehemaliger Deutscher aus Paderborn, um die neunzig, der zahlt doch Unsummen –

Helge: Langsam, langsam, mein Lieber, zuerst müssen wir mal etwas in der Hand haben.

Hasso: So gescheit bin ich auch.

Helge: Wie sollen wir Kontakt aufnehmen?

Hasso: Wisst ihr, wo sie wohnen wird? Ich könnte durchs Fenster einsteigen, ich hab da einen Freund –

Wolf: Bist du wirklich so blöd? Niemand von außen! Du machst uns mit deiner Dummheit noch alles zunichte.

Hasso: Ah geh, ich, du Arschgesicht? Ich hab doch den Argentinier aufgetrieben, oder etwa nicht?

Helge: Das stimmt, aber Wolf hat trotzdem recht, Hasso. Und einen Einbruch halte ich auch für keine besonders gute Idee. Alles muss unter uns bleiben und diskret ablaufen, sonst wird die Sache zu riskant. Also noch mal: Wie kommen wir an die Dame heran? Sicher wird sie gut bewacht.

Hasso: Von wem soll die alte Kuh denn bewacht werden? Für die interessiert sich doch eh niemand.

Wolf: Hast du eine Ahnung. Ich sage nur: Cobra.

Hasso: Was meinst du damit? Hat sie eine Schlange, oder was?

Helge: Blödsinn, das ist die Eliteeinheit der österreichischen Polizei. Die Burschen haben ziemlich was drauf. Aber woher weißt du, dass die Cobra die LaBelle bewacht, Wolf?

Wolf: Ich habe recherchiert.

Hasso: Ohne mich zu fragen? Hinter meinem Rücken?

Helge: Kein Grund zur Aufregung, Hasso. Du hast doch den Kontakt nach Argentinien, wir sitzen alle in einem Boot. Also, was hast du herausgefunden, Wolf?

Wolf: Langsam wird es mir echt zu blöd, was mir der Rotzlöffel immer unterstellt.

Hasso: Arschgesicht, gar nix unterstell ich dir! Und jetzt red endlich!

Wolf: Man muss solche Dinge durchdacht und strategisch angehen. Von meiner Tätigkeit damals bei »Täglich alles!« habe ich noch meinen Journalistenausweis.

Hasso: Was, du warst bei diesem Schmierblatt? Echt? Da würde ich es aber nicht wagen, mich als Journalist zu bezeichnen.

Wolf: Jetzt reicht's aber!

Helge: Hör nicht auf ihn, Wolf, ich bitte dich. Du weißt doch, dass Hasso ein Hitzkopf ist, er meint es nicht so. Also noch mal: Was hast du herausgefunden?

Wolf: Ich war bereits bei dem Besichtigungstermin für die Presseleute im Hotel, wo die LaBelle absteigen wird. Hab mich einfach unter die Journalisten gemischt.

Hasso: Und wenn schon. Das hätte ich auch tun können.

Helge: Hast du aber nicht, und es war ein kluger Schachzug. Was hast du erfahren, Wolf?

Wolf: Ich habe mir alles genau angesehen. Im Obergeschoss sind wir Zimmer für Zimmer abgegangen. Unglaublich, was die für einen Aufwand betreiben. Überall werden Sicherheitsleute postiert, wahrscheinlich mit dem Geld der Steuerzahler.

Helge: Du meinst, wir haben nicht die geringste Chance, an sie ranzukommen? Das wäre eine herbe Enttäuschung.

Wolf: Kein Grund, die Flinte ins Korn zu werfen. Ich bin strategisch genial vorgegangen.

Hasso: Das wage ich zu bezweifeln.

Wolf: Ich habe der LaBelle heimlich eine Nachricht in ihre Nachttischschublade gesteckt. Ich verspreche euch, dass sie darauf anspringen wird. Und wenn sie sich meldet, treffen wir uns mit ihr und schnappen sie uns. Ganz einfach.

Helge: Also, Wolf, ich muss sagen, das ist wirklich genial!

Hasso: Okay, das ist tatsächlich nicht schlecht. Ich werde dann schon einmal dem Argentinier Bescheid geben und ihm sagen, dass wir etwas für ihn haben. Der ist so was von heiß.

## 13

Könnte es sich Diana aussuchen, würde sie es sich an diesem Dienstagabend auf ihrer neuen blauen Couch gemütlich machen, sich ein Glas Wein einschenken und mit ihrem Exkollegen Hannes telefonieren. Aber Diana kann es sich nicht aussuchen, denn Tante Gusti hat zwei Karten für das LaBelle-Konzert ergattert. Da der Spielplan im neuen Musiktheater am Volksgarten schon seit Langem feststeht, wird das Ereignis im Großen Saal des bewährten und beliebten Brucknerhauses an der Donau stattfinden. Die eintausendvierhundertneunzig Karten sind binnen Minuten vergriffen gewesen, aber als langjährige, treue Abonnentin verfügt Tante Gusti über gute Kontakte zu den Damen an der Kasse. Diana und Tante Gusti werden in Reihe sieben sitzen, Parkett, Mitte.

Diana schlüpft in ihr kleines Schwarzes, Perlenkette dazu, hochhackige Pumps, fertig. Die glänzenden dunklen Locken umspielen ihr Kinn. Vor dem Spiegel zieht sie ihre Lippen mit einem sattroten Lippenstift nach und ist mit ihrem Anblick eigentlich ganz zufrieden. Eigentlich. Sie beugt sich nach vorn und betupft mit dem rechten Zeigefinger kritisch ihre Stirn. Diese Falte war vorige Woche noch nicht da. Die ist neu. Wahrscheinlich ein Willkommensgeschenk vom Herrn Kollegen See. Wer ist bloß auf die Idee gekommen, diesen Mann den »schönen Carlos« zu nennen? Mit seinen zu langen, dunklen Haaren könnte er an jedem Mittelmeerstrand locker als Gigolo für deutsche Touristinnen durchgehen. »Schmieriger Carlos«, die Bezeichnung hätte besser gepasst. Diana grinst ihr Spiegelbild an. Auch »lästiger Carlos« hätte es getroffen. Oder »überheblicher Carlos«, »ganz und gar unausstehlicher Carlos«, »Carlos, die Nervensäge«, »Carlos, der Sargnagel«, »Carlos, der Faltenverursacher« und, und, und.

Energisch schüttelt Diana den Kopf, um den Gedanken zu verbannen. So unangenehm kann ein Mann gar nicht sein, dass sie sich von ihm nicht nur die Arbeit, sondern auch noch den Abend vermiesen lässt. Die LaBelle ist in Linz, ein Hauch von

Hollywood weht durch die Stahlstadt, da sollte der Herr Carlos wirklich Sendepause haben.

Tante Gusti hat extra zwei Operngucker besorgt. Als sie ihr gestern einen in die Hand drückte, hatte sie vor Begeisterung ganz rote Wangen. »Ich freu mich so, dass wir zwei Hübschen wieder einmal etwas miteinander unternehmen! Und in der Pause gönnen wir uns zur Feier des Tages zwei Glaserl Sekt – natürlich auf meine Kosten.«

Mit Hannes kann Diana auch morgen noch telefonieren. Am besten gleich in der Früh, wenn sie noch nicht in der Arbeit ist, denn der Herr Carlos hat seine Ohren bestimmt überall. Sie möchte Hannes auf den aktuellen Stand der Dinge bringen, erwartet aber keinen Rat von ihm, dazu kennt er die Linzer Verhältnisse zu wenig. Doch allein die Tatsache, dass sie überhaupt mit jemandem reden kann, der sich auskennt, hat etwas Befreiendes. Hannes' trockener Humor hat ihr schon des Öfteren dabei geholfen, bittere Pillen leichter zu schlucken. Und bittere Pillen gibt's hier in Überdosis. So wie es derzeit noch in ihrer Abteilung läuft, kann es nicht weitergehen, das ist klar. Und obwohl doch sie die Leiterin von »Leib und Leben« ist, findet der Oberst einzig und allein das lobenswert, was Kollege Carlos See vorschlägt, und fällt ihr ohne Skrupel in den Rücken. Es ist ihr ein Rätsel, warum er sich nicht für den schönen Carlos als Abteilungsleiter starkgemacht hat, wenn er ihn doch gar so sehr schätzt. Warum hat er zugestimmt, sie aus Wien zu holen? Der kleine Fritz betet auch nur nach, was ihm Carlos, sein großes Idol, einflüstert, und die anderen Kollegen üben sich in Zurückhaltung.

Zum Glück ist derzeit nicht viel los. Vorige Woche ein versuchter Mord an einer Prostituierten am südlichen Stadtrand. Rasch aufgeklärt, da der potenzielle Täter nicht nur im Bordell namentlich bekannt war, sondern überdies so betrunken, dass er nach der Tat in seinem Fahrzeug eingeschlafen ist. Dazu noch ein paar Körperverletzungen, vorsätzliche und fahrlässige, insgesamt das Übliche eben. Normale Großstadtkriminalität.

Diana ist nun seit knapp drei Monaten in Amt und Würden. Ihr Büro, in dem neben einem großen Schreibtisch noch ein Tisch mit Besucherstühlen und ein massiver Aktenschrank Platz haben, ist durch eine Tür vom Büro ihrer beiden Kollegen See und Wöglinger getrennt, die einander gegenübersitzen. Sie achtet darauf, dass die Tür so gut wie immer offen steht. Zum einen als wohlüberlegtes Signal, dass es keine Mauern zwischen ihnen gibt und sie ein Team sind, und zum anderen, damit sie mit den beiden sprechen kann, ohne den Raum – und ihren PC – zu verlassen. Allerdings bekommt sie so auch die Bemerkungen des schönen Carlos mit. Ungefiltert und barrierefrei. »Nein, Frau Kollegin, so kann man das nicht sehen!«, »Das mag vielleicht in Wien gehen, wir hier in Oberösterreich haben unsere eigenen Methoden!«.

»Nein, Frau Kollegin, nein, Frau Kollegin!« Diana äfft den Tonfall des schönen Carlos nach, zieht ihrem Spiegelbild eine Fratze und versucht, so auszusehen wie Kollege See. Der Versuch ist vergeblich – zum Glück! –, aber er bringt sie zum Lachen. Ach, sie wird es schon irgendwie schaffen, ihre Mannschaft von einem konstruktiven Miteinander zu überzeugen. Sie hat sich noch immer auf ihre Hartnäckigkeit verlassen können.

Es läutet Sturm. Tante Gusti ist das Stockwerk heraufgeschnauft. »Ja, wo bleibst du denn, Kinderl? Wir müssen los. Wer weiß, ob wir noch in der Garage einen Parkplatz finden.« Sie kneift die Augen zusammen und begutachtet ihre Großnichte von oben bis unten. »Hübsch siehst du aus. Das ist aber ein schönes Kleid. So elegant! Habe ich dir schon gesagt, dass ich froh bin, dass du kein Hippie geworden bist wie deine Mutter, die Marianne? Die ist damit doch ziemlich, wie sagt man heutzutage … out, oder?«

Diana liebt Tante Gusti für Aussagen wie diese. Ein kleiner Kuss auf die Wange, dann gehen die Frauen Arm in Arm die Treppe hinunter und beschwingt zum Ausgangstor.

# 14

Stefan Stösser sitzt an seinem provisorischen Schreibtisch in einem der hinteren Zimmer der »Tagesblatt«-Redaktion, schaut auf Berge gestapelter alter Zeitungen, die man dort zwischengelagert hat, und ist wütend. Zuerst einmal auf seine Eltern. Was haben die sich bloß dabei gedacht, ihn hier an dieses Provinzblatt zu verschachern? Es kann doch nicht ihr Ernst sein, dass er mit den paar Cent, die er hier verdient, ein Kind mitfinanzieren soll! Wenn's hochkommt, reichen die höchstens für ein Paar neue Sportschuhe. Seinem Vater wäre wirklich kein Zacken aus der Krone gebrochen, hätte er ihm das Geld für die Abtreibung ohne viele Worte über den Tisch geschoben. Diskrete Hilfe von Mann zu Mann sozusagen. Leisten könnte er sich das allemal, der bigotte Spießer. Selbst eine Freundin haben – der soll bloß nicht glauben, dass er das nicht weiß und dieses Wissen nicht eines Tages entsprechend verwenden wird –, aber zu selbstgerecht, um seinem Sohn aus einer kleinen Verlegenheit zu helfen. Natürlich hat auch die Mama kein Verständnis für ihn. Die hat ja doch nur Augen und Ohren für die ach so wichtige Kanzlei und für die ach so brave Helene. Und dann hat er natürlich auch noch eine Mordswut auf die Jenny, die verdammte Schlampe, die sein momentanes Unglück ja erst ausgelöst hat. Wie blöd muss man denn sein, dass man es nicht einmal schafft, jeden Tag die Pille zu schlucken? Das gibt's doch gar nicht! Und zu guter Letzt noch Joesi Drazal. Der hat ihn auf das Wüsteste beschimpft und ihn mit mehreren SMS bombardiert, alles völlig unter jedem Niveau. Er weiß nicht, wie lang er sich das noch gefallen lassen wird. Vielleicht sollte er sein Handy der Polizei zeigen? Sicher würden die die SMS als Erpressungsversuche oder gefährliche Drohungen werten – mindestens. Aber eigentlich will er nicht zur Polizei gehen. Die Beamten hat er noch von voriger Woche in schlechter Erinnerung, als sie eine voll geile Party bei seinem Freund Tom aufgelöst und einige Anwesende wegen Besitzes von Rauschmitteln in Gewahrsam genommen haben. Rauschmittel, das ist doch lächerlich! Das bisschen Hasch, das Tom aus Amsterdam mitgebracht hat, war das Theater doch gar nicht wert. Jetzt ist Tom schon wieder auf dem Weg nach Holland, um Nachschub zu besorgen, weil ihm die Kieberer alles weggenommen haben. Wie kommen die nur dazu? Und wer soll Tom jetzt die Fahrtkosten zahlen? Daran haben sie nicht gedacht, die Männer in Uniform. Es wäre Stefan wirklich lieber, der Tom wäre in der Stadt, quasi als sein persönlicher Schutz. Nur für den Fall, dass Drazal seine Drohungen doch wahr macht.

»Sitz hier nicht sinnlos herum, Stösser. Besser, du gehst nach Hause und wirfst dich in Schale. Die Pressekarte ist an der Kasse hinterlegt.« Hubert Grobian hält es nicht einmal für der Mühe wert, den Raum zu betreten, sondern ruft ihm seinen Befehl vom Flur aus zu. Dann ist er auch schon wieder weg, um einen anderen Kollegen mit Arbeit einzudecken, und Stefan Stösser hat einen weiteren Grund für seine Wut. Der leitende Redakteur erwartet doch tatsächlich von ihm, dass er sich heute im Brucknerhaus eine alte Schachtel aus Amerika anhört, die sinnlose Lieder eines noch älteren Idioten – lebt der eigentlich noch? – singt, und darüber eine Kritik schreibt. Zuerst hat er gedacht, Grobian würde sich einen Scherz mit ihm erlauben.

»Also, es gibt wahrlich Schlimmeres«, hat die Pillig gesagt, bei der er sich ausgeweint hat, und ihn durch ihre dicken Brillengläser verständnislos angeschaut. Die Pillig ist auch eine aus der Kulturredaktion. So fett, dass sie als Einzige einen Schreibtischsessel ohne Armlehnen hat. Im letzten mit Armlehnen soll sie stecken geblieben und erst mit Hilfe von vier Männern befreit worden sein. So hat man es ihm zumindest erzählt. Aber sonst ist sie ganz sympathisch.

»Wissen Sie was, Frau Pillig?«, hatte er, einer plötzlichen Eingebung folgend, geflötet und ihr dabei sein wärmstes Lächeln geschenkt. »Ich trete Ihnen meine Karte ab. Der Liederabend passt doch viel besser …«, zu Ihrem Alter, hatte er sagen wollen, kriegte aber grad noch rechtzeitig die Kurve, »zu Menschen mit wahrer Musikalität, wie Sie einer sind, Frau Pillig.« Angelehnt an eines seiner Lieblingswerke, »Die charmante Manipulation«, Seite 145. »Ich übernehme dafür den Posthof –«

Aber die Dicke hatte sofort abgewinkt. »Netter Versuch, Stefan, aber an dem Abend bin ich schon bei einer Premiere im Wiener Akademietheater. Lessing, ›Nathan der Weise‹. Außerdem will der Grobian, dass du zur LaBelle gehst, er hat ausdrücklich darauf bestanden.« Warum auch immer, dachte sie. »Das ist ein großer Vertrauensbeweis«, sagte sie, »und was auch immer an dem Abend im Posthof stattfindet, von uns geht da diesmal keiner hin.«

Die Information war wiederum gut zu wissen gewesen. Der Posthof ist das Linzer Haus für zeitgenössische Veranstaltungen, und dort tritt heute Bushido auf, der deutsch-tunesische Gangster-Rapper aus Berlin. Es wird doch niemand ernsthaft von ihm erwarten, sich das Gesäusel einer alten Tussi anzuhören, wenn er schon mal die einmalige Chance auf ordentliche Musik hat! Aber anscheinend doch. Also hat er sich folgenden Plan zurechtgelegt: zuerst einmal rasch nach Hause, ganz brav, so wie Herr Grobian es befohlen hat. Der Laptop in seinem Zimmer ist ein wahres Wunderwerk. Seit Jahren hat er dort alles abgespeichert, was ihm irgendwann eventuell einmal nützlich sein könnte. Vor zwei Jahren hat er ein Proseminar zum Thema Kulturkritik besucht, in dem sie Zeitungsartikel bekannter Kritiker aus den letzten Jahrzehnten gelesen, analysiert, zerredet, verrissen oder in den Himmel gelobt haben. Sicher ist in seinen Aufzeichnungen noch etwas dabei, was er für heute Abend verwenden kann. Am besten wäre ein alter Text, den kein Mensch mehr kennt und den er daher getrost als sein Werk ausgeben kann, ohne ihn groß ändern zu müssen. Zum Ändern ist sowieso keine Zeit mehr. Sobald er den passenden Artikel gefunden hat, wird er zum Brucknerhaus fahren, die Karte abholen und sie an einen der Menschen verkaufen, die sich vor der Eingangstür auf der Suche nach Tickets sicher drängen werden. Meistbietend, versteht sich. So gesehen hat ihm der Grobian glatt noch zu einem guten Geschäft verholfen, danke, Herr Redakteur! Und dann ab in den Posthof. In der Nacht zurück und den Text per E-Mail schicken, dann hat ihn der Grobian am nächsten Morgen auf seinem Schreibtisch und kann damit machen, was er will. Ihm selbst ist es völlig egal, ob seine Kritik so erscheinen oder der Redakteur einen Haufen Änderungen für notwendig halten wird. Und wenn ihn der Fotograf, der für die Bilder vom Auftritt zuständig ist, morgen fragen wird, wo er denn gewesen ist, weil er ihn nirgendwo gesehen hat, dann wird er ihm die Schuld in die Schuhe schieben, nicht genau genug nach ihm Ausschau gehalten zu haben.

Das Gewünschte ist schnell gefunden. Er hat doch gewusst, dass er damals eine uralte Kritik gespeichert hat, die ursprünglich zu einer Aufführung von »Der Vogelhändler« von Carl Zeller, die 1964 im Wiener Burgtheater stattgefunden hatte, erschienen war. Er ist sich nicht mehr sicher, ob es eine Lobeshymne war oder ein Verriss, und liest den Text quer. Es ist ganz klar ein Verriss. Auch gut. Es würde ihm ohnehin niemand glauben, dass ihm der Gesang einer alten Amerikanerin, die Lieder eines anderen alten Amerikaners singt, gefällt. Um genau zu sein, findet er allein schon die Idee bescheuert, so einen Liederabend zu veranstalten, und wundert sich, dass das überhaupt irgendjemand hören will. Kein Wunder, dass der Grobian keine Lust hatte, selbst hinzugehen.

»Kurier«, 14.10.1964, (bw)

Stösser ersetzt diese Zeile durch: »Tagesblatt«, das aktuelle Datum und sein eigenes Kurzzeichen (stst).

»Erwartungsvolle Stille im Parkett, die dem Anlass entsprechend elegant gewandete«, Stösser findet »gekleidet« zeitgemäßer, »Zuschauerschar wartet gespannt auf ihren Auftritt.« Er ersetzt den Namen der Sängerin durch Caro LaBelle, »des neuen«, »altgedienten« erscheint ihm richtiger, »Stars, den wir von der Leinwand kennen«, Stösser kennt die LaBelle nicht von der Leinwand, aber darüber sieht er gnädig hinweg, »nun also am Wiener«, »Linzer«, »Theaterhimmel. Sie sieht allerliebst aus in ihrem feschen Dirndlkleid.« Stösser überlegt. »Allerliebst« wird sie ganz bestimmt nicht aussehen, die alte Schachtel. Er entscheidet sich für »recht gut für ihr Alter«. Warum soll man als Kritiker keine Komplimente machen? Das Dirndlkleid lässt er allerdings ganz weg. Er hat keine Ahnung, was die Frau heute Abend tragen wird, aber ein Dirndl wird es wohl kaum sein. »Dann öffnet sie den Mund, singt den ersten Ton und trifft ihn nicht.«

Stefan muss grinsen. Das ist in der Tat eine harte Kritik, und trotzdem übernimmt er auch noch den Rest der harschen Worte, löscht alle Hinweise auf die anderen Sänger, die in dem Text bei Weitem besser wegkommen als die eigentliche Protagonistin, und endet mit den gleichen Sätzen, die auch der Kritiker vor über fünfzig Jahren schon verwendet hat: »Wir alle hatten uns auf diesen Abend gefreut. Doch statt eines gekonnten Spannungsbogens bietet uns die Regie nichts als einen geraden, einfallsarmen Stock. Und ebenso hölzern wie die Regie erweist sich leider auch der Star des Abends.«

Den Abschluss, dass die Hauptdarstellerin künftig, ihrem Potenzial entsprechend, besser in kleineren Rollen aufgehoben wäre, lässt Stefan Stösser weg und gibt dem Konzert noch schnell null von möglichen fünf Punkten. Noch einmal begutachtet er sein Werk, korrigiert den einen oder anderen Tippfehler und lässt zur Sicherheit ein Korrekturprogramm darüberlaufen, dann ist er fertig. Jetzt schnell umziehen für das Bushido-Konzert und sicherheitshalber den Ausweis einstecken, falls die Frau an der Kasse im Brucknerhaus danach fragt. Er wirft einen letzten Blick auf *seine* Kritik. Auf keinen Fall darf er vergessen, sie heute Nacht noch an die Redaktion zu mailen. Ach was, denkt er sich, besser, er erledigt das gleich. Grobian wird morgen früh kaum auf die Uhrzeit achten, zu der das E-Mail eingegangen ist. So, auch das ist erledigt. Nur noch etwas Gel ins Haar schmieren und dann ab zum Brucknerhaus!

## 15

Am nächsten Morgen liest Grobian den Artikel. Nein, nicht als E-Mail an seinem Schreibtisch in der Redaktion und auch nicht mit dem Füllfederhalter in der Hand, um die notwendigen Korrekturen zu machen. Er liest ihn am Frühstückstisch mit einer Tasse Kaffee neben sich, als er die neueste Ausgabe vom »Tagesblatt« durchblättert. Soeben hat er von seiner Marmeladensemmel abgebissen – seine Frau Elvira macht wirklich eine köstliche Weichselmarmelade, nicht zu süß, nicht zu sauer –, da bleibt ihm auch schon der Bissen im Hals stecken. Sein Sohn muss ihm drei Mal ordentlich auf den Rücken hauen, bis er wieder Luft bekommt. Als Dank dafür kriegt er die Wut seines Vaters zu spüren und dessen Frust auf alle jugendlichen Idioten, die solchen Schwachsinn verzapfen und dabei noch glauben, sie hätten die Weisheit mit dem Löffel gefressen.

»Hast du das gelesen?« Grobian tippt mit dem ausgestreckten Zeigefinger mehrmals auf die Kulturseite. »Hast du das gesehen? Was denkt ihr euch eigentlich dabei, ihr Hosenscheißer, so mit der Generation eurer Großeltern umzuspringen?«

Mit dem Rest seines Frühstücks in der einen Hand erhebt sich sein Sohn und greift zu seiner Tasche. »Ich denke gar nichts, Papa. Außerdem muss ich jetzt in die Schule.« Er zwinkert seiner Mutter zu, hebt die Hand und geht.

»Hosenscheißer«, sagt Grobian noch einmal mit Nachdruck.

»Nein, er ist unser Sohn. Wenn dich in deiner Zeitung etwas ärgert, Hubert, dann lass deinem Frust von mir aus in der Redaktion freien Lauf, aber uns aus dem Spiel.«

Grobian schnauft unwillig, murmelt etwas, was wie »Nicht du auch noch!« klingt, steht auf, steckt sich die Zeitung unter den Arm und verlässt die Wohnung. Schon im Stiegenhaus wählt er die private Nummer des Schlussredakteurs, der sich erst nach längerem Läuten und völlig verschlafen meldet. »Ja, sag einmal, bist du völlig wahnsinnig geworden?«, legt Grobian gleich los. »Wie kommst du dazu –«

»Wer spricht?«

»Ich bin's, der Hubert natürlich, wer denn sonst? Also, wie kommst du dazu, die Kritik von diesem Idioten eins zu eins ins Blatt zu nehmen?« Er hält kurz inne. »Welcher Text ist dafür eigentlich rausgeflogen?«

Mit einem Schlag klingt der Schlussredakteur hellwach. »Stimmt etwa etwas nicht mit der Kritik? Wir hatten für den Platz ursprünglich einen Füller vorgesehen, weißt eh, über die Pläne des Landestheaters für das nächste Frühjahr. Aber den können wir genauso gut noch heute oder in den nächsten Tagen bringen. Die Kritik über den LaBelle-Abend ist hingegen topaktuell, die musste einfach rein. Super, dass ich sie noch rechtzeitig erhalten habe. Allerdings muss der Liederabend ja ein furchtbares Desaster gewesen sein, wenn man dem Kollegen glauben darf. Er hat ihn mit null Punkten von fünf möglichen bewertet. Ist anscheinend einer von der strengen Sorte. Sein Kürzel ›stst‹ kenn ich noch gar nicht, ist der neu?«

»Das ist der kleine Stösser, der Sohn vom Chef der Linz Chemie. Er ist mein Praktikant.«

»Mist!« Schlussredakteur Risterer wird kleinlaut. »Entschuldige, Hubert, aber das hat mir keiner gesagt. Ich habe auf die Daten deiner Redaktion zugegriffen, weil die Pillig ihren Vorbericht über den Nathan, diese ›Hinter den Kulissen‹-Geschichte, irrtümlich an dich geschickt hat und ihrem Laptop dann der Saft ausgegangen ist. Dabei bin ich zufällig über die LaBelle-Kritik gestolpert und habe sie mir gleich geschnappt. Wenn ich allerdings gewusst hätte …«

Grobian überlegt. »Mich wundert, dass das zeitlich überhaupt hingehauen hat. Wann hast du das Machwerk von dem Stösser auf dem Bildschirm gehabt?«

»Das muss so halb acht gewesen sein, plus/minus zehn Minuten.«

»Aber da hatte das Konzert noch nicht einmal angefangen.«

»Mist«, sagt der andere noch einmal.

»Und das Foto?« Grobian hat inzwischen sein Auto erreicht und legt die aufgeschlagene Zeitung auf die Motorhaube. »Das ist doch hoffentlich aktuell und nicht irgendetwas aus dem Archiv?«

»Keine Sorge«, hier kann ihn der Schlussredakteur beruhigen, »Achim kam gestern Abend noch persönlich in die Redaktion, und wir haben das Foto gemeinsam ausgesucht. Jetzt fällt es mir erst auf, dass auch er anscheinend nur die ersten Minuten im Konzert war. Er hat wahrscheinlich ein paarmal abgedrückt und ist gegangen. Dann ist er weiter zur Abendveranstaltung in der Sporthalle. Du weißt ja, wie der Achim ist, immer hektisch und völlig unmusikalisch.«

Grobian öffnet die Autotür. »Schon gut, der kann eine Veranstaltung verlassen, wann immer er will, Hauptsache, er hat ein ordentliches Foto im Kasten. Aber der Kritiker muss die gesamte Zeit bleiben, verdammt noch mal! Noch dazu haben wir da jemanden hingeschickt, der es offensichtlich nicht einmal für notwendig gehalten hat, zum Konzert zu gehen, sondern sich stattdessen lieber irgendeinen Mist aus den Fingern gesogen hat. Statt einem Spannungsbogen soll der Abend einem Stock geähnelt haben – hast du je so einen depperten Vergleich gehört?«

Nein, der Schlussredakteur hat noch nie so etwas Dämliches gehört, beeilt er sich zu versichern. Und weil sein Kollege Grobian ohnehin schon aufgebracht ist, verzichtet er auch darauf, klarzustellen, dass nicht sie den Praktikanten zum Konzert geschickt haben, sondern er es war. Er ganz allein.

»Der Stösser, der kann was erleben, das sag ich dir, wenn der wieder auftaucht. Wenn ich den Kerl in die Finger kriege …«

»Na, dann gute Nacht! Ich geh jetzt erst mal wieder schlafen«, sagt der Schlussredakteur und legt auf.

Als Hubert Grobian im Verlagshaus eintrifft, begrüßt ihn Elke, die langjährige Mitarbeiterin in der Portierloge, ausgesprochen fröhlich. »Guten Morgen an diesem strahlend schönen Tag, Herr Redakteur!«

Er erwidert halbherzig ihren Gruß, hat keine Lust, mit ihr zu plaudern, wie er es manchmal tut, wenn er besonders leutselig gestimmt ist. »Ist Post für mich da?«

Sie überprüft sein Fach und reicht ihm zwei weiße Umschläge. »Leute gibt's, Herr Redakteur, das sag ich Ihnen, das glauben Sie nicht. Manchmal werden wir am Telefon mit dem Landesgericht verwechselt, was ja kein Wunder ist, weil wir eine ähnliche Kurzwahlnummer haben. Aber heute hat uns einer schon mit dem Mariendom verwechselt und wollte den Herrn Grundlsee sprechen. Ganz erstaunt war der, dass das nicht die richtige Nummer ist. Das ist doch schon originell, oder?« Sie kichert beifallheischend.

»Sehr originell«, bestätigt Grobian geistesabwesend, während er den ersten Umschlag aufreißt und dann auch schon den breiten Flur entlangeilt.

In der Portierloge klingelt derweil das Telefon. »›Tagesblatt‹, die Zeitung für Sie, mein Name ist Elke Berger-Bürger, was kann ich für Sie tun?«

»Guten Tag. Könnten Sie mir bitte bei einer Frage behilflich sein?« Die männliche Stimme redet langsam, vorsichtig. Wohlgesetzte Worte. »Wären Sie bitte so freundlich, mir zu sagen, wer in Ihrer Zeitung unter dem Pseudonym ›stst‹ schreibt?«

Elke verzieht das Gesicht. »Was meinen Sie mit einem Pseudonym?«

»Ich habe Ihre Zeitung direkt vor mir und habe gerade einen Artikel gelesen, bei dem der Autor mit ›stst‹ angegeben ist, von daher –«

Elke geht ein Licht auf. »Ach, Sie meinen das Kurzzeichen des Verfassers. Ein Momenterl, ich schau nach.« Ihr Finger fährt mit geübter Schnelligkeit über die entsprechende Liste. »Da haben wir ihn. Hinter dem Kürzel steckt Stefan Stösser, ein Praktikant von uns.«

»Was ist ein Praktikant, bitte?«

Elke schüttelt den Kopf und verdreht die Augen gen Himmel. Was ist denn das für einer, der nicht weiß, was ein Praktikant ist? »Ein Praktikant ist ein junger Mensch, also in dem Fall ein junger Mann, der nur für einen begrenzten Zeitraum bei uns beschäftigt ist. Damit er etwas lernt, verstehen Sie?«

»Danke, ich verstehe. Und ist Herr … äh … Stösser derzeit in seinem Büro anzutreffen?«

Elke erhebt sich und schaut auf den Parkplatz im Innenhof. »Soweit ich das erkennen kann, ist er noch nicht da.«

»Und Sie sind sich absolut sicher? Vielleicht ist er ja doch –«

Frau Berger-Bürger gerät in Fahrt. Wenn sie eines nicht mag, dann, wenn jemand ihre Kompetenz anzweifelt. Seit mittlerweile dreizehn Jahren sitzt sie »in der Loge«, wie sie es gern nennt, sie hat den absoluten Überblick. »Natürlich bin ich mir sicher. Sein schwarz-weiß gestreifter Mini mit dem Jaguar-Aufkleber steht noch nicht im Hof. Der ist so auffällig, der ist nicht zu übersehen. Soll ich dem Herrn Stösser etwas ausrichten, wenn er kommt?«

»Wann erwarten Sie ihn denn?«

»Sie wissen ja eh, wie das ist mit den jungen Leuten. Wer sich auf ihre Pünktlichkeit verlässt, der ist verlassen.« Über diese gekonnt formulierte Lebensweisheit muss sie selbst schon wieder lachen. Doch es hat nicht den Anschein, als würde der Mann am Telefon ihren Humor teilen. Er bleibt still. »Normalerweise kommt der Stefan so gegen neun, wenn es nicht wieder später geworden ist beim Fortgehen am vorherigen Abend«, beeilt sie sich fortzusetzen. »Der Stefan geht gern aus, ins ›Cleese‹ und so Lokale. Das weiß ich von meiner Tochter, die ihn dort manchmal trifft. Also, soll ich ihm etwas ausrichten?«

»Ausrichten?«

»Na, was soll ich dem Stefan sagen, wenn er kommt?«

»Nichts, haben Sie vielen Dank.« Der Mann legt auf.

Kopfschüttelnd greift Elke Berger-Bürger zu ihrem Strickzeug. Leute gibt's, also wirklich!

## 16

Grobian hat kaum sein Zimmer betreten, da läutet auch schon sein Telefon. »Hubert, du sollst zum Chef kommen. Sofort!« Die Stimme der Chefsekretärin klingt streng.

Mit seinen mehr als fünfundfünfzig Jahren ist der Kulturredakteur ein alter Haudegen im Geschäft. Er hat viel erlebt, viel gesehen, viel gehört und seine persönlichen Schlüsse daraus gezogen. Einer dieser Schlüsse ist folgender: Die beste Art, die Stimmung eines Vorgesetzten vorherzusehen, ist es, genau auf die Stimme von dessen Sekretärin zu achten. Grobian erkennt also sofort, dass ihn beim Herausgeber etwas höchst Unerfreuliches erwartet. Nicht, dass ihn das sonderlich verwundert. Braune Flecken in der Biografie eines Hollywood-Stars anzudeuten, ohne griffige Beweise vorzulegen, hat das Fass schon gut gefüllt, doch Stössers schamlose Kritik, für die er den Kopf hinhalten muss, hat es wahrscheinlich zum Überlaufen gebracht. Er seufzt, und bevor die Sekretärin auflegen kann, fragt er noch schnell: »Ist jemand bei ihm?«

»Der Chefredakteur, der Stadtrat und der Mensch von der LIVEVE, ein gewisser Herr … Warte, wo habe ich jetzt schon wieder seine Visitenkarte?«

»Pichler?«

»Genau. Der Bürgermeister soll telefonisch zum Gespräch zugeschaltet werden. Also, Beeilung, Hubert.«

Auch das noch! Wenn sich der Bürgermeister selbst einschaltet, dann brennt es wirklich. »Ist irgendwer vom Management der LaBelle dabei?«

»Nein, zumindest derzeit noch nicht. Aber ich denke, die werden nicht lange auf sich warten lassen. Ehrlich, was ist dir da nur eingefallen, Hubert? Ich weiß, dass du mit dem Menschen von der LIVEVE über Kreuz bist, das ist ja kein Geheimnis, aber deshalb musst du deinen Zorn doch nicht an einer wehrlosen Schauspielerin auslassen. Noch dazu an einem Star. Ich war selbst im Konzert und kann nur sagen: Es war großartig. Einfach nur großartig.«

»Die Kritik hat der Stösser verbrochen, nicht ich.« Aber er weiß selbst, dass er mit dieser Erklärung nicht weit kommen wird.

»Das ist ein Praktikant, Hubert. Ein Praktikant! Du weißt doch, dass alles, was der fabriziert, auf dich zurückfällt. Und noch etwas: Der Chef hat den Risterer vor fünf Minuten hinausgeschmissen.«

Grobian zieht scharf die Luft ein. Was denn noch alles? Erst vor einer Viertelstunde hat er doch noch mit dem Schlussredakteur telefoniert. Seit zweiunddreißig Jahren ist Risterer nun schon im Haus und eigentlich bereits in seinem wohlverdienten Ruhestand. Doch weil er darum gebeten hat und immer ein besonders guter und loyaler Mitarbeiter gewesen ist – und weil erfahrene Schlussredakteure nicht so leicht zu finden sind –, da hat man ihn zwei Tage die Woche weiterbeschäftigt. Aber jetzt scheint es, als hätte ihm der Stösser das Genick gebrochen, beruflich gesehen. Der Risterer kann sehr cholerisch werden, geht es Grobian durch den Kopf. Wenn der den Stösser erwischt, na, dann gnade dem Gott.

»Der Chef ist ja schon allein deshalb ausgerastet«, redet die Sekretärin weiter, die nichts von Grobians düsteren Gedanken ahnt, »dass du nicht selbst zum Konzert gegangen bist. Er sagt, das sei deine höchstpersönliche Angelegenheit gewesen. Du weißt ja eh, was er für ein Theater aufgeführt hat, als du letztes Weihnachten … Aber genug, komm jetzt bitte rauf, alle warten nur noch auf dich.«

Grobian will gar nicht daran denken, welchen fürchterlichen Streit es mit dem Herausgeber vor Weihnachten gegeben hat. Er hatte versäumt, die Lesung der Gattin eines der Hauptanzeigenkunden zu besuchen, die sich als Dichterin versucht. Die Aufregung ging so weit, dass ihm der Herausgeber mit der fristlosen Entlassung wegen Schädigung des Unternehmens gedroht hat. Das muss man sich erst einmal vorstellen! Wegen einer verwöhnten, orangerot gefärbten Blunzn – in Oberösterreich ein Ausdruck, der wahlweise eine ungeliebte Frau oder eine Blutwurst bezeichnet. Warum konnte das Weib nicht einfach einen Töpferkurs besuchen, um sich kreativ zu entfalten? Warum musste sie Gedichte schreiben und diese dann auch noch öffentlich unter großem Trara vorlesen? Aber, wie gesagt, besser nicht mehr daran denken. Ihm reicht schon die derzeitige Situation. Andererseits hat er an der Frau damals seinen Unmut nicht auslassen können, an dem unfähigen Praktikanten kann er das jetzt jedoch sehr wohl. Mag dessen Vater noch so oft ein Clubfreund des Herausgebers sein …

»Ist der Stösser schon da?«, brüllt Grobian daher, während er nach seiner Ledermappe und dem Kugelschreiber greift.

Seine Assistentin kommt herangewieselt. »Nein, den habe ich heute noch nicht gesehen.« Sie hält die aufgeschlagene Zeitung in der Hand. »Haben Sie die Kritik schon gelesen? Wir sind alle ganz fassungslos.«

»Den Stösser bring ich um«, brummt Grobian und drängt seine Assistentin zur Seite. »Wenn er kommt, sagen Sie ihm, dass er gleich seine Sachen zusammenpacken kann. Seine Arbeit hier ist beendet.«

»Jawohl, Herr Redakteur, das sag ich ihm gern. So eine Gemeinheit, die LaBelle … Was hat er sich nur dabei gedacht?«

Grobian geht auf den Gang hinaus, kehrt dann aber noch einmal um und bleibt nachdenklich im Türrahmen stehen. »Das interessiert mich allerdings auch. Ich werde wohl doch noch einmal mit dem Burschen reden müssen. Aber nicht hier. Richten Sie ihm aus, er soll heute Abend um acht in mein Stammkaffeehaus kommen.«

Dann eilt er forschen Schrittes und klopfenden Herzens zum Büro des Herausgebers in den dritten Stock, um sich die Watschen abzuholen, die ein anderer verdient hätte. Aber keine Sorge, diese Ohrfeigen wird der Stösser schon noch am eigenen Leib spüren. Dafür wird er persönlich sorgen. Noch heute Abend.

## 17

Die Diva selbst bekommt von all der Aufregung nichts mit. Seit Jahren hat sie strikte Anweisungen erteilt, ihr das Gewäsch der Medien vom Leib zu halten. Und um nichts auf der Welt wäre sie auf die Idee gekommen, selbst eines der Schmutzblätter in ihre zarte Hand zu nehmen. Niemals. Was natürlich nicht heißt, dass das Zimmermädchen nicht schon längst alle aktuellen Zeitungen mit einem Kompliment des Hauses zu ihr ins obere Stockwerk gebracht hat.

Eigentlich könnte sich die LaBelle an diesem Mittwochmorgen also guten Mutes ihrem Schönheitsschlaf hingeben. Mit seidiger Schlafmaske vor den Augen und Silikonstöpseln in den Ohren. Doch sie schläft nicht. Nicht mehr. Mit geschlossenen Lidern lässt sie den gestrigen Abend Revue passieren. War sie wirklich gut? Alles richtig gesungen, durchgehend den Takt gehalten? War sie bei »Let's Do It, Let's Fall in Love« nicht doch etwas zu flott gewesen? Vielleicht hätte sie nicht »Every Time We Say Goodbye« als letzte Zugabe singen sollen, sondern »I Get a Kick Out of You«? Wären die Leute dann beschwingter nach Hause gegangen? Schluss jetzt! Sie sind beschwingt nach Hause gegangen. Punkt und Ende. Wenn sie doch endlich, endlich die Zweifel ablegen könnte, die sie nach all ihren Auftritten immer noch quälen. Aber ein steter Tropfen höhlt den Stein, so wie ein steter Zweifel die Lebensfreude frisst. Beruhige dich, du bist doch schon dabei, etwas dagegen zu tun, redet sie sich selbst gut zu und atmet bewusst ein und aus, so wie es sie ihr Personal Trainer gelehrt hat. Es dauert einige Minuten, bevor das Herzklopfen langsam verebbt. Herzklopfen aus Angst, versagt zu haben. Wieder einmal nicht gut genug gewesen zu sein. Energisch setzt sie sich auf und reißt sich die Schlafmaske vom Gesicht. Es war ein fulminanter Abend gestern. Absolut fulminant. Die Leute haben gejubelt, Standing Ovations zehn Minuten lang. Ein Blitzlichtgewitter, das nicht mehr enden wollte, ist auf sie niedergegangen. Sie zerrt die gelben Stöpsel aus den Ohren und ruft nach ihrer Assistentin. Alice erscheint sofort. Sie hat hinter der Zimmertür gewartet.

»*Good morning*, Caro. Ich hoffe, Sie haben gut geschlafen? Darf ich Ihnen noch einmal zum gestrigen Ereignis gratulieren, Sie waren einfach *marvellous*.«

Die Diva schlägt die Decke zur Seite und schwingt ihre Beine aus dem Bett. »Ja, das war ich, nicht wahr? Reich mir doch bitte meinen Morgenmantel. Dann Frühstück, Bert und der Tagesplan.« Sie ist jetzt wieder voller Tatendrang. Es gibt so viel zu erledigen.

Das Gewünschte steht umgehend bereit. Nur ihr Leibwächter fehlt. »Wo ist Bert?« Sie ist es nicht gewohnt, ohne ihn am Frühstückstisch zu sitzen. Seit sie ihn vor zwanzig Jahren ins Haus geholt hat, ist er stets an ihrer Seite, wenn sie es wünscht.

Alice breitet die blütenweiße Stoffserviette über den Schoß ihrer Dienstgeberin. »Er hat mir nicht gesagt, wohin er gehen wollte. Zuerst ist er ewig lang nicht aufgetaucht. Wahrscheinlich hatte er verschlafen. Und als er schließlich doch aus seinem Zimmer kam, hat er etwas Unverständliches gemurmelt, seine Lederjacke genommen und ist gegangen. Anscheinend gibt es Ärger mit der Security. Irgendwelche Lücken im Sicherheitsnetz.«

Caro lacht auf. »Ach was, Lücken im Netz. Ich brauche doch keine lückenlose Überwachung. Was soll mir denn schon geschehen? Ich bin in meiner alten Heimat. Die Leute lieben mich hier. Gestern gab es endlose stehende Ovationen. Hast du schon gefrühstückt?«

Alice hat bereits, so wie jeden Tag. Dennoch setzt sie sich zu der LaBelle an den Tisch, auch so wie jeden Tag, und schlägt den Terminkalender auf.

Caro streicht sich etwas kalorienreduzierte Butter auf den Toast, beißt genussvoll hinein – ihre Low-Carb-Diät erlaubt eine Scheibe pro Tag – und verzieht das Gesicht. »Haben die denn noch immer keine gesalzene Butter in diesem Land? Das schmeckt ja nach gar nichts.«

Alice notiert: »Gesalzene Butter besorgen lassen«, während sie gleichzeitig sagt: »Ihr Konzert gestern war großartig! So gut wie gestern waren Sie noch nie!« Sie weiß, dass ihre Arbeitgeberin nicht genug gelobt werden kann.

Und schon kommen die erwarteten Zweifel. »Ich bin mir nicht sicher, ob ich beim Schlusslied nicht doch zu getragen gesungen habe. Vielleicht hätte ich etwas flotter –«

»Es war perfekt. Einfach perfekt«, unterbricht sie Alice mit Nachdruck. Für Situationen wie diese hat sie sich jenen beruhigenden Tonfall zugelegt, mit dem man normalerweise versucht, aufgeregte Kleinkinder von einem Trotzanfall abzuhalten. »Alle, mit denen ich gesprochen habe, waren begeistert. Begeistert!«

Die LaBelle ist kurzzeitig beruhigt. Doch die Suche nach Bestätigung ist längst zur Sucht geworden.

»Heute haben wir Dienstag«, fährt Alice fort. »Jetzt ist es«, sie wirft einen Blick auf die Armbanduhr, »halb zehn. Die Journalistin von ›Life Exclusive‹ kommt um elf.«

»Ein Interview?« Die gute Laune der LaBelle ist mit einem Schlag verschwunden, sie quengelt wie ein kleines Kind. »Aber du weißt doch, dass ich nur ungern Interviews gebe. Das ist so langweilig und anstrengend. Immer die gleichen Fragen …«

Auch diese Stimmung ist Alice gewohnt. »Es ist nur das eine Gespräch, ich verspreche es Ihnen. Die Frau kommt von der größten Wochenzeitung des Landes, die anderen Blätter können dann von ihrem Artikel abschreiben.«

»Ich mag aber nicht.«

»Es ist nur das eine Interview. Das sind Sie Ihren Fans schuldig.« Alice klingt wie eine strenge Oberlehrerin, und die LaBelle gibt sich geschlagen.

Aber nicht ganz. »Okay, aber zuerst muss ich zu Li Peng. Ohne ihn kann ich nicht in den Tag starten.«

»Caro, bitte, das ist zeitlich nicht zu schaffen. Heute Mittag ist Redaktionsschluss. Und sie brauchen keine Fotos, die haben wir bereits vorab geschickt. Die Zeitschrift erscheint schon morgen.«

Doch die Diva duldet keinen Widerspruch. »Die Schreiberin wird trotzdem warten müssen. Meine Gesundheit und mein Wohlbefinden gehen vor. Was kommt nach dem Interview?«

Alice liest vor. »Ein Mittagessen auf Einladung des Landeshauptmannes. Morgen stehen dann der Lunch beim Bürgermeister und ein Ausflug zu einem Stift namens St. Florian an. Ein Knabenchor wird dort zu Ihren Ehren singen, der soll weltberühmt sein. Freitag zuerst das Kunstmuseum Lentos, dann Autogramm- und Signierstunde Ihres Buches ›My Life Is Music‹ in einem Einkaufscenter. Samstagvormittag sollen wir zur Probe für die Fernsehshow kommen, die am Abend stattfindet, aber am frühen Nachmittag ist noch Zeit für das sogenannte Ars Electronica Center, ein in Europa einzigartiges Museum der Zukunft. Der Sonntag ist Ruhetag, wie Sie es gewünscht haben, bevor wir am Montag nach Wien weiterfahren. Und nicht zu vergessen, heute Nachmittag steht die Besichtigung der Altstadt, des Mozarthauses, des Schlossmuseums –«

»Absagen!«, befiehlt Caro LaBelle rigoros und schiebt den Teller beiseite. Das Rührei mit Schinken – in ihrer Kindheit in Wien hat so ein Gericht »Eierspeis« geheißen, und damals war weit und breit kein Schinken dabei, das weiß sie noch wie heute – war überraschend gut, doch der dichte Terminplan hat ihr den Appetit verdorben. Also nur noch etwas Obst und eine zweite Tasse von dem köstlichen österreichischen Milchkaffee.

»Alles?«, fragt Alice erschrocken.

»Nein, nur das Tamtam heute Nachmittag. Was interessiert mich eine Altstadt? Alt bin ich selbst.« Die LaBelle kichert. Sie kokettiert gern mit ihrem Alter. So gern, dass Alice längst aufgehört hat, auch nur höflichkeitshalber zu protestieren.

»Und wie soll ich das erklären, bitte?«

»Sag einfach, mein Bein müsse geschont werden. Habe ich ein verletztes Knie oder nicht? Ich habe auch einmal das Recht, mich zu schonen.«

# 18

Bastian Schlögel, Student der theologischen Hochschule Linz, ist freudig überrascht. So eine große interessierte Gruppe wie an diesem Mittwoch hat er schon lange nicht mehr durch den Mariendom geführt. Im Kulturhauptstadtjahr, als jede Woche ein neuer Turm-Eremit hier einzog und man sich mit ihnen zum Gebet und zur Meditation im Kirchenschiff treffen konnte, da waren auch die Führungen bunter und spannender, doch seither hat das Interesse, wenig überraschend, merklich nachgelassen. Vor allem unter der Woche.

Mit den Eremiten aus dem Kulturhauptstadtjahr hat der aktuelle Gast in der Turmstube nur wenig gemeinsam, weshalb sich der Theologiestudent bei all der Freude auch ärgert. Herr Grundlsee sucht weder das Gebet, noch erbittet er geistlichen Beistand. Ihm scheint weniger an Askese als vielmehr an weltlichen Genüssen gelegen zu sein. Heimlich lässt er sich Delikatessen die dreihundertfünfundneunzig Stufen in den Turm hinaufbringen und glaubt wohl, niemand würde es bemerken. Hält er sie etwa alle für blöd? Und um dem Ganzen die Krone aufzusetzen, hat er Monsignore Gruber auch noch – vergeblich natürlich, wo kämen wir denn dahin? – um die Erlaubnis gebeten, Damenbesuch zu empfangen. In einem Gotteshaus! Dabei ist dieser Mann doch uralt. Sollte er da nicht schon längst klüger und vor allem auch moralisch gefestigter sein? Und jetzt haben auch noch Unbekannte den unflätigen Ausdruck »Arschgesicht!« auf die Kirchenfassade direkt neben das Hauptportal gesprayt. Wer macht denn so etwas? Wer, bitte, ist damit gemeint? Haben die Vandalen überhaupt eine Ahnung, wie schwierig es ist, die Farbe wieder abzubekommen?

»Wie alt ist die Kirche?«, fragt eine der fünf Japanerinnen auf Englisch und holt den Studenten damit wieder in die Gegenwart zurück. »Fünfhundert Jahre?«

Er lächelt. »Ja, das glauben viele. Aber der Mariendom ist ein neugotisches Bauwerk, das erst 1912 geweiht wurde.« Nachdem er auf Englisch geantwortet hat, übersetzt er die Erklärung ins Deutsche. Ausrufe der Überraschung werden laut. Der breitschultrige Mann im Jeansanzug scheint kein Englisch zu verstehen, genauso wenig das Ehepaar aus dem Weinviertel – sie haben sich ihm als Nebenerwerbswinzer vorgestellt, die zum ersten Mal nach Oberösterreich gereist sind – und die kleine alte Dame mit den dichten grauen Locken im beigen Staubmantel.

»Sie sehen hier das dreischiffige, basilikale Langhaus. Zum Turm hin wirkt es streng gegliedert und durchkreuzt ein weit ausladendes, im Ansatz dreischiffiges Querhaus«, setzt er seine Ausführungen fort, macht eine weit ausholende Geste, merkt dabei, dass er noch den Schlüsselbund des Domes in der Hand hält, und lässt ihn rasch in der linken Jackentasche verschwinden. »Die Querhausansichten werden durch die hohen Portale und die sich darüber anschließenden mächtigen Rosettenfenster gestaltet.«

Alle Blicke folgen seiner ausgestreckten Hand nach oben. Fast alle Blicke.

»Die großen Fenster –«

»Ich will sofort auffi auf den Turm!«, unterbricht ihn der muskulöse Mann im Jeansanzug. Er hat schon die ganze Zeit auf die Tür zum Treppenhaus gestarrt und ist dem Studenten nur halbherzig gefolgt. »Die Fenster interessieren mich nicht im Geringsten. Im Internet ist gestanden, dass man den Turm besichtigen kann.«

Ungehalten über diese brüske Unterbrechung zieht der Student eine Augenbraue hoch. »Das ist prinzipiell richtig, jedoch beherbergt das Turmzimmer derzeit einen prominenten Gast, wie Sie vielleicht gehört haben. In den nächsten drei Monaten finden leider keine Turmbesichtigungen statt.«

»Das glaub ich jetzt nicht! Ich wäre doch nie freiwillig in den depperten Dom gegangen, wenn man nicht auf den Turm kann«, entrüstet sich der Mann.

»Ich hoffe, es ist nicht noch jemand extra wegen des Turmzimmers angereist?«, wendet sich der Domführer an die Gruppe. Zu seiner Erleichterung schweigen alle. Jetzt ist er sogar froh darüber, dass der Grundlsee den Turm blockiert und die Besichtigungen ausfallen. Wie unangenehm wäre es gewesen, allein mit diesem grobschlächtigen Mann die fast vierhundert Stufen hinaufzusteigen. Was der Kerl dort oben wohl will? An der Kirche scheint er nicht das geringste Interesse zu haben. Außerdem wirkt er irgendwie seltsam, so als hätte er nicht alle Tassen im Schrank. Bastian Schlögel ist neugierig. »Entschuldigung, aber welches Interesse haben Sie an dem Turm?«, kann er sich nicht verkneifen zu fragen.

»Das geht dich überhaupt nichts an«, weist der andere ihn zurück. »Und jetzt gib mir den Schlüssel, dann geh ich halt allein hinauf. Ich muss da oben etwas erledigen …«

Was zu weit geht, geht zu weit. »Ich denke ja gar nicht daran«, entgegnet der Theologiestudent mit einem Nachdruck in der Stimme, den ihm niemand zugetraut hätte. »Verlassen Sie bitte sofort den Dom.«

Zu seiner Überraschung gehorcht der Mann im Jeansanzug, rempelt ihn im Vorbeigehen allerdings fast nieder. Mit Entsetzen hört er den Kerl noch unflätig fluchen – in einem Gotteshaus –, bevor er – gepriesen sei der Herr! – das Weite sucht.

Von diesem Augenblick an verläuft die Führung friedlich. Wie sehr hätte es Bastian Schlögel beunruhigt, hätte er gewusst, dass der Kräftige im Jeansanzug just in diesem Moment den Dom umkreist wie ein wildes Tier seine Beute? Dass er die Faust in Richtung Turm erhebt. Hätte dieser Mann die Gabe gehabt, er wäre ohne zu zögern den Turm an dessen Außenseite hinaufgeklettert, um dort oben eine Rechnung zu begleichen, die ihm schon lange im Magen liegt. Seit seiner Geburt. Aber von alldem weiß der Student natürlich nichts. Geduldig beantwortet er die gestellten Fragen, besonders die kleine alte Frau interessiert sich für alle Details. »Irre ich mich, oder sind die Fenster dort drüben neu, also nicht einmal hundert Jahre alt?«, fragt sie mit nach oben gerichtetem Blick.

Den Studenten freut es, wenn ihm Fragen gestellt werden, die vom Üblichen abweichen. »Das haben Sie ganz richtig erkannt, meine Dame. Bei ihnen handelt es sich um Werke des Künstlers Karl-Martin Hartmann aus Wiesbaden. Sie wurden 1993 eingebaut, um Provisorien zu ersetzen. Die alten Fenster sind bei einem Bombenangriff zu Bruch gegangen. Die Goldtöne stehen für das Symbol des Göttlichen. Können Sie es spüren? Uns umfängt göttliches Licht, bis wir dereinst durch die Schöpfung hindurch zum Licht der Ewigkeit gelangen. Die verschiedenen Formen – Kreise, Quadrate, farblose Flächen – symbolisieren die unendliche Vollkommenheit … Hoppala!«

Fasziniert von seinen Worten, hat die alte Dame nicht auf ihre Schritte geachtet und ist direkt in Bastian Schlögel hineingelaufen. Ihre behandschuhte linke Hand umkrallt seinen Arm, nur mit knapper Not und festem Griff kann sie einen Sturz verhindern.

Na, die hat aber ordentlich Kraft, wundert sich der Student, während er mit beiden Händen ihre Finger von seinem Ärmel löst.

Zum Glück lächelt die alte Dame schon wieder. »Entschuldigung! Sie haben so interessant gesprochen, dass ich völlig vergessen habe, auf meine Schritte zu achten. Wie war das jetzt mit den Kreisen und Quadraten?«

Als die Führung beendet ist und der Student die anderen Touristen schon verabschiedet, die zur nächsten Sehenswürdigkeit der Stadt weiterziehen, steht die alte Dame noch immer andächtig vor dem Altar.

Jaja, denkt der Student, als er mit großen Schritten über das Kopfsteinpflaster zum Pfarramt hinübereilt und die Frau allein im Dom zurücklässt, zum wahren Glauben finden die meisten Menschen erst im hohen Alter.

Jaja, denkt die kleine alte Frau mit den dichten grauen Locken und setzt sich in die vorderste Kirchenbank, es ist wirklich schon lange her, dass ich das letzte Mal in einer Kirche war. Wie still es hier ist und wie friedlich. Ihre Rechte klopft auf die Tasche des beigen Staubmantels. Ein leises Klimpern, alles ist in Ordnung. Sie ist sehr stolz auf sich. So alt und doch so pfiffig. Pfiffig und wendig. Sie überlegt, aufzustehen und zu gehen, bleibt dann aber doch noch sitzen. Hier herrscht genau die richtige Atmosphäre, um nachzudenken, und sie muss über so vieles nachdenken. Langsam dreht sie sich um, lässt alles auf sich wirken. Dort die Orgel, da drüben der Aufgang zum Turm, die Beichtstühle. Wie gut, dass sie in diesem Augenblick allein in der Kirche ist. Ihr Blick geht zum Marienaltar.

»Morgen komme ich wieder«, sagt sie laut und weiß selbst nicht so genau, ob sie das Versprechen Maria oder doch eher sich selbst gibt.

## 19

Wolf: Lest sofort das neue »Life Exclusive«! Das Interview mit der LaBelle auf Seite vierundsechzig. Sie sagt, Linz sei die Lieblingsstadt ihres Vaters gewesen. Ihres Vaters? Zuerst der Artikel von Hubert Grobian und dann dieses Geständnis, das kann doch kein Zufall sein?

Hasso: Spinnst jetzt, oder was? Was interessiert mich denn der Vater von der Alten? Hat sie sich denn schon bei dir gemeldet?

Wolf: Verstehst du denn nicht, du junger Idiot? Bisher gab es verbrieft nur EINEN, der gesagt hat, Linz sei seine Lieblingsstadt.

Hasso: Pass auf, wie du mich nennst, sonst leg ich dir eine auf, wenn ich dich das nächste Mal treffe.

Helge: Um Himmels willen, Wolf. Ich fürchte, da reimst du dir was zusammen.

Hasso: Kann mir einmal jemand sagen, wovon ihr eigentlich redet?

Helge: Linz war eine der Lieblingsstädte des Dessen-Namen-wir-nicht-nennen.

Hasso: Echt?

Wolf: Also, wenn du nicht einmal das weißt –

Hasso: Nein, weiß ich nicht, und es ist mir auch egal. Außer natürlich die Alte wird dadurch für uns noch interessanter. Hat sie sich jetzt bei dir gemeldet oder nicht?

Helge: Das geht sich doch rechnerisch gar nicht aus.

Wolf: Und ob sich das ausgeht. Sie ist 1944 geboren, da könnte gut und gern der Weißt-eh-wer ihr Vater gewesen sein.

Hasso: Fragen wir sie doch selbst, wenn wir sie haben. Also, Wolf, hat sie sich gemeldet?

Helge: Viel mehr schockiert mich, dass die Frau kein Deutsch mehr spricht. Das Interview wurde anscheinend auf Englisch geführt. Nur noch grüßen kann die LaBelle auf Deutsch, dabei ist sie doch in Österreich aufgewachsen, hier zur Schule gegangen.

Hasso: Ist das nicht egal?

Wolf: Ich finde es auch eine Schande, dass sie nur mehr so Sachen wie »Grüß Gott!«, »Servus!« und »Pfiat di!« rausbringt. Und darauf scheint sie auch noch mächtig stolz zu sein.

Hasso: Dabei sagt bei uns kein Mensch mehr »Servus!«.

Wolf: Ich schon.

Hasso: Du bist ja auch schon veraltet. Aber dass die LaBelle kein Deutsch mehr kann, wird uns noch zugutekommen. Und jetzt zum letzten Mal, Wolf: Hat sie sich schon bei dir gemeldet? Oder läuft da etwas an mir vorbei?

Wolf: Nichts läuft an dir vorbei. Ich habe nur noch nichts von ihr gehört.

Hasso: Wahrscheinlich warst du so blöd, ihr einen Zettel auf Deutsch zu hinterlassen, den sie nicht versteht. Stimmt's, oder hab ich recht?

Wolf: Der Zettel war zweisprachig. Warum unterschätzt ihr mich nur immer? Ich werde euch schon noch beweisen, dass ich kein Idiot bin.

Helge: Jetzt reg dich halt nicht so auf, das bringt doch nichts. Sag uns lieber, was wir jetzt machen.

Wolf: Jetzt tritt Plan B in Kraft.

Hasso: Was soll das denn schon wieder sein?

Wolf: Wir werden sie uns direkt schnappen. Und ich weiß auch schon, wo und wie.

Helge: Lass hören.

Wolf: Nein, lasst mich nur machen. Ich hab eine Idee, und die lass ich mir nicht durch euren Spott zerstören.

Helge: Mach bloß nichts Unüberlegtes! Die Angelegenheit ist zu heikel, als dass du deine Reputation mit einer absurden Idee aufs Spiel setzt. Unser aller Reputation. Ich will nicht die Polizei am Hals haben, schließlich bin ich Beamter.

Hasso: Und wehe, du haust uns übers Ohr. Denk bloß nicht, dass du dann ungestraft davonkommst.

Wolf: Willst du mir etwa drohen?

Helge: Schluss jetzt, Hasso! Wolf, ich vertraue dir.

Wolf: Ehrlich? Es bleibt euch aber auch nichts anderes übrig. Ihr steckt schon viel zu tief in allem drin.

## 20

Es ist Donnerstagabend, Grundlsee ist gelangweilt. Kein Fernseher, kein Radio, keine Bewunderer. Noch nicht einmal einer. Was, bitte, hat er sich nur dabei gedacht, sich in dieser Klause begraben zu lassen? Noch dazu für so lange! Das Medieninteresse war schon bei seinem Einzug nicht überwältigend und ist jetzt ganz zum Erliegen gekommen. Bis zum nächsten Pressegespräch sind noch einige Wochen Zeit, bis dahin muss er sich etwas einfallen lassen, um überhaupt jemanden hierherzulocken. Und mit seinen Memoiren kommt er auch nicht recht weiter. Vor den Medienleuten könnte er noch nicht einmal mit verheißungsvoller Stimme Auszüge vorlesen. Grübelnd und zusammengesunken sitzt er auf dem harten Stuhl aus Lärchenholz. Einen weichen Sessel gibt es hier heroben auch nicht. Seit seiner Militärzeit hat er nicht mehr so spartanisch gewohnt, und das ist schon lange her. Mittlerweile ist er zweiundsiebzig und hat ein Anrecht auf Komfort. Und auf Vergnügen. Zum Glück hat er einige Flaschen Wein in die Klause schmuggeln können. Der einzige Lichtblick, der ihm die zähen Tage verkürzt. Eine Flasche dieses Lichtblicks – Burgunder, Jahrgang 1997 – hat er heute Abend bereits geleert, und er hätte gute Lust, sich eine Prostituierte herzubestellen. Als Dessert sozusagen. Da würden sie blöd aus der Wäsche schauen, die Herren Geistlichen. Und Aufsehen würde es auch erregen, und was für eines. Ein viel größeres als seine Memoiren. Seine Memoiren? Welche Memoiren überhaupt?

Grundlsee setzt sich wieder, seufzt, stützt seine Arme auf die Resopalplatte des kleinen Tisches – Resopal, dass es so etwas Unelegantes heutzutage überhaupt noch gibt! – und legt seinen Kopf in beide Hände. Vielleicht hätte er den Mund doch nicht so voll nehmen und große Enthüllungen über Prominente ankündigen sollen. Als Werbegag hatte es so gut geklungen, doch die Tatsache, dass er kaum etwas über irgendjemanden weiß, rächt sich jetzt. Wie soll er auch etwas über andere berichten können, wo er sich doch zeit seines Lebens nur für sich selbst interessiert hat? Energisch reißt er sich zusammen und steht auf. Lamentieren hat noch nie geholfen. Er muss etwas unternehmen, sonst dreht er in der Stille noch durch. Stille? Wie auf Kommando läuten nebenan die Glocken. Zwei Mal zur halben Stunde. Das Getöse ist so laut, dass er zusammenzuckt und seinen Frust ebenso laut in die Nacht hinausschreit. War er denn verrückt gewesen, sich auf dieses Abenteuer einzulassen? Er, der Partytiger, allein im Turm? Die Glocke ist seine einzige Gesellschaft, die sich jede Viertelstunde meldet. Den ganzen Tag lang und die ganze Nacht. Schlimmer noch als jede Frau. Frau? Er beschließt, sich wirklich eine Frau in den Turm zu bestellen, aber nicht heute. Heute ist es dafür schon zu spät, und er hat schon zu viel getrunken. Aber morgen, morgen ganz sicher. Dann wird er auch dafür sorgen, dass die ganze Welt davon erfährt. Sein Handy haben sie ihm zwar weggenommen, die Herren Pfaffen, aber sie haben die Rechnung ohne den Wirt gemacht. Schwankend, noch immer leicht benommen von den lauten Glockenschlägen, geht Grundlsee zu seinem kleinen Koffer hinüber. Ja, sie sind noch da, seine drei Ersatzhandys samt passenden Ladegeräten. Er ist ja schließlich nicht blöd und hat vorgesorgt. Dumm nur, dass gerade auf dem Handy, das sich nun in Monsignore Grubers Obhut befindet, Gwendolyns SMS eingegangen ist. Sie hatte sie ihm von ihrem neuen Mobiltelefon aus geschickt: »Habe dich in der ›Austria‹ mit einem blonden Flittchen gesehen, du gemeiner, hinterhältiger Schuft! Das wirst du noch bereuen, das schwör ich dir!«

Also ist sein wohlkalkuliertes Foto mit der ORF-Moderatorin im Arm in der »Austria« erschienen. Prima, das Blatt hat eine hohe Auflage. Blöd nur, dass seine Frau so heftig reagiert hat und er sie nicht beruhigen kann, weil er ihre neue Nummer nirgendwo gespeichert hat. Er geht zum Tisch zurück, um sich noch ein Glas Rotwein einzuschenken. Zumindest dieses Vergnügen haben sie ihm gelassen. Ein Blick in die Flasche, leer. Er holt die nächste aus dem Schrank, erwischt einen Weißwein. Auch egal. Hauptsache, Alkohol. Wenn schon einsam, dann wenigstens betrunken. Dann ist man nicht ganz so allein. Plötzlich klopft es an der Tür, und bevor Grundlsee noch etwas sagen kann, öffnet sie sich, und jemand betritt seine Kammer.

»Guten Abend, Bernd.«

Das Licht ist nicht sehr stark, er selbst ziemlich benebelt. Er muss drei Mal hinschauen, um zu erkennen, dass es sich bei seinem Gast um eine Frau handelt. Eine blonde Frau, nicht mehr ganz jung. Sie trägt einen leichten beigen Mantel, dazu feine Lederhandschuhe im gleichen Farbton wie der ihrer flachen Schuhe, keine Handtasche.

Interessant, dass sich immer blonde Frauen von mir angezogen fühlen, denkt er und wartet, dass sie sich ihm vorstellt und erklärt, was sie hier will. Und auch, wie sie dazu kommt, ihn beim Vornamen zu nennen.

Doch nachdem sie die Tür hinter sich geschlossen hat, bleibt die Frau wie angewurzelt stehen und sieht ihn unverwandt und schweigend an.

Mit einem Schlag lichten sich die Nebel, und er weiß, wer sie ist. Wie vertraut sind ihm ihre Gesichtszüge! »Ist denn das die Möglichkeit? Lini, bist du es wirklich?« Freudig will er ihr entgegeneilen, doch seine Füße machen, was sie wollen. Er taumelt. Der verdammte Wein. Auch ihre abwehrende Haltung lässt ihn innehalten. »Du hast mir also noch immer nicht verziehen, Lini, oder?«

»Niemals, Bernd, und das weißt du auch. Du bist zu weit gegangen«, sagt sie jetzt, ohne zu zögern.

Er lässt sich zurück auf seinen harten Stuhl fallen. »Jetzt mach doch nicht so ein Theater wegen einer Lappalie.«

»Lappalie?«, echot sie. »Für mich war das keine Lappalie. Das war eine große Geschichte, und die hat sich in mein Hirn eingebrannt. Verstehst du? Eingebrannt.« Sie deutet mit der Handfläche auf ihre Stirn. Sie hat kleine Hände. In feinen braunen Lederhandschuhen.

»Geh, Lini, jetzt sei doch nicht so. Willst du dich nicht setzen? Aufs Bett dort drüben? Ich hab ja leider keinen zweiten Stuhl, es ist recht spartanisch hier heroben.«

Sie sieht sich um und lächelt. »Spartanisch ist es allerdings. Mir würde es hier nicht gefallen. Außerdem zieht's wie in einem Vogelnest.«

Er lacht. »Wenn du lächelst, gefällst du mir schon besser. Du bist noch immer eine schöne Frau, Lini, aber das weißt du ohnehin. Willst du dich nicht vielleicht doch aufs Bett setzen?«

Sie zögert, knetet unschlüssig ihre Hände, weiß anscheinend nicht, was sie tun soll. »Ich will nicht lange bleiben.«

»Das ist aber schade, jetzt, wo du doch schon da bist. Nimm mir meine Einsamkeit, Lini, ich bitte dich. Es ist so schrecklich hier heroben. Wir könnten doch miteinander reden –«

»Du willst reden?« Sie klingt ehrlich erstaunt. »Seit wann willst *du* denn reden?« Sie hat sich nun doch aufs Bett gesetzt, ganz vorn auf die Kante.

Und wieder lacht er. »Wie gut du mich kennst, Lini. Aber mir ist so langweilig hier«, gibt er zu. »Warum besuchst du mich eigentlich? Und war unten nicht abgesperrt?«

Sie schüttelt den Kopf und beantwortet nur seine letzte Frage. »Nein, die Tür stand offen. Anscheinend bist du den Geistlichen keinen besonderen Schutz wert.« Es fällt nicht schwer, zu lügen, wenn man ein Ziel verfolgt.

»Seltsam. Ich dachte eigentlich, am Abend würden sie immer abschließen, um zu verhindern, dass –«

»Dir etwas geschieht?«, fragt sie schnell. »Hast du etwa Feinde? Wirst du bewacht?«

»Aber geh, was soll mir denn passieren? Viel eher fürchten die, dass ich eine Dummheit anstelle.« Er lacht selbstzufrieden und öffnet die Flasche, die er zuvor schon in der Hand hatte. »Trinkst du einen Schluck mit mir? Der Burgunder ist leider schon leer, aber das hier ist ein erstklassiger Weißer. Ein Veltliner Smaragd aus der Wachau. Nicht nur du kennst mich, auch ich kenne dich. Den Veltliner hast du doch immer gern getrunken. Na, was sagst du dazu, wie gut ich mich erinnere?«

Sie steht auf und geht zum Fenster hinüber. »Ich mag keinen Weißwein, habe ich noch nie gemocht. Und du kennst mich nicht, hast mich nie gekannt.« Sie klingt bitter, verzieht aber keine Miene.

»Mein Gott, bist du theatralisch. Das warst du schon immer.« Er verdreht die Augen. »Jetzt komm halt. Ich kriege ein steifes Genick, wenn ich zu dir hinaufschauen muss. Setz dich wieder.«

Sie tut es. »Eigentlich bin ich gekommen, weil ich dich um etwas bitten möchte.«

Er registriert, dass ihre Stimme jetzt wie ein Schmeicheln klingt. Weniger mit Verwunderung als mit Selbstzufriedenheit. »Ach ja?« Über den Rand seines Weinglases sieht er sie erwartungsvoll an. Er mag es, wenn Frauen ihn um etwas bitten. Es verleiht ihm das Gefühl von Großmut, nein, besser noch, von Großartigkeit.

Lini strafft die Schultern. Es ist, als müsse sie in Gedanken Anlauf nehmen. »Ich habe hier ein Gedicht von dir.« Sie greift in ihre Manteltasche und hält ihm die zusammengefaltete Kopie einer Buchseite entgegen.

Er nimmt sie, schaut, stutzt. »Das habe ich vor dreißig, nein, wahrscheinlich schon vor vierzig Jahren geschrieben. Woher hast du das? Das Buch ist doch längst vergriffen.«

Sie beantwortet seine Frage nicht. »Es ist wunderschön.«

Er lächelt geschmeichelt und streichelt über ihre behandschuhte Rechte, die jetzt auf dem Tisch liegt. Sie zieht sie zurück.

»Wunderschön?«, wiederholt er fragend. »Na, wenn du meinst, wird es wohl so sein. Also, was genau willst du von mir?«

Ihr Lächeln wird tiefer, sinnlicher. Sie hat nichts verlernt. »Ich möchte dieses Gedicht von dir. Als Erinnerung an uns, Bernd. Kannst du es für mich abschreiben? Ich hätte es so gern in deiner Handschrift. Als Original sozusagen.« Sie blickt ihm in die Augen. Intensiv und sehnsuchtsvoll.

Ihm ist, als bliebe ihm die Luft weg. Kurz ist es ganz still im Turmzimmer.

Sie richtet sich wieder auf, ergreift die Flasche und schenkt ihm nach. »Würdest du das für mich tun?«

Er ist sichtlich verwirrt, weiß nicht, was er von ihrer Bitte halten soll. »Du bist die knapp vierhundert Stufen heraufgestiegen, nur damit ich dir diesen Vers da abschreibe?«

Sie nickt und reicht ihm das Glas.

Er nimmt einen tiefen Schluck. »Du hättest mir schreiben können.«

»Nein, das ging nicht. Ich musste dich persönlich sehen.«

Er grinst spöttisch. »So? Musstest du?« Endlich ist er wieder auf gewohntem Terrain. Sein spöttisches Lächeln nimmt anzügliche Züge an. »Du warst schon immer ein geiles Luder, Lini. Mein Gott, das warst du. Und anscheinend bist du es immer noch.« Hurra, ich brauch gar keine Prostituierte zu bezahlen, Lini ist besser!, freut er sich. Viel besser sogar. Er sieht schon die Schlagzeile vor sich. Jetzt muss ich nur noch irgendwie unbeobachtet an mein Viagra kommen. Er erhebt sich, um sie in seine Arme zu ziehen.

Sie weicht ihm gekonnt aus und hält ihm einen weißen Bogen hin, den sie vom Papierstapel auf dem Tisch genommen hat. Ihr Lächeln hat nichts von seiner Intensität verloren. »Zuerst das Gedicht, Bernd.«

Er seufzt ergeben, setzt sich wieder und beginnt zu schreiben. Seine Schrift ist ein wenig zittrig vom Alkohol, doch mit ihren weiten, ausladenden Schwüngen trotzdem die typische Grundlseehandschrift.

## 21

Es ist noch immer Donnerstagabend, kurz vor Mitternacht. Das Handy klingelt. Diana rappelt sich von ihrer Couch auf und schaltet den Fernseher aus. Der Film ist soeben zu Ende gegangen, und die Werbung für die nächste »Wetten, dass …?«-Sendung am Samstag interessiert sie ohnehin nicht. Wer immer es ist, der sie zu so später Stunde stört, sie hofft, dass das Telefonat nicht lange dauert. Der Tag war anstrengend, sie freut sich auf ihr Bett.

»Pölz.«

»Kollegin Pölz, hier Karl-Heinz See. Wir haben zwei Leichen beim Dom. Ich bin auf dem Weg, die Kollegen sind bereits vor Ort. Kommen Sie sofort nach.«

Bevor sie noch etwas sagen kann, hat er aufgelegt. Was ist das bloß für ein Idiot? Spielt sich als Chef auf und gibt ihr Anweisungen, gerade so, als wäre sie sein Laufbursche, und schneidet ihr dann noch jede Möglichkeit einer Antwort ab. Dianas Blick fällt in den Spiegel über der Kommode. Noch mit dem Hörer in der Hand schneidet sie sich eine Grimasse. Das hilft bei Fassungslosigkeit und lässt ihren Ärger verrauchen. Wenigstens ein wenig. Im Prinzip hat der schöne Carlos ja richtig gehandelt. Er hat heute Journaldienst, also muss er sie bei zwei Leichen verständigen. Klar auch, dass sie zum Fundort muss. Und zwar schnellstens. Eigentlich ist sein Tonfall auch vollkommen nebensächlich. Wenn Diana eines gut kann, dann logische Erklärungen für unerhörte, unfaire oder unerwünschte Handlungen anderer zu finden. Als Tochter von Hazel Wood ist ihr nichts anderes übrig geblieben, als die Fähigkeit zu perfektionieren.

Rasch schlüpft sie in die bequemen Stiefeletten, fasst die Haare mit geübtem Griff und einem Haargummi im Nacken zu einem kurzen Zopf zusammen und schnallt die Waffe im Schulterholster um. Die schwarzen Jeans behält sie an, wählt dazu aber die dunkle, dicke Jacke. Es ist kalt für Mitte September.

Also zum Dom. Sie entscheidet sich dafür, zu Fuß zu gehen. Würde sie das Auto aus der benachbarten Parkgarage im ATRIUM

City Center holen, würde wertvolle Zeit vergehen, und zum Dom ist es nicht weit. Nur ein Stück die Mozartstraße hinauf, dann die Landstraße hinunter – ist es nicht seltsam, wenn in einer Stadt die zentrale Einkaufsstraße ausgerechnet Landstraße heißt? – und schließlich zum Taubenmarkt. Von dort führt die Domgasse direkt zum Dom.

Sie braucht knapp zwanzig Minuten. Kaum Leute auf der Straße, nur ein paar Jugendliche in viel zu dünnen T-Shirts, manche Mädchen bauchfrei – sie hatte gedacht, das sei längst out? – vor dem McDonald's und ein paar Besoffene beim Würstlstand. Beim Dom ist – niemand.

Keine zwei Leichen, nicht einmal eine, und schon gar kein Carlos See oder gar Absperrungen. Das Einzige, was versperrt ist, ist die Kirchentür. Sie überprüft die Seiteneingänge. Auch hier das gleiche Bild. Keine Leichen, kein Kollege See. Was soll das? Ein Scherz? Will der feine Herr Kollege vielleicht ausloten, wie weit er gehen kann, bevor sie die Nerven verliert? Jetzt ärgert sie sich doch wieder. Sie wählt Sees Nummer. Es dauert lange, bis er sich meldet.

»Herr Kollege See –« Weiter kommt sie nicht.

»Ja, wo bleiben Sie denn, Herrgott noch einmal? Der Leichenwagen ist schon da, und die Schaulustigen erschweren unsere Arbeit.«

»Wo sind Sie?«

Er stutzt. »Beim Dom, das habe ich doch laut und deutlich gesagt. Die Frage lautet eher: Wo sind Sie?«

»Beim Dom. Direkt vor dem Tor. In der Domgasse.«

See lacht kurz auf. »Mit euch Wienern hat man's aber auch wirklich nicht leicht. Sie sind beim falschen Dom. Beim alten. Wir haben hier in Linz einen neuen und einen alten Dom. Ich meinte natürlich den neuen, den Mariendom.«

Jetzt erinnert auch sie sich wieder an die beiden unterschiedlichen Kirchen. Zu dumm, aber er hätte ihr auch wirklich genauere Informationen geben können. Doch es ist nicht die richtige Zeit für Vorwürfe.

»Na gut, und wie komme ich von hier zu Ihnen?«

Er erklärt es ihr kurz und bündig.

Sie steckt die Hände in die Jackentaschen und macht sich auf den Weg. Zum Glück trägt sie bequeme Schuhe. Die Promenade hinauf. Mein Gott, ist das kalt heute. Sie hätte an eine Mütze denken sollen, aber die zwei, die sie zu Hause hat, gefallen ihr beide nicht. Die eine hat Tante Gusti gestrickt, rosarot mit Zopfmuster, und die andere ist von Hazel, selbst genäht mit kleinen Glöckchen dran. Die würden dumm aus der Wäsche schauen, die Herren Kollegen, wenn sie leise klingelnd am Tatort ankäme. Sie muss sich wirklich dringend eine neue Mütze kaufen.

Wer die beiden Toten wohl sind? Ob See das schon herausgefunden hat? Komisch, gesagt hat er nichts. Hoffentlich hat er auch schon die Spurensicherung und den Erkennungsdienst verständigt. Aber sicher hat er das. Was man auch immer von ihm halten mag, in seinem Metier ist er ein alter Hase. Seine Fachkenntnis und seine Erfahrung werden allgemein geschätzt. Mit eingezogenem Kopf hetzt sie weiter, hält den Blick auf ihre Schuhe gerichtet, übersieht dabei eine schmale Seitenstraße, nimmt die nächste, schaut sich um und sieht endlich von Weitem den Dom. Wieder richtet sie den Blick auf den Gehsteig, sie bildet sich ein, weniger zu frieren, wenn sie nach unten schaut. Kein Mensch auf der Straße. Alles wie ausgestorben. Fast alles. Nur aus einem Lokal zur Linken dringt laute Musik ins Freie. Ein Stück weiter vorn entdeckt sie einen dunklen, nassen Fleck am Boden, macht sich aber darüber keine Gedanken. Sie steigt über ihn hinweg und will sich dabei mit der Hand kurz an einem Parkautomaten festhalten, einem jener viereckigen blauen Kästen, die Tickets für Kurzparkzonenparker ausspucken. Sie greift ins Feuchte.

Seltsam, dabei hat es doch den ganzen Tag nicht geregnet. Als sie ein Papiertaschentuch aus der Manteltasche zieht und sich die Hand abwischt, verfärbt sich das Taschentuch dunkel. Was bitte hat man auf diesen Automaten geleert? Wein, Rotweinessig … Blut?

Sie ist keine, die aus einer Maus einen Elefanten macht und an jeder Ecke ein Verbrechen wittert, zudem wird sie vom eigentlichen Grund des nächtlichen Spaziergangs abgelenkt. Es sind nur noch wenige Meter bis zum Domplatz.

Dort endlich das erwartete Bild: Absperrungen, zwei uniformierte Kollegen, ein paar Schaulustige. Doch etwas ist überraschend: Eben werden zwei Stahlsärge im Leichenwagen verladen. Diana runzelt die Stirn. Was bedeutet das? Wieso schafft man die Leichen weg, bevor sie sie gesehen hat? Sie blickt sich um. See unterhält sich mit einem großen Mann mit schütteren Haaren.

»Guten Abend!«, sagt sie im Näherkommen.

»Weitergehen, weitergehen«, befiehlt einer der Uniformierten streng und will sie wie ein Huhn fortscheuchen.

Sie zeigt ihm ihre Dienstmarke und steigt selbstbewusst über die Absperrung. Die Blicke der wenigen Schaulustigen folgen ihr gespannt, doch See hat sie noch immer nicht bemerkt – oder er ignoriert sie bewusst, wer weiß das schon so genau? Er redet noch immer mit dem anderen Mann. Jetzt, in der Nähe, stellt sie fest, dass es sich um einen Geistlichen handelt.

»Guten Abend«, sagt sie noch einmal. Lauter diesmal. Und energischer.

See schaut auf, lässt seinen Gesprächspartner stehen und kommt lässigen Schrittes näher. »Soso, die Frau Kollegin Pölz. Auch schon da.«

»Wie Sie sehen. Also, schießen Sie los.«

»Da gibt's nichts zu schießen. Es war falscher Alarm. Sie hätten gar nicht zu kommen brauchen. Gehen Sie wieder schlafen.«

Diana sieht ihn überrascht an. Der Pfarrer stellt sich wieder zu ihnen, und Diana hält ihm automatisch ihre Dienstmarke unter die Nase. In ihrem Kopf rattern die Gedanken. Warum hat See sie angerufen, wenn es keine Toten gibt? Wozu dann die Absperrung, wozu die Särge?

»Gruber«, stellt sich der Geistliche vor, »Monsignore Gruber.« Mit kummervoll gerunzelter Stirn fügt er hinzu: »Was für ein grässlicher Vorfall. Gott sei ihrer Seelen gnädig. Der arme junge Mann.«

Wie passen diese Worte zum falschen Alarm? Sie dreht sich zu See um. »Was für ein junger Mann? Was für Seelen?« Sie wirft einen Blick über ihre Schulter. »Die Särge dort drüben sind doch hoffentlich leer, oder etwa nicht?«

»Warten Sie beim Kirchenportal.« See schickt den Pfarrer weg, wahrscheinlich will er sie nun doch in die näheren Umstände einweihen.

»Kann ich jetzt endlich fahren, oder brauchen Sie noch etwas?«, ruft der Fahrer des Leichenwagens zu ihnen herüber.

»Sie können fahren«, sagt See.

»Sind die Särge leer?«, fragt Diana noch einmal mit mehr Nachdruck in der Stimme.

Der Mann vom Beerdigungsinstitut schaut mit großen Augen von ihr zu See und wieder zurück. »Wie sollen die Särge denn leer sein, wenn wir gerade erst zwei Männer verladen haben?«

Also doch! »Was für Männer?« Es klingt scharf. Das kann doch alles nicht wahr sein.

»Na, die Toten eben. Den Alten und den Burschen«, beginnt der Fahrer vom Leichenwagen verständnislos zu erklären, aber See unterbricht ihn mit einer energischen Handbewegung.

»Das kläre ich alles später. Sie können fahren.«

Diana wird es zu blöd. »Hier fährt niemand nirgendwohin. Sie bleiben. Und zwar so lange, bis ich gestatte, dass Sie fahren.« Mag sich See noch so sehr dagegen wehren, die Anweisungen gibt immer noch sie. Der Mann darf erst gehen, wenn sie sich Klarheit verschafft hat. Und das ist derzeit alles andere als der Fall.

»Und wer sind Sie, wenn ich fragen darf?« Der Fahrer des Leichenwagens mustert sie mit abschätzigem Blick. Offensichtlich mag er es nicht, wenn sich Frauen in seine Arbeit einmischen wollen.

Doch solche Blicke können Diana schon lange nicht mehr aus der Fassung bringen. Routiniert zieht sie ihre Dienstmarke erneut aus der Jacke. »Chefinspektorin Pölz. Ich leite die Ermittlungen.«

»Aber ich dachte …?«

Diana interessiert nicht, was er dachte. Sie wendet sich an See. »Und jetzt zu den Einzelheiten.«

Ihr Kollege ist sichtbar genervt darüber, dass sie das Ruder an sich gerissen hat, doch er kennt sich aus mit Hierarchien, und er weiß, wann es an der Zeit ist, diese zu beachten. »Sie haben gehört, was sie gesagt hat. Warten Sie im Wagen«, donnert er los. Besser, seinen Frust an einem unbeteiligten Dritten auszulassen als gar nicht. Dann wird er wieder ruhiger. »Es besteht nicht der geringste Grund zur Hysterie. Er war ein Selbstmörder. Ein Herr mit dem seltsamen Namen Grundlsee. Monsignore Gruber hat ihn zweifelsfrei identifiziert. Genaue Daten werden noch überprüft.«

Durch Diana geht ein Ruck. »Grundlsee? Der Literat, der in den Turm gezogen ist, um seine Memoiren zu schreiben?«

Er ist erstaunt. »Sie kennen den Mann? Ich persönlich hab's ja nicht so mit Literatur, aber egal. Jedenfalls hat er sich heute von diesem Turm da, ich würde schätzen, aus einhundertsiebzig Metern, in die Tiefe gestürzt und war sofort tot. Der zweite Tote …«

»Eins nach dem anderen. Wer sagt Ihnen, dass Grundlsee Selbstmord begangen hat? Er könnte auch von einer anderen Person in die Tiefe gestürzt worden sein.«

»Theoretisch: ja, praktisch: nein. Der Turm war abgesperrt und ist es immer noch. Zudem haben wir bei dem Mann einen Abschiedsbrief gefunden. Der Geistliche hat die Handschrift eindeutig als die von Herrn Grundlsee identifiziert. Da, schauen Sie selbst.« Er hält ihr ein zusammengefaltetes Blatt Papier in einer durchsichtigen Nylontüte hin.

»Ist der Mediziner noch nicht da?«

»Er ist schon wieder weg. Hat aber bei beiden zweifelsfrei den Tod festgestellt und die Totenscheine ausgestellt. Wenn Sie so lang brauchen, bis Sie da sind … Die Leute können halt nicht ewig warten.«

»Und die Spurensicherung?«

»Einer der Kollegen ist noch oben im Turmzimmer, die anderen habe ich schon wieder weggeschickt, wir brauchen sie nicht mehr. Dazu ist es zu eindeutig. Kein Hinweis auf Fremdeinwirkung. Außerdem hat die Tür zum Turm einen Knopf. Fällt sie zu, kann man sie von außen nur wieder mit einem Schlüssel öffnen. Der Geistliche«, See gestikuliert mit dem Kopf zu Monsignore Gruber hinüber, »und der Domführer, ein Theologiestudent, sind die Einzigen, die einen besitzen. Der Geistliche war nachweislich im Pfarramt.« Er gestikuliert mit dem Kopf in die andere Richtung. »Die große, hagere Alte, die jetzt neben ihm steht, kann es bezeugen. Eine gewisse«, er schaut auf das Protokoll in seiner Hand, »Frau Anna Kaserer.«

»Was ist mit dem Domführer?«

»Der ist seit heute in der Früh im Kloster Melk zu Exerzitien, sagt der Geistliche. Was auch immer das sein soll. Wir haben seine Aussage zwischenzeitlich überprüft, sie stimmt.«

»Es erscheint mir trotzdem voreilig, dass die Spurensicherung abgezogen wurde. So, und nun zum zweiten Toten. Was ist mit dem?«

See lacht kurz auf. Was für ein unglücklicher Zufall. Genau in dem Augenblick, als der Körper von Herrn Grundlsee auf den Vorplatz knallte, ging ein junger Mann vorbei. Anscheinend hat er nicht darauf geachtet, was rund um ihn geschah, oder er wurde einfach überrascht … Jedenfalls wurde er vom linken Bein des Selbstmörders am Kopf getroffen. Das hat ihm das Genick gebrochen.« See schaut seine verdutzte Kollegin an und zuckt mit den Schultern. »Zur falschen Zeit am falschen Ort. Das nenne ich *bad luck*.« Er scheint tatsächlich zu glauben, was er da sagt. Aber das ist einfach zu absurd.

Diana starrt ihn ihrerseits an und muss wider Willen lachen. So wie See auch. Zum ersten Mal, seit sie sich kennengelernt haben, scheinen sie einer Meinung zu sein. Verbindende Einigkeit. Für einen kurzen Augenblick.

Ihr Lachen verleitet ihn zur Annahme, dass er die Zügel wieder übernehmen kann. Er gibt dem Fahrer ein Zeichen. »Sie können jetzt fahren.«

»Halt!«, ruft sie. Ihr Lachen ist verschwunden. »Vorher will ich noch die Leichen sehen.«

»Jetzt einigt euch doch endlich einmal«, murrt der Fahrer.

»Wie genau sind die beiden gelegen?«, will Diana wissen, bevor sie zu ihm hinübergeht. »Das nächste Mal warten Sie gefälligst mit dem Einsargen, bis ich die Leichen am Fundort gesehen habe, verstanden?«

Er murmelt etwas, was man mit gutem Willen als Zustimmung auslegen könnte, und reicht ihr die Kamera, damit sie sich zumindest die Fotos der Toten ansehen kann.

Sie geht zur Straßenbeleuchtung, um möglichst viel erkennen zu können. Der tote Dichter liegt völlig verkrümmt auf den Pflastersteinen, das Gesicht nach unten. Unter seinem verdrehten linken Bein ist die Leiche eines jungen Mannes zu erkennen. Das Bein dürfte ihn an der Halsschlagader getroffen haben. So etwas ist ihr in all den Jahren noch nie untergekommen.

»Wo genau sind die beiden gelegen?«, will Diana noch einmal wissen.

See deutet mit der Hand auf das Domportal. Drei Stufen führen dorthinauf. Sie geht näher, schaut nach oben. Mächtig reckt sich der Turm aus Sandstein und Granit in den nächtlichen Himmel. Wer von dort oben auf die Erde stürzt, hat keine Chance, zu überleben. Aber darauf hatte es Grundlsee wohl auch nicht abgesehen. Er ist direkt vor das große Haupttor aufs Kopfsteinpflaster gestürzt.

»Und wer ist die zweite Leiche? Kam der Mann aus der Kirche, oder wollte er hinein?«

»Ich denke, er wollte einfach nur vorbei.«

Sie ist anderer Meinung. »Man geht doch nicht die Stufen hinauf, wenn man nur hier vorbeigehen will. Dann wäre er doch einfach unterhalb der Stufen vorbeigegangen.«

»Hätte er diesen vernünftigen Grundsatz beherzigt, Frau Kollegin, so hätte es ihn tatsächlich nicht erwischt. Schade, dass er Sie vorher nicht nach Ihrer Meinung gefragt hat. Dann würde er wahrscheinlich noch leben.«

Der Geistliche kommt mit der großen, hageren Frau im Schlepptau wieder näher. »Kann ich Ihnen noch irgendwie behilflich sein?« Es ist offensichtlich, dass er etwas auf dem Herzen hat und nebenher noch ein paar Details erfahren will.

»Wir sind mitten in den Ermittlungen. Wenn Sie bitte wieder drüben warten würden«, fertigt See ihn barsch ab.

Doch so schnell lässt sich Monsignore Gruber nicht von seinem eigenen Kirchenvorplatz vertreiben. Er kann genauso barsch sein. »Jedenfalls müssen die Absperrungen wieder weg. Wie schaut denn das aus, wenn morgen die Besucher und die Gläubigen zur Messe kommen? Außerdem ist gleich in der Früh eine Taufe angesetzt. Die Schmiererei auf der Fassade ist schon schlimm genug.«

»›Arschgesicht‹«, liest Diana die roten Buchstaben laut vor und geniert sich sofort vor dem Geistlichen. Gerade so, als hätte sie selbst den Kraftausdruck aufgesprayt. »Seit wann steht das da? Auch erst seit heute Abend?«

»Nein, seit zwei Tagen«, antwortet See. Er scheint sich schon danach erkundigt haben.

»Wissen wir, wer damit gemeint ist?«

»Ich vermute, da war wohl jemand mit einer meiner Predigten nicht zufrieden«, sagt Monsignore Gruber mit mehr Gelassenheit, als Diana ihm zugetraut hätte. »Aber man kann es nicht allen Leuten recht machen, nicht wahr? Wir haben bereits ein Spezialunternehmen beauftragt, das Schimpfwort zu beseitigen. Der Herr von der Spurensicherung ist damit einverstanden.«

Sie wendet sich wieder ihrem Kollegen zu. »Wer ist der zweite Tote?«

»Laut Ausweis, den wir in seiner Hosentasche gefunden haben, handelt es sich um einen gewissen Stefan Stösser. Student, dreiundzwanzig Jahre alt. Der kleine Fritz wusste sofort Bescheid. Der Vater von dem Toten ist Dr. Georg Stösser, der Generaldirektor des Linzer Chemiewerkes LCW. Hohes Tier, wichtiger Mann. Schon tragisch, auf diese Weise sein Kind zu verlieren. Da nützen einem plötzlich Reichtum und Macht nichts mehr.«

Da ist sicher etwas Wahres dran. Allerdings interessiert Diana eine andere Frage dringender. »Wo ist Kollege Wöglinger eigentlich?«

»Ich habe ihn zu den Eltern von Stefan Stösser geschickt, um ihnen die traurige Botschaft zu überbringen.«

»Gut.« Und das ist es wirklich. Sie hat schon befürchtet, die traurige Aufgabe würde an ihr hängen bleiben. Wenn sie eines an ihrem Job hasst, dann dies: den Angehörigen die Nachricht vom Tod eines geliebten Menschen zu überbringen. Karl-Heinz See geht es offensichtlich ebenso, aber dafür hat er ja den kleinen Fritz.

Eine Gestalt in weißer Schutzkleidung tritt aus dem hell erleuchteten Kirchenschiff. »Ich wäre dann so weit fertig. Ah, guten Abend, Frau Pölz.«

Diana freut sich, dass der Kollege von der Spurensicherung sie erkannt hat, der Herr … Mist, ihr ist sein Name entfallen. Ihr Namensgedächtnis lässt sie im Stich, wieder einmal. Immerhin weiß wenigstens er, wie sie heißt. Sie kann es kaum erwarten, dass aus ihnen ein eingespieltes Team geworden ist. So wie früher, bei ihrer letzten Arbeitsstelle in Wien.

»Nichts Verdächtiges gefunden«, verkündet der Namenlose. »Bis auf den Pfarrer und die Frauen, die gekommen sind, um die Taufe morgen vorzubereiten, ist die Kirche leer. Oben im Turmzimmer steht ein Regal voller Bücher, die meisten sind vom Toten selbst verfasst. Irgendwie komisch, oder? Würden Sie Ihre eigenen Bücher mit in den Turm nehmen? Die kennen Sie doch ohnehin in- und auswendig.«

»Fingerabdrücke?«

»Jede Menge. Auch einige Haare unterschiedlicher Länge und in verschiedenen Farben. Ich habe sicherheitshalber alles Verwertbare abgenommen und bringe es jetzt ins Labor. Aber wenn man bedenkt, wie viele Menschen in den letzten Jahren dort oben gelebt haben, all diese sogenannten Turm-Eremiten, dann wird das wahrscheinlich nicht viel bringen.«

»Sonst noch etwas, Alfred?«, fragt See.

Aha, Alfred also. Und wie noch?

»Das Wichtigste ist der Abschiedsbrief, den du ja bereits in der Tüte hast, Carlos.«

Dianas Blick folgt seiner Geste, und See reicht ihr wortlos ein Blatt in Nylon. Diesmal geht sie zwei Schritte hinüber zur Straßenlaterne und liest laut vor: »›Für‹ – dann folgt Gekritzel. Anscheinend hat er einen Namen geschrieben und dann wieder übermalt.« Sie dreht das Blatt um, hält es gegen das Licht, kneift die Augen zusammen und geht noch etwas näher an die Laterne heran. »Das könnte ›Lini‹ heißen. Ja, ich denke, es heißt ›Lini‹. Also noch einmal:

*›Für Lini,*
*Abschied.*
*So nehmt denn wohl, Getreue,*
*Abschied von einem, der geht.*
*Den die Ferne lockt wie Sünde.*
*Dessen Herz kein Bleiben kennt.*
*Versucht nicht, mich zu halten.*
*Dort, wo ich bin, ist gut.*
*Bernd Werner Grundlsee, im September.*‹«

Sie lässt das Blatt sinken, weiß nicht, was sie davon halten soll.

»Er war eben ein Dichter«, sagt See, als würde der Umstand alles erklären.

»Wer ist Lini?«, fragt sie.

Die beiden Männer zucken mit den Schultern.

»Wahrscheinlich seine Frau«, vermutet Alfred, der Spurensicherer.

»Oder seine Freundin. Obwohl, wahrscheinlich doch eher seine Frau. Er war mindestens siebzig.«

»Ich möchte ihn mir ansehen.« Als Zeichen, dass sie keinen Widerspruch zulässt, geht sie zum Leichenwagen hinüber. »War sonst noch etwas Interessantes im Zimmer?«, fragt sie über die Schulter zurück.

Der Spurensicherer folgt ihr, dahinter See, sichtlich widerstrebend.

»Ein Glas, aus dem eindeutig Wein getrunken wurde. Eine leere Flasche, eine zweite halb voll. Es scheint, als habe sich der Mann Mut angetrunken.«

»Irgendwelche Tabletten?«

Der Spurensicherer schüttelt den Kopf.

»Wie hoch war die Brüstung, die er überwinden musste?«

Alfred überlegt einen kurzen Moment lang. »Einen Meter dreißig. So in etwa. Ein umgekippter Stuhl lag an der Stelle, von der aus er gesprungen ist.«

»Wenn wir von Selbstmord ausgehen, kann er das auch mit siebzig ohne fremde Hilfe geschafft haben, oder?«

»So ist es, Frau Pölz, zweifellos.«

## 22

Sie ist den Anblick von Leichen gewohnt. Aber kann man sich wirklich je an den Anblick von Leichen gewöhnen? Grundlsees Körper sieht aus, wie sie es erwartet hat. Sämtliche Gliedmaßen sind verdreht, an beiden Händen Abschürfungen. Die inneren Verletzungen kann sie nur erahnen. Der Zustand seines Gesichts erschreckt sie dann doch. Ein einziger geschundener Brei, die Nase nicht mehr zu erkennen, überall gestocktes Blut.

Sie spricht mehr zu sich selbst als zu den beiden anderen. »Er ist mit dem Gesicht voran auf dem Steinpflaster aufgeschlagen. Heißt das notgedrungen, dass er kopfüber in die Tiefe gestürzt ist? Wer springt schon mit dem Kopf voran? Das wäre selbst für einen Selbstmord höchst ungewöhnlich.«

»Gut möglich, dass er sich im Fallen mehrmals überschlagen hat.«

Ja, gut möglich. Und dennoch: »Ich möchte das in jedem Fall überprüfen.«

See seufzt hörbar, widerspricht aber nicht.

Diana geht zum zweiten Sarg. Der junge Mann liegt da, als würde er schlafen. Nun gut, dafür müsste man sich das verkrustete Blut unter seiner Nase wegdenken, das auch die Vorderseite seines blau-weiß gestreiften Hemdes mit aufgesticktem Polospieler in Hellblau völlig ruiniert hat. Zu Lebzeiten ist er ein fescher Bursche gewesen, keine Frage. Und dann ist er plötzlich ums Leben gekommen. Ohne Vorwarnung, völlig grundlos. Jetzt ist sie an der Reihe zu seufzen. Sie deutet auf eine blaue Stelle an seinem Hals. Der Kragen und die Vorderseite seines Hemdes sind voller Blut.

»Das Bein von diesem Herrn Grundlsee hat ihn voll am Hals erwischt«, erklärt See.

Sie weiß, dass in ihrem Beruf nichts unmöglich ist, und trotzdem hat sie Zweifel. »Gibt es das wirklich, dass ein fallender Körper einen anderen ausschließlich am Hals trifft? Noch dazu seitlich am Hals und nicht hinten im Genick? Warum hatte er dann Nasenbluten? Er lag ja nicht mit dem Gesicht nach unten, als Sie ihn gefunden haben, oder?«

See hätte am liebsten gelogen, aber schließlich hat seine neue Vorgesetzte die Fotos gesehen, es würde also sowieso nichts bringen. »Nein, er lag auf der Seite, sein Kopf unter Grundlsees Bein.« Seine Stimme klingt nun nicht mehr so sicher. Zweifel an seiner bisherigen Theorie werden deutlich. Zweifel, die Diana teilt.

»Dann ab in die Gerichtsmedizin. Alle beide«, befiehlt sie.

Die beiden Fahrer sehen sie entgeistert an.

»Wir haben hier in Linz kein gerichtsmedizinisches Institut mehr, Frau Kollegin Pölz. Als Wienerin können Sie das natürlich nicht wissen.« Da ist sie wieder, Sees Sicherheit. Und da ist er wieder, der unangenehme Unterton. »Es wurde aus Einsparungsgründen aufgelassen. Obduziert wird nur mehr in den gerichtsmedizinischen Abteilungen spezieller Spitäler.«

Doch damit kann er sie nicht aus der Ruhe bringen. »Das ist in Wien nicht anders. Dann bringen Sie die Leichen eben dorthin.«

See übt noch einmal Widerstand. »Dieselben Einsparungsmaßnahmen machen es nötig, dass Tote, die eindeutig Selbstmord begangen haben, nicht mehr obduziert werden. Wir werden nur den Studenten aufschneiden lassen, den Dichter –«

Sie unterbricht ihn. »Beide werden obduziert, und damit basta.« An den Leichenwagenfahrer gewandt sagt sie: »Richten Sie dem Gerichtsmediziner aus, dass ich die Berichte so schnell wie möglich auf meinem Schreibtisch haben will.«

»Das wollen alle«, murrt er, schwingt sich auf seinen Sitz und knallt die Autotür zu.

»Kann jetzt die Anni, also die Frau Kaserer, in den Dom, oder müssen Sie noch mal rein?« Monsignore Gruber hat keine Lust, länger in der Kälte zu warten. Genauso wenig wie die große, hagere Frau hinter ihm, die noch immer einen Korb mit weißen Blumen am Arm hängen hat. »Wir haben morgen eine Taufe«, sagt er noch einmal.

»Um neun Uhr«, bestätigt Anni Kaserer, »bis dahin muss ich noch allerhand dekorieren.«

Taufe und Tod, wie nah Gegensätze oft beieinanderliegen, denkt Diana geradezu philosophisch.

Kollege See ist hingegen eher praktisch gestrickt. »Ist das Turmzimmer schon versiegelt?«

Alfred von der Spurensicherung nickt. »Alles erledigt.«

»Dann können Sie jetzt hinein, Hochwürden, danke.«

Der Spurensicherer will sich verabschieden und See einem Uniformierten bereits die entsprechenden Anweisungen geben, die Absperrungen zu beseitigen, doch Diana hält beide zurück. Es gibt noch etwas zu klären.

»Offensichtlich hatte der tote junge Mann Nasenbluten«, sagt sie und geht zum Fundort der Leichen zurück. »Wie sonst käme so viel Blut auf sein Hemd? Können Sie mir bitte die Taschenlampe geben, Alfred?«

»Das haben wir doch alles schon geklärt. Deshalb landet der Mann ja auch auf dem Seziertisch.« See wird ungeduldig.

»Tatsächlich? Dann erklären Sie mir doch bitte, wo ich das dazugehörige Blut auf dem Steinboden finde. Wenn der Bursche auf der Seite gelegen ist, wie wir es auf dem Foto gesehen haben, dann müsste das Blut doch über die eine Gesichtshälfte auf den Boden geflossen sein. Und was haben wir hier?«

Alfred leuchtet. Diana zeigt auf die mutmaßliche Stelle.

»Außer ein paar Blutstropfen nichts.« Es ist See, der das für alle Sichtbare ausspricht. »Das ist tatsächlich bemerkenswert. Wo ist das ganze Blut hin?«

Alle drei gehen in die Hocke und starren auf den Boden, als könnten sie so das Blut materialisieren, das nicht da ist.

»Und warum«, fragt Diana weiter, »war unter der Nase des Toten und vorn in der Mitte seines Hemdes Blut, aber nicht auf der Seite?« Auf einmal hat sie eine Idee. Eigentlich ist es eher eine vage Eingebung, mehr nicht. »Dann war das also doch Blut auf dem Parkautomaten«, sagt sie langsam, wieder mehr zu sich als zu den beiden anderen.

See und Alfred können ihrem Gedankengang nicht folgen, aber das kann sie ihnen nicht einmal verübeln.

»Was, wenn der Fundort der Leiche gar nicht der Ort ist, wo der Bursche zu Tode gekommen ist?«, fragt sie laut in die Runde.

»Ich habe da vorn in der«, sie zeigt mit der Hand hinter sich, »ich habe keine Ahnung, wie die Straße heißt, jedenfalls ist dort ein großer nasser Fleck auf dem Gehsteig. Und ein Parkautomat war auch voll von dem Zeug. Würden Sie sich das bitte mal ansehen, Alfred? Vielleicht irre ich mich ja auch, und es handelt sich gar nicht um Blut. Aber ich möchte in jedem Fall sichergehen, dass wir nichts übersehen haben.«

»Kein Problem.« Alfred steht auf und schnappt seinen Koffer.

Diana lächelt ihm dankbar zu. Endlich ein Kollege nach ihrem Geschmack.

»Wo haben Sie Ihr Auto geparkt, Frau Pölz? Meins steht dort drüben.«

»Ich bin zu Fuß gekommen.«

»Gut, wenn's Ihnen recht ist, dann zeigen Sie mir jetzt den Fleck, und anschließend bringe ich Sie mit dem Wagen nach Hause.«

»Ich fahre ins Landeskriminalamt zurück.« See ärgert sich, dass ihm das mit dem Blut nicht selbst aufgefallen ist. »Ich werde das Protokoll schreiben, informiere dann den Journaldienst bei der Staatsanwaltschaft und die Pressestelle. Ach ja, und die Wiener Kollegen natürlich auch. Irgendjemand muss ja die Witwe Grundlsee verständigen.« Dann eilt er mit energischen Schritten in Richtung Innenstadt davon.

Schweigend gehen Diana und Alfred von der Spurensicherung nebeneinanderher. Sie kennen einander noch nicht gut genug, um zwanglos zu plaudern, und über den Fall ist eigentlich alles gesagt worden. Es gibt noch viele offene Fragen, aber keine passenden Antworten. Nach wenigen Minuten stehen sie gegenüber dem Lokal, an dem Diana schon auf ihrem Hinweg vorbeigekommen ist. Noch immer klingt laute Musik nach draußen. »Cleese«, steht in großen Lettern über der Tür. Eine Gruppe junger Leute macht sich lebhaft redend auf den Weg in Richtung Altstadt.

»He, wartet auf mich!«, ruft ein Mann vom Eingang her.

Die jungen Leute drehen sich lachend zu ihm um, nehmen ihn in die Mitte und gehen gut gelaunt und feuchtfröhlich ihres Weges.

Das hätte auch der tote Student sein können, fährt es Diana durch den Kopf. Er könnte noch immer fröhlich mit seinen Freunden von dannen ziehen, aber stattdessen liegt er blutverschmiert in einem Eisensarg. Wenn sie heimkommt, wird sie versuchen, Lilli am Telefon zu erreichen. Ihre Tochter ist dreiundzwanzig, genauso alt wie der Tote. Es ist ein ambivalentes Gefühl, das ihr Muttersein bestimmt. Am liebsten würde sie ihr einziges Kind in Watte packen oder noch besser unter einen Glassturz auf die Kommode im Wohnzimmer stellen. Warm, geschützt und gut behütet. Für immer. Andererseits weiß sie, dass sie ihre Tochter loslassen muss, um sie erwachsen werden zu lassen und das gute Verhältnis, das sie haben, nicht zu gefährden. Lilli musste hinaus in die weite Welt, um zu wachsen, Flügel zu bekommen. Diana seufzt. Es ist nicht leicht, zu Hause zu bleiben und sich mit dem Kind zu freuen, das die Welt entdeckt. Stolz zu sein, während man gleichzeitig die Ungewissheit fürchtet. Nicht zu wissen, ob es der Tochter gut geht. Sie reißt sich zusammen, atmet tief durch. »Ich erinnere mich, dass ich auf der anderen Straßenseite die Lokaltür gesehen habe. Dann bin ich noch vielleicht fünf Schritte gegangen und hab den großen Fleck auf dem Gehsteig entdeckt. Direkt neben dem Parkautomaten.«

Sie geht absichtlich auf der Fahrbahn, um nicht in den Fleck hineinzutreten. Die Vorsicht ist unnötig. Der Fleck ist nicht mehr da. Die Straßenbeleuchtung ist nicht die beste, aber sie ist auch nicht schlechter als bei ihrem Hinweg, als ihr der Fleck aufgefallen ist. Auch der Parkautomat ist jetzt blitzblank. »Da schau her, da hat tatsächlich jemand aufgewischt.«

»Das haben wir gleich.« Alfred bringt offensichtlich nichts so leicht aus der Ruhe. Er holt seine Stablampe aus der geräumigen Tasche und leuchtet die Umgebung ab, während sein prüfender Blick über den Parkautomaten gleitet. »Ohne Hilfsmittel kann ich nichts entdecken. Kannst du vielleicht eingrenzen, wo der Fleck auf dem Gehsteig war?«

Er ist zum Du gewechselt, aber Diana ist so konzentriert, dass sie es nicht kommentiert. In ihrem Wiener Team waren alle per Du. »Neben dem Hauseingang. Da in etwa.«

Alfred stellt seine Tasche ab und bittet Diana, die Lampe zu halten. Was dann geschieht, ist für beide Routine. Mit geübtem Griff vermischt er in einer Sprühflasche Luminol in Natronlauge mit einer Wasserstoffperoxid-Lösung und trägt die Flüssigkeit auf den Gehsteig auf. Diana hat sich nicht geirrt. Auf dem Boden leuchtet die Mischung bläulich, und der Blutfleck ist sofort wieder sichtbar.

»Da haben wir ihn ja. Gutes Auge, Diana.« Er hält kurz inne. »Ich darf doch Diana zu dir sagen, oder?«

Sie beeilt sich, ihm zu versichern, dass sie nichts dagegen hat, und freut sich, dass sie fündig geworden sind.

Gekonnt nimmt Alfred vom Boden und vom Parkautomaten einige Proben. »Ich lass dich morgen gleich wissen, ob es sich um Menschenblut handelt. Vielleicht ist es ja das Blut des Toten. Wenn wir Glück haben, ist sogar auch Blut des Mörders dabei, dessen Daten wir, so es der Zufall will, bereits in der Datei haben.«

Sie lächelt. Alfred scheint ein ausgesprochener Optimist zu sein.

## 23

Am nächsten Tag ist Diana früh auf den Beinen. Sie will unbedingt vor Carlos See im Büro sein. Dem Kollegen wäre glatt zuzutrauen, ohne sie mit den Ermittlungen zu beginnen, und sie hat nicht die geringste Lust, weiterhin zwei Schritte hinter seinem Wissenstand herzuhecheln, wie das in der Vornacht der Fall gewesen ist. Dabei ist es noch nicht einmal sicher, ob es überhaupt etwas zu ermitteln gibt. Vielleicht hat der prominente Selbstmörder Grundlsee bei seinem Sprung vom Turm ja tatsächlich den Studenten – wie hieß er noch gleich? – mit in den Tod gerissen. Das Blut beim Parkautomaten kann auch von irgendjemand anderem stammen. Einem verletzten Riesenhund zum Beispiel. Sie seufzt. Würde sie diesen Gedanken tatsächlich für möglich halten, würde sie sich nicht so beeilen.

Schnell schiebt Diana eine Kapsel in die Maschine und gießt Milch in den Aufschäumer. Ein Kaffee im Stehen, Vorsicht, heiß! Müsliflocken, Soja-Joghurt, sie hat weder die Geduld noch die Lust, einen Apfel hineinzureiben. Pfui Teufel! Angewidert verzieht sie das Gesicht. Pur schmeckt ihr Frühstück wirklich furchtbar.

Es läutet an der Tür. Sturm. Diana zuckt zusammen. Um Himmels willen, ist etwa noch etwas passiert? Sie kann dem Kollegen doch nicht im Pyjama öffnen. Doch als sie einen Blick durch den Türspion wirft, steht draußen völlig aufgelöst Tante Gusti. Sie hat eine Zeitung in der einen Hand und ein dickes Album unter dem anderen Arm.

»Hast du das gesehen, Kinderl? Das ist doch eine Frechheit, das hat sie wirklich nicht verdient!«

»Was ist denn los? Ist etwas mit Hazel passiert, Tante Gusti?«

Gusti drängt sich an ihr vorbei. »Ach, wer redet denn von deiner Mutter? Ich rede von einem Skandal!« Sie lässt das Album neben das Telefon auf den Stuhl fallen. Ein Kästchen gibt es noch immer nicht. »Ganz schön schwer, dieses Buch, das hatte ich gar nicht mehr so in Erinnerung. Aber ich habe ja auch alles

Mögliche gesammelt. Angefangen habe ich 1959, warst du da schon auf der Welt? Ich glaube nicht, oder?«

»Tante Gusti! Jetzt ist wirklich nicht der günstigste Zeitpunkt für Geschichtsforschung. Sag mir lieber schnell, was dich so aufregt. Ich bin schon auf dem Sprung ins Büro.«

»Aber du bist doch noch im Pyjama?«

Auch wenn Diana über diesen trockenen Kommentar schmunzeln muss, ist sie nicht bereit, näher darauf einzugehen. »Also?«

Die alte Dame breitet die Zeitung auf dem Küchentisch aus, ohne jede Rücksicht auf Dianas armseliges Frühstück zu nehmen.

»Hast du das gelesen? Hast du gesehen, was die Schmierfinken da schreiben? Und das im ›Tagesblatt‹! Nicht in der ›Austria‹ oder wie die Blätter alle heißen, die jeden Tag Volksverdummung betreiben. Bisher dachte ich, das ›Tagesblatt‹ sei seriös, zumindest halbwegs.«

Dianas Blick fällt auf das Datum, die Zeitung ist vom Mittwoch. Ein Bild von Caro LaBelle im grünen Glitzerkleid – ohne Zweifel geht es um die Kritik vom Cole-Porter-Abend. Sie überfliegt die Zeilen, während ihre Verwunderung mit jedem Wort, das sie liest, zunimmt. Schließlich schüttelt sie den Kopf. »Wie kommen die nur dazu, so eine vernichtende Kritik abzudrucken? Ich verstehe wirklich, dass du dich aufregst, Tante Gusti. Das stimmt hinten und vorn nicht. Mir hat das Konzert ausgezeichnet gefallen!« Was mich selbst überrascht hat, denn ich bin nur widerwillig mitgegangen, denkt sie, spricht es aber nicht aus.

»Hast du den Vergleich mit dem Stock gelesen? Das ist schon richtig bösartig. Nur weil sich die LaBelle am Knie verletzt hat, braucht sie doch noch lange keinen Stock. Vielmehr habe ich sie dafür bewundert, dass sie den Abend so gut durchgehalten hat, obwohl man doch immer wieder gemerkt hat, dass ihr jeder Schritt schwerfiel.«

Diana überfliegt die Zeilen noch einmal. »Ich glaube, das mit dem Stock hat der Schreiber etwas anders gemeint … Aber egal, fest steht, dass die Kritik völlig daneben ist. Die LaBelle war gut.«

Tante Gusti nickt zufrieden. »Sag ich ja. Der Artikel ist eine bodenlose Frechheit. Das können wir nicht so einfach hinnehmen. Also, was gedenkst du dagegen zu unternehmen?«

Diana hat die Zeitung bereits wieder beiseitegelegt und ist ins Schlafzimmer gegangen, um sich anzuziehen. Nun dreht sie sich zu Gusti um, die ihr gefolgt ist. »Unternehmen? Ich? Was, bitte, soll ich denn gegen einen Zeitungsartikel unternehmen?«

»Bist du bei der Polizei oder nicht? Das ist doch ein Verbrechen.«

»Und zwar welches?« Sie schlüpft in ihre schwarzen Hosen.

»Verleumdung. Rufschädigung«, trumpft Tante Gusti auf.

»Nun, selbst wenn dem so wäre, werden wir damit nicht durchkommen. Es gibt in Österreich etwas, was sich Pressefreiheit nennt. Es ist egal, ob wir finden, dass der Schreiber unrecht hat, er darf seine subjektive Sicht der Dinge zum Besten geben.«

Tante Gusti schiebt die Unterlippe vor und schaut für einen kurzen Augenblick so trotzig wie ein kleines Kind.

Schnell umarmt Diana sie und drückt ihr einen Kuss auf die Wange. »Tut mir leid, Tante, aber der Schmierfink bleibt auf freiem Fuß.«

»Dann schreibe ich eben einen Leserbrief, der sich gewaschen hat.« Die alte Dame scheint mit diesem Alternativplan hochzufrieden zu sein und wendet sich zum Gehen. »Das Album im Vorzimmer musst du dir aber später trotzdem noch ansehen. Als junges Mädchen habe ich alles gesammelt, was ich über die LaBelle finden konnte. Ich war ein großer Fan und bin es immer noch. Da sind sogar noch Originalprogramme von ihren drei Maria-Theresia-Filmen dabei. Filmprogramme gibt es ja heute gar nicht mehr. Und ein Autogramm habe ich auch. Auf das bin ich besonders stolz. Das habe ich mir von ihr geben lassen, als mich meine Mutter, deine Uroma, zu einer Filmpremiere nach Wien mitgenommen hat.«

Diana zieht ihre Schuhe an, greift zur Tasche und schiebt Tante Gusti sanft, aber bestimmt zur Tür hinaus. »Davon hast du mir schon gestern erzählt, und ich finde es wirklich interessant. In den nächsten Tagen schaue ich mir dein Buch auch ganz bestimmt genauer an. Versprochen, sobald ich Zeit habe. Aber jetzt muss ich dringend ins Büro.«

## 24

Alice streicht ihren beigen Bleistiftrock glatt. Caro LaBelle kann es nicht ausstehen, wenn sie auf der Kleidung ihrer Assistentin Knitterfalten entdeckt. Ein kritischer Blick in den Spiegel, die Hochsteckfrisur sitzt perfekt, der Lippenstift passt. Rasch noch ein Lächeln aufgesetzt und tief durchgeatmet. So schwer es ihr auch fällt, sie muss ihre Arbeitgeberin an diesem Freitagmorgen wecken. Es ist inzwischen halb elf, und noch immer kein Lebenszeichen von ihr. So lange schläft sie doch sonst nicht. Auch Li Peng hat schon zwei Mal nach ihr gefragt. Was für ein seltsamer Morgen. Mit Bert, dem Leibwächter, ist genauso wenig anzufangen. Sonst ist er meist fröhlich, immer für einen Scherz gut, aber in den letzten Tagen muss ihm eine Laus über die Leber gelaufen sein. Er ist mürrisch, gibt nur einsilbige Antworten. Heute geht er schon geraume Zeit unruhig wie ein Raubtier im Käfig im Flur auf und ab – und hängt an seinem Handy, obwohl er den gewünschten Gesprächspartner offensichtlich nicht erreicht.

Alice klopft an die Tür der LaBelle. Keine Reaktion. Sie klopft noch einmal, dann betritt sie den Raum. Das Bett ist zerwühlt, das seidene lachsfarbene Nachthemd liegt zusammengeknüllt am Fußende. Von ihrer Chefin fehlt jede Spur.

»Bert! BEEEERT!«

Binnen Sekunden erscheint der Schwarze im Türrahmen. »Was ist los?« Er sieht das leere Bett und überlegt kurz. »Wo ist sie?«

Alice ist zu keinem klaren Gedanken fähig. »Weg!«, schreit sie. »Das siehst du doch selbst, sie ist weg!« Sie lässt sich auf den Stuhl neben dem Schreibtisch sinken und schlägt die Hände vors Gesicht.

Der Leibwächter schweigt. Hätte sie zu ihm aufgeschaut, hätte sie ihm angesehen, dass es hinter seiner Stirn arbeitet. Doch sie schaut nicht auf, sondern springt wieder hoch und beginnt, das Bett zu untersuchen, so als hätte sie die Hoffnung, ihre Arbeitgeberin unter dem Kopfkissen zu finden.

»Bert, da stimmt etwas nicht. Caro geht nie weg, ohne mir Bescheid zu geben. Und schon gar nicht, ohne *dir* Bescheid zu geben. Sie geht doch überhaupt nirgends hin ohne deine Begleitung.«

Der Leibwächter zieht die Stirn kraus, offensichtlich unschlüssig, was er von dem Ganzen halten und wie er weiter vorgehen soll. »Das ist nicht ganz korrekt, Alice. Manchmal zieht sie schon allein los. Ich begleite sie zwar immer ein Stück, aber dann schüttelt sie mich ab.«

Alice bleibt kurz der Mund offen stehen. »Sie schüttelt dich ab? Davon höre ich heute zum ersten Mal.«

Er legt ihr die Hand auf die Schulter. Um sie zu beruhigen? Um sich selbst zu beruhigen? »Caro ist kein kleines Kind, Alice. Ab und zu möchte sie auch allein ihrer Wege gehen. Sie ist alt genug, um zu wissen, was sie tut.«

»Ach ja? Und was ist mit ihrem grauenhaften Orientierungssinn? Wie konntest du sie nur allein lassen, Bert?«

Er verzieht gequält das Gesicht, hat aber kein Gegenargument bereit.

»Hat sie dich heute früh auch *abgeschüttelt*?«, will Alice wissen.

Aber zumindest in dieser Hinsicht ist er sich keiner Schuld bewusst. »Heute? Ich habe sie doch heute noch gar nicht zu Gesicht bekommen.« Das entspricht der Wahrheit, allerdings ist ihm nicht neu, dass das Bett leer und Caro LaBelle verschwunden ist. Er selbst war es, der ihre Laken zerwühlt und das Nachthemd unter dem Kopfkissen hervorgezerrt hat. Dann wollte er seine Chefin auf dem Handy erreichen. Vergebens. Aber das sagt er Alice nicht. Sie muss nicht alles wissen. Zuerst will er sich selbst Klarheit verschaffen.

»Du hast sie heute früh also auch noch nicht gesehen?« Alice kann es nicht glauben. »Das hieße ja, sie ist in der Nacht verschwunden!«

Der Leibwächter beginnt langsam zu nicken. »Das heißt es wohl.«

»Ich verstehe das alles nicht. Auch, dass sie gestern plötzlich allein mit dir auf ihrem Zimmer zu Abend essen wollte. Warum durfte ich nicht dabei sein? Warum solltest nur du ihr Gesellschaft leisten?«

Wieder bilden sich Falten auf seiner Stirn. »Sie fühlte sich nicht wohl, Alice, das habe ich dir doch schon gesagt. Und du kennst ihre Migräneanfälle.«

Natürlich kennt sie die. Zur Genüge sogar. »Trotzdem verstehe ich nicht, warum ich nicht zu ihr durfte.« Alice klingt ehrlich gekränkt.

»Sei froh. Du weißt doch, dass Caro nicht grad nett ist, wenn sie ihre Anfälle hat. Außerdem will sie manchmal eben nur mich bei sich haben.« Bert legt ihr wieder die Hand auf die Schulter. Diesmal eindeutig, um sie zu beruhigen.

Alice seufzt. »Wir müssen die Polizei verständigen«, sagt sie schließlich.

Aber davon will der Bodyguard nichts hören. »Die Polizei? Warum die Polizei?«

Über so viel Dummheit kann Alice nur den Kopf schütteln. »Verstehst du denn nicht? Caro kann alles Mögliche zugestoßen sein. Vielleicht irrt sie draußen umher –«

»Oder sie geht einfach nur friedlich spazieren.« Seinem Tonfall ist anzumerken, dass er sich bemühen muss, ruhig zu bleiben, und seinen eigenen Worten keinen Glauben schenkt.

»Friedlich spazieren? Darf ich dich daran erinnern, dass Caro noch nie friedlich spazieren gegangen ist? Und schon gar nicht mit einem verletzten Knie. Du tust doch nur so, als wärst du die Ruhe selbst, Bert. Du bist für ihre Sicherheit verantwortlich! Was, wenn sie entführt wurde?«

Er zuckt erschrocken zusammen. »Hältst du das tatsächlich für möglich? Aber wer sollte sie denn entführen? Hier in der verdammten Kleinstadt mit all den Security-Leuten in der Lobby.«

»Immerhin ist sie nicht da, das kannst nicht einmal du leugnen. Und wir haben keine Ahnung, wo sie steckt.« Das sind stichhaltige Argumente.

»Ich werde mich sofort auf die Suche machen. Aber verständige erst einmal nicht die Polizei. Caro würde uns umbringen, wenn –«

»Weißt du was, Bert? Manchmal versteh ich dich echt nicht.«

»Trotzdem: keine Polizei. Was macht denn das für einen Eindruck, wenn ich als ihr Leibwächter keine Ahnung habe, wo

Caro sich aufhält?« Er steckt sein Handy ein, überprüft, ob sich sein Portemonnaie in seiner Gesäßtasche befindet, und wendet sich zum Gehen.

»Na gut«, lenkt Alice ein. »Dann versuch eben, Caro zu finden. Aber beeil dich. Ich bleibe inzwischen im Hotel und warte beim Telefon. Es könnte ja sein, dass sich jemand meldet und Lösegeld verlangt.« Alice setzt sich wieder an den Schreibtisch.

Bert fährt herum. »Mal bloß nicht den Teufel an die Wand! Wirklich, Alice, du liest eindeutig zu viele Krimis.«

»Und daher weiß ich auch, wie wichtig es ist, der Polizei rechtzeitig Bescheid zu geben. Wenn Caro bis zur geplanten Autogrammstunde um fünfzehn Uhr nicht aufgetaucht ist, werde ich das auch tun. Und niemand wird mich davon abhalten können, nicht einmal du.«

# 25

Als das Telefon läutet, hebt Diana automatisch ab. »Pölz?«

Es ist kurz nach fünfzehn Uhr, sie sitzt hinter ihrem Schreibtisch und studiert die neuesten Untersuchungsergebnisse, die vor wenigen Minuten auf ihrem Tisch gelandet sind.

»Frau Pölz, eine Ms. Cooper möchte Sie sprechen. Sie sagt, es sei dringend, allerdings spricht sie nur Englisch.«

Diana fährt aus ihren Gedanken auf. »Gut, stellen Sie durch. Wie heißt die Frau, haben Sie gesagt?«

Karl-Heinz See erscheint im offenen Türrahmen. »Die Wiener Kollegen haben angerufen. Die Witwe von diesem Grundlsee-Typen ist nicht in der Stadt. Und jetzt raten Sie mal, wo sie sich laut Angaben ihres Sohnes seit gestern Mittag befindet? Richtig, in Linz!«

So interessant die Nachricht auch sein mag, im Augenblick kann Diana ihm nicht zuhören. »Ehrlich?«, fragt sie ins Telefon. »Alice Cooper? Das ist ja originell. Ja, bitte, verbinden Sie mich.« Sie muss noch heftiger lachen, als sie das fassungslose Gesicht ihres Kollegen sieht.

»Aber jetzt nicht der Rockmusiker Alice Cooper, oder?«, fragt er auch schon.

Diana schüttelt den Kopf und legt die Hand über die Muschel. »Es ist die Assistentin von Frau LaBelle.«

Ungefragt nimmt See auf einem Eck ihres Schreibtisches Platz und schaltet den Lautsprecher ein.

*»Ms. Cooper«,* sagt Diana schon, *»what can I do for you?«*

Eine halbe Stunde später trifft Diana mit See und einem uniformierten Kollegen im Hotel ein. In Caro LaBelles Zimmer lassen sie deren Entourage antanzen: Alice Cooper, die Assistentin, den Leibwächter Bert und einen Mann mit fernöstlichen Gesichtszügen namens Li Peng, der seinen Angaben nach für das Wohlbefinden des Stars verantwortlich ist. Zu fünft setzen sie sich an den Tisch. Der Kollege hat die Erlaubnis bekommen, sich unter Alice' strengen Augen im Zimmer näher umzusehen. See greift zu Stift und Protokollblock.

»Also, noch einmal zurück an den Start. Wer von Ihnen hat Frau LaBelle zum letzten Mal gesehen, und wann war das?«, erkundigt sich Diana auf Englisch.

Zu ihrem Erstaunen antwortet der farbige Leibwächter in fast perfektem Deutsch. »Das war vermutlich ich, Ma'am«, das letzte Wort klingt wie ein lang gezogenes »Määääm«. »Gestern am Abend habe ich … Ms. LaBelle Gesellschaft geleistet. Sie hatte starke Kopfschmerzen, und wir ließen uns das Abendessen aufs Zimmer servieren.«

»Das kann ein Kellner bestätigen?«

Der Leibwächter stutzt und zieht die Stirn kraus. »Ja, sicher kann er das. Obwohl ich nicht weiß, ob er Frau LaBelle persönlich gesehen hat. Ich habe den Wagen mit dem Essen an der Tür entgegengenommen. Wenn Caro solche Migräneanfälle hat, zieht sie sich gern zurück und möchte nur eine Person ihres Vertrauens um sich haben.«

Er übersetzt seinen beiden Kollegen rasch, was er gesagt hat, und diese nicken.

»Wo haben Sie unsere Sprache so gut gelernt?« Diana ist zu neugierig, um sich diese Frage zu verkneifen. »Sie stammen doch aus Amerika, oder etwa nicht?«

Er lacht und enthüllt eine Reihe großer, blendend weißer Zähne. »Ich komme ursprünglich aus New York, Ma'am. Meine Mutter hat mir Deutsch beigebracht.«

Diana lächelt zurück. Der Mann ist so schwarz, dass sie nie auf die Idee gekommen wäre, er könnte eine deutschsprechende Mutter haben, aber es steht ihr nicht zu, das Thema weiter zu vertiefen.

»Kann es nicht sein, dass Frau LaBelle einfach auf eigene Faust losgezogen ist? Alt genug wäre sie ja.« Karl-Heinz See weigert sich, die Launen von ältlichen prominenten Damen ernst zu nehmen. Warum soll die Frau nicht mal in Ruhe und allein die Stadt erkunden, ohne einen Rattenschwanz an Bediensteten hinter sich herzuziehen?

»Das wäre, wenn Sie mir die Bemerkung bitte erlauben, *officer*, äußerst ungewöhnlich. Frau LaBelle verlässt nie ein Haus ohne meinen Begleitschutz. Nicht mal in Bel Air, wo wir wohnen, und noch weniger hier im Ausland.«

»Sag, dass sie einen schlechten Orientierungssinn hat«, fordert Alice auf Englisch, und er kommt ihrer Bitte nach.

Die einzelnen Befragungen dauern nur kurz, keiner kann nähere Angaben zum Verschwinden der Chefin machen, aber alle sind ohne Zweifel äußerst beunruhigt.

»Sollte Frau LaBelle zurückkommen, geben Sie uns doch bitte unverzüglich Bescheid.« Großzügig verteilt Diana ihre neuen Visitenkarten. »Und sollte sich tatsächlich ein Entführer melden, per Brief, E-Mail, Telefon oder wie auch immer, dann verständigen Sie uns ebenfalls umgehend. Natürlich auch, wenn dieser Ihnen ausdrücklich verbietet, sich bei der Polizei zu melden. Sie schaden Frau LaBelle nur, wenn Sie auf eigene Faust mit den Entführern verhandeln. Kann ich mich da auf Sie verlassen?«

Die Worte sind so eindringlich, dass die drei Amerikaner auf der Stelle versichern, das zu tun.

»Ich werde sofort die Kollegen beauftragen, den Anschluss im Hotel und Ihre Handys abzuhören.«

»Und natürlich können Sie sich zu jeder Uhrzeit melden«, schießt der schöne Carlos noch großzügig nach und lächelt der Assistentin zu. »Zu wirklich jeder Uhrzeit«, wiederholt er, denn schließlich hat ja seine neue Chefin ihre Karte hergegeben. Ihn würde man also so oder so nicht aufwecken. »Tag und Nacht.«

Als Diana mit See an der Seite im Lift in die Hotellobby hinunterfährt, fasst sie zusammen. »Die Kollegen sollen das Hotelpersonal befragen. Vielleicht hat ja jemand etwas bemerkt. Da es sich bei der Vermissten um eine international bekannte Person handelt, müssen wir wohl auch den Staatsanwalt verständigen, obwohl das alles in allem eine recht dürftige Geschichte ist. Gestern um Mitternacht war die Frau noch da, heute um halb elf Uhr Vormittag ist sie weg. Wenn wir es hier nicht mit einer Hollywood-Diva zu tun hätten, würde ich einfach sagen, dass die Frau von selbst wieder auftaucht.«

See ist der gleichen Meinung, hat aber keine Lust, das zuzugeben. Also schweigt er und schaut so, dass Diana aus seiner Miene nicht schlau wird.

Im Erdgeschoss gleiten die Lifttüren auseinander. Ein Mann steht genau vor ihnen.

»Mmkrmm«, räuspert sich der Hoteldirektor, der offensichtlich auf sie gewartet hat.

»Ja, bitte?«

Der Direktor stellt sich vor und zupft seine Hemdmanschetten zurecht. »Ich habe zu meinem großen Entsetzen vom Verschwinden der Frau LaBelle gehört.« Er spricht so leise, dass es fast ein Flüstern ist. »Was für eine Katastrophe. Ich möchte mir die Tragweite dieses Geschehens für unser Haus gar nicht ausmalen. Weiß man schon Näheres? Machen Sie sich keine Sorgen, ich wahre äußerste Diskretion.«

»Das tun wir auch.«

Sees Tonfall ermutigt nicht gerade zu weiteren Fragen. Anscheinend hat er für Wichtigtuer ebenso wenig übrig wie Diana. Er würdigt den Direktor keines zweiten Blickes und geht an ihm vorbei zur Ausgangstür.

Doch der Direktor beschließt, noch eins draufzusetzen. »Ich habe da einen Verdacht, wenn Sie erlauben.« Damit hat er erreicht, was er wollte: Die beiden Inspektoren halten inne und sehen ihn wartend an. Er genießt die Aufmerksamkeit, die ihm nun zuteilwird, sichtlich. »Wir haben, also, ich habe einen Tag vor der Ankunft meines prominenten Gastes eine Gruppe Journalisten durch das Haus geführt. Sie haben sich die Räume angesehen, in denen Frau LaBelle und ihr Gefolge jetzt wohnen. Sie wissen ja, wie neugierig diese Medienleute sind, schrecklich.« Aber gut für sein Geschäft. »Einer von ihnen erschien mir da schon äußerst verdächtig. Ein Mann. So ein untersetzter in einem grauen Staubmantel und mit Glatze.«

»Inwiefern verdächtig?«

»Er erkundigte sich nach dem Sicherheitssystem. Wollte wissen, wo wir beabsichtigen, Wachposten aufzustellen. Ich habe etwas übertrieben, als ich ihm die Maßnahmen schilderte, aber ich dachte, sicher ist sicher. Vorgestern habe ich dann denselben Mann ums Haus schleichen sehen, und gestern war er wieder da. Er stand auf der gegenüberliegenden Straßenseite und starrte zu den Dachfenstern hinauf. Ich muss nicht extra betonen, dass Frau LaBelle genau hinter diesen Dachfenstern residiert.‹

»Zu welcher Uhrzeit war das?«

Er überlegt. »Das muss so gegen achtzehn Uhr gewesen sein.«

»Haben Sie ihn zur Rede gestellt?«

»Das wollte ich, das wollte ich wirklich. Aber es war ein derartiger Wirbel hier im Haus, und als es meine Zeit endlich zuließ und ich hinaus auf den Gehsteig trat, da war der Mann schon weg.«

Feigling, denkt sich Diana.

Die Lifttür öffnet sich erneut, und der Uniformierte erscheint. »Gut, dass Sie noch da sind, Frau Pölz. Schauen Sie mal, was ich gefunden habe. Das hier lag in der Nachttischschublade von Frau LaBelle.«

Einmütig beugen sie sich über ein Blatt Papier, das der Beamte vorschriftsmäßig in eine durchsichtige Plastiktüte gesteckt hat. Ein Zeitungsartikel aus dem »Tagesblatt« klebt auf dem Papier. Die Worte »deren Vater gerüchteweise dem nationalsozialistischen Lager zuzurechnen war« sind mit einem Textmarker leuchtend gelb hervorgehoben. Darunter lesen die Beamten folgende mit Computer geschriebenen Worte: »*Dear* Mrs. LaBelle! Wir haben ein äußerst lukratives Angebot für Sie, das Sie sicher nicht ablehnen können. *We have an offer for you, which you cannot refuse.* Melden Sie sich umgehend! *Write immediately!* wolf@gdb.at, www.gdb.at.«

Verblüfft sehen sie einander an.

»Was soll das sein?«, fragt Diana in die Runde. »Für einen Drohbrief klingt es reichlich seltsam und vage.«

Doch der Herr Direktor weiß genau Bescheid. »Das hat ihr sicher der Glatzkopf im grauen Mantel ins Zimmer geschmuggelt, als ich einen Augenblick lang unaufmerksam war.«

Der schöne Carlos kann es sich nicht verkneifen, nein, es macht ihm sogar diebisches Vergnügen, zu sagen, was er nun sagt. »Sie waren unaufmerksam? Aber Herr Direktor, das hätte ich nie von Ihnen gedacht.«

Die Bemerkung kann der gute Mann natürlich nicht auf sich

sitzen lassen, und so beginnt er eine lange Erklärung darüber, was die Journalisten nicht alles gefragt und getan hätten und wie schwierig es daher gewesen sei …

»Wofür, bitte, steht GDB?«, unterbricht Diana seinen Redefluss.

Der Hoteldirektor schüttelt bedauernd den Kopf, der Uniformierte zuckt mit den Schultern. Schuldbewusst, so als müsse er das als Polizist eigentlich wissen.

Gefühle dieser Art kennt Carlos See nicht. »Was weiß denn ich? Dem Inhalt des Zeitungsartikels nach vielleicht für ›Geheimbund Deutschnationaler Brüder‹ oder etwas in der Art. Fritz wird das sofort prüfen.«

Diana wirft ihm einen ungläubigen Blick zu, schüttelt kaum merklich den Kopf und wendet sich dann wieder an den Direktor. »Noch einmal zurück zu dem Mann, der Ihnen aufgefallen ist. Würden Sie ihn auf einem Foto wiedererkennen?«

»Mit Sicherheit«, ertönt es stolz.

»Dann begleiten Sie uns doch bitte aufs Landeskriminalamt.«

»Sehr gern. Aber wenn Sie gestatten, nehme ich meinen eigenen Wagen.«

Die anderen gestatten und gehen zu ihrem Dienstfahrzeug zurück. »Die Spurensicherung soll sich die Räume noch einmal genau ansehen«, beschließt Diana, »vielleicht finden sie ja Fingerabdrücke von der Person, die die seltsame Botschaft in die Nachttischschublade gelegt hat. Und ich werde dem Absender ein Mail mit einem Phantasienamen schicken – vielleicht bekomme ich ja eine Antwort.«

Bevor der Direktor den Beamten folgen kann, hat er noch ein wichtiges Telefonat zu führen. »Hallo, hallo, Frau Redakteurin?« Er nennt seinen Namen und den des Hotels. »Gilt Ihr Angebot noch? Sie schreiben einen positiven Bericht über mein Haus, und als Gegenleistung liefere ich Ihnen exklusiv Informationen zu Frau LaBelle? – Gut, dann hören Sie jetzt mal genau zu. Frau LaBelle ist verschwunden. – Auf mein Wort! Heute Morgen schon. Und jetzt kommt das Beste.« Er hält kurz inne, um die Spannung zu erhöhen, atmet tief durch. »Neonazis haben sie entführt. Der Inspektor hat etwas von einem Geheimbund Deutschnationaler gesagt. – Ja, gern. Ich muss jetzt noch aufs Landeskriminalamt, man braucht dort meine Hilfe, aber ich denke, ich kann in etwa einer Stunde bei Ihnen sein.«

Das ist er dann auch, denn seine Tätigkeit im LKA ist rasch beendet. So viele Gesichter man ihm auf dem Polizeicomputer auch zeigt, das des glatzköpfigen Journalisten im grauen Mantel ist nicht darunter.

# 26

Freitagvormittag herrscht vor dem Landeskriminalamt ein Pressetrubel, von dem die Veranstalter von »Linz 09 – die Kulturhauptstadt« vor einigen Jahren vergeblich geträumt haben. Was ist wahr an dem Gerücht, dass die Hollywood-Diva Caro LaBelle entführt worden ist? Und stecken tatsächlich Neonazis dahinter? Aber warum gab es dann bisher keine offizielle Erklärung der Polizei? Was ist der Grund für diese Heimlichtuerei? Hat das Ganze irgendetwas mit der Vergangenheit der LaBelle zu tun?

Immer mehr Journalisten verstopfen mit ihren Fahrzeugen die Einfahrt zum Mitarbeiterparkplatz, die ersten ausländischen Autokennzeichen sind auszumachen, und es werden nicht die letzten bleiben. Fernsehteams nehmen Aufstellung, Fotografen machen sich wichtig und schleichen geduckt ums Haus, als würde sich der Entführer dort irgendwo verstecken.

Im Landeskriminalamt selbst ist von Trubel keine Rede. Stattdessen herrscht Krisenstimmung. Auf dem Tisch in Dianas Büro liegen die Gutachten aus der Gerichtsmedizin und von der Spurensicherung. Daneben die neueste Ausgabe der »Austria« mit der fetten Schlagzeile: »Weltstar LaBelle von Nazis entführt! Was vertuscht die Polizei? ›Austria‹ deckt auf!«.

Rund um den Tisch sitzen neben Diana die Kollegen See und Wöglinger und ihnen gegenüber der Herr Oberst persönlich. Über dem Tisch schwebt dessen polternd vorgebrachte Frage: »Was zum Teufel soll das bedeuten?«

Diana überfliegt den Artikel zum dritten Mal. Noch immer fällt ihr nicht mehr dazu ein, als inbrünstig den Kopf zu schütteln. Wie kommen die Journalisten dieser Zeitung bloß dazu, so einen Schwachsinn zu schreiben, der – zumindest ihrem Wissensstand nach – jeder, aber auch wirklich jeder Grundlage entbehrt? Sie überlegt noch, was sie dem Oberst antworten soll, da ergreift See das Wort.

»Jetzt seien Sie doch nicht so streng zur Kollegin Pölz, Herr

Oberst. Sie ist doch erst so kurz bei uns, da ist es doch kein Wunder, dass sie die Dinge noch nicht im Griff hat.«

Na, das hat sie jetzt gerade noch gebraucht. Diana, die soeben zu einer Erklärung ansetzen wollte, macht den Mund wieder zu und starrt den schönen Carlos entgeistert an. Die Mischung aus Spott und Triumph, die dem Kollegen aus beiden Augen leuchtet, tut ihr Übriges.

»Da redet der Richtige«, legt sie los. »Wir haben es hier vor allem mit einem Mordfall zu tun, Herr Kollege See. Und zwar einem Mordfall, dessen Aufklärung Sie bisher verbockt haben.«

Sein Lächeln scheint breiter zu werden, allerdings nur um den Mund herum. Seine Augen sind hart und wachsam. »Ich kann Ihnen nicht folgen, Frau Pölz?«

»Wer wollte denn die Leichen einfach abtransportieren lassen, ohne die Gerichtsmedizin einzuschalten? Sie, Herr Kollege. Und wer hat von Selbstmord geredet und dem Schwachsinn, dass der Student zufällig –«

Eine energische Handbewegung von der anderen Seite des Tisches unterbricht ihren Redefluss. »Na net.« Der Herr Oberst verzieht schmerzverzerrt das Gesicht. »Jetzt fangen Sie bloß nicht an zu keifen, das kann ich auf den Tod nicht ausstehen.«

In Sees Augen leuchtet der Triumph noch ein wenig heller. Diana überlegt, welchem der beiden Männer sie lieber den Hals umdrehen würde, kann sich nicht entscheiden, am besten beiden. In bewundernswerter Selbstdisziplin beißt sie die Zähne zusammen. »Bleiben wir bei den Fakten.« Sie schwört sich, sich irgendwann einmal an See zu rächen, und die Rache wird furchtbar sein. »Wir haben hier zwei Gutachten und einen Zeitungsausschnitt. Wir suchen einen Mörder und darüber hinaus noch eine verschwundene Amerikanerin –«

»Und wir haben die Medien am Hals. Das ist im Augenblick das vorrangigste Problem«, fährt der Herr Oberst dazwischen. »Wie kommen die Schreiberlinge eigentlich dazu, zu behaupten«, sein Zeigefinger deutet anklagend auf den Zeitungsartikel, »die Alte sei von Nazis entführt worden? Dafür gibt es doch nicht den geringsten Anhaltspunkt, oder? Wir haben ja noch nicht mal Beweise dafür, dass es sich überhaupt um eine Entführung handelt. Der Zettel im Nachttisch kann alles Mögliche bedeuten, ist aber kein unzweifelhafter Hinweis auf eine Entführung. Und weder auf den abgehörten Festnetztelefonen noch auf einem Handy ist bis dato ein verdächtiger Anruf eingegangen. Und doch kann ich es einfach nicht glauben, dass die Journaille sich das vollständig aus den Fingern gesaugt hat. Ich bin wirklich gespannt, was die Befragung der Journalistin dieses Blattes ergibt. Hat Ihnen gegenüber vielleicht irgendjemand eine Bemerkung gemacht? Über Entführung oder Neonazis?«

Diana überlegt. Nur See hat eine nicht wirklich lustige, aber scherzhaft gemeinte Bemerkung über einen »Geheimbund Deutschnationaler Brüder« gemacht. Aber die hat doch niemand gehört, außer … »Der Hoteldirektor!«

Die Idee ist dem schönen Carlos offensichtlich auch schon gekommen, und er bedeutet Diana mit Gesten, dass es ihm lieber wäre, sie würde keine weiteren Details ausplaudern.

Sie wirft ihm einen vernichtenden Blick zu und entscheidet sich dafür, dem Oberst nur zu erzählen, dass der Hoteldirektor einen Mann verdächtigt hat, der sich ihm gegenüber als Journalist ausgegeben hat. Diesem Mann hat er derartiges Gedankengut unterstellt, ohne jedoch einen Beweis dafür erbringen zu können. In der Verbrecherkartei hat er ihn auch nicht wiedererkannt, und die Abkürzung GDB hat sich als »Gemeinschaft deutschsprachiger Bücherfreaks« herausgestellt. Auf ihr E-Mail hat sie noch keine Antwort erhalten.

»Am besten, ich spreche zuerst mit der Journalistin und dann noch einmal mit dem Direktor«, erklärt See und hat es plötzlich eilig, das Landeskriminalamt zu verlassen. Ob er Diana für ihr Schweigen dankbar ist, kann sie nicht erkennen.

Der Oberst erhebt sich ebenfalls. »Tun Sie das. Und ich informiere die Pressestelle und den Staatsanwalt. Wir müssen dringend eine Erklärung abgeben, am besten über einen Täter, den wir bereits im Visier haben und der zwar offensichtlich irre ist, aber kein Nazi. Ansonsten werden wir die Meute vor dem Haus nie wieder los. Ach ja, und See? Falls das Hotel ebenso umzingelt ist wie wir hier, kein Wort zu den Journalisten, bis wir wissen, wo die LaBelle tatsächlich abgeblieben ist.«

»Okay, aber die taucht ganz bestimmt wieder auf«, meint der schöne Carlos leichthin.

Der Zeigefinger des Herrn Oberst zielt nun auf Dianas Stirn, als wäre er eine Pistole. »Dafür werden Sie sorgen, Kollegin Pölz. Ich beauftrage Sie hiermit persönlich mit dem Wiederfinden der Amerikanerin.«

Spricht's und wendet sich zum Gehen. Diana ist fassungslos. Wieder einmal. Doch inzwischen dauert so eine Fassungslosigkeit nicht mehr so lange wie in den Anfangstagen ihrer Tätigkeit in Linz. Diesmal ist sie sogar nur von so kurzer Dauer, dass sie die beiden Herren gleich darauf energisch bittet, wieder Platz zu nehmen, was diese auch widerstrebend tun. Zu viele Fragen sind noch offen, und Diana denkt nicht daran, dafür allein die Verantwortung zu übernehmen.

Sie weist auf das Gutachten aus dem Labor. »Das Blut auf der Seitenstraße stammt eindeutig vom Studenten Stefan Stösser.« Sie hat den richtigen Riecher gehabt, als sie Alfred bat, es zu untersuchen, doch das scheint keinem der beiden Herren auch nur ein anerkennendes Wort wert zu sein. »Leider haben wir keine Blutspuren einer anderen Person, also des potenziellen Täters, gefunden.«

Über die Fakten sind sich ausnahmsweise alle vier einig. Alle vier? Richtig, der kleine Fritz ist auch noch da, bemüht sich jedoch, sich unsichtbar zu machen. Aufgrund der Blutspuren abseits des Fundorts ist jedenfalls erwiesen, dass Stefan Stösser definitiv nicht vom fallenden Grundlsee erschlagen wurde.

Im Turmzimmer sind zwar jede Menge Fingerabdrücke und Haare gefunden worden, von denen die meisten vom Verstorbenen stammen, doch vom bisher ausgewerteten Rest stimmt nichts mit Daten aus der Verbrecherkartei überein. Anscheinend haben bisher nur gesetzestreue, brave Eremiten im Turm gelebt. Und auch sonst hat man im Dom nichts Verdächtiges gefunden.

Laut der Angabe von Monsignore Gruber stammt der Abschiedsbrief mit an Sicherheit grenzender Wahrscheinlichkeit von Bernd Werner Grundlsee. Der Dichter hatte ihm vor seinem Einzug eine handschriftliche Liste all seiner Sonderwünsche zukommen lassen.

In seltener Einigkeit ziehen die Beamten gemeinsam den Schluss: Irgendjemand hat den toten beziehungsweise sterbenden Stösser von der Seitenstraße auf den benachbarten Domplatz verlegt. Mit dem Auto hätte dieser Jemand ihn aufgrund der Einbahnregelung durch die halbe Stadt kutschieren müssen. Wurde der Student getragen, dann hätten es wohl zwei Personen sein müssen, denn Stösser wog mehr als siebzig Kilogramm. Wie kam Stösser zu Tode?, fragen sie sich. Mord? Oder eine Körperverletzung, die fatal, weil letal ausgegangen ist? Vielleicht doch ein Unfall? Das Gutachten beantwortet diese Fragen nicht eindeutig, geht aber davon aus, dass Stössers Nase beim Aufprall auf den Parkautomaten gebrochen wurde. Daher auch der starke Blutverlust. Tödlich war jedoch nicht die gebrochene Nase, sondern das gebrochene Genick.

»›Es ist nicht auszuschließen, dass der Genickbruch durch einen plötzlichen Sturz nach dem Nasenbeinbruch verursacht wurde‹«, liest Diana vor, »›doch wahrscheinlicher ist ein gezielter Schlag gegen die seitliche Halswirbelsäule. Es wurden keinerlei Spuren eines Kampfes gefunden.‹«

»Ominös«, sagt der Herr Oberst.

»Für mich schaut das glatt nach Mord aus«, sagt der schöne Carlos.

»Tatwaffe?«, fragt der Herr Oberst.

Der schöne Carlos zuckt mit den Schultern. »Vielleicht die Handkante?«

Zu seiner Überraschung teilt Diana seine Einschätzung. »Eindeutig für einen Mord spricht, dass jemand die Blutspuren beseitigt hat. Außerdem hat man Stösser vom Tatort weg zum Dom verlegt. Warum sollte man sich die Mühe machen, wenn man nichts zu vertuschen hat?«

»Sehr richtig«, sagt See.

Diana registriert die Worte. Nie hätte sie gedacht, sie jemals aus seinem Mund zu hören.

»Deshalb muss es aber noch lange kein Mord sein. Es gibt genug Leute, die Unfälle vertuschen wollen.« Der Herr Oberst tut unbeeindruckt, und Diana muss zugeben, dass er mit dem Gesagten recht hat.

Aber warum gerade der Domplatz? Normalerweise versteckt man Tote doch eher in Müllcontainern, ausgedehnten Wäldern oder auf Deponien. Wie kommt man auf die Idee, sein Opfer von einer dunklen Seitenstraße mitten auf einen offenen, beleuchteten Platz zu schleppen? Hat der Täter vielleicht zufällig gesehen, dass der tote Herr Grundlsee schon auf dem Domplatz lag, und wollte ihm den toten Studenten unterschieben? Oder hat der Täter gewusst, dass sich Grundlsee in die Tiefe zu stürzen beabsichtigte, und hat deshalb die Leiche zu ihm gebracht? Hat sich der Täter mit Grundlsee am Ende gar abgesprochen? »Weißt du, Grundlsee, ich beabsichtige, Stefan Stösser umzubringen. Wann genau wirst du vom Dom springen? Ich würde ihn dann gern unter deine Leiche legen, wenn du nichts dagegen hast. Damit wäre mir sehr geholfen, vielen Dank!« Diana schmunzelt, als sie sich das Gespräch vorstellt, bemüht sich aber rasch wieder um Ernsthaftigkeit.

»Vielleicht hat sich dieser Grundlsee das Leben genommen, weil er Schuld am Tod von Stösser hatte?«, mutmaßt der schöne Carlos.

»Also bitte«, kommentiert Diana Sees Idee, »der wird doch nicht zuerst die Leiche auf den Domplatz legen und dann vom Turm aus auf ihn hinunterspringen.«

Sie einigen sich darauf, dass das höchst unwahrscheinlich wäre. Wenn Grundlsee irgendetwas mit Stössers Tod zu tun gehabt hätte, warum sollte er sich die Mühe gemacht haben, den Toten auf den Vorplatz zu tragen? Er ist doch jetzt ohnehin tot und der irdischen Gerichtsbarkeit entzogen. Und wer, bitte, hätte dann die Blutflecken entfernt?

Nun macht der kleine Fritz das erste Mal den Mund auf. »Vielleicht wurde Grundlsee doch von einem Dritten vom Turm gestoßen, obwohl wir keine Anzeichen dafür gefunden haben?«

Diana hofft inständig, dass er unrecht hat. Ein gewaltsam zu Tode Gekommener und ein verschwundener Hollywood-Star zur selben Zeit reichen vollkommen aus. Da braucht sie nicht auch noch einen gewaltsam zum Schweigen gebrachten Literaten.

»Aber einmal angenommen«, der kleine Fritz lässt nicht locker, »dieser Grundlsee wurde ermordet und sein Mörder hat sich mit Stössers Mörder abgesprochen? Oder vielleicht gibt es überhaupt nur einen Mörder, einen Doppelmörder gewissermaßen.«

»Sie verrennen sich da.« Der Herr Oberst wird noch ungeduldiger. »Das Gutachten geht eindeutig von Selbstmord aus. Und außerdem: Wo wäre der Zusammenhang zwischen einem dreiundzwanzigjährigen Studenten und einem Wiener Dichterling?«

Das weiß der kleine Fritz allerdings auch nicht.

»Bleibt noch die Frage, wo die verdammte Amerikanerin steckt.« Und der Herr Oberst stellt sie zu Recht. Ist die Frau tatsächlich entführt worden? Von wem? Warum? Leidet sie vielleicht unter Demenz? Ist sie spazieren gegangen und hat nicht zurückgefunden? Oder will sie freiwillig gar nicht mehr zurückkommen? Wenn ja, warum? Wie lange nicht? Und warum muss das alles eigentlich ausgerechnet in seinem Bundesland passieren? Wo war nur der Leibwächter, als sie verschwand? Wozu hat sie überhaupt einen Leibwächter, wenn der nicht ihren Leib bewacht? Steckt er vielleicht mit den Entführern unter einer Decke? Oder besser noch: Ist er der Entführer? Ist sie eventuell schon tot? Was, bitte, sagen wir dann den Medien? Dem Stadtrat? Der Welt?

»Na«, fasst der Herr Oberst zusammen und schnauft unwillig, »ein wirklich magerer Anfang. Zu viele Fragen und keine Antworten.«

»Wir werden in zwei Teams arbeiten«, beschließt Diana. »Die Kollegen See und Wöglinger heften sich an die Fersen der Diva, während ich und Kollege –«

»Ja, sind Sie denn des Wahnsinns?« Jetzt wird der Herr Oberst wirklich laut. Lange hat er sich mühsam in Geduld geübt und sich selbst dafür bewundert, doch jetzt wird es Zeit, die Zurückhaltung aufzugeben. »Das können wir uns nicht leisten. Wir haben nicht nur die Medien am Hals, sondern auch den alten Stösser. Dazu noch den Stadtrat, den Bürgermeister und in Kürze, wenn es so weitergeht, auch noch das Ministerium und die amerikanische

Botschaft. Gemeinsam werden sie sämtliche Hebel in Bewegung setzen, um gehörig Druck auf uns zu machen. Da entlasse ich Sie doch nicht aus Ihrer Verantwortung, Frau Kollegin! Sie kümmern sich gefälligst um beide Fälle. Nach außen hin muss klar sein, dass wir mit allem Nachdruck arbeiten. Beide Fälle sind ganz eindeutig Chefsache, und der Chef von ›Leib und Leben‹ sind nun einmal Sie.«

»Aber Herr Oberst, wir sind schneller und effizienter, wenn wir –«, startet Diana einen vergeblichen Versuch, Vernunft zur Grundlage von Entscheidungen zu machen. Es ist doch Wahnsinn, wenn sie sich um zwei so unterschiedliche, zeitaufwendige Fälle, die nichts miteinander zu tun haben, zur selben Zeit kümmern soll!

Doch der Herr Oberst schneidet ihr das Wort ab. »Das hätten Sie sich früher überlegen müssen. Wenn Sie sich plötzlich die Arbeit nicht mehr zutrauen, ist das nicht mein Problem. Ich war immer gegen eine Frau in dieser Position, aber jetzt sind Sie nun einmal hier, also schauen Sie, wie Sie damit fertigwerden.« Kein Wort mehr von Freude über dieses »Emanzipations-Dings« wie in seiner peinlichen Begrüßungsansprache.

Der schöne Carlos schweigt und genießt. Sichtlich.

»Ich erwarte mir von Ihnen Lösungen, Frau Kollegin Pölz. Nächsten Freitag gehe ich auf Urlaub. Bis spätestens dann brauchen wir die Alte wieder. Und zwar lebend. Und den Mörder vom Stösser.« Er erhebt sich und verlässt grußlos das Zimmer.

»Das wird nicht leicht für Sie.« See hat sich im Stuhl genüsslich zurückgelehnt, doch Dianas Worte holen ihn wieder an den Tisch und damit zurück in die Realität.

»Für uns, Kollege See, für uns. Ich leite zwar die Ermittlungen, aber Sie sind mit im Team. Ebenso wie der Kollege Wöglinger. Wir werden also alle drei am Ergebnis gemessen.«

Aber See weiß das ohnehin. »Schon recht. Ich würde jetzt mal Folgendes vorschlagen: Fritz, du gehst zuerst zu der ›Austria‹-Journalistin und fragst sie, ob sie noch alle Tassen im Schrank hat. Dann marschierst du weiter ins Hotel, wo du dem Direktor und den Mitarbeitern der LaBelle noch einmal intensiv auf den Zahn fühlst, und wir – ja?«

Ein Kollege hat seinen Kopf durch den Türspalt gesteckt. »Eine Frau Grundlsee wartet draußen, Frau Pölz. Sie ist schon länger da, aber ich wollte nicht stören, solange der Herr Oberst bei Ihnen war. Kann ich die Dame jetzt hereinschicken?«

Diana nickt, und der kleine Fritz steht auf und verabschiedet sich.

## 27

Frau Grundlsee heißt natürlich nicht Grundlsee, sondern Wernher, weil sie keine bekannte Literatin ist und kein Pseudonym braucht, und sie ist außer sich. »Geben Sie meinen Mann frei!«

Sie drängt sich an See vorbei und schreitet mit weit ausholender Geste ins Zimmer, umweht von einem leuchtend lilafarbenen Kaschmirschal und einem Hauch Chanel No. 5. Theatralische Worte anstelle einer Begrüßung. Durch die Anspannung des bisherigen Morgens muss sich Diana zusammenreißen, um nicht laut herauszulachen. Heiterkeit wäre in Gegenwart einer trauernden Witwe völlig unangemessen, auch wenn diese der Grund dafür ist. Tapfer wendet sie ihren Blick ab und bietet Frau Wernher einen Platz an.

Die vagen Verdachtsmomente, dass Grundlsee vom Turm gestoßen wurde, haben sich durch das Gutachten nicht erhärtet. Von daher besteht kein Grund, seine Leiche noch länger in der Gerichtsmedizin zu behalten. Sie überlegt, wie sie der trauernden Witwe das möglichst pietätvoll und einfühlsam mitteilen könnte.

Doch See, der alle hierarchischen Schranken ignoriert und wieder einmal auf einem Eck ihres Schreibtisches Platz genommen hat, ist schneller. »Sie können ihn haben. Wir brauchen ihn nicht mehr.«

»Einen Augenblick«, hört Diana ihre eigene Stimme. Sie ist schärfer als geplant. Hat er den Oberst nicht gehört? Sie leitet die Ermittlungen. Wie kommt dieses Ekel dazu, sich schon wieder über diese Tatsche hinwegzusetzen? Noch dazu mit solch unmöglichen Worten. Die arme Frau. Andererseits hat er in der Sache selbst recht. Sie atmet tief durch. »Wie mein Kollege es grad eben schon etwas unpassend formuliert hat, steht einer Überführung nach Wien nichts im Wege.«

»Gut.« Die Witwe erhebt sich sofort wieder. Bis auf den Schal ist sie ganz in Schwarz gekleidet. Schlichte Eleganz mit Pillboxhütchen und passendem kleinem Schleier über der Stirn. Ihr Mund leuchtet mit dem Schal um die lila Wette.

»Eine Frage noch, Frau Wernher: Wo waren Sie am Donnerstag zwischen einundzwanzig Uhr dreißig und zweiundzwanzig Uhr dreißig?« Diana wundert sich über sich selbst. Sie hat doch noch nicht einmal den Hauch eines Verdachts. See schaut sie an, als hätte sie den Verstand verloren. Sie fürchtet schon, er würde als Zeichen ihrer offensichtlichen Schwachsinnigkeit mit der Hand vor seinem Gesicht herumwedeln, doch das lässt er zum Glück bleiben.

Die Witwe wird rot und antwortet nicht gleich. »Wieso wollen Sie das wissen?«, fragt sie schließlich.

Diana wird hellhörig. »Es ist bloß eine Routinefrage. Also, wo waren Sie?«

»Bei … Freunden.« Die Antwort kommt zögerlich, der Blick ist gesenkt, jede Theatralik verschwunden.

Diana zieht See einen Block unter seinem Hintern hervor und greift zum Kugelschreiber. »Wenn Sie mir bitte die Namen der Freunde nennen wollen?«

Die Witwe scheint zu überlegen. »Warten Sie. Einundzwanzig Uhr dreißig, sagten Sie? Da war ich doch schon wieder zurück im Hotel. Tut mir leid, ich habe mich geirrt, das macht wohl die ganze Aufregung. Sie verstehen sicher, dass ich mich nicht mehr an alles genau erinnern kann …« Sie tupft sich ein paar Tränen aus den Augenwinkeln, die Diana beim besten Willen nicht sehen kann.

»Kann das jemand bezeugen? Der Hotelportier vielleicht?«

Der Rücken der Witwe strafft sich. »Was soll das werden, ein Verhör?« Sie scheint sich wieder im Griff zu haben.

See verfolgt den Wortwechsel gespannt, sagt aber nichts.

»Gibt es denn einen Grund, Sie zu verhören, Frau Wernher?« Dianas Frage klingt nur dem Tonfall nach harmlos.

»Natürlich nicht!«, fährt diese auf. »Was unterstellen Sie mir? Mein Mann ist auf tragische Weise ums Leben gekommen, hat einen Schlusspunkt unter sein großartiges Schaffen gesetzt, und Sie, Sie … haben nichts anderes zu tun, als eine trauernde, schutzlose Frau –«

»Ja, ist schon recht«, unterbricht sie See wieder einmal alles andere als einfühlsam, aber das erwartet ohnehin niemand mehr ernsthaft von ihm. »Also, hat Sie jemand im Hotel gesehen?«

»Ich fürchte, nein.«

Diana und See wechseln Blicke. Einmütig und etwas ratlos. Ist die Frau damit also verdächtig? Und wenn ja, wessen wird sie verdächtigt? Ihren Mann mit ihrer anstrengenden Art in den Selbstmord getrieben zu haben? Nicht strafbar. Ihn dazu gezwungen zu haben? Das wäre durchaus strafbar. Aber wie soll sie das angestellt haben? Hat sie ihm geholfen, über die Brüstung zu steigen? Unwahrscheinlich. Hat sie ihn vielleicht über die Brüstung geworfen? Doch wie? Mit Hilfe des Stuhls, den sie gefunden haben? Diese kleine, zarte Frau? Nein, dazu wäre sie rein körperlich nicht in der Lage gewesen. Es wurden keinerlei Spuren von Betäubungsmittel oder sonstiger Drogen im Körper des Toten gefunden. Der Turm war zudem nachweislich versperrt. Außerdem kommt das Gutachten zu dem eindeutigen Schluss, dass ein Selbstmord vorliegt. Doch halt, eine Frage hat sie noch. »Hat Ihr Mann Sie eigentlich ›Lini‹ genannt?«

Kurz hat es den Anschein, als würde Frau Wernher verneinen, doch stattdessen antwortet sie mit einer Gegenfrage. »Wie kommen Sie darauf?« Ihre Stimme klingt misstrauisch.

»Sie heißen Gwendolyn, davon könnte Lini doch unter Umständen eine Abkürzung sein, eine Koseform, wenn Sie so wollen.«

Ihre Gesichtszüge hellen sich auf. »Ach, jetzt weiß ich, worauf Sie hinauswollen. Sie spielen auf den Abschiedsbrief an, den mir Ihr uniformierter Kollege schon gezeigt hat. Ja, mein Mann hat mich tatsächlich ›Lini‹ genannt«, bestätigt sie nun.

Sie lügt, stellt Diana erstaunt fest. Sie lügt mir tatsächlich ins Gesicht. Aber warum?

»Was sagt Ihnen der Name Stefan Stösser?«, wechselt See das Thema.

»Ist das nicht der bedauernswerte Bursche, den mein armer Mann im Fallen erschlagen hat? Ich habe davon in der Zeitung gelesen. Was für eine furchtbare Geschichte. Die armen Eltern! Aber wenn Sie mich fragen, ob ich von dem Burschen bereits vor seinem Tod etwas gehört habe, dann muss ich Sie leider enttäuschen.«

Apropos arme Eltern von Stefan Stösser. Der nächste Weg des harmonischen Ermittlerduos Pölz und See wird zur Villa der Familie Stösser führen. Sie müssen dem einflussreichen Mitglied der Linzer Gesellschaft beweisen, dass die Aufklärung des Mordfalls sowohl vorrangig als auch Chefsache ist. Wie dieser Weg erfolgt? Äußerst ungern.

## 28

Helge: Um Himmels willen, Wolf, hinter der ominösen Entführung von Caro LaBelle steckst doch nicht etwa du, oder? Und wie, bitte, kommen die von der Zeitung auf den Gedanken, dass du ein Neonazi bist? Du bist doch nicht unvorsichtig geworden?

Hasso: Tolle Idee, so eine Entführung. Hätte nie erwartet, dass du den Mut dazu hast. Und? Was hast du von der Lady schon erfahren? Hat die was für uns?

Helge: Hasso, hast du jetzt auch noch den Verstand verloren? Ein Verbrechen ist niemals, ich wiederhole: niemals eine tolle Idee. Und Wolf? Für mich hört da der Spaß auf. Ich mache da nicht mehr länger mit.

Hasso: Mach dir nicht in die Hose, Helge. Hauptsache, wir kommen an das Zeug ran. Der Wolf wird der Alten schon kein Haar krümmen, hab ich recht, Wolf?

Helge: Wolf, bist du überhaupt da? Jetzt melde dich endlich, verflixt noch einmal!

Hasso: Das pack ich jetzt echt nicht. Red endlich, Wolf! Verdammt, wenn du uns blöd sterben lässt …

Helge: Jetzt bist du dir auf einmal nicht mehr so sicher, dass er ihr kein Haar krümmt, nicht wahr, Hasso? Also, mir geht das alles viel zu weit.

Hasso: Mir sind die Haare von der Frau doch piepegal. Mir geht's um was ganz anderes. Ich habe von meinem Argentinier einen Vorschuss erhalten, also muss ich auch liefern.

Helge: Einen Vorschuss? Wofür denn einen Vorschuss, um alles in der Welt? Wie kannst du Geld für etwas kassieren, was du nicht hast? Seid ihr jetzt beide völlig übergeschnappt?

Hasso: Wolf, ich warne dich. Bescheißen lass ich mich von dir nicht, dass das klar ist.

Helge: Mäßige dich in deinem Tonfall.

Hasso: Den Teufel werde ich tun. Ich hol mir, was mir zusteht, das schwör ich dir.

Helge: Wir müssen eingreifen, Hasso, bevor noch etwas geschieht, was wir nicht verantworten können. Wenn ich das gewusst hätte …

Hasso: Wirf doch nicht immer gleich die Nerven weg!

Helge: Aber einer muss etwas unternehmen, und wenn du es nicht tust, Hasso, dann werde ich die Polizei verständigen.

Hasso: Wehe, Helge! Wehe, du ruinierst mir den Deal. Das wirst du dein Leben lang bereuen, das schwör ich dir. Und der Wolf auch …

* Helge hat den Chatraum verlassen *

Hasso: Seid ihr von Sinnen? Helge, komm zurück! Wolf?

## 29

Froschberg, Villenviertel. Ein großes Einfamilienhaus, dessen schlichte graue Fassade weder die architektonischen Finessen im Inneren noch die Höhe der Bausumme erahnen lässt. Im Erdgeschoss helle, offene Räume, eine Fensterfront Richtung Garten. Gepflegter Rasen, Swimmingpool, einsame Liegen. Eine Hausangestellte hat Diana und Karl-Heinz See ins Esszimmer geführt, das nahtlos in ein weitläufiges Wohnzimmer übergeht. Ein ausladender Echtholztisch – italienisches Nussholz? –, zwölf Stühle aus Chrom und schwarzem Leder. Dunkler Steinboden. Auch in den überdimensionalen Bildern herrscht Grau vor. Daneben ein echter Nitsch in dunklem Blutrot. Keine Vorhänge, keine Teppiche, kein Schnickschnack. Der Hausherr, Dr. Georg Stösser, hat sich freigenommen und kommt ihnen zur Begrüßung ein paar Schritte entgegen. Ein großer Mann im grauen Anzug mit grauen Schläfen. Es scheint, als wäre das ganze graue Haus um ihn herumgebaut worden.

Die Dame des Hauses, Dr. Marie Valerie Stösser, bleibt auf dem kleinen weißen Sofa sitzen. Sie sieht müde aus, blass, hat tiefe dunkle Ringe um die Augen.

Die Kriminalbeamten drücken ihr Beileid aus und teilen dem Ehepaar die bisherigen Ergebnisse mit.

»Das ist alles, was Sie haben? Damit trauen Sie sich allen Ernstes zu uns?« Dr. Stössers bleiche Wangen werden ungesund rot. »Ich erwarte von Ihnen, dass Sie endlich alle Hebel in Bewegung setzen, um den Mörder meines Sohnes zu finden. Das wird doch wohl nicht zu viel verlangt sein, verdammt noch mal!«

Er tritt an die Fensterfront, sieht aber den Garten nicht. Er starrt ins Leere. Hätte er zu Stefans Lebzeiten doch nur geahnt, welch tiefe Zuneigung er für seinen Sohn empfindet. Dann hätte er sich nicht so oft über ihn geärgert, hätte nicht nur dessen Schwächen gesehen, sondern sich auf die Stärken konzentriert. Die Trauer und die Wut auf sich selbst machen ihn hilflos, doch noch hilfloser macht ihn die Tatsache, dass der Verbrecher, der sein Kind auf dem Gewissen hat, irgendwo da draußen frei herumläuft. Und dafür gibt es zumindest Schuldige, an denen er die Wut, die mit der Hilflosigkeit einhergeht, auslassen kann. Die beiden unfähigen Polizisten auf seinem Sofa. »Wozu leistet sich unser Staat eigentlich einen teuren Polizeiapparat? Sitzen Sie nicht herum, finden Sie endlich den Mörder meines Sohnes!«

Diana kann ihn gut verstehen. Es ist oft ihr Problem, dass sie Angehörige und sogar Täter gut verstehen kann. Die Einfühlungsgabe belastet, da sie die strikte Abgrenzung untergräbt. Zum Glück leidet sie mit den Angehörigen nicht mehr ganz so intensiv mit wie am Anfang ihrer Karriere.

»Wir tun alles, was in unserer Macht steht, Herr Dr. Stösser. Die Ermittlungen laufen auf Hochtouren.« Das klingt überzeugend und ist auch wahr, dennoch verschweigt Diana die Tatsache, dass sie noch immer keine Ahnung haben, wo sie nach dem Mörder suchen sollen. Das Landeskriminalamt Wien hat die Studienkollegen und Nachbarn des Toten befragt, bislang noch ohne entscheidenden Hinweis. »Sie sagten, Ihr Sohn hätte auch in Linz Freunde gehabt. Wenn Sie uns bitte die Namen –«

»Was für eine saublöde Feststellung. Natürlich hatte Stefan hier Freunde. Er ist schließlich in Linz zur Schule gegangen«, fährt der Vater auf.

Die Mutter hat sich bisher noch kaum zu Wort gemeldet. Sie sitzt zusammengefallen auf dem Sofa, wirkt viel kleiner, als man sie von ihren Auftritten bei Gericht und auf dem gesellschaftlichen Parkett kennt. Mit eiserner Disziplin hält sie die Tränen zurück. »Ich habe Ihnen bereits eine Liste der wichtigsten Freunde zusammengestellt.« Sie reicht Diana ein blütenweißes Blatt Papier, auf dem mit Computer etwa zwanzig Namen, Adressen und Telefonnummern notiert wurden.

Diana bedankt sich, überfliegt die Liste, keiner der Namen sagt ihr etwas. Sie reicht das Papier an See weiter, der auf den ersten Blick jede Menge Namen aus der sogenannten guten Gesellschaft erkennt.

»Viel wichtiger als die Freunde sind doch seine Feinde«, fährt Dr. Stösser sie an. »Allen voran ein gewisser Joesi Drazal, vermutlich heißt er in Wirklichkeit Josef. Sein Vater ist ein stadtbekannter Schläger, meine Frau hat vor einem Jahr eines seiner Opfer verteidigt.«

»Und darin sehen sie ein Mordmotiv?«

»Papperlapapp. Mein armer verirrter Sohn hat die Freundin von diesem Joesi Drazal geschwängert. Eine gewisse Jenny. Da haben Sie Ihr Mordmotiv.«

Diana schaut zu See hinüber, er blickt ausdruckslos zurück. Der Kollege ist ihr wirklich keine große Hilfe.

»Wir werden diesen Josef Drazal sofort überprüfen. Was können Sie uns sonst noch zu diesem Mann sagen?«

»Wenig«, gibt Dr. Stösser zu. »Er dürfte wie mein Sohn Anfang zwanzig sein, vielleicht auch etwas älter. Fährt ein Motorrad und betreibt irgendeinen Kampfsport. Er gehört zwar im weitesten Sinn zu Stefans Freundeskreis, aber wir haben ihn persönlich nie kennengelernt.«

Stösser hat also die Freundin eines Freundes geschwängert? Auch nicht die feine englische Art.

»Und diese Jenny?«

»Von dieser … Person weiß ich gar nichts. Nicht einmal ihren Nachnamen, und das bedaure ich auch nicht. Sie hat meinen Sohn ins Unglück gestürzt.«

Das kommt auf die Perspektive an, denkt Diana. Wenn sie von ihm ungewollt ein Kind erwartet, muss man sich die Frage stellen, wer hier wen ins Unglück gestürzt hat. Außerdem haben sie keinen Anhaltspunkt, dass die junge Frau etwas mit Stefans Tod zu tun haben könnte. »Gibt es noch weitere Menschen, die auf Ihren Sohn nicht gut zu sprechen waren?«, fragt sie.

»Ich wüsste da ad hoc niemanden«, sagt der Vater nach einigem Nachdenken.

»Doch«, meldet sich die Mutter. Es scheint, als würde sie jedes Wort ungeheure Anstrengung und Überwindung kosten. »Unser Stefan hat gerade ein Praktikum beim ›Tagesblatt‹ absolviert. Sein Chef, der Ressortleiter, ein gewisser Hubert Grobian, nomen est omen, war mit seiner Arbeit nicht zufrieden. Ich weiß nicht, worum es im Detail ging, aber es kam zu einer Auseinandersetzung, im Zuge deren Grobian Stefans Praktikum fristlos beendet hat. Mein Sohn hat mir erzählt, er wäre richtiggehend bedrohlich geworden.« Nun treten doch Tränen in ihre Augen, und Georg Stösser legt seinen Arm um die Schulter seiner Frau. Selten hat Diana so reiche und mächtige Menschen so arm und klein gesehen.

## 30

Sie stehen kaum auf der Straße, da hat See auch schon sein Handy am Ohr. »Ja, Fritz? Wo bist du? Schon fertig im Hotel? – Was? Die Journalistin hast du nicht erreicht? Na, dann lade sie eben vor. Sie soll sich bei Frau Pölz melden, aber vorher brauche ich noch zwei andere Leute. Hast du was zum Schreiben? – Erstens einen Josef Drazal, Alter zwischen zwanzig und dreißig. – Nein, keine Ahnung, wo der wohnt, aber das wirst du schon herausfinden. Und dann noch den Hubert Grobian, den Kulturmenschen vom ›Tagesblatt‹. Bring mir die beiden ins Büro. Und zwar subito!«

Wieder einmal hat See die Initiative ergriffen, ohne sich mit Diana abzusprechen. Sie ballt die Fäuste, knirscht mit den Zähnen, überlegt, ob sie etwas sagen soll. Warum bloß hat sie immer das Gefühl, bissig und zickig zu wirken, wenn sie doch nur energisch auf das Einhalten der Spielregeln pochen möchte? Die Entscheidung, Drazal und Grobian so schnell wie möglich vernehmen zu wollen, ist ohne Zweifel richtig, aber warum sagt See, die beiden sollen *ihm* ins Büro gebracht werden? Nicht *uns*. Und der Tonfall, in dem er mit Fritz Wöglinger spricht, gefällt ihr auch nicht. »Und zwar subito!«, äfft sie ihn nach, weil ihr auf die Schnelle nichts Gescheiteres einfällt. »Hätte es ein einfaches ›Bitte‹ nicht auch getan?«

Das höhnische Grinsen passt zu ihm. »Oh, der Dame aus der Großstadt gefällt also mein Tonfall nicht?«

Können Sie nicht endlich verstehen, dass wir ein Team sind?, will sie eigentlich einlenken. Doch aufgrund des blöden Grinsens antwortet sie nur schlicht: »Nein, er gefällt mir tatsächlich nicht.«

»Nun, dann wird sich die Dame aus der Großstadt eben an den Tonfall gewöhnen müssen.« Er sperrt das Auto auf und öffnet die Fahrertür. Doch statt einzusteigen, hält er sich mit einer Hand am Türrahmen fest und wartet mit provokantem Lächeln, was sie entgegnen wird.

Sie hat große Lust, zu ihm zu gehen und mit liebevollem Lächeln, aber großer Wucht die Autotür zuzuwerfen, ohne Mitleid mit ihm und seiner linken Hand. Es ist höchste Zeit, dass ihm jemand auf die Finger klopft. Und trotzdem tut sie es nicht. Erstens ist sie eine Meisterin in Selbstbeherrschung. Schließlich hat sie eine längere Zeit mit Hazel Wood zusammengelebt, da entwickelt man die notgedrungen. Zweitens hat sie eine gute Erziehung genossen. Diese jedoch nicht von Hazel, sondern von Tante Gusti und dem Vater mit der Kirche in Sevilla. Drittens kennt sie Paragraf 87 StGB, nach dem absichtliche schwere Körperverletzung mit bis zu fünf Jahren Haft bestraft wird. Und weil ihr schlussendlich doch jede weitere Diskussion zu blöd ist, schweigt sie einfach und steigt ins Fahrzeug.

Wieder einmal herrscht Stau in der Innenstadt. Vor dem Kulturhauptstadtjahr haben sie alle Straßen aufgerissen, um Linz zu verschönern und für das große Ereignis entsprechend herauszuputzen. Anschließend war einige Jahre halbwegs Ruhe mit Baustellen gewesen, aber jetzt reißen sie alles wieder auf. Also sitzt Diana schweigend neben dem Kollegen See und starrt auf den schwarzen Mercedes vor ihr, der sich schon seit Minuten nicht mehr bewegt hat. Im Polizeifunk hören sie Nachrichten, die sie nichts angehen, und See trommelt mit den Fingern hektische Rhythmen aufs Lenkrad. Mit Hannes, also ihrem Wiener Kollegen – dem aus der Großstadt –, hat sie sinnlose Stehzeiten wie diese gern damit verkürzt, ihre Menschenkenntnis und Beobachtungsgabe auf die Probe zu stellen.

»Wie stellen Sie sich diesen Drazal vor?«, fragt sie aus einem Impuls heraus. Wahrscheinlich auch aus Sehnsucht nach einem teamfähigen Kollegen.

Erstaunt sieht See sie von der Seite her an und hört zumindest mit dem Trommeln auf. »Und Sie?«, fragt er anstelle einer Antwort.

Sie überlegt, was sie weiß, und entscheidet sich dann für: »Er ist Kampfsportler, also eher groß, wahrscheinlich über eins achtzig und muskulös. Dazu passen keine zart geschnittenen Gesichtszüge. Also ist er eher grobknochig. Dazu«, das ist jetzt natürlich völlig ins Blaue hineingeraten, »fettige dunkle Haare, etwas zu lang«, in dem Augenblick vergisst sie völlig, wer mit seiner zu langen Haarpracht neben ihr sitzt, »und unreine Haut.«

Da ist es wieder, dieses spöttische Lächeln, mit dem er anscheinend seine Überlegenheit zum Ausdruck bringen will. »Mein Gott, Sie sind wirklich naiv.«

Der Stau löst sich auf, und sie können ungehindert weiterfahren. Warum ist das so? Zuerst steht alles, dann geschieht nichts Erkennbares, und auf einmal fahren alle wieder. Eines der vielen unerklärlichen Geheimnisse der Menschheit.

Es ist ihr zu blöd, zu protestieren. See weiß doch ganz genau, dass sie nicht naiv ist, außerdem hasst sie schlechte Stimmung auf so engem Raum. »Also gut, Mann aus der Kleinstadt«, diesmal setzt sie die kleine Retourkutsche bewusst ein, »wie schaut dieser Drazal dann Ihrer Meinung nach aus?«

»Linz hat mehr als hundertneunzigtausend Einwohner. Das ist keine Kleinstadt mehr.«

»Und Drazal?«

Ihre Hartnäckigkeit lässt ihn jetzt doch überlegen. »Der Mann macht Kampfsport? Was heißt schon Kampfsport? Das kann genauso gut irgendwas Asiatisches sein. Dann muss er nicht notgedrungen ein Muskelprotz sein, wie Sie ihn sich vorstellen, sondern kann auch ein schlankes, drahtiges, blasses Bürscherl sein.« Er scheint jetzt doch Gefallen an derartigen Überlegungen zu finden und fügt hinzu: »Vielleicht mit roten Haaren, Sommersprossen und einer verbogenen Nase, weil ihm schon einmal jemand mit der Fußsohle das Nasenbein gebrochen hat.«

Eine gute Stunde später sitzt Hubert Grobian in Dianas Büro, beugt sich auf einem harten Holzstuhl vor und ist wütend. Zuallererst einmal deshalb, weil ihn der Herausgeber seiner Zeitung vor allen Leuten – auch vor dem Stadtrat und dem verdammten Hans Pichler, das verzeiht er ihm nie, dem Herausgeber nicht und dem Pichler schon gar nicht! – zur Sau gemacht hat. Und dann ist er natürlich auch noch wütend auf den verdammten Stösser. Der blöde Kerl hat ihm nichts als Schwierigkeiten bereitet, als er noch lebte, und scheint auch im toten Zustand nicht damit aufhören zu wollen.

Auch Fritz Wöglinger wird zunehmend wütend. Immer muss er mit den magereren Angaben, die ihm Carlos vor die Füße wirft, die passenden Personen finden, und nie bekommt er für seine Arbeit auch nur ein Wort des Dankes. Für eine Tasse Kaffee hat er nach den Befragungen im Hotel auch noch keine Zeit gefunden. Geschweige denn dafür, den Apfelstrudel zu verzehren, den er sich extra beim Konditor schräg gegenüber dem Hotel besorgt hat. Die Vernehmung des Zeugen – Verdächtigen? – Grobian zieht sich in die Länge, weil der Kulturheini mit seinem druckreifen Geschwafel einfach nicht auf den Punkt kommen will. Gerade hat er Stösser ausführlich als jungen Mann aus gutem Haus beschrieben, mit tadellosen Manieren, den er einzig und allein auf Druck des Herausgebers als Praktikant in seinem Kulturressort eingestellt und der sich als talentfrei entpuppt hat. »Ich wiederhole, völlig talentfrei! Was aber noch viel schwerer wiegt, also, wog als diese absolute Talentlosigkeit, ist, also, war sein Mangel an Respekt gegenüber der Leistung anderer. Wir Kritiker sind nicht dazu da, andere zu vernichten, sondern ein möglichst gerechtes Urteil zu fällen, an dem sich andere orientieren können. Wie kam er also dazu, zu denken, die Welt habe auf selbstgerechte Tiraden eines blutjungen Rotzlöffels gewartet, Sie entschuldigen den Ausdruck? Die zwei, drei Kritiken, die er verfasst hat, waren dem Stil unseres Blattes einfach nicht angemessen. Es war eine regelrechte Schande –«

»Und darum haben Sie ihn kaltgemacht«, schließt der kleine Fritz pfeilschnell. Endlich scheint das Geschwafel einen Sinn zu ergeben.

Doch ebenso pfeilschnell wenden sich seine beiden Kollegen zu ihm um. Karl-Heinz See runzelt die Stirn, Diana denkt, dass der Kollege zu viel fernsieht. Schließlich sind sie hier in Linz und nicht bei CSI Miami. Das sollte selbst er inzwischen begriffen haben. Außerdem ist es nicht besonders hilfreich, wenn sich gleich drei Kriminalisten an einem Verhör beteiligen. Für die Zukunft gehören für Situationen wie diese klare Regeln aufgestellt.

Hubert Grobian läuft schlagartig knallrot an und weiß kurzzeitig nicht, was er darauf erwidern soll. Dann scheint ihm Angriff die beste Taktik zu sein. »So ein Blödsinn! Was soll das heißen, ich habe ihn kaltgemacht? Und was ist das für ein blöder Ausdruck? Hinausgeschmissen habe ich ihn, ohne lange zu fackeln!

Und zwar völlig zu Recht und mit voller Rückendeckung der Redaktion. Da kann der alte Stösser noch so oft ein Golffreund vom Herausgeber sein.«

»Und wann genau haben Sie ihn hinausgeworfen?«

»Lassen Sie mich überlegen.« Grobian überlegt wirklich, obwohl er Tag, Ort und Uhrzeit genau im Kopf hat. »Am Mittwoch in der Früh habe ich die Kritik gelesen, bin ins Büro und habe ihn dann rausgeworfen.«

»Was war das für eine Kritik? Worüber hat er geschrieben?«

Nein, bitte nicht schon wieder. Grobian hat wirklich keine Lust, sich noch einmal dafür rechtfertigen zu müssen, dass er allen Ernstes einen Praktikanten zum Konzert eines Hollywood-Stars geschickt hat. Inzwischen versteht er es ja selbst nicht mehr.

»Das Worüber war nicht der Punkt. Ausschlaggebend war, dass Stösser alle Regeln, die ein Kritiker beachten soll, ja, beachten muss, bewusst ignoriert hat. Seine Tiraden haben geradezu von misslungenen Metaphern gestrotzt –«

Fritz Wöglinger unterbricht ihn. »Jaja, schon gut. War Stefan Stösser denn persönlich anwesend, als Sie ihn rausgeschmissen haben?«

Grobian zögert, denkt wieder nach und nickt schließlich.

»Um wie viel Uhr war das?«

Er verzieht abwägend das Gesicht. »Um etwa elf.«

»Der Mord geschah zwischen einundzwanzig Uhr dreißig und zweiundzwanzig Uhr dreißig. Haben Sie Stefan Stösser zwischen dem Hinauswurf und dem Todeszeitpunkt noch einmal gesehen?«, will Wöglinger wissen.

Grobian verneint umgehend. Hätte die Frau Gerti aus seinem Stammkaffeehaus die Antwort gehört, hätte sie erstaunt die Stirn gerunzelt, doch die Frau Gerti ist nicht da, und darum fragt sie auch keiner.

Wenn das so ist, denkt Diana, hat Grobian kein Mordmotiv. Stösser war entlassen und hätte ihm in Zukunft keine Schande mehr machen können. Warum also hätte er ihn dann noch umbringen sollen? »Ich muss Sie das fragen: Wo waren Sie gestern zwischen einundzwanzig Uhr dreißig und zweiundzwanzig Uhr dreißig?«

»Zu Hause. Und ja, ich war allein, und niemand hat mich gesehen. Wenn ich gewusst hätte, dass ich einmal ein Alibi brauchen würde, wäre ich natürlich zu irgendeiner Veranstaltung gegangen, aber so war ich einfach nur heilfroh über einen freien Abend, den ersten in dieser Woche. Vorgestern hatte in den Kammerspielen die ›Trilogie der Sommerfrische‹ Premiere. Wäre es gestern gewesen, wäre ich zur Tatzeit in der Redaktion gewesen, und der Schlussredakteur hätte mein Alibi bestätigen können.«

»Ja, richtig. Die Komödie von Goldoni«, meldet sich nun der schöne Carlos zu Wort und überrascht alle Anwesenden, indem er das genannte Stück dem richtigen Autor zuordnen kann. »Wir glauben Ihnen auch so, da brauchen wir den Schlussredakteur nicht, damit er Ihr Alibi bestätigt.«

»Danke, das beruhigt mich sehr. Wissen Sie übrigens, was mit dem Herrn Risterer, unserem Schlussredakteur, passiert ist, Herr See? Er arbeitet nicht mehr bei uns. Unser Herausgeber hat ihn gefeuert. Nach mehr als zwanzig Jahren, stellen Sie sich das mal vor! Den hat sozusagen der Stösser auf dem Gewissen.«

»Das ist ja wirklich allerhand. Außerdem muss ich noch sagen, Ihre Kritik über den Goldoni, also, wirklich ausgezeichnet! Sie haben mir Lust darauf gemacht, das Stück anzusehen. Pointiert geschrieben und wie immer scharf beobachtet.«

Während Grobian sich freut, steht Diana eher die Verwunderung ins Gesicht geschrieben. Warum ist der schöne Carlos zu diesem Redakteur so übertrieben freundlich? Sie hat gar nicht gewusst, dass er überhaupt so sein kann. Und wie soll der verstorbene Student, ein einfacher Praktikant, die Kündigung eines wahrscheinlich lang gedienten Schlussredakteurs verursacht haben? Sie stellt die Frage laut.

Grobian erklärt ihr die Hintergründe. »Der Risterer hat natürlich eine Mordswut«, schließt er. »Ich sag Ihnen, der Stösser kann froh sein, dass er nicht mehr lebt, sonst würde ihn der Risterer mit Freude einen Kopf kürzer machen.«

Der kleine Fritz erwacht aus seiner Kurzzeitlethargie. »Also haben wir mit ihm einen weiteren Verdächtigen. Bitte schreiben Sie seinen Namen und Telefonnummer auf das Blatt Papier da.«

Grobian schnauft unwillig und tut wie ihm geheißen. »Aber mit diesem Verdacht liegen Sie völlig falsch. Der Risterer ist eine Seele von einem Menschen, auch wenn er sich über den Rausschmiss natürlich aufgeregt hat.«

»Das werden wir überprüfen«, sagt der kleine Fritz wichtig, wie auch immer man überprüfen soll, ob jemand eine Seele von Mensch ist.

»Dann wollen wir Ihre kostbare Zeit nicht länger in Anspruch nehmen. Ich danke für Ihr Kommen, Herr Redakteur«, sagt der schöne Carlos nicht minder wichtig.

»Dann kann ich jetzt gehen?« Grobian steht auf, wendet sich um und hält dann überraschend inne. »Ich weiß ja nicht, ob das für Ihre Ermittlungen interessant ist …«

Geh jetzt endlich, du alter Wichtigtuer!, denkt sich der hungrige Fritz und schielt schon sehnsüchtig durch die offene Tür ins Nebenzimmer, wo sein Apfelstrudel, umsichtig in Papier verpackt, auf seinem Schreibtisch auf ihn wartet.

»Alles, was Sie sagen, ist wichtig, Herr Redakteur.« Der schöne Carlos ist ganz Ohr.

»Allerdings hat es nichts mit dem Stösser zu tun, sondern mit dem anderen Toten, dem Herrn Grundlsee. Ich habe ihn bei seiner Ankunft in Linz am Bahnhof abgeholt und bin Zeuge eines heftigen Streits geworden. Eine dralle Blondine hat ihn bezichtigt, Vater ihres Sohnes zu sein. Anscheinend war er mit den Alimente-Zahlungen im Rückstand.«

»War das Kind auch auf dem Bahnhof?«, fragt See interessiert.

»Das Kind? Na, Sie sind gut. Das Kind war Anfang zwanzig und ein Brocken von einem Mann. Noch dazu mit einer feisten, dummen Visage.« Es folgt eine genaue Beschreibung des seltsamen Mutter-Sohn-Gespanns. »Es hatte den Anschein, dass der Mann nicht glücklich damit war, den Dichter zum Vater zu haben. Er hat ihn wüst beschimpft und bedroht.«

Das ist wieder mal ein Stichwort für den kleinen Fritz. »Bedroht? Dann schreiben Sie doch bitte den Namen des Mannes und seiner Mutter auch gleich auf den Zettel.«

»Aber ich habe keine Ahnung, wie die beiden heißen«, sagt Herr Grobian. Sein Blick zeigt nur allzu deutlich, was er vom jungen Gruppeninspektor Wöglinger hält. Auch er ist ganz offensichtlich ein talentfreier Rotzlöffel.

»Das lassen Sie ruhig unsere Sorge sein, Herr Redakteur. Die Namen findet der Kollege Wöglinger gern heraus, nicht wahr, Fritz?«

Rutsch mir doch den Buckel runter!, denkt Fritz und schweigt.

»Danke für die Informationen«, sagt Diana. »Unseren Ermittlungen nach ist Fremdverschulden jedoch auszuschließen. Herr Grundlsee hat ohne Zweifel Selbstmord begangen.«

»Nun gut.« Grobian verabschiedet sich. »Ich wollte das nur gesagt haben, damit es nachher nicht heißt, ich hätte etwas verschwiegen.«

Carlos begleitet den Zeugen zur schwarzen Stahltüre, die die Abteilung aus Sicherheitsgründen hermetisch vom Treppenhaus abtrennt und durch die man ohne zu läuten keinen Einlass findet. Er verabschiedet Grobian mit der höflichsten aller Verbeugungen. Natürlich hat er Dianas erstaunte Blicke bemerkt. »Der Mann ist von der Presse«, stellt er mit einem Schulterzucken fest, als er wieder in ihr Büro zurückkommt. »Also bin ich freundlich und halte ihn mir warm. Man weiß schließlich nie, wozu er einem mal nützlich sein kann.«

»Und Sie lesen tatsächlich regelmäßig seine Theaterkritiken?«

Carlos lacht schallend auf. »Aber woher denn! Ich mache um das Theater einen großen Bogen.« Er geht in sein Büro und kommt mit einer Zeitung zurück. »Kurz bevor er gekommen ist, habe ich einen Blick in das ›Tagesblatt‹ geworfen, ob zufällig eine Kritik vom Grobian drinnen ist, und die dann gelesen. Hab mir schon gedacht, dass das nützlich sein könnte.«

Diana kann nur anerkennend nicken.

»Und jetzt, Fritz«, setzt ihr Kollege fort, »schau nach, ob sie uns in der Zwischenzeit den Drazal gebracht haben. Und später vernimmst du dann den alten Risterer.«

Wöglinger seufzt. Wieder nichts mit Kaffee und Apfelstrudel.

# 31

Monsignore Gruber ist müde. Und grantig. Natürlich freut er sich über Pilgergruppen aus aller Welt. Ja, auch über die besonders gläubigen aus Polen. Aber müssen die wirklich alle bei ihm die Beichte ablegen? Ahnen die nicht, wie mühsam es ist, sich zusammengestoppelte deutsche Sätze in fremder Sprachmelodie anhören zu müssen und dabei gewissenhaft zu versuchen, daraus schlau zu werden? Stundenlang. Manchmal ist das Erteilen der Absolution wahrlich Schwerstarbeit.

Jetzt nichts wie zurück in sein Büro. Er hat sich redlich etwas Ruhe und eine Zigarre verdient. Er wird die Tür hinter sich schließen und sie mit Genuss rauchen, während Maria, seine Pfarrhelferin, hoffentlich in einem anderen Teil des Hauses beschäftigt ist. Maria ist schon so lange bei ihm, dass sie sich manche Freiheiten herausnimmt, die ihm eigentlich gar nicht passen. Zum Beispiel dass sie ihn fortwährend an seine Gesundheit erinnert. Sie ist eine tüchtige Frau, das will er gar nicht bestreiten, Mitte vierzig, ihr Ehemann arbeitet für ein Industrieanlagenbauunternehmen und ist oft monatelang irgendwo auf Montage unterwegs. Damit hat Maria viel Zeit, sich um ihn zu kümmern. Zu viel Zeit. Sie bezeichnet sich oft und gern als ehrliche Haut, aber er findet, dass es »resoluter Drache« besser trifft. Ein rascher Blick auf die Uhr. Kurz vor vier, da könnte er sogar noch eine Tasse Kaffee trinken, ohne seine Nachtruhe zu gefährden. In Gedanken versunken öffnet er die Tür zu seiner Kanzlei, geht, ohne auf den Weg zu achten – wozu auch, den kennt er ohnehin schon seit fast zwölf Jahren –, zu seinem Schreibtisch und – stolpert über eine große braune Pappschachtel. Wer hat die denn mitten im Zimmer abgeladen? Neben ihr steht eine weitere, die ihm den Weg zu seinem Ledersessel verbaut.

»MARIA!« Auch wenn sein seelsorgerischer Eifer mit fortschreitendem Alter etwas gelitten hat – Monsignore Gruber würde sich einen Hinweis auf sein fortgeschrittenes Alter strikt verbitten, schließlich ist er erst sechsundfünfzig, das ist kein Alter für einen Mann, nicht einmal für einen Geistlichen –, seine Stimmgewaltigkeit hat es mit Sicherheit nicht.

Die Pfarrhelferin ist sofort zur Stelle. »Gut, dass Sie hier sind, Monsignore, der Bastian ist aus Melk zurück und hat –«

»Was sind das für Kisten?«

Doch Maria lässt sich durch seinen unwirschen Tonfall nicht im Geringsten beirren. »Davon rede ich ja gerade. Das sind die Bücher vom verstorbenen Herrn Grundlsee, Gott sei seiner Seele gnädig. Obwohl, wenn einer selbst Hand an sich legt, also vom Turm springt, dann finde ich, soll er ruhig …« Eine wegwerfende Handbewegung begleitet die darauffolgende Stille. »Aber lassen wir das. Jedenfalls sind das seine Bücher. Bastian hat sie aus dem Turm heruntergeschleppt, und ich habe sie eigenhändig verpackt. Wollen Sie noch einen Blick auf sie werfen, bevor ich die Kartons verklebe und Bastian sie zur Post bringt?«

Der Pfarrer will nicht. »Bringen's mir lieber einen Kaffee. Und dann schaffen's das Zeug da weg«, sagt er ungnädig und schlängelt sich an den Schachteln vorbei.

Auch auf dem Stapel weißer Blätter, auf denen er den Entwurf seiner sonntäglichen Predigt niedergeschrieben hat, sieht er ein Buch liegen. Bernd Werner Grundlsee: »Die Poesie der Mittelachse«. Eine blutrote Sonne am rauchgrauen Himmel, direkt über dem Horizont, auf dem Titel. Abgegriffen, der Umschlag hat deutliche Kratzspuren, und auch das Innenleben ist vergilbt. »Da liegt ja noch so ein Buch!« Der Geistliche hebt es hoch und wedelt seiner Mitarbeiterin damit anklagend vor der Nase herum. Es staubt.

»Ich weiß. Es passte beim besten Willen nicht mehr in die Schachteln, das müssen wir extra verschicken. Sie können ja schon einmal einen passenden Umschlag suchen, während ich inzwischen Ihre Jause hole.« Spricht's und geht.

Aufseufzend lässt sich der Pfarrer in seinen Stuhl fallen. Hoffentlich bringt Maria auch gleich Kaffee mit. Wahrscheinlich wäre es vernünftiger, mit der Zigarre zu warten, bis sich seine Pfarrhelferin endgültig verzogen hat. Er hat nicht die geringste Lust auf eine ihrer mahnenden Predigten: »Vergessen Sie nicht, was Ihr Arzt gesagt hat, Monsignore!«, »Rauchen ist ein Werk des Teufels, Monsignore!«, »Fahren Sie aufs Land, das beruhigt die Nerven besser als Nikotin, Monsignore!«.

Er schnauft unwillig. Wie, bitte, soll man seine Nerven schonen, wenn man zwei Tote vor dem eigenen Kirchenportal zu verdauen hat? Gut, dass wenigstens Bastian zurück ist und in den nächsten Tagen wieder die Domführungen übernehmen kann. Der Student ist wirklich eine Entlastung. Er kramt in der Schublade, die Zigarren liegen wie immer ganz hinten, damit sie die Maria nicht findet. Er ertastet die Schachtel – und ein Handy, das danebenliegt. Ein schneller Griff zur Brusttasche, ja, sein Mobiltelefon ist dort, wo es sein soll. Seltsam. Aber wem, bitte, gehört dann das Telefon in der Lade? Kritisch begutachtet er es von allen Seiten. Es ist flach, dunkel und viel moderner als sein eigenes klobiges Gerät. Ach, stimmt ja, das ist das Telefon, das er dem Dichter Grundlsee abgenommen hat. Der Mann wollte den Ort der Stille doch tatsächlich mit seinem lauten Geschwätz entweihen. Das war gegen die Abmachung, und so hatte er ihm das Gerät ganz einfach abknöpfen können. Monsignore Gruber versucht es einzuschalten, doch das Display bleibt dunkel. Ladegerät hat er keines. Auch egal, am besten steckt er das Ding zusammen mit dem Buch in ein Kuvert und schickt es der trauernden Witwe. Er nimmt eine Zigarre aus der Packung und steckt sie mit geübtem Griff und einigen paffenden Zügen in Brand. Ah, jetzt geht es ihm schon wieder viel besser.

Sein Blick fällt wieder auf das Buch: »Die Poesie der Mittelachse«. Was, bitte, soll das bedeuten? Poesie der Mittelachse? Das ist doch wieder nur sinnentleerte Wortakrobatik. Achtlos, eher widerwillig beginnt er darin zu blättern. »›Familienband‹«, liest er laut, erschrickt über seine eigene Stimme und senkt den Tonfall:

*»›Liebe, oh, du Mutter der Freude.*
*Hoffnung, oh, du Vater des Glücks.*
*Treue, oh, du Bruder des Schwachsinns.*
*Zufriedenheit, oh, du Schwester des Todes.‹«*

Treue, Bruder des Schwachsinns? Also wirklich! Was sind das denn für Moralvorstellungen? Und so einen hat er in seinen Dom einziehen lassen? Energisch schlägt der Monsignore das Machwerk zu, sodass es wieder staubt.

»Sind wir also schon so weit, dass wir mit uns selbst reden?« Maria hat die Tür mit dem Ellbogen geöffnet und stellt das Tablett vor ihn auf den Tisch. Eine Kanne Kaffee. Ohne Milch und Zucker. Seine Lieblingstasse – »Boss«, steht darauf, ein Geschenk der gesamten Mannschaft – und zwei Stück Linzer Torte. »Da stinkt's!« Natürlich kann sie sich die Worte nicht verkneifen, und natürlich hat er keine Lust, darauf einzugehen.

»Ich rede nicht mit mir, ich lese«, korrigiert er sie scharf, ohne sich für das Gebrachte zu bedanken, reißt sich dann aber selbst am Riemen. Maria kann schließlich nichts dafür, dass er sich über den toten Dichter ärgert. Also setzt er um einiges freundlicher fort: »Wenn Sie wüssten, was der Grundlsee für Gedichte verfasst hat, Maria! Wenn man das da überhaupt Gedichte nennen kann, da reimt sich ja kein einziges Wort. Warten Sie, ich lese Ihnen eins vor.«

Er schlägt das Buch wieder auf, während sie ungeduldig von einem Bein auf das andere steigt und mit der Hand vor ihrer Nase herumwedelt, als könnte sie den Gestank so vertreiben. Er sucht die Seite und findet sie nicht. Die Zigarre glimmt im Aschenbecher vor sich hin. »Wo war es denn jetzt? Hier irgendwo in der Mitte muss es sein. Einen Augenblick noch, ich hab's gleich.«

Und dann findet er tatsächlich etwas. Nicht das zuvor gelesene Gedicht, sondern ein anderes. Während seine Augen immer größer werden und sein Herz immer aufgeregter klopft, stammelt er die Worte von Seite dreiundvierzig:

*»›Abschied.*
*So nehmt denn wohl, Getreue,*
*Abschied von einem, der geht.*
*Den die Ferne lockt wie Sünde.*
*Dessen Herz kein Bleiben kennt.*
*Versucht nicht, mich zu halten.*
*Dort, wo ich bin, ist gut.‹«*

Fassungslos blickt er vom Buch auf.

»Reimt sich auch nicht« ist alles, was Maria dazu einfällt. »Und entweder rauchen Sie in Ruhe oder –«

»Ja, verstehen Sie denn nicht?«, fährt er auf. »Das ist ein Gedicht! Ein Gedicht ist das!«

»Freilich ist es ein Gedicht, sonst stünde es wohl kaum in einem Gedichtband, oder? Obwohl ich ja lieber –«

»Der Mann hat bloß sein Gedicht abgeschrieben!« Aufgeregt blättert er zur ersten Seite. »Ein Gedicht aus dem Jahr 1967. Warum um alles in der Welt schreibt der Mann mitten in der Nacht eines seiner uralten Gedichte ab? Sagen Sie mir das!«

Sie zuckt mit den Schultern. »Keine Ahnung. Aber warum ist das so wichtig?«

»Weil wir bisher davon ausgegangen sind, dass wir einen Abschiedsbrief gefunden haben, es in Wirklichkeit aber bloß ein dämliches Gedicht ist.«

»Ah, jetzt verstehe ich langsam, was Sie meinen. Aber kann das Gedicht nicht dennoch als Abschiedsbrief gedacht gewesen sein?«

Monsignore schüttelt energisch den Kopf, springt auf und steckt sich Buch und Handy unter den Arm. »Das glaube ich nicht, Maria. Ich fürchte, ich habe soeben eine schreckliche Entdeckung gemacht. Wenn mich jemand sucht, ich bin im Landeskriminalamt.«

## 32

Der junge Mann, den Fritz Wöglinger kurze Zeit später mit eisernem Griff am Oberarm ins Vernehmungszimmer schubst, ähnelt weder dem Bild, das sich Diana, noch dem, das sich See von Joesi Drazal gemacht hat. Verfilztes Haar mit einzelnen Zöpfen zwischendurch, von denen immer mehrere durch simple Gummibänder aus dem Haushaltswarengeschäft zusammengehalten werden. Das Ganze blau und violett besprüht, dazu passend ein Ring am rechten Nasenflügel, zahlreiche im Ohr und vier davon durch die rechte Augenbraue. Dazwischen Pickel, ein unwillig verzogener Mund und wachsame Augen. Dianas Blick gleitet tiefer. Derbe schwarze Stiefel, rote Schuhbänder, die offen herunterhängen. Bluejeans, wie zu erwarten war, zerrissen, auch das nicht ganz unerwartet. Allerdings vom echten Leben zerrissen, nicht von scharfen Steinen in einer Designerwaschmaschine. Erst neulich hat Diana einen Bericht darüber im Fernsehen gesehen und sich gefragt, ob es tatsächlich sein muss, dass man nagelneue, sündteure Hosen mutwillig ruiniert, um sie kaputt und unlogischerweise damit noch sündteurer zu machen. Alles in allem ist Joesi Drazal ein Punk wie aus dem Bilderbuch. Eine silberne Kette führt wahrscheinlich zu einer Taschenuhr in der Hosentasche und passt als Einziges nicht ins Erscheinungsbild.

»Bitte, nehmen Sie Platz«, sagt Diana.

Er weigert sich.

»Hinsetzen sollst du dich, hast du nicht gehört?«, bellt See.

Fritz Wöglinger drückt ihn auf den Stuhl.

»Sie sind also Josef Drazal?«

Der Punk scheint einzusehen, dass ihn Trotz nicht weiterbringt. Er nickt und nennt sein Geburtsdatum und seine Adresse. Derzeit absolviert er seinen Zivildienst in einem Altersheim. »Weil ich auf nix schieß, was lebt.«

Na, die alten Leute haben wahrscheinlich ihre wahre Freude mit dir, denkt Diana ironisch, um sich gleich selbst zu korrigieren.

Warum denn eigentlich nicht? Vielleicht haben die Menschen in ihrem Leben so etwas Buntes noch nie gesehen.

»Wie gut kannten Sie Stefan Stösser?«

Drazal scheint ehrlich erstaunt. »Wen?«

»Jetzt stellen Sie sich nicht blöder, als Sie sind. Stefan Stösser. Der Stefan Stösser, der Ihrer Freundin ein Kind gemacht hat.«

Sees barsch vorgebrachten Worte sind wieder einmal ein untrüglicher Beweis dafür, dass ihm Geduld ebenso fremd ist wie Diplomatie und Einfühlungsvermögen. Außerdem muss er sich den Punk ja auch nicht warmhalten wie den Herrn Redakteur. Punks mag See prinzipiell nicht. Und den hier, ihm gegenüber, den mag er schon mal gar nicht.

Das zumindest scheint auf Gegenseitigkeit zu beruhen. »Meiner Freundin? Oida, weißt du überhaupt, was du da redest? Ich hab doch gar keine Freundin.«

»Erstens bin ich für dich noch lang kein Alter, sondern der Herr Abteilungsinspektor, und zweitens hast du eine Freundin. Oder, bitte, wenn du sie in der Zwischenzeit verlassen hast, was ich verstehen kann, dann hatten Sie zumindest bis vor Kurzem eine.« Flott wechselt See zwischen dem Du und dem Sie hin und her.

Der Punk versteht ihn noch immer nicht. »Na geh, interessant, Oida«, sagt er mit provokanter Betonung des letzten Wortes. »Und wer, bitte, soll denn meine Freundin sein?«

Diana blättert in den Unterlagen. »Wir wissen derzeit nur ihren Vornamen, nämlich Jenny. Den Nachnamen werden Sie uns sicher gleich verraten, nicht wahr?«

Doch es hat nicht den Anschein, als würde ihr der junge Mann folgen können. Entweder spielt er überraschend gut Theater, oder er hat wirklich keine Ahnung, von wem die Rede ist, geht es Diana durch den Kopf. Wie ein Kampfsportler schaut er in jedem Fall nicht aus. Weder wie ein muskulöser noch wie ein asiatischer.

»Ehrlich, Oida, ich mein, Herr Inspektor, ich habe keinen Tau, von wem da die Rede ist. Ich kenn keinen, wie soll der heißen? Und eine Jenny kenn ich auch nicht. Ich kenne eine Juny, die war in meiner Parallelklasse in der Volksschule, aber keine Jenny. Echt net, Oida.«

Es klingt ehrlich, findet Diana.

Na, dem werd ich's zeigen, findet See.

Der kleine Fritz findet übrigens gar nichts. Er hat den Raum verlassen, holt sich endlich einen Kaffee und genehmigt sich ein paar Bissen von seinem Apfelstrudel.

»Jetzt pass einmal auf –«, holt See aus.

»Wie nennen Sie Ihre Freunde?«, unterbricht Diana ihren Kollegen.

»Sepperl«, kommt es wie aus der Pistole geschossen. »Manche auch Drazi. Wieso?«

Diana geht ein Licht auf. Sie haben offensichtlich den falschen Drazal vor sich. Das wäre auch zu schön gewesen. Da See sichtlich irritiert ist, fragt Diana weiter: »Kennen Sie einen Joesi Drazal?«

»Kennen tät ich nicht unbedingt sagen, aber ich weiß, wer er ist. Mein Cousin nämlich. Wir sehen uns nicht oft. Weil, der wohnt bei seiner Oma, also bei der Mutter von seiner Mutter. Wollen Sie die Adresse?«

Diana schiebt ihm das Schreibzeug hinüber.

»Heißt der Joesi auch Josef?«

»Nein, Johannes. Johannes Drazal.« Er atmet befreit auf. »Glauben Sie mir, ich bin vielleicht froh, dass Sie den Joesi suchen und nicht mich. Ich hoffe, er hat nichts allzu Arges ausgefressen. Kann ich jetzt gehen?« Niemand hat etwas dagegen, also steht er auf und schüttelt sich seine Zöpfe aus der Stirn. »Und grüßen Sie den Joesi von mir, wenn Sie ihn dann sehen. Sagen Sie ihm auch, er kann sich ruhig wieder einmal blicken lassen. Pfiat Gott, miteinander.« Mit diesem altmodischen Gruß ist er auch schon draußen, bei der Tür.

»FRIIITZ!«

Der so Gerufene erscheint mit braunem Pappbecher und angebissener Mehlspeise im Türrahmen. »Ist der Drazal schon wieder weg? Das ging aber schnell.«

»Ja, weil es der falsche Drazal war, du Depp«, fährt See den kleinen Fritz an. »Wir verscheißen hier wertvolle Zeit, weil du uns den Falschen anschleppst.«

»Aber du hast doch gesagt: Josef Drazal. Also habe ich den

Josef Drazal gefunden und aufs Landeskriminalamt bringen lassen. Nichts anderes«, verteidigt sich Wöglinger.

»Vollkoffer!«

Diana seufzt hörbar. Gegen diese Wortwahl war »Aber subito!« noch richtiggehend freundlich.

# 33

Wenn sie den Joesi Drazal heute noch vernehmen wollen, bleibt ihnen nichts anderes übrig, als selbst noch einmal loszufahren. See greift nach dem Autoschlüssel und will soeben die Stahltür öffnen, als der Ton der Glocke ertönt. Er zieht die Augenbrauen hoch, Diana zuckt mit den Schultern. Sie weiß auch nicht, wer sie um halb sechs noch im LKA aufsuchen will. Mit Monsignore Gruber haben beide nicht gerechnet. Und er ist nicht allein. Bastian, der Theologiestudent, tritt höflich grüßend aus seinem Windschatten.

Vor einer halben Stunde war der Pfarrer noch dabei gewesen, sich mit Buch und Handy an den braunen Pappkartons vorbeizuschlängeln, um nach seinem Mantel zu greifen, als ein Räuspern ihn innehalten ließ. »Entschuldigung, aber haben Sie kurz Zeit, Monsignore? Ich hätte da etwas zu beichten.«

Als er das letzte Wort hörte, dachte der Monsignore sofort an die polnischen Pilger und wollte schon ausrufen: »Nein, bitte nicht!« Doch dann besann er sich wieder seiner Berufung und murmelte: »Aber nur ganz kurz, ich bin in Eile.«

»Ich habe meinen Schlüssel verloren«, kam der Student sofort auf den Punkt.

»Ihren Schlüssel?« Wie kam Bastian nur darauf, dass ihn sein Schlüssel interessierte?

»Den Schlüssel zum Turmzimmer.«

Ah, das interessierte ihn allerdings schon.

»Ich weiß auch nicht, wie das geschehen konnte. Ich habe immer auf ihn aufgepasst, weil ich ja gewusst habe, dass es nur zwei Exemplare gibt. Einen haben Sie, und einen –«

»Das ist mir alles bekannt, Bastian. Sagen Sie mir lieber, wann Sie ihn verloren haben. Vor dem Mord an Grundlsee oder –«

»Mord? Ich dachte, der unselige Herr Grundlsee ist freiwillig aus dem Leben geschieden?«

Sein Vorgesetzter wischte den Gedanken mit einem Handstreich weg. »Anfangs, anfangs dachte man das. Aber inzwischen gehe ich davon aus, dass er umgebracht wurde, und bevor Sie mich jetzt fragen, von wem, sag ich gleich, dass man das noch nicht weiß. Ich selbst bin erst vor wenigen Minuten dahintergekommen, dass es kein Selbstmord war. Und bis Sie kamen, war mir auch nicht klar, wie sich der Mörder Zugang zum Turm verschafft hat.«

»Aber das ist ja entsetzlich!«, rief der Theologiestudent aus. »Ich vermisse den Schlüssel tatsächlich seit dem Vormittag dieses unglückseligen Tages. Am Ende habe ich durch meine eigene Schlamperei noch einem Verbrechen Vorschub geleistet? Das wäre ja furchtbar!«

Maria kam herein und mischte sich ungefragt in die Unterhaltung ein, wie es eben ihre Art ist. »Geh, was reden Sie denn daher, Bastian? Sie und schlampig? Von allen jungen Männern, die ich kenne, sind Sie bei Weitem der ordentlichste.«

Wir wollen jetzt mal dahingestellt lassen, wie viele junge Männer die Maria überhaupt kennt, aber in einem hat sie tatsächlich recht: Bastian ist ein Musterbeispiel an Ordnung und Verlässlichkeit.

»Kann es nicht vielleicht sein, dass Ihnen der Schlüssel gestohlen wurde? Denken Sie doch einmal nach. Wann hatten Sie ihn zuletzt bei sich?«, erkundigte sich der Monsignore.

Der Student tat wie ihm geheißen. »Mittags habe ich Grundlsee das Essen in den Turm gebracht. Am frühen Nachmittag, da hatte ich ihn auch noch, da war diese Führung mit den Japanerinnen und diesem ungehobelten Mann …« Er hielt inne.

»Was denn für ein Mann?«, fragte auch schon die Maria, neugierig wie immer.

»Ein großer, breitschultriger Mensch in etwa in meinem Alter, würde ich schätzen. In einem blauen Jeansanzug! Ich sehe ihn noch genau vor mir. Er wollte unbedingt auf den Turm hinauf.«

»Sie meinen, er wollte zu Grundlsee?«

Der Student zuckte mit den Schultern. »Das weiß ich nicht, er hat immer nur vom Turm gesprochen. Und als ich ihm den Wunsch verweigerte, hat er sich ausfällig geäußert, mich angerempelt und dann fluchend das Kirchenschiff verlassen.«

»Kann Ihnen der Mann beim Anrempeln vielleicht den Schlüssel weggenommen haben, Bastian?«, fragte Maria.

Der Student erwog den Gedanken. »Wenn er es geschickt angestellt hat, möglich wäre es schon.«

»Sie kommen mit aufs Landeskriminalamt«, hat der Pfarrer da gesagt, und darum steht der Bastian nun hinter ihm vor See und Diana.

»Wir sind hier, weil wir wichtige Aussagen machen möchten.« Monsignore Gruber ist außer Atem, da sie sich so beeilt haben. Er stellt den Studenten vor und folgt dann zusammen mit See Diana in ihr Büro. »Zuerst habe ich dieses Buch da entdeckt. Schon deshalb wollte ich zu Ihnen kommen.«

See schiebt den beiden zwei Stühle zurecht und setzt sich wieder auf Dianas Schreibtischeck. Ganz automatisch hat sie schon ihre Papiere zur Seite geschoben.

»Was haben Sie denn nun genau gefunden, Monsignore?«, will Diana wissen. Sie kann sich den Grund nicht vorstellen, warum der Geistliche wie auf Kommando hektisch in einem offensichtlich älteren Buch zu blättern beginnt. Auch Kollege See verdreht nach ein paar Sekunden die Augen und klopft mit dem Zeigefinger mahnend auf das Ziffernblatt seiner Uhr.

»Da haben wir es!« Der Geistliche reicht Diana das Buch hinüber, die bewusste Seite aufgeschlagen.

»Was haben wir da?«, fragt See, während er sich hinter Diana stellt, um besser mitlesen zu können. Dann sieht er es selbst, liest den Abschiedsbrief des Poeten, schwarz auf weiß abgedruckt in einem mehr als vierzig Jahre alten Buch. Oder besser: Die Beamten lesen das Gedicht, das sie bisher für den Abschiedsbrief gehalten haben.

»Na servus!«, ruft See aus tiefstem Herzen. Was so viel heißt wie: Was soll das denn jetzt wieder bedeuten? Oder auch: Das macht uns das Leben nicht leichter. »Warum hat der ein uraltes eigenes Gedicht abgeschrieben, bevor er in die Tiefe gesprungen ist?«

»Oder steht das Gedicht vielleicht in gar keinem Zusammenhang mit seinem Tod?«, denkt Diana laut nach. »Bis jetzt sind wir ja davon ausgegangen, einen Abschiedsbrief gefunden zu haben. Damit schien Fremdverschulden ausgeschlossen. Wenn aber der Fund des Buches bedeutet, dass es sich um überhaupt keinen Abschiedsbrief gehandelt hat, dann heißt das wahrscheinlich, alles zurück an den Start.«

Monsignore erinnert sich, dass er den Beamten ja noch etwas zeigen wollte, und schiebt auch das dunkle, flache Handy zu Diana hinüber. »Das ist Grundlsees Mobiltelefon. Ich habe es leider erst heute entdeckt, sonst hätte ich Sie natürlich längst –«

»Sie haben das Handy heute entdeckt? Aber wo? Bei der Überprüfung des Turms wurden von der Spurensicherung doch schon drei Handys sichergestellt.«

Den Geistlichen kann sonst so schnell nichts erschüttern, doch jetzt fährt er auf. »Drei Handys wurden im Turm gefunden? Was für eine Ungeheuerlichkeit!«

Nicht dass Diana und See aus diesem Ausbruch schlau würden, doch es interessiert sie auch nicht besonders. »Wo haben Sie dieses Handy her?«, fragt Diana.

»Aus meiner Schreibtischschublade. Ich habe es Herrn Grundlsee abgenommen, als ich ihn vor einer Woche beim Telefonieren ertappte. In flagranti sozusagen. Es war vereinbart, dass sich der Dichter wie all unsere bisherigen Turm-Eremiten jeden Kontakt zur Außenwelt versagt. Leider wollte sich Herr Grundlsee freiwillig nicht an diese Abmachung halten.«

See starrt den Geistlichen verständnislos an. Er kann sich ein Leben ohne Handy nicht mehr vorstellen. Kein Wunder, dass sich der alte Dichter in die Tiefe gestürzt hat. Wenn er es denn tatsächlich getan hat.

»Vielleicht hilft Ihnen das Telefon ja bei Ihren Ermittlungen weiter. Wenn Sie ein Ladegerät haben, bekommen Sie es bestimmt auch wieder zum Laufen.«

Das haben sie tatsächlich. Und sie haben auch einen »FRIIITZ!«, den sie damit beauftragen können.

»Bastian«, Monsignore Gruber zeigt auf den Studenten, der bisher noch kein Wort zur Unterhaltung beigetragen hat, »hat Ihnen auch noch etwas zu sagen.«

See und Diana erfahren die Sache mit dem verlorenen – gestohlenen? – Schlüssel. Und weil Fritz in diesem Augenblick den Kopf zur Tür hereinstreckt, um sich zu erkundigen, warum man nach ihm gerufen hat, bekommt er auch gleich den Auftrag, mit dem Theologiestudenten die Verbrecherdatenbank durchzusehen. Vielleicht haben sie ja Glück, und der Mann im Jeansanzug ist bereits aktenkundig.

»Wir danken Ihnen, Monsignore«, verabschieden sie den Pfarrer. »Und wenn Sie noch etwas in Ihrer Schreibtischlade oder sonst irgendwo finden, dann lassen Sie es uns bitte wissen.«

See führt den Geistlichen zur Tür, als das Telefon läutet. »Pölz?«

Stille am anderen Ende.

»Das wird ja alles immer ominöser«, sagt See, als er zurückkommt, in die Stille hinein. Er hat nicht bemerkt, dass Diana ein Gespräch angenommen hat. »Aber es hilft nichts. Während sich der Fritz das Handy zur Brust nimmt, müssen wir uns den Drazal vorknöpfen.«

Mit einer Geste bedeutet ihm Diana, dass sie telefoniert, doch das beeindruckt See nicht im Geringsten. Mit energischen Handbewegungen fordert er sie auf, sich zu erheben. »Wir müssen los, hopp, hopp!«

Diana entscheidet sich dafür, ihn zu ignorieren. »Pölz?«, sagt sie noch einmal in den Hörer.

»Bin ich da bei der Kriminalpolizei?« Eine männliche Stimme. Etwas zögerlich und für einen Mann sehr weich.

»Ja, Sie sind beim Landeskriminalamt. Mein Name ist Diana Pölz, ich bin die Chefinspektorin. Worum geht es?«

»Wir müssen zu diesem Drazal.« See wird ungeduldig und hat nicht die geringsten Skrupel, seine Vorgesetzte zu unterbrechen.

»Was bekomme ich, wenn ich Ihnen sage, wo Sie die vermisste Schauspielerin finden?«

Diana schnappt nach Luft, schaltet den Lautsprecher ein und macht ihrem Kollegen klar, dass er endlich die Tür hinter dem längst verschwundenen Geistlichen schließen soll. See kommt diesem Befehl nur äußerst widerwillig und mit nach oben verdrehten Augen nach, dann setzt er sich. Dianas Schreibtischeck scheint sein Stammplatz zu werden.

»Von welcher Schauspielerin sprechen Sie?«

»Suchen Sie etwa mehrere? Natürlich von Caro LaBelle. Ich habe in der Zeitung gelesen, dass Sie entführt wurde. Ich bin mir nicht hundertprozentig sicher, aber es kann sein, dass ich weiß, wo sie sich befindet.«

See reißt Diana den Hörer aus der Hand. »Dann sagen Sie uns, wo wir sie finden. Und zwar subito! Und dass Sie ja nicht auf die Idee kommen, dumme Spielchen mit uns spielen zu wollen, Ihr Telefon wird bereits geortet, wir finden Sie also in jedem Fall.«

Ist See jetzt vollkommen verrückt geworden? Was soll sie tun, wenn der Anrufer jetzt auflegt? Denn natürlich können sie ihn so schnell nicht orten. Sie reißt die Augen vor Schreck auf und ihrem Kollegen den Hörer aus der Hand. »Machen Sie das nie wieder«, fletscht sie unter zusammengepressten Zähnen hervor, während sie die Rechte über die Muschel hält.

See hebt beide Hände vor die Brust, als würde er sich ergeben. Anscheinend ist ihm sein Verhalten selbst nicht ganz geheuer.

»Hallo?«, fragt sie in den Hörer.

Der Mann ist noch dran. Zum Glück. »Ich hatte nicht vor, irgendwelche Spielchen zu spielen«, sagt er überraschend kleinlaut. »Glauben Sie mir, ich bin ein ordentlicher Staatsbürger, der nur bei der Aufklärung eines Verbrechens helfen will und möglicherweise auch helfen kann.«

Da schau her, anscheinend haben Sees harsche Worte die Kooperationsbereitschaft dieses Mannes erfreulich angeheizt. Kein Wunder, dass der Kollege schon wieder selbstzufrieden grinst.

»Na, dann heraus mit der Sprache. Am besten beginnen Sie mit Ihrem Namen.«

»Helge, Helge Pöckl«, kommt es wie aus der Pistole geschossen. Dann folgen ungefragt Adresse, Geburtsdatum, Sozialversicherungsnummer und Religionsbekenntnis. Wer weiß, was der Mann noch alles über sich preisgegeben hätte, hätte ihn Diana nicht zum eigentlichen Thema seines Anrufs zurückgeleitet.

»Ich bin Mitglied in einem Internetforum für … äh … leidenschaftliche Sammler. Dort tauschen wir uns mit Gleichgesinnten aus, und dort habe ich auch einen Mann kennengelernt, einen gewissen Wolf, dessen Nachnamen ich leider nicht kenne. Ich weiß nicht einmal, ob das wirklich sein Vorname ist oder …«

Irgendetwas regt sich in Dianas Erinnerung. Während sie zuhört, blättert sie in der Akte, die vor ihr liegt. Da ist er, der kleine Zettel aus dem Hotel. »Bei dieser Interessengemeinschaft handelt es sich nicht zufällig um die GDB?«

Stille am anderen Ende der Leitung. Dann ein tiefer Atemzug. »Woher wissen Sie das?«

See hebt anerkennend den Daumen.

»Was genau sammeln Sie dort?«, fragt Diana, statt zu antworten.

Der Mann zögert offensichtlich. »So dies und das … Alte Sachen, Antiquitäten –«

»Aus der Zeit des Nationalsozialismus«, schließt Diana nach einem Blick auf den im Hotelzimmer gefundenen Zeitungsausschnitt. Heißt das, die »Austria« hat mit ihrem Bericht doch recht gehabt und die GDB sind gar nicht vorrangig an Büchern interessiert?

»Wusste ich's doch.« See ist sichtlich stolz auf seine Idee, die ihm der Zufall damals im Hotel eingegeben hat.

»Aber wir sind keine Neonazis«, kommt sofort der entrüstete Widerspruch. »Ich habe mit diesem Gedankengut nichts am Hut. Das ist alles nur ein Geschäft, glauben Sie mir. Ein Geschäft wie jedes andere auch.«

»Wegen Verstoßes gegen das Verbotsgesetz prüfen lassen«, notiert sich Diana auf dem Block vor sich, gleich neben Helge Pöckls Daten.

»Der Wolf war sich sicher, dass Frau LaBelle noch so manches aus der besagten Zeit im Keller hat, also keine Leichen, wie der Redakteur vom ›Tagesblatt‹ es vermutet, sondern rein metaphorisch gesprochen. Eher Originaldinge, etwa Geschirr, vielleicht sogar vom Führer höchstpersönlich, Briefe von ihm, Pläne, irgendwelche Orden oder andere Devotionalien, was weiß ich denn. Dinge jedenfalls, die wir gewinnbringend verkaufen können. Wenn der Vater der LaBelle wirklich ein hochrangiger Nazi gewesen ist, und man munkelt ja, dass er es war, dann gibt es sicher Erinnerungsstücke, die sich für uns lohnen könnten. Hasso hat anscheinend einen argentinischen Millionär an der Hand –«

»Hasso?«

»Ein junger Kollege aus dem Forum, dessen wirklichen Namen ich ebenso wenig kenne, aber das ist ja jetzt auch egal. Jetzt geht's um Wolf –«

»Der Frau LaBelle eine Nachricht ins Hotelzimmer geschmuggelt hat.«

Stille am anderen Ende der Leitung. Dann voller Entrüstung: »Ja, wenn Sie ohnehin schon alles wissen, warum lassen Sie mich dann so lange –«

»Wie kommen Sie zur Annahme, dieser Wolf habe Frau LaBelle entführt? Und was haben Sie eigentlich mit der Angelegenheit zu tun?«

See macht Diana ein Zeichen, das diese nicht versteht, und verlässt dann das Zimmer. Sie ist zu konzentriert, um sich darüber Gedanken zu machen.

»Ich habe nichts mit der Entführung zu tun, aber auch gar nichts! Würde ich Sie sonst anrufen? Aber vorgestern hat Wolf erwähnt, dass er dieses Wochenende, also heute, um genau zu sein, nach Krumau in Tschechien fahren würde, und jetzt erreiche ich ihn nicht. Da habe ich eins und eins zusammengezählt. Wahrscheinlich bringt er die LaBelle außer Landes. In einem roten VW Passat. Das Auto kenne ich von … von unserer letzten … Lieferung.« Sogar das Kennzeichen hat er sich gemerkt und diktiert es Diana.

»Wir werden der Sache nachgehen. In jedem Fall danke ich Ihnen für den Hinweis.«

Diana hat schon längst aufgelegt, Kollegen beauftragt, den Halter des VW zu ermitteln, und den Wagen zur Fahndung ausgeschrieben, als See zurückkommt. »Wir haben das Handy geortet, von dem aus angerufen wurde.« Er nennt die Adresse. Helge Pöckl hat anscheinend von zu Hause aus telefoniert. Zumindest in dieser Hinsicht scheint er sie nicht belogen zu haben.

# 34

Als sie endlich aus dem LKA kommen, ist es neunzehn Uhr, See schaut zum Himmel hinauf, während er das Auto aufsperrt. Wolken, ein Flugzeug hoch über ihnen. Aus seinem Gesicht spricht deutliche Skepsis. »Ich hoffe, das Wetter hält. Ich habe meinem Sohn versprochen, dass wir morgen Nachmittag Drachen steigen lassen. Wäre schade, wenn daraus nichts würde.«

Diana ist überrascht. Das ist das erste Mal, dass er über Privates spricht. Ist das vielleicht ein gutes Zeichen? Sind sie auf dem Weg zu einem – halbwegs – kollegialen Verhältnis? Sie beschließt, die Gunst der Stunde zu nützen. »Sie haben einen Sohn?«, fragt sie, während sie ihrerseits den Himmel begutachtet.

»Michael, er ist neun, lebt bei meiner Ex.« See schiebt sich auf den Fahrersitz.

Sie setzt sich neben ihn. »Dann habe ich eine gute Nachricht für Sie. Das Wetter bleibt noch ein, zwei Tage so, wie es jetzt ist. Danach wird es schlechter.«

Er schaut entgeistert von ihr zum ausgeschalteten Radio und wieder zurück. »Wo, bitte, haben Sie jetzt so schnell einen Wetterbericht her?«

Sie lacht, ist ein klein wenig stolz und freut sich, ihn verblüfft zu haben. »Sie haben doch auch das Flugzeug am Himmel bemerkt, oder? Ich habe mir den Kondensstreifen angesehen.«

»Ja, und?«

»Wenn die weißen Streifen lange am Himmel bleiben, so wie jetzt, und dann langsam an den Rändern ausfransen, dann bleibt das Wetter noch ein bis zwei Tage schön. Wäre der Kondensstreifen schnell breiter geworden oder hätte sich rasch aufgelöst, dann stünde uns Regen bevor.«

See sieht sie einige Augenblicke lang schweigend an. Dann schüttelt er den Kopf. »So ein Schwachsinn«, sagt er und startet den Wagen.

Diana seufzt. Ist wohl doch nicht so weit her mit ihrem kollegialen Verhältnis. Aber wie soll See auch wissen, dass Diana

Norbert – also ihren Ex – abgehört hat, als der für den Privatpilotenschein lernte? Im Nachhinein hat sie ihre Unterstützung ziemlich bereut. Denn bei diesem Kurs hat Norbert eine gewisse Fiona kennengelernt, die dann nicht nur Norberts Abfragen von ihr übernommen hat.

Nach Dr. Stössers Schilderung und dem Aussehen von Sepperl Drazi Drazal hatte Diana damit gerechnet, den richtigen Joesi Drazal in einer der grauen Siedlungen am Stadtrand zu finden. Doch nein, er wohnt am Pöstlingberg, dessen Kirche das Wahrzeichen der Stadt ist. Doch auch wenn der Pöstlingberg Pöstling*berg* heißt, ist er noch lange kein Berg, denn schließlich sind die Beamten nicht in Tirol. Die Berge in Linz sind eher Hügel, und die Stadt ist auf mehreren von diesen Hügeln erbaut. Fast so wie Rom. Nur dass der Tiber hier Donau heißt.

Drazal wohnt ebenso nobel wie die Familie Stösser, zumindest was die Gegend betrifft. Doch das Haus der Oma ist entschieden kleiner. Ein hellgelber Würfel mit weißen Sprossenfenstern und einem Ziegeldach. Dazu ein adretter Garten voller Herbstastern, rot, lavendel, violett. Der Birnbaum an der Hausmauer verliert bereits seine bunten Blätter, der Reisigbesen steht schon zum Kehren bereit. Ein gepflegter Vorplatz, darauf ein ebenso gepflegter Kleinwagen aus Japan. Licht hinter geblümten Vorhängen, also muss jemand zu Hause sein. Energisch drückt See den Klingelknopf. Ein ovales Schild an der Tür, Kreuzstichmuster: »Willkommen«. Darunter ein gestickter Obstkorb. Was für ein Idyll perfekter Biederkeit.

»Hoffentlich sind wir hier auch richtig. Vielleicht hat uns die Assel doch nur einen Bären aufgebunden.«

Mit Assel meint See offensichtlich den Punk. Doch er tut ihm offensichtlich unrecht, denn die kleine ältere Dame mit den kurzen, dichten, dunkelbraun gefärbten Locken – adrett wie Haus, Garten und Auto –, die ihnen öffnet, bestätigt, dass ihr Enkel Johannes heißt, von Freunden Joesi genannt wird – nur von Freunden, von ihr selbst niemals! – und tatsächlich mit ihr in diesem Idyll wohnt. Sie erfahren auch, dass der Bub leider noch nicht zu Hause sei. Allerdings, sie wirft einen Blick auf die zierliche goldene Armbanduhr, sei das Kickbox-Training vor fast einer Stunde zu Ende gegangen, da müsse der Johannes eigentlich bald eintreffen. Ob die Kommissare nicht hereinkommen und im Wohnzimmer warten möchten? Sie habe gerade einen frischen Gugelhupf aus dem Backrohr genommen. Vielleicht mit einer schönen Tasse Tee dazu?

»Das klingt verlockend.« Diana lächelt und freut sich, dass die alte Dame sich über ihre Reaktion freut. Sie hat einen Mordshunger. Seit dem kargen Frühstück ist sie noch nicht wieder zum Essen gekommen.

»Danke, aber wir sind im Dienst«, erklärt See mürrisch, gerade so, als wisse das Drazals Großmutter nicht ohnehin. Und gerade so, als hätte sie ihm eine Flasche Schnaps angeboten und nicht ein harmloses Stück Gugelhupf.

Als sich Diana ihre Schuhsohlen gründlich abstreift, weil sie das Gefühl hat, dass es sich hier so gehört, knattert unüberhörbar ein Moped die Straße herauf. Man braucht kein Experte zu sein, um an dem Geräusch zu erkennen, dass das Fahrzeug auffrisiert worden ist. Ein groß gewachsener Fahrer biegt in den Vorplatz ein und nimmt den Helm ab. Diana stutzt. Wenn das Joesi Drazal ist, dann haben sie sich beide verschätzt, See genauso wie sie. Soweit in der zunehmenden Dämmerung zu erkennen ist, sieht der Bursche außergewöhnlich gut, ja fast schon schön aus. Blonde, durch den Helm etwas verschwitzte Locken, makellose Haut, dunkle Augen, ein Mund wie ein Mädchen. So sehen also heutzutage Kickboxer aus.

»Ah, da bist du ja, Johannes. Die Herrschaften sind von der Kriminalpolizei, sie wollen dich etwas fragen!«, ruft die Oma vom Haus her.

Ihr Enkel hört's, setzt den Helm wieder auf, startet durch und brettert, was das Moped hergibt, den Berg hinunter.

## 35

Kommt Ihnen das bekannt vor? Sie warten lange Jahre sehnsüchtig auf den allerletzten Schultag, um sich endlich, endlich an einem Lehrer rächen zu können, der Ihnen das Leben zur Hölle gemacht hat. Sie träumen davon, was Sie nicht alles zu ihm sagen werden. Was Sie nicht alles tun werden. Dann ist er endlich da, der ersehnte Tag, und Sie machen genau das, was Sie schon immer machen wollten, aber das Gefühl danach ist nicht im Geringsten so berauschend, wie Sie sich das vorgestellt haben. Ihre Zweifel beginnen an Ihnen zu nagen: »War das wirklich gescheit?«, »War das wirklich notwendig?«, »Habe ich mit meiner Reaktion etwa übertrieben?« und nicht zuletzt »Was werden die Konsequenzen sein?«.

Genauso ergeht es derzeit Caro LaBelle. Natürlich unter ganz anderen Voraussetzungen, doch die widerstrebenden Gefühle ähneln sich. Sie sitzt in einem fremden Zimmer auf einer fremden Biedermeierbank mit altrosa Streifen und fühlt sich genauso: fremd. Und elend. Gedankenverloren klopft sie auf die Sitzfläche neben sich.

Sicher ein Imitat. Die Bank ist nie und nimmer über hundert Jahre alt, denkt sie geringschätzig und nimmt noch einen Schluck Kaffee. Kaffee kochen können die Österreicher, sogar die, die in hässlichen Wohnungen wie dieser hier leben. Was sind das bloß für Bilder an den Wänden? Grauenhaft. Der ehemalige Papst, dieser Irgendwas der II., winkt gütig in die Menge. Daneben der ebenfalls schon ehemalige Benedikt XVI., sein roter Kragen vom Winde verweht, ebenfalls äußerst gütig winkend. Ganz rechts ein Mondgesicht mit Brille, wahrscheinlich der jetzige Stellvertreter Jesu auf Erden, und auf dem Regal eine kitschige hellblaue Madonna aus billigem Kunststoff. Angeblich von irgendwoher aus Kroatien. Kroatien! Was soll das überhaupt sein, Kroatien? Zu ihrer Zeit, da gab es Jugoslawien, das lag irgendwo im Süden, gleich hinter Kärnten. Jetzt ist das Land anscheinend zerbröckelt, und ein Teil davon heißt Kroatien und stellt kitschige Madonnen her. Sie ist schon zu sehr Amerikanerin, um das zu verstehen. Und genauso verhält es sich mit der Wandgestaltung, auch mit der hat sie so ihre Schwierigkeiten. Heilige, überall Heilige! Wie soll sie da in Ruhe überlegen können, wie sie sich am besten aus der misslichen Lage befreien kann, in der sie sich befindet? Und in die sie nicht ganz unschuldig geraten ist. Das ärgert sie an ihrer Situation am meisten. Nun gut, dann eben noch einen Schluck Kaffee.

Andererseits tut es überraschend gut, sich mal aus dem üblichen Trubel auszuklinken, für kurze Zeit für einige Nahestehende nicht der Nabel der Welt sein zu müssen. Sie lehnt sich zurück, soweit die harte Bank es ihr erlaubt. Hieß es nicht immer, im Biedermeier waren die Leute gern zu Hause und liebten es gemütlich? Warum haben sie dann so unbequeme Sitzmöbel gebaut? In der Küche nebenan scheppert es. Sie hat Hunger und nichts dagegen, dass man ihr ein Abendessen herrichtet, aber kann man dabei nicht die Tür schließen? Gerade so, als müsste man sie ständig im Auge behalten. Dabei braucht sie doch ihre Ruhe zum Nachdenken. Aber dummen, einfachen Leuten das klarzumachen, ist nicht einfach.

Die Geschehnisse der letzten Tage machen ihr doch sehr zu schaffen. Damit hat sie nicht gerechnet. Etwas zu planen, ist etwas ganz anderes, als mit dem Ergebnis konfrontiert zu sein. Es lief doch alles wie am Schnürchen, bis … bis Bert mit seinem Gossenhirn die Genialität ihres Plans durchkreuzt hat. Gebe Gott, dass er ihn nicht vollkommen zum Scheitern gebracht hat. Nur er ist schuld, dass sie hier in dieser fremden Wohnung sitzt und ständig von zwei wachsamen Augen beobachtet wird. Wie sehr sie Eigenmächtigkeiten doch hasst!

Nie hätte sie sich in dieser Situation träumen lassen, dass ihr Aufenthalt in dieser fremden Wohnung die Eigenmächtigkeit ihrer Angestellten noch viel weiter treiben würde. Die Schlagzeile in der »Austria« – »Weltstar LaBelle von Nazis entführt!« – hätte ihr vollends den Atem geraubt. Sie hätte jedenfalls keinen Auftrag dazu gegeben, eine Entführung bei der Polizei zu melden, denn sie ist sich sicher, dass sie von hier fortkommen wird, ohne dass dazu die Hilfe der Polizei notwendig sein wird. Sie weiß nur noch nicht, wann und wie sie es am besten anstellen soll. Also hätten ihre Bediensteten nicht die Exekutive einschalten, sondern ergeben abwarten sollen, bis sie als ihre Herrin wieder zurück ist und entscheidet. Allein ihre Entscheidungen haben das Handeln der Menschen zu bestimmen, die sie bezahlt. Wirklich dumm, dass diese sich nicht daran halten.

## 36

Nach seiner Vernehmung im Landeskriminalamt schaut Hubert Grobian noch schnell in der Redaktion vorbei, verlässt diese jedoch bereits wieder gegen achtzehn Uhr. Heute Abend steht kein kultureller Event auf dem Programm, der ihn interessiert; keine Theaterpremiere, die auf sein gestrenges Auge wartet. Er kann direkt nach Hause zu seiner Frau gehen, weshalb er es nicht eben eilig hat.

In der Portierloge ist Elke Berger-Bürger soeben dabei, ihr Strickzeug in einer Plastiktasche zu verstauen. »Haben wir's wieder für heute, Herr Redakteur?«

»So ist es, Frau Berger«, das »Bürger« spart er sich immer, er findet Doppelnamen blöd und »Berger-Bürger« ganz besonders. »Ich wünsche Ihnen einen schönen Abend.«

Er will schon mit wehendem Mantel an ihr vorbei, aber ihre nächsten Worte lassen ihn dann doch innehalten. »Darf ich Sie etwas fragen, Herr Redakteur?«

»Ja, sicher. Was gibt's?« Heute ist er leutselig, zum Reden bereit.

Frau Berger-Bürger druckst herum. »Ich weiß nicht, vielleicht halten Sie mich ja auch für übertrieben vorsichtig oder am Ende gar für sensationsgeil, ich meine, lüstern, sensationslüstern, und den Eindruck möchte ich natürlich nicht erwecken –«

Er versichert ihr rasch, dass er nie auf die Idee käme, sie könnte eines von beiden sein – und ist dabei ganz ehrlich, denn in seinen Augen ist sie alles andere als geil oder lüstern, sondern nur die graue Maus in der grauen Loge –, und fragt, worauf sie hinauswill.

»Mir geht die Geschichte mit dem Stösser-Stefan einfach nicht mehr aus dem Kopf.«

Herrje, jetzt fängt die auch noch damit an. Das hat man nun von seiner Leutseligkeit. Die Vernehmung vorhin hat ihm schon wieder gereicht. Er hat selbst schon genug Probleme damit, den Knaben aus seinen Gedanken zu verbannen.

»Am Mittwoch, also an dem Tag, bevor das Unglück geschah,

also eigentlich vorgestern, mein Gott, kommt Ihnen das nicht auch so vor, als ist es schon länger her?« Sie bemerkt, dass er sie erwartungsvoll und zunehmend ungeduldig anstarrt, und beeilt sich, auf den Punkt zu kommen. »Also, vorgestern am Vormittag hat ein Mann angerufen, der sich nach dem Stefan erkundigt hat.«

Grobian wird hellhörig. Sein journalistischer Spürsinn meldet sich. War da etwa irgendeine Aktion gegen das »Tagesblatt« geplant? Vielleicht aufgrund von Stössers idiotischer Kritik?

»Was haben Sie dem Mann gesagt?«

»Eigentlich nicht viel. Nur dass der Stefan noch nicht da ist, Sie erinnern sich sicher, dass er an dem besagten Tag wieder mal zu spät war beziehungsweise dann gar nicht aufgekreuzt ist?«

Grobian nickt und fordert sie mit energischen Handbewegungen auf, fortzufahren.

Sie zögert.

»Haben Sie noch etwas gesagt?« Er fürchtet, dass es so ist, und wundert sich nicht darüber. Die meisten Frauen, die er kennt – und er kennt wahrlich viele –, sind außerordentlich schwatzhaft.

»Na ja, dummerweise. Ich fürchte, ich habe ihm gesagt, dass der Stefan einen schwarz-weiß gestreiften Mini fährt und abends gern ins ›Cleese‹ geht. Das weiß ich von meiner Tochter. Das hätte ich besser nicht sagen sollen, nicht wahr? Weil ja dann das Unglück gegenüber vom ›Cleese‹ … Ach, es ist so schrecklich. Ich bin so eine dumme Kuh. Hätte ich doch nur meinen Mund gehalten.«

Grobian atmet insgeheim auf. Also dürfte tatsächlich jemand den Stösser gesucht haben. Offensichtlich war nichts gegen das »Tagesblatt« geplant. »Würden Sie die Stimme des Anrufers wiedererkennen?«

Sie nickt, froh, dass er nicht mit ihr schimpft. »Sicher, jederzeit. Er hatte so eine besondere Art zu sprechen, so höflich, fast ein bissl altmodisch. Das ist mir gleich seltsam vorgekommen, aber ich habe mir nichts dabei gedacht. Wie hätte ich denn auch ahnen können …« Sie schluchzt theatralisch auf.

Grobian kramt in der Innenseite seines Mantels und überreicht ihr schließlich eine zerknitterte Visitenkarte. »Ich kenne im LKA einen sehr netten Inspektor. Am besten wird sein, Sie melden sich gleich morgen früh bei ihm und erzählen ihm genau das, was Sie mir jetzt gesagt haben. Er wird wissen, was zu tun ist.«

»Aber morgen ist Samstag.«

»Egal. Die Kripo kennt kein Wochenende und keinen Feierabend.« Im Gegensatz zu ihm, darum winkt er Frau Berger-Bürger zum Abschied zu und geht.

# 37

»Dieser verdammte Scheißkerl!« Herr See demonstriert wieder einmal anschaulich, dass er kein Freund schöner Worte ist.

Joesi Drazal hat kaum den Helm aufgesetzt und ist die ersten Meter den Berg wieder hinuntergefahren, da sitzen Diana und ihr Kollege auch schon im Auto. Blaulicht aufs Dach, und los geht's.

See fährt, was das Auto hergibt und die kurvige Straße zulässt. Eine Zeit lang hören sie den manipulierten Motor von Drazals Moped noch knattern, dann wird es verdächtig still, wenn man vom Quietschen der eigenen Autoreifen absieht. Der schöne Carlos ist in seinem Element. Seine oberen Zähne graben sich in seine Unterlippe, seine Augen funkeln. CSI Linz-Mitte.

Diana hält sich am Haltegriff oberhalb der Beifahrertür fest und sagt keinen Ton. Fahren kann er anscheinend, der liebe Kollege See. Sie erreichen Urfahr, den Stadtteil am Fuße des Pöstlingbergs, so schnell, wie kaum jemand Urfahr je erreicht hat, und ordnen sich in den Abendverkehr auf der dicht befahrenen Rudolfstraße ein. Alles bestens. Nur einen kleinen Schönheitsfehler gibt es in diesem Szenario: Drazal fehlt. Blinker nach rechts, See fährt an der Straßenrand, knallt beide Hände auf das Lenkrad und sagt, nein, vielmehr schreit er: »Dieser verdammte Scheißkerl!«

Damit spricht er zwar nicht vornehm, aber auch Diana aus der Seele. »Den erwischen wir schon noch«, sagt sie und will damit nicht nur See, sondern auch sich selbst beruhigen. Es ist alles so schnell gegangen, dass sie nicht einmal das Kennzeichen des Mopeds notieren konnten. Wenn einem ein potenzieller Mörder entkommt, und sei es auch nur – wie hoffentlich in diesem Fall – für kurze Zeit, dann geht damit immer ein saublödes Gefühl einher. Man weiß nie, was er als Nächstes tun wird und welches Verbrechen man vielleicht hätte verhindern können. In die Enge getriebene Ratten denken nicht, sondern handeln instinktiv. Dann sind sie am gefährlichsten.

Joesi Drazal hat nicht wie eine Ratte ausgesehen. Und auch

nicht wie ein Mörder. Allerdings zeigt die Erfahrung, dass kaum ein Mörder so aussieht, wie man ihn sich vorstellt. Wahrscheinlich schaut der Drazal auch deshalb aus wie ein Mädchen vom Ballett, so hübsch und rosig, und ist dennoch Kickboxer.

»Zurück zur Oma«, bestimmt Diana, »wir brauchen das Kennzeichen, und vielleicht weiß sie auch, wo wir die schwangere Jenny finden.«

»Als ob der sich noch mit der Schlampe treffen würde, die sich von einem anderen ein Kind hat anhängen lassen.«

Langsam wird es ihr zu blöd. Es war ein langer Tag, und morgen, am Samstag, hat sie den ganzen Tag Journaldienst. Zudem ist ihr von der viel zu schnellen Kurvenraserei schlecht, gleichzeitig hat sie aber Hunger und will eigentlich nur ihre Ruhe. Und wenn Letzteres schon nicht geht, dann will sie wenigstens keine blöden Bemerkungen von blöden Kollegen ertragen müssen, wirklich wahr! »Haben Sie vielleicht eine bessere Idee?«, schnauzt sie ihn an.

Natürlich hat sie recht, und er hat auch keine bessere Idee, die er ihr präsentieren kann. »Also zurück, die Oma ausfragen und Gugelhupf essen«, beschließt sie, und See schweigt. Keine Rede mehr von »Wir sind aber im Dienst!«.

Eine Stunde und jeweils zwei Stück Gugelhupf später wissen Diana und See alles über Johannes Joesi Drazal, nur nicht sein Mopedkennzeichen.

»Nein, Herr Inspektor, da fragen Sie mich nun wirklich zu viel. Wozu brauchen Sie es denn? Ist der Motor etwa zu laut? Ich habe den Johannes schon wiederholt darauf angesprochen, aber er hat mir immer versichert, das sei bei diesen Motoren so üblich. Und mein Enkel fährt immer mit Helm und hält sich brav an alle Vorschriften im Verkehr, dafür lege ich meine Hand ins Feuer.«

Wenn die wüsste, wie leicht man sich mit so einer Behauptung verbrennen kann, denkt Diana.

Dann erzählt die Dame ihnen Drazals Lebensgeschichte. Seine Mutter hat sich scheiden lassen, als der Bub dreizehn war, und zog dann mit einem Zirkusartisten durch die Lande. Er warf Messer, sie war die verzaubernde Schönheit – anscheinend kommt der Sohn nach ihr –, die am sich drehenden Rad klebte und hoffte, nicht getroffen zu werden. Der Vater hatte schon immer einen Hang zur Gewalttätigkeit, aber nach der Scheidung von seiner Frau rastete er vollkommen aus. Das Jugendamt schaltete sich ein, und Einzelkind Joesi kam zur Oma. Ein Umzug vom Glasscherbenviertel ins Biedermannidyll. Es machte nie Probleme, das Enkerl, dafür die Matura und studiert nun Grafik auf der Kunsthochschule. Nur reden tut er nicht viel. Wenn ihm etwas nicht passt, dann drischt er schweigend mit Händen und Füßen auf den Boxsack ein, den er sich zum fünfzehnten Geburtstag gewünscht hat und der noch heute in der Mitte seines Zimmers hängt.

Sie besichtigen den Raum, der aus dem Katalog »Flotte Jugendzimmer« von jedem x-beliebigen Möbelhaus stammen könnte. Kiefernholz, Kästen mit hellblauen Fronten, die Schlafcouch ordentlich aufgebettet, die Bettwäsche mit Sternen und Teddybären. Keine Habseligkeiten, die herumliegen, keine Bilder an den Wänden.

»Ich mag es nicht, wenn er Bilder aus Zeitschriften an die Wand klebt«, sagt die Oma, die Dianas verwunderten Blick richtig deutet. »Klebestreifen ruinieren nur die Tapete, außerdem sind Kreaturen mit langen, ungepflegten Haaren kein Vorbild für die Jugend und schon gar nicht für meinen Johannes.«

Instinktiv greift sich See an seine etwas zu lange Haarpracht. So hat seine Oma auch immer geredet, allerdings damals, in den siebziger Jahren, über seinen älteren Bruder. Der hat sich davon bis heute noch nicht ganz erholt. Zeit, das Thema zu wechseln. »Verfügt Ihr Enkel über ein eigenes Einkommen?«

»Aber woher denn! Das zahle alles ich. Studium, Moped, Boxkurs. Alles. Zum Glück hat mich mein Viktor, Gott hab ihn selig, im Wohlstand zurückgelassen. Von dem Drazal«, sie meint vermutlich ihren Schwiegersohn, »nehme ich keinen Cent. Allerdings hat er mir bisher auch noch keinen angeboten.« Der letzte Satz ist nur noch verbittertes Gemurmel.

Zumindest eine große Pinnwand darf der Knabe haben. Diana schaut sich die Fotos darauf an. Alles Schnappschüsse, junge Leute rund um sein Moped, das Kennzeichen zum Glück gut sichtbar. Eine Plakette, die ihn als Landesmeister im Kickboxen ausweist, daneben eine weitere Goldmedaille.

Sie entschuldigt sich, geht in den Garten hinaus und gibt telefonisch das Kennzeichen des Mopeds durch und damit auch gleich Johannes Drazal in die Fahndung. Alles draußen, um die Oma nicht zu verstören. Zumindest noch nicht. Wenn sich ihr dringender Verdacht allerdings bestätigt, dann kann der alten Dame ohnehin niemand mehr Kummer ersparen.

Zurück im Haus erfährt sie noch, dass Johannes jede Menge netter Freunde hat, sie aber von einem Stefan Stösser noch nie etwas gehört hat. Ist das vielleicht der Sohn vom Chemie-Stösser? Aber nein, das wüsste sie doch, wenn ihr Enkelsohn den kennen würde, denn ihr Bub hat keine Geheimnisse vor ihr. Wirklich keine. Und das mit der Jenny Pichlinger – sie nennt sie »die Pichlingerische« – ist sowieso nichts Fixes, dafür ist der Johannes doch noch viel zu jung.

»Sie stellen vielleicht Fragen«, entrüstet sich die alte Dame. »Ja, was soll er denn in seinem Alter mit einer festen Freundin? Er ist doch noch keine dreißig.« Die Pichlingerische und der Johannes gehen doch nur manchmal zum Tanz oder ins Kino. Ein hübsches Mädchen ist die Jenny, aber doch nichts für die Zukunft. Hübsch allein reicht nämlich nicht. Das hat Johannes durch seine verantwortungslose Mutter – »Sie müssen entschuldigen, aber meine Tochter und ich stehen uns leider nicht sehr nahe« – ja hinlänglich erfahren müssen. Ein Mann brauche keine schöne Frau, sondern eine verlässliche aus gutem Stall – das sagt sie wirklich so, ganz als spräche sie von einem Pferd oder einer Kuh –, die kochen kann, sauber ist und auch etwas im Hirn hat. Wie sie selbst eben, sagt die Oma. Immerhin händigt sie den Beamten die Adresse der Pichlingerischen aus.

Auf der Fahrt zu Jenny Pichlinger erleben Diana und See einen der bisher seltenen Augenblicke völliger Einigkeit. Beide glauben, dass die Oma die Wahrheit gesagt hat. Zugegebenermaßen aus ihrer subjektiven Sicht. In Wirklichkeit weiß sie nichts, aber auch gar nichts über ihren Enkel.

»In Wahrheit ist der die größte Kretz'n«, ist sich See sicher, »aber bei der Omi spielt er den braven Musterknaben.«

»Was soll er auch machen? Die Frau finanziert sein gesamtes Leben und hat die Zügel fest in der Hand. Kein Wunder, dass der Drazal Landesmeister im Kickboxen ist. Irgendwie muss er ja alle aufgestauten Gefühle loswerden, und in dem Haus werde selbst ich nach fünf Minuten aggressiv.«

See hat schon viel gehört und gesehen im Leben, sodass ihn so schnell nichts mehr erstaunt. Normalerweise. »Was? Sie auch?«, fragt er dennoch verblüfft.

Jede Art von tieferen Gefühlen, Leidenschaft oder gar Aggression scheint für ihn so gar nicht zu dem disziplinierten, karrieregeilen Wesen auf dem Beifahrersitz zu passen, zumindest nicht dem Bild nach, das er sich über die neue Kollegin zurechtgelegt hat. Und zwar lange bevor er sie überhaupt kennengelernt hat. Genauer gesagt an dem Tag, an dem der Oberst ihn zu sich ins Büro bestellt hat und ihm mit einigen knappen Sätzen nicht nur den Tag, sondern gleich seine gesamte Zukunft verdorben hat. »Schaut so aus, als hätte hier in Kürze eine Frau die Hosen an, Kollege See. Ich habe soeben einen Anruf erhalten, dass es nichts wird mit Ihrer Beförderung. Die haben einer Frau Pölz, einer Wienerin, den Vorzug gegeben. Ich wollte es Ihnen schon heute sagen, damit Sie sich dran gewöhnen können.« In diesem Moment hat der schöne Carlos beschlossen, dass er sich nie daran gewöhnen wird.

# 38

Es ist fast zweiundzwanzig Uhr, als sie bei »Pichlinger« läuten. Praktischerweise wohnt Jenny in der Nähe der Polizeidirektion. In einem dieser Mehrparteienhäuser mit etlichen Stockwerken, an denen man außen an der Fassade einen gläsernen Lift angebracht hat. Diana hat solche Aufzüge noch in keiner anderen Stadt gesehen, doch in Linz sind sie in den letzten Jahren anscheinend wie Pilze aus dem Boden geschossen. Bisher hat sie diese Lifte, die mehr als die Hälfte des Gehsteigs einnehmen, einfach nur hässlich gefunden; als sie jetzt jedoch das Schild »Pichlinger/5. Stock« liest, beginnen sie ihr langsam zu gefallen.

Jenny öffnet ihnen erst nach dem dritten Läuten. Sie trägt eine dunkle Jogginghose, rotes T-Shirt, MP3-Player am Oberarm und hat einen Kopfhörer im Ohr, während der andere vor der Brust baumelt. Die Haare sind verschwitzt, die Wangen gerötet. Mit ihrem weißen Stirnband sieht sie aus wie Jane Fonda in ihren besten Tagen. »Ja, was gibt's?«

See stellt seine Kollegin und sich vor, und sie zücken ihre Dienstmarken.

»Wollen Sie zu meiner Mutter? Die hat heute Nachtdienst. Am besten, Sie versuchen es im AKH, Station Interne.« Als sie erfährt, dass die Polizisten zu ihr wollen, kann sie es nicht glauben. »Echt? Was hab ich denn ausgefressen?«

»Es geht um Johannes Drazal.«

Sie sind in die Wohnung getreten, und Jenny schließt die Tür. Bildet es sich Diana nur ein, oder ist das Mädchen tatsächlich eine Spur blasser geworden? Sie selbst hat mit Verwunderung zu kämpfen. Der Ermordete war ein ausgesprochen gut aussehender Bursche, Johannes Drazal ist eine Schönheit, und beide waren Rivalen um Jenny Pichlinger. Doch das Mädchen, das nun vor ihnen steht, ist weder besonders hübsch noch besonders charmant noch besonders sexy. Diana muss über sich selbst den Kopf schütteln. Wie sehr denkt sie doch in Klischees. Warum sollen sich zwei fesche Burschen nicht um eine, na ja, durchschnittliche Frau streiten? Es gibt ja auch genügend hübsche Mädchen, die um einen hässlichen Mann kämpfen. Zumindest für ihre Figur tut sie etwas, die Jenny Pichlinger, das beweist eine Matte im Wohnzimmer. Daneben steht ein weißes Etwas aus Kunststoff.

»Das ist mein Wii Balance Board.« Jenny schiebt selbiges unter die Kommode, während der Fernseher noch läuft.

Diana sieht genauer hin, sieht jedoch keinen Film, sondern nur drei kleine bunte Zeichentrickfiguren, von denen die in der Mitte ein rotes T-Shirt trägt und irgendwie ausschaut wie Jenny. »Sind Sie das?«, fragt Diana.

Jenny lacht. Auf diesem Terrain fühlt sie sich wieder sicherer. »Ja, das bin ich. Das neben mir ist meine Mutter, und das Manderl rechts außen, das ist mein Freund.« Sie tippt mit dem Zeigefinger auf den Bildschirm. »Die trainieren auch manchmal hier, aber nicht so regelmäßig wie ich. Man kann die Manderl bis ins Detail so gestalten, wie man möchte. Frisur, Brille, Leberfleck, einfach alles. Ist das nicht echt witzig?«

Das Männchen, das den Freund darstellt, ist groß, blond gelockt und hat einen herzförmigen roten Mund. Unverkennbar Joesi Drazal. Diana hält nach einem Männchen Ausschau, das aussieht wie Stefan Stösser, jedoch vergebens.

»Ich war grad beim Steppen, als Sie geläutet haben.«

»Wie funktioniert das?« Diana ist wirklich interessiert. Vielleicht wäre so ein Dings-Board ja auch etwas für sie? In Wien war sie Mitglied in einem Fitnessclub, aber hier hat sie es noch in kein Studio geschafft. Sie konnte sich bisher am Abend nicht dazu aufraffen, die Tasche zu packen und noch einmal loszuziehen. Aber mit so einem Ding könnte sie im eigenen Wohnzimmer trainieren. Und wenn Lilli aus Amerika zurückkäme, hätte sie sicher auch Spaß daran. Doch das dauert noch. Ganze sieben lange Monate.

»Man muss nur nachmachen, was die Manderl vormachen«, unterbricht Jenny ihre Gedanken. »Ganz einfach. Man kann nicht nur steppen, sondern auch Yoga machen und seine Balance trainieren. Wollen Sie einmal probieren?«

Reizen würde es sie schon, aber wie hat Kollege See heute

schon sehr richtig gesagt? Sie sind im Dienst. Außerdem kommt ihr spontan eine andere Frage in den Sinn. »Dürfen Sie denn überhaupt trainieren, ich meine, in Ihrem Zustand?«

»In meinem Zustand?« Jennys Gesicht ist ein einziges Fragezeichen. »In welchem Zustand denn? Ich bin nicht betrunken, wenn Sie das meinen, echt nicht.«

See hat sich im Wohnzimmer umgesehen. Fotos von Mutter und Tochter stehen gerahmt im Bücherregal aus Buchenholz. Wahrscheinlich in den letzten Urlauben entstanden. Auf einem ist der Eiffelturm zu sehen, auf einem anderen ein Strand mit bunt gestreiften Sonnenschirmen. Einen Vater scheint es nicht zu geben. Oder wenn doch, dann ist er fotoscheu. Auch sonst findet See nichts Auffälliges. Er ist müde, und das Weibergewäsch geht ihm auf die Nerven. »Sagen wir einfach mal, es war so: Ihr Freund, der Johannes Drazal, hat eine Mordswut gehabt, weil Sie, seine eigene Freundin, sein Ein und Alles, mit einem anderen geschlafen haben.«

»Echt? Hat Ihnen der Joesi wirklich gesagt, ich sei sein Ein und Alles?« Jenny bleibt der Mund offen stehen.

See überhört ihre Frage. »Jedenfalls haben Sie mit einem anderen geschlafen, und da wollte Johannes Drazal, Ihr Freund Drazal, seinem Nebenbuhler einen Denkzettel verpassen. Zuhauen kann er ja, der Joesi, das hat er bei seinen Kickboxern gelernt. Leider hat er ein bissl zu fest zugeschlagen.«

»Um Himmels willen, hat er ihn etwa verletzt?« Jenny bekommt fast keine Luft vor Aufregung.

See schaut Diana an, Diana schaut See an. Es ist nicht einfach zu entscheiden, wer von beiden fassungsloser ist. Kann es wirklich sein, dass Jenny von Stössers Tod noch gar nichts weiß? Dann war Sees Vorstoß noch undiplomatischer als ohnehin schon. Weil ihm sein eigenes Vorgehen nun auch ein bisschen unangenehm ist – und weil es jetzt eh schon egal ist –, setzt er noch eins drauf. »Ihr heimlicher Geliebter ist tot.«

Diana hält die Luft an. Muss dieser Mensch denn immer so brutal sein? Sie holt ein Taschentuch aus der Jacke, um es Jenny zu reichen, die in lautes Weinen ausgebrochen ist. Zuerst sind ihre zwischen Schluchzern und Schlucken mühsam hervorgebrachten

Worte unverständlich, aber schließlich meint Diana, doch etwas herauszuhören.

»Nein, nicht der auch noch.«

»Nicht der auch noch? Wer denn sonst noch?«, fragt sie nach.

»Na, der Stösser-Stefan! Der ist doch auch tot. Und jetzt noch der Benny? Ich halte das echt nicht aus.« Jenny schluchzt wieder.

»Was denn für ein Benny?« See schaut zuerst Jenny auffordernd an, dann aufseufzend auf seine Uhr. Es ist Freitag, es ist spät, und er hat keine Lust, heute noch nach einer weiteren Leiche zu suchen.

»Na, Benny Jankovic, wer denn sonst? Ich habe gedacht, wegen dem sind Sie hier?«

»Und wie kommen Sie darauf?«

»Na, Ihr Kollege hat doch gesagt, der Joesi hat herausbekommen, dass ich mit dem Benny was hab, und hat ihm eine aufgelegt, woran der Benny gestorben ist. Der arme Benny.« Tränen kullern ihr die Wangen hinab.

»Ich glaube, es ist besser, wenn wir uns setzen.« Diana schlüpft aus ihrer warmen Jacke und setzt sich auf die blau-rosa gemusterte Eckbank. Mit wie vielen Burschen hat diese Jenny wohl noch geschlafen? Das ist ja vielleicht ein Miststück. Und dabei sieht sie so harmlos aus.

»Sie können sich wieder beruhigen, Jenny. Es liegt ein Missverständnis vor –«, beginnt Diana.

Doch See fällt ihr ins Wort. »Noch einmal von vorn, damit ich nicht den Überblick verliere.« Auch er zieht seine Jacke aus, er scheint sich notgedrungen auf ein längeres Gespräch einzustellen. »Und bitte korrigieren Sie mich, wenn ich etwas Falsches sage. Sie sind also mit Johannes Drazal, dem Joesi, liiert.«

»Na ja, was heißt schon liiert? Wir gehen miteinander, wenn Sie das meinen. Mehr oder weniger. Seit einem halben Jahr.«

»Gut. Und nebenher hatten Sie eine heimliche Affäre mit Stefan Stösser.«

Nun muss Jenny doch lachen. »Eine heimliche Affäre, wie das klingt. Geschlafen hab ich mit dem Stefan, das schon. Aber nur zwei, drei Mal. Also echt nicht oft. Und das auch nicht wirklich heimlich, weil der Joesi damals in Wiener Neustadt bei einem

Turnier war. Er war also gar nicht da, darum hat er auch nichts mitbekommen.«

Eine interessante Ansicht, denkt sich See. »Und dieser Benny?«

»Den habe ich vor ein paar Tagen auf einer Party im Posthof kennengelernt. Der ist echt witzig, der Benny. Ich kann gar nicht glauben, dass der tot sein soll. Sind Sie sich auch wirklich sicher?«

See zieht die Augenbrauen hoch und schüttelt den Kopf. »Wie meine Kollegin schon sagte, war das ein kommunikatives Missverständnis zwischen ihnen beiden. Benny ist nicht tot, zumindest nicht, soweit wir wissen.«

»Aber warum haben Sie dann so etwas gesagt? Das war echt nicht lustig. Sie haben mir vielleicht einen Schrecken eingejagt, also echt, hey.«

»Wir, also mein Kollege, er hat nicht Benny, sondern Stefan Stösser gemeint, als er von Ihrem toten Geliebten gesprochen hat.«

See mag es nicht, wenn er das Gefühl hat, sich verteidigen zu müssen, tut es aber trotzdem. »Wie hätte ich denn wissen sollen, dass Sie so viele Männer zur selben Zeit haben? Sind es vielleicht noch mehr als die genannten drei, oder war's das jetzt?«

Jenny kneift die Augen zusammen. »Was geht Sie das eigentlich an? Sind Sie vielleicht von der Sittenpolizei, oder was?«

See schnauft unwillig, schweigt aber, und wieder einmal hat Diana das Gefühl, das Verhalten eines anderen erklären zu müssen, obwohl sie es selbst unpassend findet. »Nein, das sind wir nicht, und Sie müssen auch nicht auf die Frage antworten. Mein Kollege ist nur etwas erstaunt, da Sie ja schwanger sind.«

Nicht nur der Kollege ist erstaunt, sondern ganz offensichtlich auch die Jenny. »Was? Warum sollte ich denn schwanger sein? Ich nehm doch die Pille.«

»Und wie kommt es dann, dass sich die Eltern des toten Stefan Stösser Sorgen um ihr ungeborenes Enkelkind machen?«

»Oh!«, entfährt es der Jenny. »Das kann ich mir auch nicht vorstellen«, fügt sie zur Sicherheit noch hinzu.

»Aber ich kann es mir vorstellen. Sie sind nämlich gar nicht schwanger, stimmt's? Das haben Sie nur den reichen Stösser-Sohn glauben lassen, damit er Ihnen Geld für eine Abtreibung gibt, die Sie in Wirklichkeit gar nicht brauchen. Habe ich recht, oder habe ich recht?«

Bewundernd ob der Schlussfolgerung sieht Diana zu See hinüber. Aber ist Jenny wirklich so abgebrüht?

Sie ist es. »Für den wäre es doch kein Problem gewesen, das Geld aufzutreiben. Ihm hätt's nicht wehgetan, und ich hätt es gut brauchen können.«

»Für ein Mofa?«, mutmaßt See.

»Geh, wo denken Sie hin!«, ruft Jenny entrüstet.

Diana atmet auf, anscheinend ist das Mädchen doch nicht so –

»Ich spar auf ein Auto. Am liebsten hätt ich einen Käfer Cabrio. In Pink.« Die Jenny ist doch so.

»Haben Sie Herrn Drazal von Ihrem … also, haben Sie ihm erzählt, dass Sie etwas mit Stefan Stösser hatten?«

»Dem Herrn Drazal? Also, Sie haben Ideen, echt. Den kenne ich doch nicht einmal.«

See wird noch ungeduldiger. Ist dieses Mädchen wirklich so blöd? »Ich meine den Joesi.«

»Nein, hab ich nicht. Natürlich nicht. Hätte ich denn sollen?«

Diana seufzt. So wie es ausschaut, sind sie auf der falschen Spur. Wenn Drazal nicht weiß, dass seine Freundin ihn betrogen hat, dann –

»Er hat es ohnehin selbst herausgefunden. Der Kellner im ›Cleese‹ hat seinen Mund nicht halten können, der Schwätzer. Also echt.«

Diana atmet erleichtert durch. Also sind sie doch auf der richtigen Spur. »Wie hat Ihr Freund die Nachricht aufgenommen?«

»Na, wie schon? Echt wütend war der. Ist hierhergekommen und hat mir eine Mordsszene gemacht, das sag ich Ihnen. Zuerst hat er mir eine geknallt, und dann hat er auch noch Muttis chinesische Vase zerschmettert. Die war echt teuer. Mutti war vielleicht sauer, und jetzt muss ihr eine neue besorgen. Von meinem eigenen Geld. Als wenn ich etwas dafürkönnte.«

Die Forderung der Mutter – deren gutes Recht, findet Diana – scheint Jenny mehr zu verdrießen als die Ohrfeige von ihrem Freund – für Gewalt gibt es hingegen nie ein gutes Recht, findet Diana, hat aber ausnahmsweise und nur ganz insgeheim einen bestimmten Grad an Verständnis für Drazals Ausraster. »Neigt Ihr Freund allgemein zu solchen Gewaltausbrüchen?«, fragt sie die junge Frau.

»Nur wenn er eifersüchtig ist. Aber Sie brauchen jetzt nicht zu glauben, dass der Joesi so ein Schläger ist wie sein Vater. Das ist er wirklich nicht. Er ist fromm wie ein Lamperl, also ein Lamm. Nur wenn er eifersüchtig ist, dann ist er kein Lamperl mehr, dann wird er zu einem anderen Tier.«

»Und zwar zu welchem?«

»Zu einem Tiger!«, ruft die Jenny theatralisch und sichtlich stolz.

»Und wo finden wir den Herrn … also, Joesi Drazal jetzt? Kommt er heute noch bei Ihnen vorbei?«

»Nein«, sagt die Jenny.

Das wäre ja auch zu schön gewesen, um wahr zu sein. Warten, verhaften und dann Feierabend. Und wenn möglich, alles binnen einer halben Stunde.

»Heut ist er bei seiner Oma. Jeden Freitag muss er nach dem Training bei der Alten zu Abend essen und dann mit ihr fernsehen. Sonst gibt's von ihr keine Kohle mehr. Die ist so was von nervig.«

Wenn das wahr ist, dann kann Diana Jenny in diesem Punkt nur recht geben. »Und falls er nicht bei der Oma ist, wo könnte er dann sein?«

»Im Club natürlich, draußen in der ›Neuen Heimat‹ bei den Boxern. Oder beim Tom. Allerdings weiß ich nicht, ob der schon wieder aus Amsterdam zurück ist. Und sonst eben bei irgendeinem anderen von seiner Clique.«

Die nächste halbe Stunde verbringt Jenny damit, alle Namen und Adressen von Drazals Freunden sowie passende Kommentare zu jedem einzelnen auf ein Blatt Papier zu notieren. Für See eine willkommene Gelegenheit, um auf den Flur hinauszugehen, fest die Tür hinter sich zu schließen und zu veranlassen, dass ein Streifenwagen im Boxclub vorbeifährt, um nach dem Gesuchten zu fahnden. Außerdem soll das Haus der Oma bis auf Widerruf rund um die Uhr bewacht werden.

»Eins noch«, als Jenny fertig ist, erhebt sich Diana und steckt die Liste in die Jackentasche, »wusste Joesi Drazal von Ihrem Versuch, Stösser Geld für eine Abtreibung abzuluchsen?« Mit der Antwort auf die Frage könnte sich das Blatt wenden. Warum sollte Drazal schließlich einen Goldesel erschlagen, bevor er die Taler geliefert hat?

»Aber nein, echt nicht!«, ruft die Jenny aus. »Glauben Sie wirklich, ich bin so blöd, meinen genialen Plan auszuplaudern? Der Joesi wäre doch glatt auf die Idee gekommen, einen Anteil zu kassieren. Und ich sehe gar nicht ein, warum ich teilen soll, echt nicht.« Sie schnauft unwillig. »Aber jetzt ist das ja eh egal, jetzt ist der Stefan tot, und ich kann die Kohle vergessen.«

Womit sie als Mörderin endgültig ausscheiden dürfte. Wie hätte sie einen siebzig Kilogramm schweren Mann auch von der Seitenstraße, in der das »Cleese« liegt, auf den Domplatz transportieren sollen? Der guten Ordnung halber fragt Diana dennoch: »Wo waren Sie am Donnerstag zwischen einundzwanzig Uhr dreißig und zweiundzwanzig Uhr dreißig?«

Jenny überlegt nicht lang. »Beim Benny. Der kann das mit Sicherheit bestätigen. Und seine Mama auch, die ist nämlich mit einer Freundin im Wohnzimmer gesessen und hat mit ihr den ganzen Abend lang getratscht.«

»Gut, das werden wir dann überprüfen. Wissen Sie denn auch, wo sich Joesi Drazal in der besagten Zeit aufgehalten hat?«

»Also, glauben Sie mir, das weiß ich echt nicht. Wenn ich beim Benny bin, ist es mir piepegal, wo der Joesi steckt, solange der mich nicht sieht.«

## 39

Dienstbeginn ist auch am Samstag wie immer um sieben Uhr. Zu dritt sitzen sie etwas übermüdet an Dianas Besprechungstisch. Sie selbst mit Laptop und die Kollegen See und Wöglinger. Vor ihnen liegen einige dicht beschriebene Blätter Papier. Der kleine Fritz hat das Aufnahmegerät mit den Befragungen der Amerikaner auf den Tisch gestellt. Noch hat sich die Hektik des Tages nicht breitgemacht. Sie trinken Kaffee aus großen, dickwandigen Tassen, die jeder von ihnen bei irgendeinem Anlass geschenkt bekommen hat. Auf Dianas Becher steht: »Die elegante Löwin« – ein typisches Geschenk von Hannes aus Wien –, der Becher vom schönen Carlos ist schlicht schwarz. Wöglinger hingegen ist sich nicht zu blöd, um aus einem Becher mit der Aufschrift »Fritzi – Fratzi« – »Der ist von meiner Omi, also mag ich ihn!« – zu trinken. Der Kaffee aus dem neuen Automaten ist gar nicht mal so schlecht, denkt Diana. Und außerdem stark. Sie besprechen den letzten Stand der Ermittlungen.

Die Exekutive wurde losgeschickt, um die Witwe Grundlsee ins Landeskriminalamt zu bringen. Die Beamten haben die Hoffnung, dass die Dame noch nicht nach Wien zurückgefahren ist. Die Kollegen haben mittlerweile das Handy des Toten abgehört und sind neben der SMS noch auf folgende interessante Nachricht auf der Mailbox gestoßen: »Habe dich in der ›Austria‹ mit einem blonden Flittchen gesehen. Du gemeiner, hinterhältiger Schuft! Das wirst du noch bereuen, das schwör ich dir!«

Ein Alibi hat die trauernde Witwe für die Tatzeit bekanntlich keines, der Tote hat sie, ihren eigenen Angaben nach, »Lini« genannt, also genau mit dem Namen angesprochen, der auf dem abgeschriebenen Gedicht – dem vermeintlichen Abschiedsbrief – vermerkt und dann – von der Mörderin? – durchgestrichen worden ist. Die Gute hat allerhand Erklärungen nachzureichen.

Dann der nächste Punkt: Weder der Journalist Wolf im grauen Staubmantel noch sein roter Kombi wurde auf dem Weg nach Krumau gesichtet. Und von der Diva aus Hollywood fehlt weiterhin jede Spur. Die Medienleute haben sich mit der Erklärung der Polizei-Pressestelle, man habe alles im Griff, nicht zufriedengegeben und verstopfen weiterhin die Parkplätze des LKA und nahe dem Hotel. Und zuletzt: Trotz intensiver Fahndung gibt es noch immer keine Spur von Johannes Joesi Drazal.

»Für mich ist der Bursche der Hauptverdächtige.« See schaut wichtiger drein, als es dieser Satz rechtfertigen würde. Nicht nur für ihn ist Drazal der Hauptverdächtige im Fall Stösser, allerdings ist er zurzeit auch der einzige Verdächtige, den sie haben. Die Befragung von Stössers Freunden durch die Exekutive soll heute fortgesetzt, die von Drazals Freunden heute begonnen werden.

Sie überfliegen das Protokoll der Wiener Kripo. Die Aussagen von Stössers Wiener Studienkollegen haben kaum nennenswerte Neuigkeiten gebracht. Stefan Stösser war nett. Stösser war arrogant. Stösser hatte kein Talent für den Journalismus. Stösser hatte gute Noten. Mit Stefan konnte man gut feiern, er war immer für einen Spaß zu haben. Und Zitate wusste der! Aus jedem Buch, das er je in der Hand gehabt hat, konnte er ganze Absätze auswendig zitieren. Letzteres sagten zumindest sämtliche Befragte.

»Wozu soll das eigentlich gut sein, dass man Absätze aus Büchern auswendig weiß? Bringt das einem irgendwas?«, will der kleine Fritz wissen, woraufhin seine beiden Kollegen mit den Schultern zucken.

Nur die Aussage eines gewissen Ferdinand »Ferry« Borkenberg – Stössers Cousin mütterlicherseits – lässt sie aufhorchen. »Stefan hatte immer wieder Probleme mit dem Onkel Georg, also mit seinem Vater. Ernsthafte Probleme. Die beiden haben andauernd gestritten. Der Stefan konnte machen, was er wollte, er war nie gut genug für den Herrn Papa. Ständig hat sich der Alte in sein Leben eingemischt. Einmal, es war an einem Ostersonntag, da bin ich Zeuge eines solchen Streits geworden. Stefan hatte in den Osterferien in der Firma seines Vaters arbeiten müssen, irgendein Hilfsjob. Mein Onkel hat Stefan immer wieder zu solchen Tätigkeiten gezwungen, obwohl sie das Geld, das er dabei verdient, sicher nicht nötig gehabt haben. Stefan hat sich bei diesem Job mit seinem Chef verkracht. Ich habe keine Ahnung, worum es in dem Streit ging, aber ich weiß, dass sich der Chef bei meinem Onkel beschwert hat. Und natürlich hat mein Onkel nicht zum Stefan gehalten. Obwohl die gesamte Verwandtschaft um den Esstisch versammelt war, hat mein Onkel den Stefan angeschrien und ihm gedroht: ›Sollte das noch einmal passieren, dass sich einer deiner Vorgesetzten so vehement über dich beschwert, dann bringe ich dich um, das schwör ich dir!‹« Diana hat aus dem Vernehmungsprotokoll laut vorgelesen.

»Ah, da schau her, also der feine Herr Doktor.« Der kleine Fritz strahlt triumphierend, als hätte er soeben persönlich den Mörder überführt.

»Ich schau nirgendwohin«, antwortet See trocken. »Das heißt noch gar nichts. Dieser Neffe da kann auch selbst Ärger mit seinem Onkel haben und ihm nur irgendetwas anhängen wollen.«

Diana nickt. »Das wäre möglich.«

»Oder er will sich einfach nur wichtigmachen und bauscht eine alltägliche Unstimmigkeit zwischen Vater und Sohn im wahrsten Sinne des Wortes zu einer Mordsgeschichte auf.«

»Auch das wäre möglich«, gibt Diana zu.

Der kleine Fritz sagt lieber nichts mehr.

»Und noch etwas«, fügt See grinsend hinzu. »Wie oft habe ich schon zu dir gesagt, dass ich dich umbringe, Fritz? Na? Und, hab ich's getan? Eben, kein einziges Mal. Das sagt man halt einfach so, wenn man sich ärgert. Für manche Leute gehört das quasi zum Sprachgebrauch.«

»Du hast ja recht, Carlos«, murmelt der Fritz kleinlaut.

»Kann sein, muss es aber nicht.« Diana schlichtet die Vernehmungsprotokolle zu einem ordentlichen Rechteck. »Und deshalb werden wir uns den Dr. Stösser in jedem Fall näher ansehen.«

»Also bitte«, natürlich kann See ihre Schlussfolgerung nicht unwidersprochen lassen, »Sie glauben doch nicht wirklich, dass ein Herr Generaldirektor so blöd ist, jemanden auf offener Straße zu erschlagen? Noch dazu seinen eigenen Sohn.«

»Ich glaube gar nichts. Wir werden das untersuchen.«

»Und dann hat er sein sterbendes Kind zum Domplatz getragen, um es unter den toten Körper eines anderen Ermordeten zu legen, oder wie? Sind Sie noch ganz bei Trost?«

Natürlich kann auch Diana sich nicht vorstellen, dass es so abgelaufen ist. Andererseits ist es ein Strohhalm, an den sie sich noch ein bisschen klammern möchte. Und je stärker See sie dazu auffordert, ihn loszulassen, desto stärker wird ihr Bedürfnis. »Wir werden das untersuchen«, wiederholt sie stur.

»Nun gut. Und nachdem er den toten Sohn unter den ebenso toten Dichter geschoben hat, ist der Herr Generaldirektor noch einmal zurück zum Tatort, um mit Kübel und Fetzen, die er immer bei sich trägt, seelenruhig die Blutflecke seines Sohnes aufzuwischen?« Sees Tonfall ist nicht mehr ironisch, aus ihm spricht nur noch blanker Hohn.

»Warum denn nicht?«, fragt Diana, und zwar nur deshalb, weil sie ihm nicht recht geben will. »Außerdem kann ein Helfershelfer das Blut entfernt haben.«

»Wie wär's denn gleich mit der Frau Generaldirektor? Vielleicht hat sie ja ihr Nerzmanterl zum Aufwischen verwendet? Entschuldigung, Frau Pölz, aber nicht einmal ihr in Wien könnt so einen Schwachsinn ernsthaft in Erwägung ziehen.«

Natürlich weiß Diana, dass See recht hat, aber sie ist schon viel zu lange harmoniebedürftig und gutmütig gewesen, jetzt reicht es ihr. »Sie werden Dr. Stösser heute Nachmittag aufsuchen und die Dinge klären.« Ihr Tonfall duldet keinen Widerspruch. Schade, dass Karl-Heinz See das entgeht.

»Aber ganz sicher nicht. Ich habe heute Nachmittag frei und werd mit meinem Buben Drachen steigen lassen.«

Zu blöd, das hatte sie vergessen. Also muss der kleine Fritz die unangenehme Aufgabe übernehmen. Er hätte zwar auch frei, kann aber keinen Sohn als Entschuldigung vorbringen.

In Wirklichkeit hält Diana selbst nicht viel von ihrer Idee. Der Generaldirektor hätte viel unverfänglichere Möglichkeiten gehabt, seinen Sohn zu beseitigen, sollte er das tatsächlich im Sinn gehabt haben. Sie wendet sich ihrem Laptop zu, überprüft den Posteingang. Noch keine Antwort vom GDB. Dafür ein anderes brandaktuelles E-Mail. Wieder ist das Thema Dr. Georg Stösser. Diesmal als Absender. Er droht mit der Intervention beim Innenministerium, wenn sie nicht endlich handfeste Ergebnisse vorweisen können.

»Nehmen wir so etwas ernst?« Diana kennt den Hausbrauch des LKA Oberösterreich bei solchen Drohungen noch nicht.

»Sehr«, sagt See, »und dann schmeißen wir das E-Mail weg. Allerdings«, das muss er einfach noch hinzufügen, »hatten wir bisher noch keinen Mörder, der selbst beim Innenministerium interveniert, damit er möglichst schnell verhaftet wird.«

»›Ab heute Mittag bis einschließlich Montagabend bin ich verreist‹«, liest Diana weiter und bemüht sich, über Sees letzten Satz nicht zu lachen. »›Wenn ich zurück bin, wünsche ich einen ausführlichen Bericht auf meinem Schreibtisch.‹«

Jetzt ist auch See die Ironie vergangen. »Der hat gar nichts zu wünschen, der Großkopferte! Wer glaubt er denn, wer er ist? Fritz, den knöpfst du dir am besten sofort vor.«

Wöglinger macht große Augen und greift sich mit der Hand an die Brust. »Aber warum denn ich? Jetzt ist doch noch Vormittag, da kannst genauso gut du gehen, wie Frau Pölz zuerst gesagt hat.«

»Ich hab hier Wichtigeres zu tun«, fährt ihm sein Kollege scharf dazwischen, »also red nicht lang herum und verschwinde. Sonst fährt dir der feine Herr Stösser am Ende noch vor der Nase davon. Und vergiss nicht, ihm ordentlich auf den Zahn zu fühlen, damit du einen recht langen Bericht schreiben kannst.«

Unwillig steht Wöglinger auf, schnappt sich seine Jacke und wendet sich zum Gehen. »Ich bekomme immer die unangenehmsten Aufgaben.«

»Und vergiss das Vernehmungsprotokoll von dem Neffen nicht. Mit dem willst du ihn schließlich konfrontieren. Also dann, ab durch die Mitte, aber subito!« Die letzten beiden Worte ruft See ihm bereits hinterher. Nicht weil sie notwendig gewesen wären, sondern um Diana zu provozieren.

Wöglinger streckt, ohne sich umzudrehen, den rechten Mittelfinger in die Höhe, und Diana hätte es ihm nicht ungern gleichgetan. Doch natürlich tut sie es nicht. Erstens ist sie eine Dame. Zweitens zu gut erzogen. Und drittens zu feig.

»Und während sich der kleine Fritz beim alten Stösser lächerlich macht, wollen Sie sich gleich selbst auf die Spuren des roten Kombis vom mutmaßlichen Entführer begeben?«, will

See wissen, als sie allein sind. Sein Tonfall hat nichts vom Spott verloren.

Nein, das will sie nicht. Zumindest nicht, solange es nicht sicher ist, dass sie keinem Phantom nachjagen.

»Wir werden uns zuerst Wöglingers Befragungen aus dem Hotel anhören«, bestimmt sie stattdessen. »Vielleicht ist ja irgendetwas dabei, was wir verwerten können.«

See hat nicht die geringste Lust dazu. »Wozu soll das gut sein? Dem Fritz ist nichts Besonderes aufgefallen.«

»Eben darum sollten wir uns ja alles anhören. Vielleicht hat unser Kollege ja etwas überhört.« Sie rückt das Abspielgerät zurecht und drückt auf »Play«.

Zuerst spricht Fritz Wöglinger mit dem Chinesen Li Peng. Ein mühsames Unterfangen, da man so schnell keinen beeideten Deutsch-Chinesisch-Dolmetscher hatte auftreiben können. Der Übersetzer, den Wöglinger schlussendlich ins Hotel mitgenommen hat, ist zwar ein Fachmann für Englisch, aber nicht für die Art von Englisch, wie der Chinese es spricht. Bei jedem Satz fragt er drei Mal nach, bis er sich eine Übersetzung zutraut. Auch Diana und See müssen sich konzentrieren, wenn sie aus dem Singsang irgendwie schlau werden wollen. Zuerst die Personalien. Li Peng wurde ursprünglich 1975 in der chinesischen Provinz Shenzhen geboren, wo er seine Ausbildung absolviert hat, und wanderte im Alter von achtundzwanzig Jahren in die USA aus, um in Los Angeles sein Wissen weiterzugeben. Seit sechs Jahren steht er im Dienst von Caro LaBelle.

Diana stoppt das Band. »Der Chinese ist schon achtunddreißig? Ich habe ihn viel jünger eingeschätzt.« Sie ist ehrlich erstaunt.

»Bei diesen Schlitzaugen weiß man nie so genau«, sagt See, politisch unkorrekt, wie er ist. »Als ich noch bei der ›Geldwäsche‹ war, haben wir einmal die Mannschaft eines Chinalokals hochgehen lassen. Es gab einen alten und einen jungen Kopf der Bande. Natürlich hatte der alte in Wirklichkeit das Sagen, wie das eben so ist bei den Asiaten. Der Sohn war allerdings auch schon siebzig, sah aber aus wie höchstens fünfzig. Sein Vater trug einen dünnen weißen Zopf und hatte nur noch einen Zahn. Er sah aus wie achtzig.«

»Und wie alt war er wirklich?«
»Keine Ahnung. Wahrscheinlich hundertzwölf.«
Sie lachen beide und wenden sich wieder dem Tonband zu.
»Sie sind also Arzt der traditionellen chinesischen Medizin?«, hören sie Wöglinger fragen und den Übersetzer übersetzen.
»Warum fragt er denn das? Das wissen wir doch ohnehin schon«, regt sich See auf.
»Nein«, antwortet der Chinese zu ihrer Überraschung. »Ich unterrichte und sorge für Wohlbefinden. Das ist natürlich auch gut für Leib und Seele, aber ein richtiger Arzt bin ich nicht.«
»Und was unterrichten Sie?«
»Qigong und Shuai Jiao.«
»Wie buchstabiert man das?«, fragt der kleine Fritz.
Der Chinese sagt es ihm.
»Und was versteht man darunter?«
Diana sieht See fragend an und notiert den fremdländischen Namen auf einem Blatt Papier. Ihr Kollege schlürft seinen Kaffee und zuckt dabei mit den Achseln.
»Qigong, das ist so was wie Schattenboxen, nicht wahr? Aber was ist Shuai Jiao?«, fragt der kleine Fritz. Auf ihn ist eben doch Verlass. Der Übersetzer waltet seines Amtes, dann herrscht Stille. Der Chinese scheint zu überlegen.
»Shuai Jiao ist eine alte chinesische Tradition, die seit der Kaiserzeit in meiner Heimat praktiziert wird«, antwortet er endlich. »Ich habe das am Donnerstagabend bei einem Vortrag auch hier, in Ihrer Heimatstadt, demonstrieren dürfen. Man lernt die vollendete Konzentration ohne Ton oder Worte. Die große Kunst ist es –«
»Ja, ist schon recht«, unterbricht ihn der Fritz ungeduldig, »so genau müssen wir das gar nicht wissen. Trainieren Sie eigentlich alle Angestellten von Frau LaBelle?«
»Ja, die auch.«
»Aha, und wen noch?« See kratzt sich am Kopf. »Machen die vielleicht mit einem anderen Promi-Haushalt Trainer-Sharing? Zwei Promis teilen sich einen Trainer?«
Doch Fritz Wöglinger stellt die Frage nicht. Stattdessen erkundigt er sich nach Frau LaBelles Verbleib. Li Peng antwortet das

Gleiche, was er auch schon bei seiner ersten Befragung ausgesagt hat. Er hat seine Chefin am Donnerstagvormittag das letzte Mal gesehen, und nein, er hat keine Ahnung, wo sie sich aufhalten könnte. Am Abend hat er seinen Vortrag gehalten. Normalerweise sieht er seine Arbeitgeberin zwei Mal am Tag, ein Mal am Vor- und ein Mal am Nachmittag, sonst hat er mit ihr keinen Kontakt. Und nein, er weiß nichts über Feinde.

Der Leibwächter ist als Nächster dran. In perfektem Deutsch bleibt er bei seiner ursprünglichen Aussage. »Wir haben zusammen in Caros Zimmer zu Abend gegessen. Ihr ging es schlecht. Sie hatte Migräne, und ich habe ihr lange den Nacken und die Kopfhaut massiert. Das hat ihr in der Vergangenheit schon oft geholfen.«

»Gehört das denn auch zu Ihren Aufgaben?« Für den kleinen Fritz ist ein Leibwächter wahrscheinlich eher eine souveräne Gestalt wie Kevin Costner in »The Bodyguard« und kein Kopfhautmasseur.

»Ich mache, was mir … was Caro LaBelle von mir verlangt. Wenn Sie mir diese Bemerkung gestatten: ›Wer zahlt, schafft an.‹ Heißt das so auf Deutsch? Aber Sie wissen, was ich meine, nicht wahr?« Die Stimme des großen dunkelhäutigen Mannes klingt leidenschaftslos. »Ich bin jetzt seit vielen Jahren Leibwächter, glauben Sie mir, ich habe gelernt, dass es klug ist, die Wünsche meiner Herrschaft besser nie zu hinterfragen.«

Ein Kollege steckt den Kopf zur Tür herein. Diana drückt auf »Pause« und lässt den Finger auf dem Knopf.

»Entschuldigung, aber da ist eine aufgeregte Frau draußen. Sie sagt, sie hätte eine wichtige Aussage zu machen, die den Fall Stösser betrifft.«

Diana schaut See an, der schaut Diana an. »Herein mit ihr«, sagen beide fast zeitgleich.

Diana nimmt den Finger vom Pausenknopf. Sie hatte ihn nicht durchgedrückt. Statt der erwarteten Stille spricht die Stimme des Leibwächters weiter. »Natürlich ist es für mich keine angenehme Situation, hier zur Untätigkeit verdammt zu sein. Ich darf mir gar nicht vorstellen, welche Möglichkeiten es gibt, was in diesem Augenblick mit … mit … Caro alles passiert …«

Und dann geschieht etwas völlig Unerwartetes. »Das ist er! Das ist der Mörder!«, ruft eine kleine, etwas dickliche Frau von der Tür her und deutet pfeilgerade mit dem Zeigefinger der ausgestreckten rechten Hand auf Karl-Heinz See.

# 40

Caro LaBelle ist nicht dort, wo sie gern wäre. Dort, wo sie tatsächlich ist, gefällt es ihr nicht. Sie ist verwirrt, nachdenklich, sogar erbost und in gewisser Weise auch unglücklich. Doch sosehr sie im Künstlerischen oft Zweifel plagen, im wirklichen Leben abseits der Bühne, da weiß sie genau, was sie will und was sie kann. Da ist sie zäh und willensstark und trotz allem, was sie in den letzten Tagen erlebt und durchgestanden hat, zuversichtlich. Etwas anderes ist sie jedoch ganz bestimmt nicht: nämlich hungrig. Von einer Low-Carb-Diät hat man in ihrer neuen Unterkunft mit Sicherheit noch nie etwas gehört. Die Mahlzeiten sind derzeit einer der wenigen Lichtblicke in ihrem Leben.

»Wollen Sie noch ein Butterkipferl?«, fragt die groß gewachsene Frau, die Caro LaBelle so gut wie nie aus den Augen lässt. Außer natürlich, wenn sie in der Küche hantiert, um das Essen zuzubereiten. Aber auch dann schielt sie durch den Türspalt immer zu ihr hinüber. Wirklich seltsam, die Person, denkt die Frau, die Caro LaBelle gegenübersitzt und sie abschätzig mustert. Ich bin es nicht gewohnt, ständig jemanden um mich zu haben. Und schon gar nicht eine Person mit derart ausgeprägten Allüren, die glaubt, dass sie mich wie einen Dienstboten herumscheuchen kann. Es wird höchste Zeit, dass sie die Frau wieder loswird. Heute Nachmittag soll es so weit sein. Hoffentlich …

# 41

Die kleine, mollige Frau steht noch immer in der Tür zu Dianas Büro und ist völlig außer sich. »Das ist er!«, ruft sie noch einmal. »Ich bin mir ganz sicher. Das heißt also, Sie haben ihn schon?«

Instinktiv rückt See etwas zur Seite, um nicht länger dem drohenden Zeigefinger der Dame ausgesetzt zu sein. Gesten wie diese machen ein schlechtes Feng-Shui, hat in einem Vortrag einmal eine von diesen Esoterikerinnen behauptet. Bisher hat er ihr nicht geglaubt, aber wie die Irre jetzt so dasteht und mit dem Finger auf ihn zeigt … Was hat der Kollege gesagt? Die Frau weiß etwas zum Tod vom Stösser? Aber warum um Himmels willen zeigt sie dann auf ihn? Und er ist nicht der Einzige, der sich diese Frage stellt.

Auch Diana wundert sich über die anklagende Geste. Die dickliche Frau hat noch immer ihren Finger ausgestreckt, jetzt deutet sie allerdings etwas an Karl-Heinz See vorbei. Hinter ihr ist inzwischen eine weitere Frau aufgetaucht. Sie ist so schlank wie die andere dick und etwas jünger. Verloren steht sie im Türrahmen, weiß offensichtlich nicht recht, was sie hier eigentlich soll.

»Wer von Ihnen beiden hat eine Aussage zu machen?« Diana will Klarheit schaffen.

»Ich!« Der Zeigefinger der dicken Dame weist nicht länger auf Karl-Heinz See, sondern schnellt in die Höhe. »Die Gerti ist meine Freundin. Die ist nur mitgekommen –«

»Als Begleitschutz sozusagen«, sagt die Gerti und wird darum gebeten, draußen zu warten.

»Nehmen Sie doch Platz.« Diana schaltet nun endgültig das Abspielgerät aus. »Sie möchten uns also etwas zum Tod von Stefan Stösser erzählen?«

Hoffentlich hat sie etwas mehr zu bieten, als See als Mörder zu präsentieren, denkt sie insgeheim. Was immer man vom schönen Carlos – sie käme nie auf die Idee, ihn so zu nennen, nie! – auch halten mag – und das ist bekanntermaßen nicht viel –, dass es sich bei ihm um den gesuchten Mörder handelt, das ist doch eher unwahrscheinlich.

»Ihr Name?«

Die kleine Dicke setzt sich auf die vorderste Kante des dargebotenen Stuhls, die Handtasche auf dem Schoß, beide Hände umklammern den Griff. »Mein Name ist Elke. Elke Berger-Bürger. Ich arbeite beim ›Tagesblatt‹, genauer gesagt in der Portierloge. Seit siebzehn Jahren. Ich bin dort eine der Ältesten. Also, ich meine, ich bin eine von denen, die am längsten dort angestellt sind.«

»Sehr gut. Und nun, Frau Berger … äh?«

»Bürger.«

»Richtig. Also, Frau Berger-Bürger, was haben Sie uns zu sagen?«

»Am Tag, an dem der Stefan Stösser, äh … ums Leben gekommen ist, er war Praktikant bei uns, aber das wissen Sie wahrscheinlich schon, also, da hatte ich am Vormittag einen seltsamen Anruf. Ein Mann hat sich nach dem Stefan erkundigt.« Sie schweigt, presst ihre Lippen aufeinander und ringt mit den Händen. Und um Worte.

»Und?« See denkt an seinen wartenden Sohn mit dem Drachen.

»Na ja, ich habe ihm gegenüber wahrscheinlich etwas viel ausgeplaudert, aber woher hätte ich das denn wissen sollen? Ich meine, der Mann war so freundlich und überaus höflich. Genauso wie eben auf dem Band. Ich habe mir nichts dabei gedacht und ihm erzählt, dass der Stefan einen schwarz-weißen Mini fährt, also, dass er einen gefahren ist und er sich abends gern im ›Cleese‹ mit Freunden getroffen hat.«

»Was soll das heißen, so höflich wie auf dem Band?«

Frau Berger-Bürger starrt die Beamten an. »Na, als ich grad hereinkam, da haben Sie doch ein Tonband abgehört, und da habe ich doch schon gesagt, dass das der Mann ist, also der … der sich eben an dem unseligen Tag nach dem Stefan erkundigt hat.«

Diana schaltet das Gerät wieder ein.

»Eigenmächtigkeit ist in meinem Job nicht gewünscht. Und

Caro LaBelle ist da sicher keine Ausnahme, *officer*«, sagt der Leibwächter Bert gerade zum kleinen Fritz.

»Das ist der Mann, der sich nach Stefan Stösser erkundigt hat?«, fragt Diana.

Frau Berger-Bürger nickt eifrig. »Ja, genau, das ist er.«

Das Tonband läuft weiter. Auf Wöglingers Bitte hin schildert der Leibwächter den bisherigen Aufenthalt der Diva in Linz. Wo war Caro LaBelle an jedem einzelnen Tag zu jeder einzelnen Stunde, wen hat sie dabei getroffen, ist irgendetwas Auffälliges vorgefallen?

»Ich habe keinen Zweifel daran, das ist der Mann. Aber wer ist das denn eigentlich, und warum redet der immer von Caro LaBelle? Kennt der die etwa?«

See ist aufgestanden und blickt jetzt auf die vor ihm sitzende Zeugin hinunter. »Er ist ihr Leibwächter, Frau Berger-Bürger. Und darum frage ich Sie jetzt: Warum soll der Leibwächter eines Hollywood-Stars sich nach Ihrem Praktikanten Stösser erkundigen? Das ergibt doch keinen Sinn.«

»Sind Sie sicher, dass Sie sich da nicht doch irren? Manche Stimmen ähneln sich schließlich«, mutmaßt nun auch Diana.

»Aber so eine Stimme verwechselt man doch nicht. Hören Sie nicht, wie seltsam der Mann spricht? So vornehm und irgendwie altmodisch. So redet doch sonst niemand mehr. Außerdem habe ich den Bass noch genau im Ohr. Nein, nein, das ist er. Ich bin mir ganz sicher.«

»Und was sollte der vom Stösser gewollt haben?«, fragt Carlos noch einmal, diesmal etwas unwirscher.

Frau Berger-Bürger ist zu sehr in Fahrt, um sich vom schroffen Ton abschrecken zu lassen. »Was weiß denn ich? Vielleicht etwas wegen der Kritik?«

Diana wird hellhörig. »Was für eine Kritik?«

Frau Berger-Bürger ringt wieder mit Händen und um Worte. »Es ist mir ein bissl unangenehm, weil ich ja auch vom ›Tagesblatt‹ bin und die Frau LaBelle sehr mag, also sozusagen ein Fan von ihr bin. Natürlich war ich selbst nicht im Konzert, weil es ja aussichtslos war, Karten zu bekommen, und außerdem waren die unverschämt teuer, aber die Gerti«, sie dreht sich um und zeigt auf die Tür hinter sich, »die Gerti war mit dem Kurt dort, mit ihrem Mann, und sie sagt, die Caro LaBelle ist ganz toll gewesen.«

Langsam dämmert es Diana. »Es war also der Stefan Stösser, der den Verriss in der Zeitung geschrieben hat?«

Wieder nickt Frau Berger-Bürger eifrig. »Das war er. Ich sage Ihnen, der Herr Redakteur Grobian war außer sich, als er die Kritik gelesen hat. Die Gerti sagt, der hat den Stefan bei ihr im Kaffeehaus so laut angebrüllt, dass der Oberkellner einschreiten musste. Die anderen Leute haben sich schon beschwert, weil sie ihren Kaffee doch in Ruhe trinken wollten.«

Mit einem Satz ist Karl-Heinz See bei der Tür. »Na, dann wollen wir die Gerti doch einmal zu uns bitten.«

Was die Kellnerin aus Grobians Stammkaffeehaus zu berichten hat, ist tatsächlich äußerst interessant. Sie kennt den Herrn Redakteur seit Jahren, mindestens drei Mal die Woche schaut er bei ihr vorbei. An und für sich ein netter Mann. Manchmal etwas launenhaft, da »haut es ihm alle Sicherungen heraus, und er wird laut und ungehobelt«, doch meistens ist er höflich. »Letzten Mittwoch ist er richtig cholerisch geworden, fast zum Fürchten«, sagt die Frau Gerti. Dass es Mittwoch war, weiß sie deshalb so genau, weil der Oberkellner Geburtstag hatte und früher gehen wollte. Aber dann hat sie ihn gebeten, noch zu bleiben, weil der Herr Grobian laut geworden ist und sie sich mit den Kolleginnen nicht zugetraut hat, für Ordnung zu sorgen. Zuerst war ja alles normal gewesen, so wie immer. Ein bissl nervös ist er gewesen, der Herr Redakteur, hat alle Zeitungen nur so durchgeblättert – »durchgefetzt«, sagt die Frau Gerti –, also gar nicht richtig gelesen. Später ist dann ein junger Mann gekommen und hat sich zu ihm gesetzt, und dann ist die Schreierei losgegangen. Das muss so gegen acht Uhr gewesen sein.

»Den Burschen habe ich vorher noch nie im Kaffeehaus gesehen. Aber als er ein Cola bestellt hat, habe ich mitgehört, dass ihn der Herr Grobian mit ›Stösser‹ angeredet hat. Das habe ich mir natürlich gemerkt. Der Kurt, also mein Mann, der arbeitet nämlich beim Chemiewerk LCW. Der Dr. Stösser ist sein oberster Chef.«

Nein, sie hat leider nicht gehört, worüber die beiden genau gesprochen haben. Nur ein paar Wortfetzen, in denen von Frechheit und Kritik die Rede war und von Demontage. »Irgendwann ist der Herr Grobian dann aufgesprungen und hat dem jungen Mann irgendetwas angedroht. Dann hat auch der zu schreien begonnen, und der Herr Schubert, also unser Ober, ist zum letzten Mal eingeschritten und hat die beiden gebeten zu gehen, was sie dann auch getan haben.«

»Da hat uns der gute Herr Redakteur also eiskalt ins Gesicht gelogen«, fasst See zusammen, als die beiden Zeuginnen wieder das Weite gesucht und gefunden haben.

»Nicht nur er, auch der Leibwächter von Frau LaBelle. Ich habe die Kritik im ›Tagesblatt‹ gelesen, die war tatsächlich vernichtend und völlig ungerechtfertigt. Kann der Artikel irgendetwas mit dem Verschwinden der Diva zu tun haben?«

See zuckt mit den Schultern. »Ich habe nicht die geringste Ahnung. Aber wir werden alles daransetzen, das herauszufinden. Wenn der Fritz zurückkommt –«

Ein Uniformierter steckt den Kopf zur Tür herein. »Die Frau Wernher wäre jetzt da, wo sollen wir die hinbringen?«

Ach ja, richtig, die Witwe vom Dichter Grundlsee. An die hat Diana gar nicht mehr gedacht. Langsam haben sie etwas zu viele Verdächtige. »Bringen Sie die Dame doch bitte ins Vernehmungszimmer.«

Der Uniformierte nickt, dreht sich um und stößt mit dem kleinen Fritz zusammen, der verschwitzt und mit hochrotem Kopf um die Ecke biegt.

»Ich sage euch«, beginnt er, als er mit seinen beiden Kollegen allein und die Tür wieder geschlossen ist, »das war wirklich das Schlimmste, was ich je erlebt habe. Der Dr. Stösser hat mich so zur Sau gemacht, das könnt ihr euch nicht vorstellen.« Er bekommt kaum Luft, als die schlimmen Erlebnisse aus ihm förmlich hervorsprudeln. »Als der gehört hat, dass wir ihn verdächtigen, seinen Sohn umgebracht zu haben, hat er mich zuerst niedergebrüllt und sich dann umgedreht und ohne Vorwarnung das Innenministerium angerufen. Stellt euch vor, der ist sofort zur Ministerin durchgestellt worden. Frau Dr. Stösser ist die ganze Zeit neben mir gesessen und hat schweigend vor sich hin gestarrt. Weiß wie die Wand war die. Also, wenn ihr mich fragt, ich kann es nicht glauben, dass der alte Stösser seinen Sohn umgebracht haben soll.«

»Das glaubt eh kein denkender Mensch«, lautet Sees nüchterner Kommentar, »für den erlebnisreichen Ausflug kannst du dich einzig und allein bei deiner neuen Chefin bedanken.«

Diana, die Kollege Wöglinger nur mit halbem Ohr zugehört hat, während sie über die Reihenfolge der anstehenden Vernehmungen nachgedacht hat, schnappt nach Luft. Dreht der See jetzt vollkommen durch? Sie hat weder Zeit noch Lust für Verständnis und Diplomatie, also knallt sie ihre Handflächen flach auf den Schreibtisch. »Schluss jetzt!«

Beide Männer verstummen.

»Dr. Stösser hat nie zum Kreis der engeren Verdächtigen gezählt, Herr Wöglinger, aber einem ernst zu nehmenden Hinweis wie in diesem Fall dem des Neffen ist immer nachzugehen. Und bevor Sie Ihren Bericht schreiben, suchen Sie Hubert Grobian auf. Konfrontieren Sie ihn mit folgendem Widerspruch.« Sie zeigt dem verdatterten jungen Kollegen das Protokoll von Grobians Aussage. Demnach soll er den Praktikanten in seinem Beisein in der Redaktion entlassen und ab Mittwochmittag nicht mehr gesehen haben. Anschließend fasst sie in kurzen Worten den Bericht von Frau Gerti zusammen. »Und Sie, Herr See, nehmen sich noch einmal den Leibwächter vor. Wir müssen herausfinden, was es mit dem Anruf auf sich hat.«

Natürlich kann der schöne Carlos diese Anweisung nicht unwidersprochen hinnehmen und beginnt, Einwände vorzubringen.

Diana unterbricht ihn schon nach den ersten Worten. »Wenn Sie sich sofort auf den Weg machen, dann schaffen Sie es locker vor dem Treffen mit Ihrem Sohn. Sie brauchen nicht mehr hereinzukommen, es reicht, wenn Sie mich anschließend telefonisch verständigen. Ich werde mir jetzt anhören, was Frau Grundlsee zu der Erkenntnis zu sagen hat, dass der Tod ihres Mannes doch kein Selbstmord war.«

Wieder klopft es an der Tür, und der nächste Uniformierte steckt seinen Kopf herein. »Einen Johannes Drazal hätten wir jetzt auch da.«

## 42

Wie nicht anders zu erwarten war, ist Frau Wernher außer sich. »Wie können Sie es wagen, einen Mann in Uniform in mein Hotel zu schicken, in das beste Hotel der Stadt, um mich dort abzuholen? Haben Sie denn nicht bedacht, was das für ein Aufsehen erregt? Haben Sie eine Vorstellung, wie unangenehm das für mich ist? Habe ich nicht schon genug erlitten? Warum lassen Sie mich nicht einfach in Ruhe?«

Sie ist noch immer ganz in Schwarz gekleidet, nur das Hütchen mit dem Schleier fehlt diesmal, und der Schal um ihre Schultern ist dieses Mal nicht lila, sondern blutrot, wieder perfekt abgestimmt mit ihrem Lippenstift. Ohne Frage, die Frau hat Stil. Zumindest, was ihre äußere Erscheinung betrifft.

»Bitte, nehmen Sie Platz, Frau Wernher. Glauben Sie mir, ich würde Sie wirklich gern in Ruhe lassen, doch der neueste Ermittlungsstand lässt das leider nicht zu. Inzwischen hegen wir ernsthafte Zweifel daran, dass Ihr Gatte tatsächlich Selbstmord begangen hat.«

»Heißt das, Bernie ist gar nicht tot? Um Himmels willen, aber wer liegt dann in dem Sarg, der morgen nach Wien gebracht werden soll?«

Au weh, das Gespräch läuft in die völlig falsche Richtung. Diana beeilt sich, das sofort zu berichtigen, und erklärt die Situation.

»Mord?«, ruft die Witwe aus, und es hat nicht den Anschein, als sei sie enttäuscht darüber, dass die kurze Hoffnung, ihr Ehemann sei noch am Leben, sofort wieder erstickt worden ist. Eher klingt ehrliche Überraschung in ihrer Stimme mit. »Aber wer soll denn den Mord begangen haben? Haben Sie da schon eine Idee? Mein Mann hatte keine Feinde.«

»Mindestens einen muss er gehabt haben, so wie es aussieht. Ich muss Sie das leider heute noch einmal fragen: Wo waren Sie am Donnerstagabend zwischen einundzwanzig Uhr dreißig und zweiundzwanzig Uhr dreißig?«

»Ich? Aber was hat denn das mit mir zu tun? Ich habe doch meinen Mann nicht ermordet. Außerdem war ich an dem Abend bei Freunden, das habe ich doch bereits ausgesagt.«

Diana blättert im Vernehmungsprotokoll. »Nein, Sie haben gesagt, dass sie um einundzwanzig Uhr dreißig schon wieder zurück im Hotel waren. Also, was von den beiden Aussagen ist jetzt die Wahrheit?«

Die Witwe fährt auf. »Ja, was weiß denn ich? Glauben Sie, ich habe nichts Besseres zu tun, als ständig auf die Uhr zu schauen? Es ist doch egal, wo ich war –«

»Das ist es nicht«, unterbricht sie Diana streng. »Ihr Mann ist tot, Sie haben ein Motiv und, nach dem bisherigen Stand der Ermittlungen, kein Alibi. Es schaut nicht gut aus für Sie.«

Kurz ist die Witwe zum Schweigen gebracht. Als sie wieder spricht, ist ihre Stimme um einiges leiser als zuvor. »Sie glauben doch nicht allen Ernstes, dass ich meinen Mann umgebracht habe, oder? Ich war mit ihm verheiratet.«

»Die meisten Verbrechen geschehen im Familienkreis«, lautet die nüchterne Antwort. »Zudem haben Sie die Tat so gut wie angekündigt. Sie haben ihm geschrieben und zudem noch eine Nachricht auf der Mailbox hinterlassen, dass Sie ihn umbringen werden.« Diana nimmt das Handy und zeigt Frau Wernher ihre eigene Nachricht.

»Aber das habe ich doch nicht so gemeint!« Die Stimme ist wieder um Nuancen lauter. »Mein Mann hat mich betrogen. Nicht das erste Mal. Und ich bin ihm, wieder einmal, auf die Schliche gekommen. Ich war wütend und gekränkt, das ist richtig, aber deshalb bringe ich ihn doch nicht um. Hat Sie Ihr Ehemann denn noch nie betrogen?«

Sofort taucht Norbert vor Dianas geistigem Auge auf. An die Rückwand des Hangars gelehnt, wild küssend mit einer vollbusigen, um vieles jüngeren Blondine. Sie verzieht das Gesicht und versucht die Erinnerung zu verscheuchen.

»Sehen Sie«, sagt die Witwe zufrieden. »Und? Haben Sie deshalb Ihren Mann umgebracht?«

Diana reißt sich zusammen. »Schauen Sie, Frau Wernher, wir haben einen Toten, dessen Frau ihn nachweislich bedroht hat.«

Sie fuchtelt mit dem Handy hin und her. »Er nannte die Frau, wie sie selbst zugegeben hat, ›Lini‹. Zur Tatzeit war sie in der Stadt, hat aber kein Alibi. Erst will sie bei Freunden gewesen sein, dann wieder im Hotel. Eifersucht ist ein sehr häufiges Mordmotiv. Was würden Sie an unserer Stelle über diese Frau denken?«

Die Witwe seufzt und beschließt, kooperativ zu sein. »Nun gut«, sie seufzt noch einmal, »bevor Sie die Idee noch weiterspinnen … Aber das muss unbedingt unter uns bleiben, sonst gibt es noch einen Skandal.«

Diana blickt sie erwartungsvoll an und harrt der Dinge, die da kommen. Nämlich ein handfestes Alibi. Die trauernde Witwe Grundlsee hat seit Längerem ein Verhältnis mit einem leitenden Arzt eines Wiener Großspitals, auch bekannt aus Funk und Fernsehen. Besondere Fähigkeiten: macht aus Körbchengröße B im Nullkommanichts Doppel-D.

»Derzeit findet im Linzer Design Center ein Chirurgenkongress statt, zu dem ich ihn begleitet habe. Das tue ich oft, aber wir müssen vorsichtig sein, weil wir ja beide verheiratet sind. Also, ich ja jetzt nicht mehr …« Sie schüttelt gedankenverloren den Kopf, überlegt und blickt Diana schließlich freimütig ins Gesicht. »Mein Mann war nicht mehr der Jüngste. Er konnte mir längst schon nicht mehr geben, was ich brauche, wenn Sie verstehen, was ich meine.«

Diana erkundigt sich nach dem Namen des Geliebten und seiner Adresse. Natürlich ist er auch ihr ein Begriff. Immer wieder sieht man den Herrn Primar in der Gesellschaftssendung »Seitenblicke«. Oft in Begleitung der von ihm höchstpersönlich mehrfach geliffteten Gattin. Mit schrägen Schlitzaugen und wurstartigen Lippen. Ein Glück für Frau Wernher, dass sie sich offensichtlich noch nicht unter das Messer des Geliebten gelegt hat.

»Glauben Sie mir, ich hatte nie vor, meinen Mann hier in Linz zu besuchen. Mehr noch, ich hatte überhaupt nicht vor, Linz jemals zu besuchen, aber ich habe schließlich keinen Einfluss darauf, wo Ärztekongresse stattfinden.«

Ihre Aussage erscheint Diana glaubwürdig, und die Befragung des Arztes dürfte sie wohl bestätigen. Offensichtlich waren sie wieder mal auf der falschen Fährte.

»Ihr Mann hat sie nie ›Lini‹ genannt, nicht wahr?«, erinnert sich Diana an ihre Zweifel bei der ersten Befragung.

Die Witwe lacht auf. »Guter Gott, nein. Ich heiße Gwendolyn. Glauben Sie allen Ernstes, dass jemand, der so einen Namen trägt, es zulässt, zu einer simplen Lini zu verkommen?«

»Und warum haben Sie dann neulich –«

»Ich wollte keiner Lini dieser Welt den Triumph gönnen, dass mein Mann, mein eigener Mann ihr seinen Abschiedsbrief gewidmet haben soll.« Sie schlägt sich mit ihren blutroten Handschuhen auf den Schoß. »Aber jetzt, da er sich nicht selbst umgebracht hat, ist ja wohl auch das hinfällig. Also kann ich Ihnen sagen, dass ich mit Sicherheit nicht die Lini bin, die Sie suchen, dass ich aber weiß, wer sie sein könnte.«

Diana stöhnt auf. Warum lässt sich diese Frau nur immer alles aus der Nase ziehen? »Nämlich?«

»Evelyn. Evelyn Sonderberger. Eine furchtbare Frau, mit der Bernie vor mehr als zwanzig Jahren einmal ein Verhältnis hatte. Das Ganze hat ein paar Jahre gedauert, trotzdem war es nicht wirklich etwas Ernstes. Zumindest nicht von seiner Seite. Als die Evelyn schwanger geworden ist, hat er sie sitzen lassen, der Literat von Gottes Gnaden.«

Da schau her, denkt sich Diana, ganz schön zynisch, die gute Frau. Das alles war natürlich geschehen, lange bevor sie selbst in das Leben des Herrn Grundlsee getreten war, und wahrscheinlich hätte er ihr gar nicht davon erzählt, wäre die Frau nicht eines Tages mit ihrem unehelichen Sohn in Wien aufgetaucht und hätte Geld gefordert.

»Der war damals vielleicht siebzehn, das heißt, er müsste heute Anfang zwanzig sein. Harald Sonderberger heißt er. Also«, sie schüttelt den Kopf und lacht, »es ist mir bisher gar nicht aufgefallen, wie gut sein Name zu ihm passt. Das ist wirklich ein sonderbarer Bursche. Fast zwei Meter groß oder zumindest doch eins neunzig, ich will ja nicht übertreiben. Und«, sie hält sich ihre Hände im Abstand von einem Meter vor die Brust, »so ein Oberkörper. Durchtrainiert bis auf die Knochen. Ein zweiter Arnold Schwarzenegger. Im Gesicht hat er natürlich keinerlei Ähnlichkeit mit dem Schauspieler, obwohl der ja auch nicht besonders intelligent ausschaut. Aber immerhin hat der Arnie kein von Pickeln zerfurchtes Gesicht wie der Harald.«

»Und dieser Harald Sonderberger ist tatsächlich der leibliche Sohn Ihres Mannes?« Diana überlegt: Hat Grobian nicht von einem Streit mit einem jungen Mann am Bahnhof gesprochen? Die Beschreibung scheint zu passen. Schnell schießt sie noch eine zweite Frage hinterher. »Wissen Sie, ob diese Evelyn Sonderberger und ihr Sohn in Linz wohnen?«

Frau Wernher nickt. »Also damals, vor etwa fünf Jahren, als ich sie das erste und bisher einzige Mal gesehen hab, da lebten sie ganz sicher hier. Aber ob er wirklich Bernies Sohn ist?« Sie wiegt überlegend den Kopf hin und her. »Dafür würde ich nicht die Hand ins Feuer legen. Äußerlich ist keine Ähnlichkeit zu erkennen. Bernie hat, Entschuldigung, er hatte keinen so groben Knochenbau. Allerdings könnte der Bursche nach seiner Mutter geraten sein, die ist auch, wie soll ich sagen, ziemlich voluminös. Allerdings ist sie nicht so trainiert wie ihr Sohn, eher schon fett.«

»Gab es nie einen Vaterschaftstest?«

Die Witwe schüttelt den Kopf. »Mein Mann wollte das nicht, wahrscheinlich hat er gefürchtet, das Gericht würde ihn dann zu regelmäßigen Zahlungen verpflichten.«

»Man hätte ihn dazu zwingen können.«

»Tatsächlich? Das wusste ich nicht. Und die beiden Sonderbergers wissen das anscheinend auch nicht, sonst hätten sie es sicher getan.«

»Und Ihr Mann nannte Frau Sonderberger ›Lini‹?«

Die Witwe hat keine Ahnung. Wenn jemand allerdings Evelyn heißt und so ausschaut wie die dicke Sonderberger, dann hat man sicher nichts dagegen, »Lini« genannt zu werden. Also nickt sie.

## 42

Johannes Drazal geht ungeduldig im nüchternen Raum, in den man ihn gesteckt hat, auf und ab. Ein Holztisch, vier einfache Stühle, das Bild des Bundespräsidenten an der Wand. Linoleumboden in gelbem Beige. Gitter vor den Fenstern. Es ist eine Gemeinheit, dass man ihn hier schmoren lässt, gerade so, als hätte er nichts Besseres zu tun. Dabei beginnt in einer knappen Viertelstunde sein Samstagstraining, und das darf er auf keinen Fall versäumen. Charly, sein Trainer, ist ohnehin schon wegen der Sache letztens bei Tom sauer auf ihn. Warum nur hält man ihn hier fest? Warum hat man ihn vor Omas Haus abgepasst, um ihn vom Moped zu reißen und ins Polizeiauto zu verfrachten? Der Polizist hat irgendetwas zu ihm gesagt, aber das hat er nicht verstanden, weil der Motor so laut geknattert hat. Dann haben sie ihn mitgenommen, ohne dass er Gelegenheit gehabt hätte, der Oma Bescheid zu geben. Sicher hat sie das Ganze vom Fenster aus beobachtet und denkt sich jetzt weiß Gott, was passiert ist, und macht sich Sorgen. Kann es denn wirklich sein, dass ihnen die Polizei auf die Schliche gekommen ist? Er kann und will es nicht glauben. Das ist doch unmöglich! Sie haben so achtgegeben, und er kann sich beim besten Willen nicht vorstellen, dass einer der Freunde den Mund aufgerissen hat. Er steckt den Kopf ins Nachbarzimmer. »Wo ist denn hier bitte die Toilette?«

Einer der Uniformierten steht von seinem Schreibtisch auf, kommt zu ihm herüber und packt ihn am Arm. »Ich begleite Sie. Und dass Sie mir ja nicht auf die Idee kommen, abzuhauen. Die Waffe hier«, er klopft mit der Linken gegen seine Pistole am Hosenbund, »ist scharf geladen. Ich schieße, ohne zu zögern!«

»Ist schon recht«, sagt Joesi Drazal ziemlich eingeschüchtert. Die behandeln ihn hier wie einen Schwerverbrecher. Ihm wird ganz mulmig zumute.

Als Frau Wernher gegangen ist, schnappt sich Diana die nötigen Unterlagen und das Handy des Verstorbenen – sie hat es doch noch als Beweisstück behalten, denn schließlich ist der Fall noch immer nicht geklärt – und geht in ihr Büro zurück, um ihren Anrufbeantworter abzuhören. Auf dem Flur kommt sie an einer jungen Frau vorbei, die unschlüssig vor der großen schwarzen Stahltür steht und auf jemanden zu warten scheint. Ihre braunen Haare sind zu einer kecken Kurzhaarfrisur geschnitten, die Haarspitzen blondiert, sie trägt einen schlichten schwarzen Hosenanzug. Als sie Diana sieht, geht sie ein paar Schritte auf sie zu. »Frau Pölz?«

Doch Diana hat keine Zeit. Sie will hören, was die Vernehmung des Leibwächters erbracht hat, und sich dann Joesi Drazal vorknöpfen. Nach unerwarteten Besuchern steht ihr gerade gar nicht der Sinn. Wie ist die Frau überhaupt durch die Sicherheitstür gekommen? Sie reißt sich zusammen und bleibt trotzdem kurz stehen. »Ja? Wer hat Sie hereingelassen?«

Noch bevor die Unbekannte Gelegenheit hat, zu antworten, werden sie von einem seltsamen Schauspiel unterbrochen. Die Lifttüren am anderen Ende des Flurs öffnen sich, und Fritz Wöglinger tritt heraus. Sein Gesicht ist noch stärker gerötet als am Vormittag, die Haare stehen ihm zu Berge, und das Grinsen scheint ihm endgültig vergangen zu sein. Außerdem ist er nicht allein. Hubert Grobian ist an seiner Seite und tobt.

»Das können Sie mit mir nicht machen, Sie Karikatur von einem Kriminalisten! Ich will sofort Ihren Vorgesetzten sprechen. Ich habe nichts verbrochen, also verbiete ich Ihnen, mich als Verbrecher zu behandeln. Lassen Sie mich los, aber sofort!« Er versucht sich aus dem festen Griff seines jüngeren Begleiters zu befreien.

Doch Fritz Wöglinger packt noch fester zu. Sein Gesicht ist jetzt knallrot. »Ich kann Ihnen auch Handschellen anlegen, wenn Ihnen das lieber ist.«

»Entschuldigung.« Diana lässt die junge Frau stehen, die automatisch in die Tasche ihrer Jacke greift und das Handy herausholt.

»Grüß Gott, Herr Grobian«, sagt Diana. »Was ist hier los, Kollege Wöglinger?«

Als der kleine Fritz seine Vorgesetzte sieht, lockert er den Griff, und der Redakteur kann sich befreien. Mit seiner Rechten betastet er den schmerzenden Arm. »Pfeifen Sie Ihren kleinen Köter ja zurück, Frau Chefinspektor. Der Bursche ist sich nicht zu blöd, mir vorzuwerfen, ich hätte den dummen Stösser um die Ecke gebracht. Meinen eigenen Praktikanten! Wie vertrottelt muss man eigentlich sein, um auf so eine Idee zu kommen?«

»Das können Sie alles dem Richter erzählen«, fährt ihn der kleine Fritz an. Er ist mit seiner Geduld am Ende.

»Jetzt kommen Sie erst einmal in mein Büro.« Diana macht eine einladende Geste und schiebt die beiden vor sich her zu ihrer Zimmertür, als ihr noch etwas einfällt. »Wenn Sie noch ein paar Minuten hier warten, rufe ich Sie, sobald –« Sie will sich an die junge Frau wenden, schaut sich nach ihr um, doch die ist bereits durch das Treppenhaus verschwunden.

Unverhofft kommt oft, denkt die junge Frau, die in der Zwischenzeit das Erdgeschoss erreicht hat und eiligen Schrittes zu ihrem Auto geht. Wie gut, dass ihr ein freundlicher Polizist entgegengekommen ist, als sie vor der Stahltür des LKA stand. Anscheinend hat er sie für eine neue Kollegin gehalten, denn er hat ihr ungefragt die Tür aufgehalten. Dumm nur, dass die Fahrzeuge der in- und ausländischen Medienmeute noch immer den gesamten Parkplatz blockieren. Gerade so, als würde die verschwundene Hollywood-Diva in Kürze im Landeskriminalamt auftauchen. Wegen des Andrangs musste sie ihr Auto einige hundert Meter weiter entfernt stehen lassen, was natürlich besonders unpraktisch ist, wenn man es eilig hat. Und die junge Frau hat es sehr eilig.

Eigentlich war sie nur widerwillig zum LKA gefahren, aber in der Redaktion hat man ihr gesagt, man wünsche, sie in der Mordkommission zu sprechen. Sie solle nach einer Frau Inspektor Pölz fragen. Gestern hat sie keine Zeit gehabt, da musste sie in Richtung Attersee, um über eine Massenkarambolage auf der Westautobahn zu berichten, aber heute war nichts los gewesen. Und jetzt das. Das Gesicht der jungen Frau hellt sich auf. Nie und nimmer hätte sie sich so eine Sensation träumen lassen! Was für ein unverschämtes Glück, dass sie in dem Augenblick im LKA anwesend war, als sie den alten Grobian überführten, seinen eigenen Praktikanten ermordet zu haben! Na, das gibt eine Bombenschlagzeile in der »Austria«. Wenn sie sich beeilt, schafft sie noch die Sonntagsausgabe.

## 43

Rückblickend muss man sagen, dass es nicht allein Wöglinger anzulasten ist, dass es zu diesem Schlamassel kam. Natürlich war der junge Inspektor bereits äußerst schlechter Stimmung, als er sich auf den Weg machte, um den Redakteur des »Tagesblattes« erneut zu befragen. Er hatte eine Wut auf den Carlos, nein, eigentlich auf die Frau Pölz, aber damit doch auch wieder auf den Carlos. Was waren Kommissar See und er doch für ein eingeschworenes Team gewesen, bevor die Wienerin auf der Bildfläche erschienen war. Ihr Vorgänger war ein Einzelkämpfer gewesen, der Carlos und ihn eigenständig arbeiten ließ und nicht überall mitreden oder gar dabei sein wollte. Jetzt ist alles anders.

Jetzt ist diese Frau da, die anscheinend bei allem und jedem mitmischen will. Kein Wunder, dass Carlos in den letzten Tagen so unleidlich war. Aber muss der seinen Grant – und Carlos hat einen Grant, wie das hierzulande üblich ist, andere hätten an seiner Stelle vielleicht einen Groll – unbedingt an ihm auslassen? Muss er ihm alles aufhalsen, was ihm selbst unangenehm ist? Die abermalige Befragung von Dr. Stösser zum Beispiel? Der ist immerhin Generaldirektor des Linzer Chemiewerks, kennt die ganze Welt und sogar die Spitze des Innenministeriums – persönlich. Und da muss er, der kleine Gruppeninspektor Fritz Wöglinger, jüngster Bauernsohn aus Eberstalzell, anrücken, um ihm sinnlose Fragen zu stellen und ihn mit einem Verdacht zu konfrontieren, der an den Haaren dieser Frau Pölz herbeigezogen wurde? Das war doch eine Gemeinheit sondergleichen.

Aber gut, er hat den Auftrag seiner Vorgesetzten ausgeführt, hat das Schreien und die Drohungen von Dr. Stösser über sich ergehen lassen. Er hat, was fast noch schlimmer war, auch die versteinerte Miene einer verzweifelten Mutter ertragen und mit der Schwester des Opfers gesprochen, die vor lauter Tränen kaum einen verständlichen Satz hervorgebracht hat. Ein bildhübsches Mädchen, keine zehn Jahre jünger als er selbst. Anscheinend hatte ihr der Bruder des Öfteren sein Herz ausgeschüttet und ihr erzählt, wie schrecklich er die Arbeit beim »Tagesblatt« empfand und wie gemein er von seinem Chef, dem Redakteur Grobian, behandelt wurde, dessen einzige Mission es gewesen zu sein schien, ihn fertigzumachen. Als Wöglinger von Dr. Stösser wegfuhr, da hatte sich seine gesamte Wut bereits auf Hubert Grobian verlagert, der schuld daran zu sein schien, dass diese Familie litt. Und er ebenfalls. War es da ein Wunder, dass ihm der Auftrag, Grobian mit den Widersprüchen der Kellnerin aus dem Kaffeehaus zu konfrontieren, wie ein Wink des Schicksals vorgekommen war? Weder sein unterschwelliger Wunsch, es dem Schuldigen heimzuzahlen, noch sein Ehrgeiz, quasi im Alleingang einen Mörder zu überführen, waren eine gute Basis für eine sachliche Vernehmung gewesen.

Natürlich hat auch Hubert Grobian das Seine dazu beigetragen, dass die Befragung aus dem Ruder gelaufen ist. Zum Ersten, weil er es prinzipiell nicht mag, am Samstag bei seinem heiligen späten Frühstück – der wichtigsten Mahlzeit der gesamten Woche – gestört zu werden, und zum Zweiten, weil Wöglinger nicht die erste Störung des Tages war. Für diese hatte Grobian junior gesorgt, der zuerst lautstark nach seinen Sportsachen suchte, um ihm, als er sie endlich gefunden hatte, ganz nebenbei mitzuteilen, er müsse am Montag in die Sprechstunde des Schuldirektors kommen. Nicht er allein, sondern gemeinsam mit den Eltern seiner besten Freunde. Es ging da um ein paar Wodkaflaschen, die der Klassenvorstand dummerweise in den Schultaschen gefunden hatte.

Grobian hatte also schon eine Wut auf seinen Sohn und auf junge Männer generell, bevor, passend wie die besagte Faust aufs Auge, der junge Gruppeninspektor Wöglinger die Bühne betrat. All das, was Grobian seinem Sohn nicht hatte sagen können, weil die Mutter ihre schützenden Fittiche über den Burschen gehalten und ihn zu einer heißen Tasse Kakao in die Küche verfrachtet hatte, hatte sich in seiner Seele aufgestaut. Und sich kurze Zeit später in einem heftigen Donnerwetter über Wöglingers Haupt entladen, kaum hatte der ihm die Stellungnahme von Frau Gerti vorgelesen. Von »Was fällt Ihnen denn überhaupt ein, mich an meinem freien Samstag wegen so einem Schmarren zu stören?«

über »Es ist eine absolute Frechheit, Wirtshauspersonal hinter meinem Rücken über mich auszufragen!« bis hin zu »Mit Ihnen rede ich doch erst gar nicht, junger Mann! Da muss sich schon Ihr Chef, der Herr See, zu mir bemühen!«.

Nun aber war der Herr Redakteur kein Chemiewerkboss und mit der Innenministerin nicht auf Du und Du, und außerdem war sich Fritz seit seinem Abgang bei Stössers – und dem Wink des Schicksals, dass gerade Grobian als Nächster auf seiner Vernehmungsliste stand – sicher, in ihm den wahren Schuldigen gefunden zu haben. Also spielte er die ganze Macht seines Amtes aus und setzte die Befragung mit einer Arroganz und Penetranz fort, die wiederum für den aufgestauten Groll des Redakteurs ein gefundenes Fressen waren. Der Machtkampf gipfelte bekanntlich in der vorläufigen Festnahme, wobei der ehrenwerte Herr Grobian den Umstand, dass er nicht in Handschellen aus seinem eigenen Haus abgeführt wurde, allein der Tatsache zu verdanken hatte, dass der kleine Fritz vergessen hatte, welche mitzunehmen.

Diana, hin- und hergerissen zwischen den unterschiedlichsten Überlegungen und in Gedanken noch halb bei der Witwe, halb bei den Vermutungen, was See wohl beim Leibwächter der LaBelle erfahren haben mochte, schenkt sich und den Männern erst einmal eine Runde kaltes Wasser und heißen Kaffee ein. Zwischen den Kampfhähnen Grobian und Wöglinger steht ein massiver Tisch aus Staatseigentum. Zum Glück. Langsam beginnen Puls und Blutdruck wieder zu sinken.

»Schauen Sie, Frau Chefinspektor, ich weiß natürlich, dass das nicht gescheit von mir war, Ihnen bei meiner ersten Vernehmung das Gespräch, das ich mit dem Stösser in meinem Stammkaffeehaus geführt habe, zu verschweigen. Damals erschien es mir einfach vernünftiger, nicht davon anzufangen. Weil ich ja gewusst habe, dass Sie unwillkommene Schlüsse daraus ziehen würden.«

»Aha«, sagt der kleine Fritz und lehnt sich zufrieden zurück.

»Gar nichts ›aha‹«, fährt der Herr Redakteur auf und lehnt sich nun seinerseits erbost nach vorn. »Denn dabei handelt es sich um falsche Schlüsse, wie ich ausdrücklich gesagt habe. Und das wüssten Sie auch, wenn Sie mir endlich zuhören würden. Ich habe den jungen Stösser bereits am Vormittag des besagten Tages entlassen. Über meine Sekretärin. Weil ich in ein höchst unerfreuliches Meeting mit dem Chefredakteur musste, das der dumme Stösser mir eingebrockt hatte. Sie können sie ja fragen, wenn Sie mir nicht glauben. Das Treffen am Abend diente einzig und allein dazu, mit dem Kerl zu klären, warum er –«

»Aha, Kerl«, wiederholte Wöglinger zufrieden.

»Genau, Kerl! Und zwar verdammter Kerl, wenn Sie so wollen, denn ich hatte und habe noch immer eine Mords… also, sagen wir besser, eine *Riesen*wut auf den Stösser, das können Sie mir glauben. Aber ich habe ihn nicht umgebracht. Was hätte ich denn für einen Grund dazu gehabt? Er war doch ohnehin schon entlassen und konnte mir nicht mehr auf die Nerven gehen.«

»Ich sage Ihnen den Grund«, fasst Fritz Wöglinger seine Überlegungen zusammen, »er hat Ihnen Schwierigkeiten bereitet, Sie beim Chefredakteur und den Stadtpolitikern in schlechtem Licht erscheinen lassen. Ihr tadelloser Ruf stand auf dem Spiel, vielleicht sogar Ihr Job. Nennen wir es einfach Rache, was Sie angetrieben hat.«

»Ah geh, Rache, so ein Schmarrn!«

»Was geschah, als Sie das Kaffeehaus verlassen haben?«, mischt sich Diana nun das erste Mal in das Verhör ein. Bisher hat sie sich damit begnügt, zu beobachten, wie der kleine Fritz arbeitet, wenn man ihn lässt. Und wie der Verdächtige darauf reagiert.

»Der Stösser hat mir noch ein paar Zitate um die Ohren geknallt. Ich habe noch nie einen Menschen kennengelernt, der über einen so reichen Schatz an Sprichwörtern und Phrasen verfügt wie der. Das war schon bemerkenswert.«

»Und dann?«, will der kleine Fritz wissen.

»Dann bin ich zur Tiefgarage und habe mein Auto geholt. Ich habe dort einen Dauerparkplatz gemietet, da das Kaffeehaus ja in der Nähe des Verlags liegt. Und dann bin ich nach Hause gefahren.«

»Dafür haben Sie kein Alibi«, stellt Fritz Wöglinger, vor dem das erste Vernehmungsprotokoll von Hubert Grobian liegt, wichtig fest.

»Kann nicht doch jemand bestätigen, dass Sie zum Tatzeitpunkt zu Hause waren?«, fragt Diana.

Grobian hebt seufzend beide Hände und schüttelt den Kopf. »Leider nein. Meine Frau war wie jeden Mittwoch beim Bridge. Mein Sohn bei Freunden. Ich habe allein im Spätabendprogramm eine Wiederholung von dem ›Bullen von Tölz‹ gesehen, Frau Pölz. – Das reimt sich sogar!«

Das findet auch der kleine Fritz witzig. Sofort ist er von seiner eigentlichen Mission, Grobian des Mordes zu überführen, abgelenkt. »Man könnte fast sagen: Die Bullin von Pölz.«

Er lacht laut auf, während Grobian schmunzelt. Kurz haben sich die beiden gefunden. Das muss ich dem schönen Carlos sagen, denkt sich der kleine Fritz. ›Die Bullin von Pölz‹, das ist echt witzig. Das wird ihm gefallen.

Diana antwortet mit einem halbherzigen Grinsen. Zum Glück ist der liebe Kollege See nicht dabei. Für den wäre das alberne Wortspiel sicher ein gefundenes Fressen.

Der kleine Fritz reißt sich zusammen und erinnert sich daran, dass er nicht hier ist, um sich mit Grobian zu verbrüdern, sondern um ihn zu überführen. »Trotzdem blöd für Sie, dass das keiner bestätigen kann.«

»Wenn Sie wollen, kann ich Ihnen die Handlung der Folge nacherzählen. Es ging um einen Mord im Kloster. Sabrina, also die Kollegin vom Benno …«

Am Schluss lassen Diana und der kleine Fritz Herrn Grobian dann doch wieder gehen. So schwer es Letzterem auch fällt, es zuzugeben, aber außer dass der Redakteur das Gespräch im Kaffeehaus verschwiegen hat, haben sie ihm nichts nachweisen können. Kein Vergehen und einen Mord schon gar nicht. Was nicht unbedingt heißt, dass er es nicht war. Was aber bedeutet, dass sie handfestere Beweise auftreiben müssen. Bleiben als derzeit einzige Verdächtige im Fall Stösser also der Leibwächter Bert und natürlich noch Joesi Drazal.

## 44

Wie sich kurz darauf herausstellt, fällt der Leibwächter Bert so schnell aus dem Kreis der Verdächtigen heraus, wie er hineingekommen ist. Während Fritz zum Bäcker nebenan geht, um ein verspätetes kaltes Mittagessen für beide zu besorgen, hört Diana ihre Mailbox ab. See hatte versprochen, sich telefonisch zu melden, und hat sein Versprechen gehalten.

»Also, diese Vernehmung hätte ich mir sparen können, das waren nichts als leere Kilometer«, beginnt er ohne jede Begrüßung. »Der Typ ist zwar aufgeregt und nervös, weil die Alte immer noch nicht zurück ist und sich die Entführer auch noch nicht gemeldet haben, aber zum Großteil nur deshalb, weil sein Ruf als Leibwächter auf dem Spiel steht. Schließlich ist die Alte während seiner Arbeitszeit verschwunden. Anscheinend besteht die Gefahr, dass sie ihm die Lizenz entziehen, aber genau habe ich das nicht verstanden. Die diesbezüglichen Vorschriften in den USA kenn ich ja nicht. Aber nach allem, was man so von drüben hört, kann ich mir das gut vorstellen. Ich habe ihn nach der Zeitungskritik gefragt, die der Stösser geschrieben hat, und er hat unumwunden zugegeben, dass er sie gelesen hat. Allerdings hat sie nur ein Schulterzucken bei ihm ausgelöst, schlechte Kritiken sind anscheinend nichts Neues. In Amerika wird die LaBelle ja alle nasenlang von irgendjemandem verrissen. Ich glaube ihm, wenn er sagt, dass ihn eine miese Kritik auf CNN oder in der ›Times‹ mehr aufregt als in einem österreichischen Provinzblatt. Und trotzdem hat man in den USA noch von keiner Anhäufung von Morden an Kritikern gehört. Seine Aufgabe, oder eigentlich die Aufgabe aller Bediensteten der LaBelle, auch von ihrer Assistentin, ist es … Haben Sie übrigens gemerkt, dass das eine ziemlich fesche Frau ist, die Assistentin? Na, ist ja auch egal. Jedenfalls ist es die Aufgabe aller, der LaBelle die schlechten Kritiken vom Hals zu halten. Sonst droht wohl ein Ohnmachtsanfall oder was weiß ich. Alte Weiber eben. Meine Frage, ob er beim ›Tagesblatt‹ angerufen und nach dem Stösser gefragt hat, hat er bestätigt, ohne zu zögern. Allerdings will er nicht ausdrücklich nach dem Stösser gefragt haben, sondern nach einem Praktikanten. Und da soll man ihm den Stösser genannt haben. Anscheinend hat er an dem Tag mehrere österreichische Redaktionen angerufen, weil die LaBelle gern Gutes für die Jugend tut und eine Art Pressekonferenz für Praktikanten abhalten wollte.«

See lacht kurz auf. »Junge Talente fördern und so. Das ist nie schlecht für die Publicity. Jedenfalls kam das Ganze nicht zustande, weil es bei den anderen Redaktionen entweder keine Praktikanten gab oder er nicht zu den richtigen Stellen vorgedrungen ist. Zudem ist die LaBelle ja kurz darauf verschwunden. Ich hab ihm dann gesagt, dass der Praktikant, den ihm diese Berger-Berger oder wie auch immer die heißt, genannt hat, genau der Mann ist, der die vernichtende Kritik über seine Arbeitgeberin geschrieben hat. Er war ziemlich fassungslos. Doch nach einer Schrecksekunde hat er zu lachen angefangen und konnte sich kaum mehr einkriegen, so *hilarious* fand er das. Er malte sich aus, welche Standpauke die LaBelle dem Stösser vor allen Leuten gehalten hätte, wäre das Treffen je zustande gekommen und hätte sie von der Kritik gewusst. Das ist also definitiv nicht unser Mann«, zieht See ein Resümee. »Ein Alibi hat er auch. Er war bekanntlich zur Tatzeit mit der LaBelle in ihrem Hotelzimmer. Ich habe den Zimmerkellner befragt, der das bestätigen konnte. So, und jetzt muss ich mich beeilen, der Drache wartet«, kurze Stille, »und ihr Sohn mit dem Fluggerät auch.« Ein Lachen, dann legt er auf.

Bleibt als einziger Verdächtiger also Joesi Drazal. Dianas Gehirnwindungen beginnen allmählich zu glühen. Sie muss unbedingt Energie auftanken. Also zuerst ein Kornspitz mit Schinken und Käse. Vielen Dank, Kollege Wöglinger!

## 45

Es ist dann doch schon nach sechzehn Uhr, als Diana endlich zur Vernehmung von Johannes Joesi Drazal kommt. Der Staatsanwalt wollte noch einen genauen Bericht über sämtliche Vorgänge im Fall Stösser. Was für ein fleißiger Mann, auch er arbeitet am Samstag. Anscheinend zeigt die Intervention des Chemiewerksbosses beim Innenministerium erste Wirkungen. Diana hat dem Staatsanwalt von den neuen Verdachtsmomenten im Fall Grundlsee berichtet und sich seinen Unmut darüber anhören dürfen, dass von Frau LaBelle noch immer jede Spur fehlt. Anschließend musste sie noch den Herrn Oberst am Telefon beruhigen, der in der Zwischenzeit sowohl von Dr. Stösser als auch von Hubert Grobian und überdies vom Management der LaBelle in den USA mit Beschwerden bombardiert worden ist. Und zu guter Letzt macht nicht nur das Ministerium, sondern auch die hauseigene Presseabteilung ordentlich Druck, dass sie der Öffentlichkeit möglichst bald zumindest einen Täter medienwirksam präsentieren kann.

»Wissen Sie, Frau, äh, Dings, natürlich hat es auch in der Vergangenheit manchmal einen Wirbel gegeben, aber das unprofessionelle Durcheinander, das Sie da veranstalten, das ist schon wahrlich einzigartig. Wenn's wollen, ruf ich den Carlos an, dass er hineinkommt und Ihnen hilft.«

Nein danke, äußerst freundlich, aber darauf kann sie derzeit sehr gut verzichten. Wenn sie Hilfe braucht, dann hat sie keine Scheu, sich welche zu besorgen, der Herr Oberst soll sich keine Sorgen machen. Und ja, sie hat auch Fritz Wöglinger bereits planmäßig ins Wochenende gehen lassen. Für den Nachmittag ist nur mehr das Verhör von diesem Johannes Drazal, dem Hauptverdächtigen, geplant. Und was den Fall Grundlsee betrifft: An Mutter und Sohn Sonderberger sind die Kollegen dran, beide werden sofort nach ihrem Auffinden ins Landeskriminalamt gebracht. Nach Auskunft der Nachbarn befindet sich Evelyn Sonderberger allerdings derzeit auf Urlaub, wahrscheinlich auf

Gran Canaria, daher kann sie erst bei ihrer Rückkehr in fünf Tagen befragt werden. Harald Sonderberger konnte noch nicht zu Hause angetroffen werden, aber die Kollegen bleiben dran, natürlich, Herr Oberst. Sie selbst hat heute Journaldienst und wird auch am morgigen Sonntag hereinkommen, wenn es nötig ist, und den Herrn Sonderberger sofort befragen, sobald man ihn ins LKA gebracht hat. Ja, sie meldet sich umgehend, sollte es Neuigkeiten von oder über die LaBelle geben. Sie wird ihn über alles auf dem Laufenden halten. Selbstverständlich, Herr Oberst. Ein schönes Wochenende, Herr Oberst. Was Diana denkt, hört sich dagegen etwas anders an: Rutschen Sie mir doch den Buckel hinunter, Herr Oberst.

Als Diana schließlich das Vernehmungszimmer, in Begleitung eines bewaffneten Kollegen in Uniform, sicher ist sicher, betritt, da erwartet sie einen muskelbepackten Kampfsportler mit verkniffenen Gesichtszügen und aggressivem Verhalten, der sich lautstark und rüpelhaft darüber beschwert, dass man ihn gesucht, festgenommen und dann auch noch stundenlang hat warten lassen. Doch Joesi Drazals Gesichtszüge sind nicht verkniffen, sondern hübsch wie auf den Fotos an seiner Pinnwand. Nur an den Wangen kann man seinen wahren Zustand ablesen, sie sind nicht mehr rosig, nein, eher kalkweiß. Das Warten hat seine Spuren hinterlassen.

In der ersten Stunde hat die Rumsitzerei Joesi Drazal ziemlich ärgerlich gemacht. Er versäumt nur äußerst ungern sein Training, und Charly, sein Coach, ist beinhart mit den Konsequenzen. Da muss er schon mit einer guten Ausrede antreten, sonst brummt er ihm ohne Gnade hundert Sit-ups extra auf. In den darauffolgenden Stunden wurde Joesi Drazal dann zunehmend mürbe, und als sich der Tag seinem Ende neigte, ohne dass man sich mit ihm befasst hatte, da war er ernsthaft beunruhigt, fast verzweifelt, könnte man sagen. Situationen wie diese kennt er nur zu gut von seiner Oma. Als er noch jünger war, hat sie ihn auf sein Zimmer geschickt, wenn er etwas angestellt hatte. Dort musste er warten und über seine »schlimme, schlimme Tat« nachdenken. Erst nach geraumer Zeit – die ihm damals vorkam wie Stunden und die manchmal auch Stunden waren – erschien sie wieder, um ihm das

Strafausmaß – Hausarrest, Fernsehverbot oder gar Trainingspause, Letzteres war die schlimmste Strafe von allen – zu verkünden. Und je schlimmer die Tat, desto länger seine Wartezeit, da war die Oma konsequent. So wie es die Polizisten anscheinend auch sind.

Wenn es einmal so weit ist, dann hat es keinen Sinn, die Tat abzustreiten, auch das weiß der Joesi noch aus seiner Kindheit. Hier im Landeskriminalamt kommt erschwerend das Verhalten des einen Polizisten hinzu, der ihn in der Zwischenzeit zwei Mal zur Toilette geführt hat und jetzt mit der Hand am Pistolenholster breitbeinig neben der Zimmertür steht. Der Beamte ist nicht nur unfreundlich, sondern wirkt auch bedrohlich. Für Joesi stellt sich die Frage, die er selbst beantworten kann: Würde man ihn so unhöflich behandeln, wenn man nicht wüsste, dass er tatsächlich Dreck am Stecken hat? Wie auch immer sie dahintergekommen sind, wer auch immer ihn verpfiffen hat, es ist ganz offensichtlich, dass die Polizei alles weiß.

Als jetzt die Inspektorin kommt, ihm einen Becher Kaffee hinstellt und sagt: »So, jetzt reden wir beide einmal in aller Ruhe miteinander«, da ist er fast schon froh, dass die Wartezeit endlich vorüber ist. Er ist dankbar, dass wieder jemand mit ihm wie mit einem vernünftigen Menschen redet und ihn nicht nur mit knappen Worten anherrscht, ja nicht auf dumme Gedanken zu kommen. Darum entschließt er sich spontan, nachdem er all seine Daten ordnungsgemäß und korrekt zu Protokoll gegeben hat, für die ganze Wahrheit. »Ich will gar nicht lang herumreden, Frau Kommissarin, ich habe es getan. Wenn Sie mich jetzt fragen, warum, dann kann ich Ihnen nicht einmal eine logische Erklärung dafür geben. Wahrscheinlich aus reiner Blödheit, es tut mir leid.«

Diana, die gerade ihre Kaffeetasse zum Mund geführt hat, um sich mit einem kräftigen Schluck für ein langes Verhör zu stärken, verschluckt sich fast. So einfach hat sie sich die Sache nicht vorgestellt. Der Bursche gesteht, ohne dass sie die ersten Fragen gestellt hat? Sie geht davon aus, dass ihre uniformierten Kollegen ihn ordnungsgemäß mit der Tat konfrontiert haben, möchte sich aber doch selbst ein Bild machen. »Ich nehme an, der Kollege hat Ihnen bei Ihrer Festnahme gesagt, worum es geht? Ich meine, Sie werden verdächtigt –«

»Ich weiß, und es tut mir echt leid. Ich verstehe, wenn Sie mich verurteilen, aber bitte fragen Sie mich nicht, wer noch dabei war. Ich bin keiner, der seine Freunde vernadert, so wie mich anscheinend einer verpfiffen hat. Ich mache so was nicht.«

Aha, interessant, bisher waren sie ja eher von einem Einzeltäter ausgegangen. In Person des Burschen, der ihr da gegenübersitzt und über genug Kraft verfügt, einen Mann von siebzig Kilogramm allein einige hundert Meter weit zu tragen, wenn es nötig ist. »Das heißt also, es hat Ihnen jemand geholfen? Bei der Tat selbst oder beim Abtransport?«

Drazal sieht sie erstaunt an. »Geholfen? Nein, geholfen hat mir niemand.«

»Der Stefan Stösser –«, beginnt sie noch einmal, doch er unterbricht sie schon wieder.

Nun kommt doch sein Temperament zum Vorschein. »Also, wenn Sie mich nach dem fragen, dann sage ich Ihnen, der war ein verdammter Ar…, oh, entschuldigen Sie, aber wie soll ich es anders ausdrücken? Der hat etwas mit meiner Freundin gehabt und war sogar dann noch zu feig, es zuzugeben, als ich ihn direkt darauf angesprochen habe. Man soll ja über Tote nichts Schlechtes reden, aber den Typen hat die Welt echt nicht gebraucht.«

»Wie auch immer. Es ist sehr vernünftig von Ihnen, dass Sie ein umfassendes Geständnis ablegen wollen, das wird sich im Urteil sicherlich strafmildernd auswirken. Kommen wir nun zum genauen Ablauf.«

Die Tür wird aufgerissen, und zu ihrer Überraschung stürmt der Herr Oberst herein. »Frau Pölz, es gibt Neuigkeiten wegen der –« Er hält inne. Kurz hat es den Anschein, als hätte er vergessen gehabt, dass sie sich in einem Vernehmungszimmer befindet und daher mit großer Wahrscheinlichkeit nicht allein ist. Überrascht starrt er sie an.

Sie nützt die kurze Pause. »Ich bin mitten in einer wichtigen Vernehmung, Herr Oberst. Herr Johannes Drazal hier hat soeben gestanden.«

»Gestanden? Perfekt! Der Bergerer«, er deutet auf den uniformierten Kollegen, der Diana begleitet hat, »soll den Rest erledigen und ihn dann mitnehmen. Alles Weitere hat Zeit bis Montag. Dann besorgen wir auch den Haftbefehl. Jetzt«, er macht eine auffordernde Handbewegung, »kommen Sie schon, wir haben soeben einen Anruf erhalten. Der Entführer scheint sich wieder in Linz aufzuhalten. Jedenfalls ist sein Auto sichergestellt worden. Wir wurden gerade darüber informiert, dass jemand den Fahrer niedergeschlagen hat.«

Diana springt auf. »Niedergeschlagen? Wissen wir schon, von wem? Ist der Mann ansprechbar? Und vor allem, ist die Entführte bei ihm?«

Der Herr Oberst hält die Tür auf, um sie vorbeizulassen. »Ich weiß noch nichts Genaues. Es war reiner Zufall, dass ich überhaupt etwas von dem Anruf mitbekommen habe. Unser Telefonat hat mir einfach keine Ruhe gelassen, und da habe ich mir gedacht, schaust noch einmal im Büro vorbei.«

Sie sind schon fast zur Tür hinaus, da lässt sie die Stimme von Joesi Drazal, höflich, ein wenig unsicher, aber doch bestimmt, zögern. »Entschuldigung, aber was genau heißt, die Vernehmung hat Zeit bis Montag? Kann ich gehen und muss am Montag wiederkommen? Das passt mir nämlich ehrlich gesagt sehr schlecht. Am Dienstag schreibe ich eine Prüfungsarbeit an der Uni.«

Entgeistert schaut der Herr Oberst zu Diana und dann wieder zurück zum Studenten. »Sie, mein junger Freund, werden in absehbarer Zeit überhaupt keine Prüfungen mehr schreiben. Geh, Bergerer, führen Sie den Mann ab.«

»Eh klar, Herr Oberst.«

Diana muss noch ihre Jacke aus dem Büro holen und den Schreibtisch absperren. Währenddessen macht der Herr Oberst seinen Zweifeln Luft. »Und Sie sind sich sicher, dass dieser, wie heißt der …? Drazal? Also dass der ganz richtig im Kopf ist? Warum redet er von einer Prüfung, die er am Dienstag schreiben will, wenn er Minuten davor einen Mord gestanden hat? Sie sorgen besser dafür, dass ein Psychiater ihn sich anschaut. Vielleicht ist das Bürschchen ja ein bisschen geistig abnorm.«

# 47

Auf dem Weg zum Lift erfährt Diana die wenigen bekannten Details. Ein gewisser Helge Pöckl hat just in dem Augenblick angerufen, als der Herr Oberst das Büro betrat und dem jungen Kollegen, der den Anruf ursprünglich entgegennehmen wollte, den Hörer aus der Hand riss.

»Manchmal habe ich schon eine Nase für das richtige Timing«, sagt er und ist sichtlich stolz auf sich.

Diana weiß, was Männer wie er von ihr erwarten. »Großartig«, sagt sie daher und zermartert sich den Kopf, in welchem Zusammenhang sie den Namen schon einmal gehört hat. Helge Pöckl, Helge Pöckl … Ach, richtig. Derselbe Mann, der telefonisch den Verdacht geäußert hat, ein gewisser Wolf habe die Amerikanerin entführt. Und jetzt ist der gewisse Wolf also niedergeschlagen worden? Von wem? Und warum? Auch der Rest, den der Herr Oberst in Erfahrung bringen konnte, ist schnell erzählt. Anscheinend ist der potenzielle Entführer tatsächlich in Tschechien gewesen.

»Es ist wirklich ein Pech, dass die Grenzen geöffnet sind. So hatte er leichtes Spiel, die Alte ins Ausland zu bringen. Bis wir sie dort irgendwo finden … da gnade uns Gott!«

Kurz hat Diana das Bild aus Kindertagen vor Augen. Der Eiserne Vorhang, der Österreich von der damaligen Tschechoslowakei trennte. Keine zwei Autostunden entfernt im Norden von Linz gab es kein Weiterkommen mehr – außer nach stundenlangem Warten am kleinen Grenzübergang Wullowitz unter den gestrengen Augen des Wachpersonals, das sich nicht scheute, Autos vollständig auseinanderzunehmen, um Schmuggelgut zu finden oder um schlicht und ergreifend seine Macht zu demonstrieren. Damals hätte es sich ein Entführer sicher drei Mal überlegt, sein Opfer ins nördliche Nachbarland zu verschleppen. In dieser Hinsicht war die Grenzöffnung vielleicht tatsächlich Pech, aber auch nur in dieser.

Inzwischen sind sie im Erdgeschoss angelangt.

»Vor etwa einer halben Stunde ist dieser Mann, also der mutmaßliche Entführer, nach Linz zurückgekehrt. Er fuhr Richtung südlichen Stadtrand, in die sogenannte SolarCity.«

SolarCity? Wo soll das denn sein? Diana will den Herrn Oberst fragen, aber der redet schon weiter.

»Anscheinend wollte er aus dem Auto steigen, als er zusammengeschlagen wurde. Er dürfte nicht gesehen haben, von wem, dürfte aber ansprechbar sein. Zumindest hat er per Handy diesen Helge Irgendwas um Hilfe gebeten, und der hat sofort im LKA angerufen.«

»Und Frau LaBelle?«

Der Herr Oberst zuckt mit den Schultern. »Keine Ahnung. Von der hat der Anrufer nichts gesagt.«

Diana hat Mühe, mit ihrem Vorgesetzten Schritt zu halten. Außerdem passt ihr das gesamte Geschehen ganz und gar nicht in ihre Strategie. »Ich denke, zum jetzigen Zeitpunkt ist es besser, wenn wir den Mann, der diesen Wolf niedergeschlagen hat, suchen, den potenziellen Entführer selbst jedoch unbehelligt lassen.«

Der Herr Oberst bleibt abrupt stehen. »Und wozu soll das gut sein?«

»Ich hatte gehofft, dass wir das Auto von diesem Wolf aufspüren und uns unbemerkt an ihn dranhängen können. Dass man ihn jetzt niedergeschlagen hat, passt natürlich nicht in meinen Plan, aber wenn wir Glück haben, ist er nicht allzu schwer verletzt und muss nicht ins Spital. Dann könnten wir uns trotzdem an seine Fersen heften, bis er uns zur LaBelle geführt hat.«

»Ich halte ganz und gar nichts davon, Verdächtige wieder laufen zu lassen«, widerspricht der Herr Oberst und fährt fort, im Eilschritt die Eingangshalle zu durchqueren. »Außerdem ist es ohnehin zu spät, um die Taktik noch zu ändern. Ein Streifenwagen ist bereits vorausgefahren, und die Kollegen werden nicht nur den Schläger, sondern auch den potenziellen Entführer vernehmen.« Er öffnet die Ausgangstür. »Natürlich habe ich auch die Rettung verständigt … Heilig, die hatte ich ja völlig vergessen!«

Der letzte Ausruf gilt den wartenden Journalisten, die ihnen mit gezückten Mikrofonen sofort entgegeneilen, als der Herr

Oberst mit Diana im Schlepptau aus der Polizeidirektion ins Freie tritt.

*»Any news regarding Ms. LaBelle, officer?«*, »Was ist der letzte Stand in der Entführung?«, »Warum geht da nichts weiter?«, *»Excuse me, Sir, do you have …«*, »Würden Sie sagen, die Polizei tut alles, was in ihrer Macht steht?«, *»Excusez-moi, monsieur …«*, »Ist die LaBelle bereits tot?«, »Wo fahren Sie hin? Haben Sie eine Spur zur entführten Diva?«, »He, Karl, wende schnell das Auto, wir fahren den beiden nach!«.

Der Herr Oberst drängt Diana zurück ins Gebäude, während zwei Uniformierte die Medienleute daran hindern, ihnen zu folgen.

»Na, die haben wir zu unserem Glück noch gebraucht. Ich sag Ihnen, es wird höchste Zeit, dass wir die Alte finden, auf Dauer ist das ja kein Zustand.«

Diana schnauft unwillig. Hätte er sich nicht in ihre Ermittlungen eingemischt, dann hätte sein Wunsch bessere Chancen auf baldige Erfüllung. Was für eine Idiotie, diesen Wolf so leichtfertig mit ihrem Verdacht zu konfrontieren. Und was passiert mit Frau LaBelle, wenn sie den Typen jetzt verhaften und er sie tatsächlich irgendwo versteckt hat?

Doch der Herr Oberst ahnt nichts von ihren Gedanken, und sie sieht auch keinen Sinn darin, einen weiteren Versuch zu unternehmen, sie ihm näherzubringen. Stattdessen eilt er mit großen Schritten in Richtung Hinterausgang.

»Der Meute schlagen wir jetzt ein Schnippchen! Ich bin heute mit dem Auto meiner Frau gekommen, weil mein BMW in der Werkstatt ist. Es steht nur ein paar Straßen weiter …«

So kommt es, dass Diana und der Herr Oberst wenig später in einem blitzblauen Kleinwagen mit der Aufschrift »Mona Lisa Modestudio« und zwei Kindersitzen auf der Rückbank unbehelligt in Richtung Süden fahren, wo in der SolarCity, einer modernen und nach neuesten ökologischen Grundsätzen errichteten Vorstadtsiedlung, das Auto des überfallenen mutmaßlichen LaBelle-Entführers Wolf sichergestellt wurde. Der Herr Oberst fährt schnittig, zumindest so schnittig, wie es das Fahrzeug zulässt, und ärgert sich dennoch über jedes Detail: Die Lenkung ist unpräzise, die Kupplung schleift, beim Beschleunigen zieht der Wagen nicht, und in der Kurve ist er eine einzige Katastrophe.

Gut, dass du das Auto einmal selbst fährst, dann merkst du endlich, was du deiner Frau Tag für Tag zumutest, während dein dicker BMW die ganze Zeit auf dem Parkplatz des LKA steht, denkt Diana zufrieden. Doch je mehr Kilometer sie zurücklegen, desto stärker wandelt sich ihre Zufriedenheit in eine Mischung aus Ärger, Furcht und – nicht zuletzt – Übelkeit. In Zukunft wird sie das Fahren besser selbst übernehmen. Was auch immer die Vorzüge ihres Vorgesetzten sein mögen, Autofahren gehört keinesfalls dazu. Nicht nur das Tempo, auch der Ärger des Herrn Oberst steigt mit jeder Kurve. Diana beschließt, ihn nun doch an ihren Gedanken teilhaben zu lassen. Vielleicht wird ihn das wenigstens von den Unzulänglichkeiten des Fahrzeugs ablenken. »Wissen Sie, was mir keine Ruhe lässt? Jetzt hat dieser Joesi Drazal zwar die Tat gestanden, und wir haben ihn in Haft genommen, und doch bleibt ein ungutes Gefühl zurück. Irgendetwas sagt mir, dass bei dieser ganzen Geschichte etwas nicht stimmt.«

Vor ihnen erstreckt sich eine lange Gerade. Mit einer eckigen Bewegung schaltet der Herr Oberst in den vierten Gang. Es kracht fürchterlich, einen schönen Gruß vom Getriebe. »Heilig, ihr Frauen immer mit euren Gefühlen.« Theatralisch hebt er beide Hände. »Ich hab so ein schlechtes Gefüühühl.«

Leg sofort die Hände zurück aufs Lenkrad, du Idiot, denkt Diana, krallt sich an ihrem Sitzpolster fest und beißt unter Aufbringung größter Selbstbeherrschung die Zähne zusammen. Warum nur hat sie mit dem Thema Drazal angefangen?

Doch der Herr Oberst ist noch nicht fertig. »Was soll denn daran nicht stimmen? Der Bursche hat das älteste Motiv der Menschheitsgeschichte, nämlich Eifersucht. Er ist mit seinem Moped auf und davon, als Sie ihn beim Haus seiner Großmutter abfangen wollten. Der Fluchtversuch passt perfekt zu seinem Geständnis. Als Profi müssen Sie aufhören, Ihre Gefühle zur Grundlage Ihrer Entscheidungen zu machen. Es zählen ausschließlich Fakten. Fakten, Fakten, Fakten!«

Das muss gerade sie sich sagen lassen. Während sie noch überlegt, was sie ihm diplomatisch formuliert, aber scharf im Inhalt erwidern könnte, hat er das Lenkrad schon wieder herumgerissen. »So, hier in der Nähe muss es sein. Sehen Sie irgendwo die Kollegen und ein Rettungsfahrzeug?«

Aber Diana sieht gar nichts mehr, ihr ist nur noch übel.

Mit quietschenden Reifen biegt der Herr Oberst auf einen großen Parkplatz.

»Ich werde morgen noch einmal ins LKA fahren und die Vernehmung mit Johannes Drazal fortsetzen, bevor wir den Haftbefehl beantragen«, beschließt sie. Hat der Herr Oberst nicht erst kürzlich richtig erkannt, dass sie der Chef ihrer Abteilung ist? Eben. Dann liegt es auch an ihr, eigenständige Entscheidungen zu treffen. Das muss er respektieren. Und je früher sie ihm das klarmacht, desto besser.

Mit einem Schwung wird das Auto in eine Parklücke gelenkt, wo es abrupt zum Stehen kommt. Wie sich umgehend herausstellt, akzeptiert der Herr Oberst gar nichts. »Das werden Sie gefälligst bleiben lassen.« Er zieht den Schlüssel ab. »Der Bursche hat gestanden und aus. Ich sehe gar nicht ein, dass der Staat Ihnen wegen eines geständigen Verbrechers Überstunden zahlen soll. Wenn Sie Geldprobleme haben, tragen Sie Zeitungen aus.«

»Also bitte …!« Diana schnappt nach Luft. Erst so eine fürchterliche Autofahrt, dann auch noch so eine blöde Bemerkung. Das ist mehr, als sie zu ertragen gewillt ist.

Doch der Herr Oberst fährt ungerührt fort. »Haben Sie mich verstanden? Keine neuerliche Vernehmung vor Montag. So, und jetzt hinaus, dort drüben stehen die Kollegen.«

Als ob sie die nicht schon selbst gesehen hätte.

# 48

Ein Einsatzfahrzeug mit offen stehenden Türen. Das eingeschaltete Blaulicht hat jede Menge Schaulustige angelockt, die ein junger Uniformierter mit viel Mühe in Schach zu halten versucht. Kurz ist Diana von der ungewohnten Umgebung abgelenkt. Anscheinend ist der Stadtteil so konzipiert, dass die Pkws auf Parkplätzen direkt neben den breiten Gleisen der Straßenbahnlinie geparkt werden. Die Wege zwischen den Häusern sind autofrei. Die Gebäudezeilen bieten kein einheitliches Bild, jede Zeile hat einen anderen Stil, wahrscheinlich war jeweils ein anderer Architekt am Werk. Dazwischen viel Gras, Bäume, Blumen, Spielplätze, Radfahrwege. So einen Stadtteil hat es in ihrer Jugend in Linz definitiv nicht gegeben.

Aber jetzt volle Konzentration auf das Wesentliche. Neben dem Einsatzfahrzeug steht der Rettungswagen. Ein Notarzt in roter Jacke mit reflektierenden gelben Streifen ist eben dabei, einen Mann zu versorgen, der vor ihm auf dem Tragesessel sitzt. Eine Sanitäterin misst zur selben Zeit dessen Blutdruck und gibt die Werte an den Mediziner weiter. Na, servus, der Mann schaut nicht gut aus, und das liegt weniger an seiner Glatze, den abstehenden Ohren und den ungesund bleichen Gesichtszügen, sondern eher schon am Veilchenblau seines rechten Auges. Anscheinend hat der Angreifer gleich mehrfach zugeschlagen, denn unter der Nase des Mannes befinden sich Mengen gestockten Bluts, das auch den grauen Staubmantel in Mitleidenschaft gezogen hat.

Der Wind bläht den offenen Mantel des Herrn Oberst auf, während er die Macht seiner Autorität ausspielt. »Alle, die das Geschehen beobachtet und eine zweckdienliche Aussage zu machen haben, stellen sich hier nach links, die anderen gehen nach Hause, es gibt nichts zu sehen.«

Die Reihen der Schaulustigen lichten sich schlagartig.

»Wo sind Ihre Kollegen?«, fragt der Oberst einen Beamten.

»Dem Schläger nach, Herr Oberst. Die Frau dort drüben hat

eine ziemlich genaue Täterbeschreibung abgegeben. Ich habe die Daten der Frau bereits notiert.«

Diana will zum Rettungswagen hinüber, doch die ungeduldige Stimme ihres Vorgesetzten hält sie zurück. »Wo wollen Sie denn jetzt schon wieder hin?«

Sie bleibt stehen, deutet in Richtung des Verletzten.

»Das hat später auch noch Zeit. Jetzt kommen Sie erst einmal her und hören zu, wie ich das mache.«

Mit ein paar schnellen Schritten ist sie bei ihm. »Herr Oberst, glauben Sie mir, ich vernehme schon lang genug, um zu wissen …« Sie hat sich direkt neben ihn gestellt, damit er sie auch im leisen Tonfall versteht. Was würde es denn für einen Eindruck vor den Passanten machen, wenn sie sich hier auf offener Straße stritten?

Von solchen Skrupeln wird der Herr Oberst offensichtlich nicht geplagt. »Das war in Wien«, sagt er für alle hörbar. »Jetzt sind wir in Linz. Da ticken die Uhren anders. Also, passen Sie gut auf.« Er wendet ihr den Rücken zu.

Wenn Blicke töten könnten, wäre er jetzt tot, aber Blicke töten nicht. Darum kann der Herr Oberst auch fragen: »Wer von Ihnen hat eine Aussage zu dem Vorfall zu machen?«

Auf diesen Augenblick hat die kleine, dicke, in etwa sechzigjährige Frau mit den aufgesteckten, dünnen graubraunen Haaren nur gewartet. »Ich, Herr Kriminalhauptkommissar! Ich geh hier jeden Tag drei Mal meine Runde mit dem Binschi, meinem Hund, Herr Kriminalhauptkommissar.« Zum Beweis zeigt sie auf die Promenadenmischung am Ende der blauen Hundeleine, die sie doppelt ums Handgelenk geschlungen hat. Den Titel, mit dem sie den Herrn Oberst angesprochen hat, hat sie wahrscheinlich aus einer deutschen Krimiserie. »Dabei komme ich jedes Mal hier an diesem Parkplatz vorbei. Heute habe ich mir sofort gedacht, dass irgendetwas nicht stimmt. Schon im Näherkommen hatte ich so ein ungutes Gefühl.«

Der Herr Oberst dreht sich zu Diana um, rollt mit den Augen und flüstert ihr zu: »Gefüühühl.«

Doch sie hat keine Lust, sich mit ihm zu verbünden, und schaut ausdruckslos zurück. So wie Kollege See das ihr gegenüber manchmal macht. Kollege See oder der Herr Oberst – wer von beiden ist eigentlich das geringere Übel?

»Ich habe diesen … diesen Muskelprotz sofort gesehen, Herr Kriminalhauptkommissar. Mir entgeht so schnell nichts, und eines sage ich Ihnen, der hatte Oberarme, ungefähr so …« Ihre Hände beschreiben einen Durchmesser von einem halben Meter. »Ich sage Ihnen, seine Arme waren breiter als meine Oberschenkel.«

Ruckartig sinkt der Blick des Herrn Oberst vom runden Gesicht der Zeugin zu ihrem braun-beige-schwarz karierten Rock. Verstecken sich darunter tatsächlich Oberschenkel von solch enormen Ausmaßen? Er will sich das lieber nicht vorstellen. »Und weiter?«, fragt er daher rasch.

»Der ist da gestanden, hat sich an dieses große schwarze Auto hier angelehnt.« Mit der Handfläche klopft sie auf einen heruntergekommenen Mittelklassewagen mit rumänischer Autonummer.

»Kennzeichen notieren, Lenkererhebung veranlassen«, befiehlt der Herr Oberst dem jungen Beamten. Dann flüstert er Diana zu: »Wenn man von dem rumänischen Kennzeichen auf einen rumänischen Täter schließen kann, dann wird die Sache schwierig, EU hin oder her.«

»Lenkererhebung läuft bereits, Herr Oberst«, meldet der Beamte gehorsamst.

»Und dann ist das rote Auto vom Herrn Gebhardt, also dem Verletzten dort drüben, auf den Parkplatz eingebogen«, fährt die Zeugin fort.

Der Herr Oberst ist erstaunt. »Sie kennen den Namen des Mannes?«

»Ob ich den kenne? Natürlich, der ist doch gewissermaßen mein Nachbar. Ich wohne direkt über ihm.«

»Das ist ja interessant. Und ist Ihnen da in letzter Zeit vielleicht etwas aufgefallen? Haben Sie eine Frau in seiner Begleitung gesehen? Eine blonde Frau in etwa Ihrem Alter?«

»Eine Frau? Also, ich muss schon sehr bitten. Denken Sie etwa, ich interessiere mich für die Weibergeschichten meiner Nachbarn? Und selbst wenn ich etwas wüsste, denken Sie, ich würde das in aller Öffentlichkeit weitererzählen?« Sie bläht ihre Backen auf, schüttelt voller Entrüstung den Kopf, sodass sich einzelne mausgrau-braune Haarsträhnen aus ihrer Hochsteckfrisur lösen. »Außerdem war da nichts. Keine Frau weit und breit. Der Herr Gebhardt ist immer allein nach Hause gekommen. Bis auf die letzten paar Tage, aber da war er ja auch in Tschechien. Er fährt öfter dahin, mindestens fünf Mal im Jahr.«

»So oft? Und wissen Sie, was er dort macht?« Aufmerksame Nachbarinnen wissen schließlich alles. Hoffentlich.

»Seine Schwester hat ein Café in Krumau.«

»Aha, und weiter? Haben Sie denn auch gesehen, wie der … Muskelprotz den Mann, also den Herrn Gebhardt, niedergeschlagen hat?«

»Das will ich Ihnen doch schon die ganze Zeit erzählen. Also, der Herr Gebhardt wollte gerade aussteigen, da ist der Muskelprotz auf ihn los und hat die ganze Zeit geschrien: ›Glaubst du, du kannst mich verarschen!‹ Entschuldigen's schon, aber das hat er wirklich geschrien. Und: ›Wo ist es?‹«

Der Herr Oberst stutzt. »Wo ist es? Sind Sie sich ganz sicher? Hat er nicht vielleicht gebrüllt: ›Wo ist sie?‹?«

Die Zeugin kneift die Augen zusammen. »Wollen Sie mir jetzt vorschreiben, was ich gehört haben soll? Ganz deutlich hat er gebrüllt: ›Wo ist *es*?‹, und dann hat er den Kofferraum aufgerissen und die Sachen auf den Parkplatz geschmissen. Das Pannendreieck und die Warnweste, viel mehr war nicht drin. Und anschließend hat er die hintere Autotür geöffnet, sich eine Tasche geschnappt und ist mit der auf und davon. Ich sag Ihnen, der hatte es nur auf die Tasche abgesehen.«

Der Herr Oberst zählt zwei und zwei zusammen. Er bedeutet der Zeugin, zu warten, während er mit Diana außer Hörweite geht. »Anscheinend haben die Amerikaner gegen Ihren ausdrücklichen Auftrag bereits Lösegeld bezahlt. Sie haben sie doch davor gewarnt, das zu tun, richtig?«

»Selbstverständlich.« Diana knirscht mit den Zähnen.

»Das habe ich erwartet. Schließlich war ja auch der Carlos dabei, und auf den ist Verlass. Ich kann nur hoffen, dass die Zahlung des Geldes bedeutet, dass die Alte bereits wieder auf freiem Fuß ist.«

Das hofft Diana allerdings auch, falls die Theorie stimmt, die der Herr Oberst da als vorläufiges Ergebnis seiner persönlichen Ermittlungen präsentiert. »Und anschließend haben sich die beiden Gauner ums Geld gestritten«, hört sie ihn sagen. »Der eine will den anderen an der Beute nicht teilhaben lassen, also holt sich der andere das Lösegeld mit Gewalt. Sehen Sie, war doch gar nicht so schwierig.«

## 49

Sagt's, lässt die fassungslose Diana stehen und geht zum Rettungswagen hinüber, um dem Verletzten die ersten Fragen zu stellen.

»Wenn ich es Ihnen doch sage«, antwortet dieser aufgebracht, »es ist alles so schnell gegangen! Plötzlich reißt da jemand meinen Kofferraumdeckel auf und schreit, ich soll ihn nicht verarschen und so Sachen. Und dann wirft er meine Sachen doch glatt auf den Asphalt. Mitten in den Dreck.«

»Haben Sie den Mann erkannt? Oder haben Sie ohnehin schon gewusst, wer er ist?«

»Wie hätte ich das denn wissen sollen? Ich habe nur einen Schatten gesehen, wollte aussteigen, und dann – zack! – hatte ich auch schon den ersten Schlag mitten im Gesicht und gleich drauf den zweiten. Ich hab gedacht, der will mich umbringen. Aua!« Das letzte Wort ist als Protest gegen die alkoholische Lösung gemeint, mit welcher der Arzt die Wunde über dem Auge betupft.

»Stillhalten«, kommentiert dieser trocken.

»Sie haben den Mann also nicht erkannt?«, vergewissert sich der Herr Oberst.

»Noch einmal: Wie hätte ich ihn denn erkennen können, aua, wenn er doch von hinten aus dem Nichts aufgetaucht ist? Eh ich gewusst habe, wie mir geschieht, bin ich auch schon am Boden gelegen.«

»Na, na, na, so schlimm wird es wohl nicht gewesen sein. Immerhin waren Sie noch in der Lage, Ihren Freund Pöckl anzurufen.«

Diana ist froh, dass sie das Vernehmen von Hannes gelernt hat. Der Herr Oberst taugt ganz offensichtlich nicht als Vorbild.

Einen Augenblick lang scheint der Verletzte seinen Schmerz vergessen zu haben. »Wen? Ich kenne keinen Herrn Pöckl.«

»Aha!« Der Herr Oberst wendet sich zu Diana um und legt die Hand seitlich an den Mund, um die Stimme zu dämpfen. »Sie merken den Widerspruch? Jetzt haben wir ihn gleich. – Aha«, sagt er dann noch einmal, wieder dem Verletzten zugewandt »Und dennoch haben Sie Herrn Pöckl vom Handy aus angerufen. Wie wollen Sie uns das erklären, Herr … äh … Dings?«

»Gebhardt. Mein Name ist Wolfgang Gebhardt. Aber ich habe ganz sicher niemanden angerufen. Mein Handy ist mir aus der Sakkotasche gefallen, als ich gestürzt bin, und hat prompt zu läuten angefangen. Meine Nachbarin, die dort drüben steht«, er zeigt auf die kleine, dicke Frau mit dem Binschi, »hat es aufgehoben und den Anrufer gebeten, die Polizei zu verständigen. So ist es gewesen.«

Diana will die Zeugin schon fragen, ob es sich so zugetragen hat, doch der Herr Oberst will die Sache schnell hinter sich bringen. Es ist Samstagnachmittag, und er hat seine Zeit auch nicht gestohlen. »Jetzt tun Sie doch nicht so scheinheilig«, fährt er Wolf Gebhardt an. »Sie kennen Helge Pöckl ganz genau.«

»Helge Pöckl? Etwa *der* Helge?«

Diana glaubt nicht, dass sein Erstaunen gespielt ist.

»Ja, *der* Helge, welcher denn sonst? Sie können mit dem Theater aufhören, Herr … äh … äh … Gebhardt. Wir wissen alles. Sie haben die amerikanische Filmschauspielerin Caro LaBelle entführt und das Lösegeld bereits kassiert. Und jetzt heraus mit der Sprache: Wo befindet sich Frau LaBelle derzeit? Hatten Sie wenigstens genug Anstand, sie nach Zahlung des Lösegeldes freizulassen?«

Schlagartig scheint sich die Fassungslosigkeit des Verletzten um ein Vielfaches zu steigern.

Die Kollegen haben ihn noch gar nicht mit der Entführung konfrontiert, geht es Diana durch den Kopf. Was für eine Meisterleistung des Herrn Oberst! Wenn der LaBelle etwas passiert, kann er sich das auf seine eigene Kappe schreiben.

»Geh … Kollegin? Rufen's doch sofort im Hotel an und erkundigen Sie sich, ob die Schauspielerin zurückgekehrt ist.«

Diana tut wie ihr geheißen und beschließt, damit aufzuhören, sich einmischen zu wollen. Das sind jetzt ausschließlich die Erhebungen des Herrn Oberst. Soll er doch sehen, wie er zurechtkommt. Soll er doch die Konsequenzen seiner Ermittlungsfehler tragen.

»Nein«, sagt die Dame von der Rezeption, »Frau LaBelle ist hier nicht wieder aufgetaucht. – Nein, auch ihr Leibwächter ist nicht im Haus, und die Assistentin ist vor nicht allzu langer Zeit von einem Herrn abgeholt worden.«

Die Assistentin ist von einem Herrn abgeholt worden? Seltsam.

»Wollen Sie vielleicht mit dem Chinesen sprechen?«, fragt die Hotelangestellte.

Mit dem, dessen Englisch so schlecht ist, dass man kaum ein Wort versteht? Nein, das will Diana nicht, vielen Dank.

In der Zwischenzeit wäre der Verletzte am liebsten aufgesprungen, hätte ihn der Arzt nicht geistesgegenwärtig wieder in den Sessel zurückgedrückt. »Wie kommen Sie denn auf so eine hirnrissige Idee? Warum soll ich etwas mit dem Verschwinden einer Schauspielerin zu tun haben? Ich war die ganzen letzten Tage in Krumau bei meiner Schwester.«

Doch für den Herrn Oberst gibt es kein Zurück mehr. »Es hat keinen Sinn, länger zu leugnen. Wir wissen alles.«

Inzwischen hat Diana ihr Telefongespräch beendet. »Die Schauspielerin ist noch nicht wieder im Hotel aufgetaucht«, gibt sie an den Herrn Oberst weiter.

»Ich frage Sie ein letztes Mal«, herrscht dieser in dem Moment den Verletzten an, ohne Diana zu beachten, »wo ist Frau LaBelle? Was haben Sie mit ihr gemacht?«

»Und ich sage Ihnen ein letztes Mal: Ich habe mit der Entführung nichts zu tun.«

Diana überlegt: Welches der beiden Gesichter ist mittlerweile röter angelaufen? Das des Verdächtigen oder das des Herrn Oberst?

»Machen Sie weiter«, blafft dieser jetzt Diana an. Anscheinend ist er für den Augenblick am Ende seiner Weisheit.

Diana beschließt, das Thema zu wechseln. »Ist es richtig, dass auf dem Rücksitz Ihres Wagens eine Tasche lag?«

Wolf, froh, dass das Entführungsthema vom Tisch ist, nickt. Die Kommissarin scheint nett zu sein. Er versucht, soweit es seine Verletzungen zulassen, die Lippen zu einem kleinen Lächeln zu verziehen.

»Haben Sie gesehen, wie der Angreifer die Tasche mitgenommen hat?«

Das Lächeln verschwindet prompt. »Was? Der Idiot hat meine Tasche mitgenommen?«

»Was war denn in der Tasche?« Jetzt ist der Herr Oberst wieder mitten im Geschehen.

Sofort nimmt das Gesicht des Verletzten wieder einen verschlossenen Ausdruck an. »Das geht Sie gar nichts an. Das ist meine Privatsache.«

»Ich sage Ihnen mal, was in der Tasche war: das Lösegeld!«

»Lösegeld? Aber ich habe kein Lösegeld, wie oft soll ich das denn noch sagen, verdammt noch mal?«

»Ist der Mann haftfähig?«, erkundigt sich der Herr Oberst beim Arzt.

»Was soll das heißen, ob ich haftfähig bin? Ich bin hier das Opfer!«

Der Arzt wiegt bedenklich den Kopf. »Kann sein, dass er sich eine Gehirnerschütterung zugezogen hat, das würde ich auf jeden Fall gern noch abklären. Wenn also eine Verhaftung notwendig ist, dann nehme ich ihn mit zur Inquisitenabteilung ins AKH.«

»Ich will sofort meinen Rechtsanwalt sprechen!« Wolf scheint nun endgültig die Nerven zu verlieren. »Auf der Stelle!«

Der Herr Oberst, der das Mobiltelefon von der Zeugin ausgehändigt bekommen hat, reicht es ihm. »Aber nur *ein* Anruf«, bestimmt er. »Oder von mir aus auch noch ein zweiter, wenn Sie denn eine Vertrauensperson hinzuziehen möchten. Aber dann gehört das Handy wieder uns.«

Während Wolf Gebhardt die Kontaktliste runterscrollt, biegt etwa zweihundert Meter von ihnen entfernt eine Gruppe von drei Personen um die Ecke. In der Mitte ein großer, durchtrainierter Mann in einer hellblauen Jeansjacke, rechts und links von ihm zwei Uniformierte. Der eine Beamte hat dem Mann Handschellen angelegt.

»Schauen Sie, dort! Das ist er, Herr Kriminalhauptkommissar, das ist der Mann, den ich gesehen habe!«, ruft die eifrige Tatzeugin quer über den Parkplatz.

Der Verletzte lässt das Handy sinken und wartet gespannt,

bis die drei näher kommen. Mit jedem Meter weiten sich seine Augen stärker. »Hasso?«, entfährt es ihm schließlich.

»Sie kennen den Mann? Habe ich es doch gewusst.« Der Herr Oberst ist sichtlich zufrieden.

»Ja, ich kenne ihn. Allerdings habe ich ihn erst zwei Mal gesehen. Er ist ein Kollege in meiner … Interessengemeinschaft. Wir kennen uns aus dem Internet.«

Diana wird hellhörig. »Der Mann ist auch beim GDB?«, fragt sie. Wie gut, dass sie sich die Abkürzung gemerkt hat. Allerdings in der spontanen Interpretation von Karl-Heinz See, »Gemeinschaft Deutschnationaler Brüder«, was so falsch ja gar nicht geraten war.

»Sie wissen Bescheid?«, fragt der Verletzte überrascht.

Der Herr Oberst fährt herum. »Bescheid worüber?«

»Die Herren handeln mit Gegenständen aus der Nazizeit. Die zuständigen Kollegen sind bereits informiert«, flüstert ihm Diana zu, sodass es die anderen nicht hören können.

»Heilig, in welchen Sumpf sind wir denn hier geraten!«, ruft der Herr Oberst theatralisch aus, schüttelt den Kopf, lässt diese Angelegenheit jedoch auf sich beruhen. Das ist nun wirklich nicht sein Ressort.

## 50

Inzwischen stehen die drei vor ihnen. Der Mann mit der Jeansjacke ist so durchtrainiert wie von der Zeugin beschrieben. Sein blasses, mit zahlreichen Pickeln übersätes Gesicht ist unwillig verzogen. Die Augen hat er erwartungsvoll auf den Verletzten gerichtet, fast so, als würde er sich gegen dessen Angriffe wappnen wollen. Er ist überraschend jung. Kaum älter als zwanzig, schätzt Diana.

»Bist du jetzt vollkommen von Sinnen, Hasso? Das warst wirklich du? Du hast mich niedergeschlagen?«

Jedenfalls ist der so Angesprochene weit davon entfernt, niedergeschlagen zu sein. »Du weißt genau, warum ich das getan habe, du Verbrecher. Außerdem habe ich dich gewarnt.« Seine Stimme passt perfekt zu seinem trotzigen Gesichtsausdruck.

»Wir haben den Mann am Ufer vom Weikerlsee aufgegriffen, Herr Oberst. Die Tasche hatte er allerdings nicht mehr bei sich«, meldet sich nun die Polizistin zu Wort.

»Die habe ich in den See geworfen. War ohnehin nichts Wichtiges drin. Nur dreckiges Gewand.«

»In den See geworfen?« Der Arzt hat massive Schwierigkeiten, den Verletzten in den Sessel zurückzudrücken. »In den See geworfen? Warum wirfst du meine Tasche in den See, du verdammter kleiner Idiot?«

»Weil ich so eine Wut gehabt habe, dass nichts Gescheites drin war. Wo hast du das andere … Zeug? Ich brauche es. Dringend! Der Argentinier sitzt mir schon im Nacken. Heute hat mich einer von ihm daheim besucht, hier in Linz. Es war nur ein Glück, dass meine Mam nicht zu Hause war, einen Herzinfarkt hätte die bekommen. Alter, das ist nicht mehr lustig.«

»Aber deshalb schlägt man doch noch lang keine unschuldigen Leute nieder. Das ist krank, Hasso!«

»Was regen Sie sich denn so auf?«, meldet sich der Herr Oberst wieder zu Wort. »Wenn in der Tasche ohnehin kein Lösegeld war?«, tut er absichtlich harmlos.

»Dann war immer noch meine braune Hose drin, und in der sind sämtliche meiner Ausweise.«

Der Herr Oberst wendet sich wieder dem Schläger zu. »Jetzt noch einmal ganz von vorn. Ihr Name?«

Doch bevor Hasso die Frage beantworten kann, gehört die Aufmerksamkeit des Herrn Oberst schon wieder dem Arzt. »Bestehen aus medizinischer Sicht Bedenken, wenn der Verletzte ein paar Schritte zu Fuß geht?« Und als dieser verneint: »Gut, Kollegen, dann begleiten Sie Herrn … äh … Gebhardt doch bitte zu seiner Wohnung. Er soll schnell das Wichtigste für die Untersuchungshaft zusammenpacken. Und benachrichtigen Sie die Spurensicherung und den Erkennungsdienst. Die sollen die Wohnung und die Kellerräume auseinandernehmen. Wollen doch mal sehen, ob wir dort nicht noch etwas finden.« Dann wendet er sich wieder an den Verletzten: »Wir werden Sie schon noch weichklopfen, das schwöre ich Ihnen. Sie können jetzt Ihren Anwalt anrufen.«

Es hat den Anschein, als habe sich Wolf Gebhardt in sein Schicksal gefügt. Man verzichtet sogar darauf, ihm Handschellen anzulegen, aber mit seinem geschwollenen Auge und seinem beim Fallen blau geschlagenen Knie hätte er den zwei durchtrainierten Beamten ohnehin nicht entkommen können.

»Ich komme mit Ihnen und helfe Ihnen beim Packen«, bietet sich die Frau Nachbarin eifrig an. »Dann können Sie mir auch erzählen, worum es hier eigentlich geht, nicht wahr, Herr Gebhardt? Hallo, jetzt warten Sie doch auf mich! Komm, Binschi, Frauerl hat es eilig.«

»Einen Augenblick noch, Herr Doktor, bevor Sie fahren«, macht Diana wieder auf sich aufmerksam. »Halten Sie eine Vernehmung des Verletzten aus medizinischer Sicht heute bereits für sinnvoll? Oder kann sein Erinnerungsvermögen durch die mögliche Gehirnerschütterung gelitten haben?«

»Wenn Sie mich schon so direkt fragen, Frau Inspektor, dann empfehle ich, ihn frühestens morgen zu vernehmen. Heute sollte man ihm Ruhe gönnen. Mir kommt er noch ziemlich verwirrt und angeschlagen vor, aber das wird sich sicher wieder geben, wenn er eine Zeit lang flachgelegen ist.«

»So, und nun noch einmal zu Ihnen. Sie heißen? Beruf? Adresse?«, fragt der Herr Oberst den Schläger streng.

»Sonderberger, Harald. Ich bin Internet-Designer.« Er nennt seine Adresse.

Sonderberger … Sonderberger … Wo hat sie den Namen schon einmal gehört? Diana seufzt frustriert. Zu blöd, dass sie ihr Namensgedächtnis immer dann im Stich lässt, wenn sie es am dringendsten brauchen würde.

Viel mehr als Namen und Adresse bringt der Herr Oberst jedoch nicht aus dem Verdächtigen heraus. Nur dass Wolf Gebhardt ihm etwas schuldet und er gefürchtet hat, der Mann würde sich eben dieses Etwas allein unter den Nagel reißen.

»Und was ist das für ein Zeug?«, fragt Diana.

Der Mann verweigert die Antwort.

»Na, was schon? Geld natürlich. Unter den Nagel reißen tut man sich immer Geld. Für etwas anderes passt der Begriff ja gar nicht«, belehrt sie der Herr Oberst.

Doch Diana ist da anderer Ansicht. »Handelt es sich tatsächlich um Geld oder vielleicht doch um etwas anderes?«

»Geld suche ich keines.«

»Und was dann? Vielleicht Gegenstände aus der Zeit des Nationalsozialismus?«

Die anderen beim GDB haben Hasso so oft und so inständig eingetrichtert, dass die Polizei nichts von ihren gemeinsamen Geschäftsaktivitäten erfahren darf, da sie sonst, wenn es dumm läuft, alle drei für viele Jahre hinter Gitter wandern könnten, sodass er jetzt aus Angst schweigt.

Während sie auf die Rückkehr von Herrn Gebhardt warten, gibt der Herr Oberst schon einmal die Daten von Harald Sonderberger ins LKA durch.

»Noch keine Vorstrafen, Herr Oberst«, meldet sich Kollege Bergerer nach wenigen Minuten telefonisch wieder, bevor er ihn noch bittet, etwas auszurichten. »Schönen Gruß an die Frau Pölz, der Johannes Drazal hat sein Geständnis in der Zwischenzeit widerrufen. Er sagt, er habe keinen Mord begangen.«

»Widerrufen?« Diana steht neben dem Oberst und hat alles mitgehört. Warum nur wundert sie das nicht? Doch jetzt ist nicht die Zeit, um über den anderen Fall nachzudenken, denn der Polizist kommt mit einem tobenden Wolf Gebhardt zurück.

»Ich bring dich um, Hasso, das schwör ich dir!«, ruft er schon von Weitem.

»Überlegen Sie gut, was Sie da sagen. Was ist denn jetzt schon wieder geschehen?«, will Diana wissen.

»Der Idiot hat mich ›Arschgesicht‹ genannt. Nein, falsch, er hat mich nicht nur ›Arschgesicht‹ genannt, er hat es auch noch neben meine Haustür gesprayt!«

»Arschgesicht?« Das hat Diana kürzlich doch schon einmal auf einer anderen Hauswand gelesen. Und sie weiß auch, wo. Und dann fällt ihr auch wieder ein, wer den Namen »Harald Sonderberger« schon einmal erwähnt hat. Die Witwe des Dichters Grundlsee.

»Zeigen Sie mir Ihre Hände«, fordert sie den Schläger auf.

Rasch will er seine Arme hinter dem Rücken verschränken, doch sie ist schneller und zieht seine Rechte mit aller Kraft nach vorn. An den Fingern sind Spuren von Farbe auszumachen.

»Gehe ich recht in der Annahme, dass die Schrift an der Wand rot ist?«

»Knallrot«, kommt die umgehende Bestätigung der Polizistin, die Gebhardt begleitet hat.

»Sag einmal, hast du nicht mehr alle Tassen im Schrank? Ich wohne hier! Das ist eine gute Gegend! Wie kommst du dazu, mich vor all meinen Nachbarn bloßzustellen? Ich kann mich hier nirgendwo mehr blicken lassen!«

»Ja, aber wenn's doch stimmt«, verteidigt sich der Schrank von einem Mann und klingt wieder wie ein trotziges kleines Kind. »Die Kommissare sagen doch auch, dass du ein Verbrecher bist, weil du die Alte entführt hast. Ich jedenfalls finde, dass du ein Verbrecher bist, weil du nicht mit mir teilen willst, wie wir es ausgemacht haben.«

»Gibt es schon ein Foto von der Schrift an der Hauswand?«, erkundigt sich Diana.

Der Polizist kommt beflissen näher, Harald Sonderberger immer noch fest im Griff. »Selbstverständlich. Wenn Sie mir bitte in die Jackentasche greifen, dort ist die Kamera.«

»Aber natürlich.« Diana beginnt sich durch die Bilder zu klicken.

»Was soll denn das jetzt noch bringen? Ich denke, der Fall ist klar? Mein Gott, dann hat er eben auch noch die Wand beschmiert. Bei all dem, was wir dem Burschen vorwerfen werden, ist das wohl noch das geringste Vergehen. Es ist Samstagabend, Frau Kollegin, und ich habe nicht die geringste Lust, hier noch länger herumzustehen, nur weil Sie sich profilieren –«

»Einen Augenblick, Herr Oberst«, unterbricht ihn Diana so energisch, dass er schlagartig verstummt. »Sehen Sie sich diese Aufnahme an. Genau das gleiche Wort in genau der gleichen Schrift haben wir an der Fassade des Mariendoms vorgefunden. Am Tag der beiden Morde.« Sie wendet sich dem Schläger zu. »Kannten Sie einen Herrn Grundlsee, Herr Sonderberger?«

Der Mann mit der Jeansjacke kann ihr nicht folgen. »Was hat denn mein Vater jetzt mit der Geschichte hier zu tun? Der ist tot und hat es auch nicht anders verdient. Außerdem hieß er nicht Grundlsee, sondern Wernher, so wie ich eigentlich auch hätte heißen sollen, wenn er meine Mam nicht hätte sitzen lassen, das Schwein, das elendigliche.«

»Soll das heißen, Sie haben Ihren Vater gehasst?«

»Und ob es das heißt. Zeit meines Lebens hat er mir kaum einen Cent bezahlt, der neidige Hund, obwohl er sich das weiß Gott hätte leisten können. Ich bin froh, dass er tot ist.«

»Herr Sonderberger, wo waren Sie am Donnerstag zwischen einundzwanzig Uhr dreißig und zweiundzwanzig Uhr dreißig?«

»Wo werde ich denn schon groß gewesen sein? Daheim. Ich hab ferngesehen.«

»Kann das jemand bestätigen?«

»Also, Sie stellen Fragen. Meine Mutter ist auf Urlaub auf Gran Canaria, also war ich allein zu Haus. Warum wollen Sie das so genau wissen?«

Der Herr Oberst richtet sich in voller Größe auf und sagt mit tragender Stimme: »Harald Sonderberger, ich –«

Dianas Handbewegung lässt ihn innehalten. »Erinnern Sie sich noch, was Sie im Fernsehen gesehen haben, Herr Sonderberger?«

Anscheinend ist dem Muskelmann der Ernst seiner Situation

nicht bewusst. Lässig zuckt er mit den Schultern. »Was weiß denn ich, irgendetwas eben.«

»Das heißt, Sie haben für den Abend, an dem Ihr Vater tot aufgefunden wurde, kein Alibi?«

»Was soll denn die Frage jetzt noch, Frau Kollegin? Das ist doch offensichtlich. Also noch einmal: Harald Sonderberger, ich verhafte Sie wegen –«

»Stopp! Ich weiß doch, was ich gesehen habe«, ruft der Muskelmann dazwischen, und seine Stimme klingt plötzlich panisch. »Die Sendung mit dem Stermann und dem Grissemann.«

»Die Sendung heißt ›Willkommen Österreich‹ und läuft in der Schiene ›DIE.NACHT‹.«

»Ja, genau, ich kann mich erinnern, dass sie immer wieder ›DIE.NACHT‹ gesagt haben.«

»›DIE.NACHT‹ soll ›Dienstagnacht‹ bedeuten. Stermann und Grissemann laufen nie an einem Donnerstag.«

Der Herr Oberst holt tief Luft. »Dann also im dritten Versuch: Harald Sonderberger, ich verhafte Sie wegen des Mordes an Ihrem Vater Bernd Wernher, genannt Bernd Werner Grundlsee.« Er macht dem Kollegen beim Polizeiauto ein entsprechendes Zeichen, der umgehend mit Handschellen herüberkommt. Harald Sonderberger ist so überrascht, dass er sich erst zur Wehr setzt, als sich die Handschellen bereits mit einem Klick um seine Handgelenke geschlossen haben.

»Aber mein Vater hat doch Selbstmord begangen!«, ruft er aus und versucht sich vergeblich von seinem Bewacher loszureißen. »Es wurde doch so ein depperter Abschiedsbrief gefunden, oder etwa nicht?«

»Ich weiß, dass Sie uns das glauben machen wollten, und für einige Tage haben Sie uns sogar erfolgreich getäuscht. Allerdings ist Ihnen ein entscheidender Fehler unterlaufen. Wir haben den sogenannten Abschiedsbrief in einem alten Gedichtband Ihres Vaters wiedergefunden. Natürlich wissen wir noch nicht, wie Sie ihn dazu gebracht haben, das Gedicht abzuschreiben und es Ihrer Mutter Lini zu widmen, aber das werden Sie uns schon noch erzählen. Abführen!« Der Herr Oberst ist sich seiner Sache ganz sicher.

Der Muskelmann wehrt sich mit Händen und Füßen. »Aber meine Mutter heißt doch gar nicht Lini«, schreit er, »sondern Evelyn!«

»Das eine ist die Abkürzung des anderen, halten Sie uns etwa für blöd?«, ruft ihm der Herr Oberst nach.

Es braucht zwei Uniformierte, um den Verhafteten ins Auto zu verfrachten. »Den Mord müssen Sie mir erst einmal beweisen!«, brüllt er. »Das ist eine Riesensauerei!«

Bevor dann auch der verletzte Gebhardt in den Rettungswagen verladen wird, sagt der Herr Oberst noch einmal pflichtgemäß seinen Spruch auf. »Herr Wolfgang … äh … äh … Gebhardt … ich verhafte Sie wegen Entführung der Schauspielerin Caro LaBelle und Annahme von Lösegeld. Und ich rate Ihnen eindringlich, sich gut zu überlegen, ob Sie uns noch länger an der Nase herumführen wollen. Wenn Frau LaBelle in Ihrer Abwesenheit etwas geschieht, belangen wir Sie nicht nur wegen Entführung, sondern auch wegen Mordes, und dann sitzen Sie lebenslang. Melden Sie sich sofort bei uns, wenn Ihnen etwas dazu einfallen sollte, auch vom Krankenbett aus. Frau Kollegin … äh … Dings, geben Sie ihm Ihre Karte.«

Als schließlich beide Verhafteten abtransportiert werden, der eine in Richtung Gefängnis, der andere in die Inquisitenabteilung des Allgemeinen Krankenhauses, ist der Herr Oberst mit sich und der Welt hochzufrieden. »Sehen Sie, Frau Kollegin, so macht man das. Das nenne ich eine gelungene Ermittlung. War doch gut, dass ich meinem Impuls gefolgt bin und nach dem Rechten gesehen habe.«

Was soll Diana jetzt darauf sagen? Aber er erwartet ohnehin keinen Kommentar.

»Jetzt brauchen wir nur noch diese verdammte Schauspielerin heil zurück, dann bin ich restlos mit der Welt versöhnt. Für heute haben wir jedenfalls genug geleistet, und am Montag besorgen Sie als Erstes die Haftbefehle. Ich rede noch mit dem Staatsanwalt und gebe sofort der Pressestelle Bescheid, dass sie für Montag, elf Uhr, eine Pressekonferenz einberuft. Ich möchte das heutige Ergebnis höchstpersönlich den Medien bekannt geben. He, was ist denn?«

Diana ist am Straßenrand stehen geblieben. »Ich bin schon so lange nicht mehr mit der Straßenbahn gefahren, dass ich die nehmen werde, die da vorn kommt. Und was den Drazal betrifft –«

»Gut, dass Sie mich erinnern, für den brauchen wir ja auch noch einen Haftbefehl. Also besorgen Sie am Montag einfach drei. Ich werde Dr. Stösser sofort mitteilen, dass wir den Mörder seines Sohnes gefasst haben. Vielleicht wird es ihm ja ein kleiner Trost sein, dass es sich dabei um genau den Mann handelt, den er selbst von Anfang an in Verdacht gehabt hat. Und Sie wollen wirklich nicht mit mir zurückfahren?«

»Aber Johannes Drazal hat sein Geständnis widerrufen«, erinnert ihn Diana.

»Ach, das tun sie alle andauernd. Und jetzt beeilen Sie sich, sonst versäumen Sie noch Ihre Tramway. Und nicht vergessen: keine Vernehmungen am heiligen Sonntag!«

## 51

Ah, endlich zu Hause! Was für ein ereignisreicher Tag. Mit drei Verhaftungen! Wobei ihr die von Johannes Drazal noch immer schwer im Magen liegt. Die Fahrt mit der Straßenbahn war lange nicht so nervenaufreibend wie die mit dem Herrn Oberst, dafür unerwartet lang – fast eine Stunde. Mit einem kleinen Zwischenstopp bei McDonald's, wenn sie denn ehrlich ist. Sie hat einen Big Mac, Pommes und dazu eine Apfeltasche bestellt. Nicht ganz so gesund wie Soja-Joghurt mit Ballaststoffflocken oder ein gemischter Salat, aber dafür warm, unvernünftig und ab und zu richtig gut. Vor allem nach einem so intensiven Tag wie heute.

Als sie endlich die Wohnungstür aufsperrt, ihre Schuhe von den Füßen kickt und mit der braunen Tüte in die Küche geht, ist es bereits halb zehn. Schade, irgendwie hätte sie sich den Anfang von »Wetten, dass …?« doch gern angeschaut. Wie man wohl das Fehlen von Caro LaBelle erklärt hat? Hat man daraus eine Riesengeschichte gemacht oder geschwiegen und so getan, als habe man sie gar nicht eingeladen? Bevor Diana sich noch die Hände wäscht und in bequemere Kleidung schlüpft, schaltet sie den Fernseher ein. Eine dieser deutschen Musikgruppen, bestehend aus drei Männern und einer singenden Frontfrau, gibt Pseudophilosophisches zum Besten. Großartig, sie versäumt nichts, wenn sie sich noch umzieht.

Als sie in Pyjamahose und angenehm weichem, warmem Nickipullover mit ihrem Essen ins Wohnzimmer zurückkommt, um gemütlich die Beine hochzulegen, wird soeben die runde Sitzbank mit den prominenten Gästen in Großaufnahme gezeigt. Uschi Glas ist da. Seit Jahren unverändert. Braun gegerbt und eckig. Daneben ein honoriger Herr mit Brille, den sie nicht kennt. Wahrscheinlich ein deutscher Politiker. Dann ist da noch die … die … Mist, wie heißt sie noch gleich? Eine dieser jungen amerikanischen Sängerinnen, die alle ähnlich aussehen, nämlich schlichtweg nett. Und ähnlich singen, nämlich auch nett. Neben ihr sitzt mit einem samtweichen Lächeln der Moderator. Wie immer im korrekten Anzug, ganz anders als sein Vorgänger mit den ausgefallenen Modekreationen. Die junge Frau ist *»so excited to be here!«*, und der Moderator ist sichtlich *excited to be* so dicht neben ihr.

Diana öffnet ihre braune Papiertüte und macht sich gierig über ihr Abendessen her. Natürlich hätte stilecht ein Becher Cola dazugehört, aber dann hätte sie bestimmt wieder nicht einschlafen können. Als sie sich ein Glas Wasser aus der Küche holt, trällert eine englische Boyband ihren aktuellen Song. Oder tut zumindest so, als ob – an ihrem Playback müssen die Burschen noch feilen. Dennoch verabschiedet sie tosender Applaus.

Der Moderator ist inzwischen aufgestanden und fährt sich noch schnell mit der Zunge über die Lippen, bevor er die Sensation verkündet. »Und nun zum Höhepunkt der heutigen Show. Was haben wir in den letzten Tagen nicht gezittert. Was haben wir nicht alle in den letzten Tagen um ihr Leben gebangt. Doch schlussendlich ist alles gut gegangen, sodass sie heute bei uns ist. Gesund und munter und schöner denn je: Caro LaBelle!«

Diana wäre vor Schreck beinahe das Wasserglas aus der Hand gefallen. Sie rückt zum äußersten Rand ihrer Couch vor, als die Hollywood-Diva im Fernsehen elegant die Showtreppe hinabsteigt. Noch dazu in einer Sünde von einem Kleid. Schlicht, hochgeschlossen in Schokoladenbraun, das Oberteil über und über mit Pailletten besetzt, die im Licht der Scheinwerfer funkeln, der Rock reicht jedoch höchstens bis zum halben Oberschenkel. Die Frau hat Beine, alle Achtung! Schlank und straff, in hauchzarten Seidenstrümpfen. So manche Finalistin von »Top Model« dürfte bei dem Anblick vor Neid erblassen. Die ebenfalls schokobraunen Schuhe sind hochhackig und filigran wie die von Carrie in »Sex and the City«, dennoch scheint Frau LaBelle mühelos in den Saal hinunterzuschweben. Ihr Gang ist leicht verdreht, wie sie es nur in Hollywood draufhaben. Eine Göttin, ein Star! Das Gesicht ein einziges strahlendes Lächeln. Nicht die geringsten Anzeichen etwaiger vergangener Strapazen oder Entbehrungen, und auch die Frisur sitzt wie im Werbefernsehen.

»Caro LaBelle, meine Damen und Herren!«, ruft der Moderator noch einmal mit weit ausladender Geste, und noch einmal schwillt der Begrüßungsapplaus an.

Die Diva weiß, was sich gehört. Sie verbeugt sich, strahlt, wirft Küsschen ins jubelnde Publikum. Da will auch der Moderator in nichts nachstehen und begrüßt seinen Gast mit einer innigen Umarmung. Bussi rechts, Bussi links. Gemeinsam nehmen sie Platz, sodass der Moderator nun zwischen der Sängerin und Caro LaBelle sitzt.

»Caro, du hast uns einen ordentlichen Schrecken eingejagt. Deine Fans hier in Deutschland, na ja, Linz gehört ja fast dazu«, das Lachen des Publikums hält sich in engeren Grenzen als die Geografiekenntnisse des Moderators, »und in aller Welt haben sich gefragt: Wo ist Caro LaBelle? Die Zeitungen haben sich vor Spekulationen ja nur so überschlagen. Man munkelte sogar, du seist entführt worden. Von Nazis war die Rede. Was war dran an all diesen Geschichten?«

Caro LaBelle greift zum Knopf in ihrem Ohr, wo des Dolmetschers Stimme dabei ist, das Gesagte ins Englische zu übersetzen. Der Mann ist ein Großmeister seines Faches. Jedenfalls scheint er fast zeitgleich mit der letzten Frage auch seine Übersetzung beendet zu haben.

»Darf denn eine Frau kein kleines Geheimnis haben?«, fragt Frau LaBelle auf Englisch, statt eine Antwort zu geben. Ihre Augenlider hält sie dabei in erotischer Geste gesenkt. Und fügt dann mit rauchiger Stimme in einem sehr amerikanisch klingenden Deutsch hinzu: »Ainen klainen Gehaimnis?«

Natürlich darf sie das, scheint der tosende Applaus auszudrücken. Diana starrt auf die Szene und kann es nicht glauben. Ist die Frau tatsächlich wegen einer Bettgeschichte fast drei Tage und zwei Nächte lang verschwunden gewesen? Aber warum zum Teufel hat sie ihren Angestellten nicht Bescheid gesagt? Oder wussten die etwa die ganze Zeit davon, waren ihre dramatischen Appelle, die verschwundene Schauspielerin doch bitte, bitte wiederzufinden, nur eine schamlose Inszenierung? Garniert mit passenden Requisiten wie einem zerwühlten Bett und in Schubladen versteckten Botschaften?

Während der Moderator und die Diva noch darüber schäkern,

wer der Glückliche, für den sie tagelang von der Bildfläche verschwunden war, denn gewesen sein mag, fragt sich Diana mit schalem Geschmack im Mund, ob man sie etwa als Handlangerin einer minutiös geplanten PR-Aktion missbraucht hat. Sollte durch die etwaige Entführung nur der Bekanntheitsgrad des alternden Stars mit einem Schlag in lichte Höhen schnellen? Den Produzenten in Hollywood ist es zuzutrauen, dass man sie, die Chefinspektorin, in nicht allzu langer Zeit als Hauptdarstellerin ihres eigenen »Doch-nicht-Entführungsdramas« engagieren wird. Mit Michael Winslow von »Police Academy« als doofem Polizisten an ihrer Seite. Na bravo! Diana schnappt sich die Reste ihres Burgers, die kalt grässlich schmecken. Genauso grässlich, wie sie sich fühlt. Dann kommt die Wette der LaBelle. Irgendetwas mit drei kleinen Kindern, so um die zehn Jahre alt, und einem ebenfalls kleinen Schwein.

*»Oh, aren't they sweet!«,* ruft die Diva gefühlsduselig und springt auf, um Kinder und Ferkel zu herzen, was ihr weitere Sympathiepunkte beim begeistert klatschenden Publikum einbringt. Dass weder den Kindern noch dem Schwein die innige Umarmung zu behagen scheint, nimmt niemand wahr. Doch während die Kinder brav stillhalten und kaum das Gesicht verziehen, beginnt das Ferkel, wie wild zu zappeln. Es reißt der Schauspielerin den Knopf aus dem Ohr und bringt ihre Frisur in Unordnung, bevor es, mit tatkräftiger Hilfe des Moderators, endlich wieder auf den Boden gestellt werden kann. Dass die Diva den Zwischenfall mit Humor zu nehmen scheint, macht sie in den Augen des Publikums noch sympathischer.

»Caro«, sagt der Moderator nun, »ich muss auch dich fragen: Was bietest du als Wetteinsatz, wenn du die Wette verlieren solltest?«

*»Oh well«,* sagt die Diva auf Englisch, »ich bin sicher, dass diese reizenden Kinder das schaffen. Aber falls nicht, werde ich morgen in eine Obdachlosenspeisung gehen, eine Stunde lang Suppe an die armen Menschen austeilen und ihnen Trost und Hoffnung spenden.«

Na, wenn das nicht reizend ist? Mindestens so reizend wie die Kinder und das Schwein. Als Dank dafür zeigt die Regie dem

Fernsehzuschauer die Diva in Großaufnahme. Wie sie dasitzt, die Beine grazil nebeneinandergestellt, und mit fröhlicher Gestik mit dem Moderator plaudert.

Im »Tagesblatt« gibt es ein tägliches Bilderrätsel: »Finde die sechs Fehler!«. Seit Caro LaBelle auf dem Bildschirm aufgetaucht ist, kann Diana an nichts anderes denken. Auch das Bild scheint Fehler zu haben. Allein, sie hat die Fehler bisher noch nicht gefunden. Die Diva sitzt in Großaufnahme vor ihr, elegant vom Scheitel bis zur Sohle ihrer Pumps mit den dünnen Absätzen, und lacht über die seichten Witzchen des Moderators. Diana hat keine Ahnung, wonach sie sucht. »Du verrennst dich wieder einmal in etwas, Didschei«, hört sie im Geiste die Stimme ihrer Mutter. Egal, es wird höchste Zeit, dass sie sich Klarheit verschafft. Also wischt sie sich die Hände an der Serviette ab, nimmt noch einen Schluck Wasser, zieht wieder ihren korrekten Hosenanzug an und zückt das Handy, um sich ein Taxi zu rufen.

# 52

Nicht dass man jetzt auf die Idee kommt, die letzten Tage seien für Caro LaBelle tatsächlich das reinste Vergnügen gewesen. Auch die Person, in deren Wohnung sie sich aufgehalten hat, hätte den Mund nicht mehr zubekommen, hätte sie gewusst, dass man der LaBelle jetzt öffentlich – im Fernsehen! – ein erotisches Abenteuer nachsagt. Sie, die Anni Kaserer, hat ihr Leben lang kein erotisches Abenteuer gehabt und wird wohl auch in Zukunft keines haben, so wahr ihr Gott helfe. Für sie waren die letzten Tage eine echte Anstrengung, da ihr Gast es gewohnt war, von vorn bis hinten bedient zu werden.

»Nein«, wird die Anni Kaserer Tage später Diana gegenüber sagen, »ich habe Caro LaBelle nicht erkannt. Wie denn auch? Als die Maria-Theresia-Filme mit ihr in der Hauptrolle in den Kinos liefen, da war ich doch noch viel zu jung, und jetzt habe ich keinen Fernseher. Da wird doch eh nur so Teufelszeug gezeigt, ›Harry Potter‹ oder irgendwelche magersüchtigen Teenager auf Drogen.«

»Und was ist mit Fotos aus der Zeitung?«

»Die schauen ihr doch gar nicht ähnlich. In der Zeitung ist sie immer so faltenfrei und so blond, dass man sie fast für alterslos halten könnte. Wie die bei mir war, wenn sie das denn wirklich war, was ich immer noch bezweifle, da sah sie so alt aus, wie sie tatsächlich ist. Siebzig und keinen Tag jünger.«

»Es waren furchtbare Nächte«, wird sich die Schauspielerin im Nachhinein als nicht wirklich dankbar erweisen. »Stellen Sie sich vor, die Frau hat mir ein Klappbett zugemutet, ein Klappbett! Noch dazu im Wohnzimmer, wo diese alten katholischen Männer in ihren bodenlangen Kleidern auf mich herabblicken konnten.«

»Wir haben uns zufällig getroffen, sind ins Reden gekommen. Später hat sie mir dann spontan bei meiner Arbeit geholfen«, wird Anni Kaserer sagen. »Ich fand das sehr nett und christlich, darum habe ich sie mit zu mir genommen.«

»Zwei Tage, zwei Nächte«, wird die LaBelle sagen, »das war wirklich das Äußerste, was ich mir zumuten konnte.«

Aber bis dahin ist noch Zeit.

Da die Anni Kaserer bekanntlich keinen Fernseher hat und sie selbst bekanntlich keine Zeitungen liest, war Caro LaBelle völlig unvorbereitet darauf, was sie erwartete, als sie am Samstagnachmittag, einige Stunden vor der »Wetten, dass …?«-Show, ins Hotel zurückkehrte. Mit dem Hut der Anni Kaserer auf dem Kopf schlüpfte sie problemlos durch den verschwiegenen Hintereingang und wurde weder von der jungen Mitarbeiterin an der Rezeption und schon gar nicht vom zeitunglesenden Security-Mann erkannt. Als sie dann in ihrem Hotelzimmer stand, war niemand da. Natürlich mit Ausnahme von Li Peng, der im Trainingsraum mit asiatischem Gleichmut Kilometer für Kilometer auf dem Trainingsfahrrad strampelte, nicht wusste, wo die anderen waren, und der auch sonst selten zu etwas nütze ist. Reden kann man mit ihm kaum, weil er so schlecht Englisch spricht, und zum Trainieren mit ihm hatte sie an diesem Samstag weder Zeit noch Lust. Überhaupt stellt sie sich die Frage, ob sie je wieder dazu Lust haben wird.

Aber wo waren denn nur alle? Wo war ihre Assistentin, einzig und allein eingestellt, um ihr die Wünsche von den Augen abzulesen? Und wo war Bert? Warum saß er nicht weinend auf seiner Bettkante und machte sich so arge Sorgen über ihren Verbleib, dass er nächtelang nicht schlafen konnte? War es ihm denn völlig egal, wo sie war und in welchen Gefahren sie schwebte? Waren zwei lange Tage in der Gesellschaft dieser öden katholischen Frau denn völlig umsonst gewesen? Wütend klingelte sie nach dem Zimmerservice.

Der junge Mann im etwas zu großen schwarzen Anzug trat ein, erkannte, wen er vor sich hatte, riss die Augen auf und verließ den Raum, ohne auch nur ein Wort gesagt zu haben.

Minuten später erschien mit korrekter Verbeugung der Hoteldirektor. »Welche Freude, Sie wieder bei uns zu haben, gnädige Frau!« Er zupfte die Manschetten unter den Sakkoärmeln zurecht. »Wir haben uns große Sorgen gemacht. Darf ich fragen, wo Sie gewesen sind?« Sein Englisch war perfekt, doch die Antwort hätte er auch ohne große Kenntnisse verstanden.

*»No!«*

Er zuckte zurück, verbeugte sich abermals. »Was kann ich denn jetzt für Sie tun, gnädige Frau?«, erkundigte er sich dann.

Doch der gnädigen Frau stand nicht der Sinn nach langer Konversation. »Wo sind meine Leute?«, fragte sie barsch.

»Vermutlich unterwegs, um nach Ihnen zu suchen. Die Sorge Ihrer Mitarbeiter war so groß, da haben sie es nicht mehr ausgehalten, tatenlos zu warten, bis die Polizei fündig wird.«

»Die Polizei?« Ihre Stimme klang schrill.

Der Hoteldirektor genoss die tragende Rolle, seinen berühmten Gast in die Geschehnisse der letzten Tage einzuweihen, sichtlich. Dass dieser dabei um eine Nuance blasser geworden war, entging ihm ob des Stolzes seiner eigenen Wichtigkeit. »Sicher wollen Sie sich jetzt ausruhen«, sagte er abschließend. »Wenn Sie möchten, kann ich auch einen Arzt kommen lassen.«

»Arzt? Was soll ich denn mit einem *Arzt*?« Die Diva hatte sich schnell wieder von ihrem Schock erholt. »Was ich brauche, ist eine ordentliche Friseurin. Meine Assistentin, deren Aufgabe es wäre, für meine Haare zu sorgen, zieht es ja anscheinend vor, sich anderweitig zu vergnügen.« Dass sie mit diesen Worten gar nicht so unrecht hatte, wusste sie zum Glück – für die Assistentin – nicht.

So kam es, dass der Hoteldirektor telefonisch seine Frau zurate zog, die wiederum ihre Friseurin nicht lange überreden musste, ins Hotel zu kommen. Die Hausdame fungierte als Kammerzofe, und weil Rache bekanntlich süß ist, entschied sich die LaBelle dafür, bei ihrem großen Auftritt das Kleid von Dior zu tragen, das sich Alice von ihrem eigenen mühsam zusammengesparten Geld gegönnt hatte. Mit ihrer jugendlichen Figur passte es der LaBelle wie angegossen, nur der Rock, der war schon gewöhnungsbedürftig kurz.

Als Bert Stunden später von seiner vergeblichen Suche nach seiner Chefin ins Hotel zurückgekehrt war, hatte der Direktor nicht nur, wie ihm aufgetragen, strengstes Stillschweigen bewahrt, sondern seinen berühmten Gast schon längst zur Veranstaltungshalle chauffiert, damit die LaBelle rechtzeitig zu ihrem Auftritt erschien. Auch der Chinese schwieg, wie nur Chinesen schweigen können. So kam es, dass Bert am Abend vor dem Fernseher saß, um »Wetten, dass …?« zu sehen, und seine Überraschung darüber, Caro LaBelle frisch und munter die Showtreppe hinabsteigen zu sehen, der Überraschung, die Diana verspürte, in nichts nachstand.

# 53

Dianas Idee, sich mit dem Taxi zur Veranstaltungshalle bringen zu lassen, ist keine wirklich gute, wie sich bald herausstellt. Als sie, nach gezählten zwölf roten Ampeln, den Zielort erreicht, ist die Veranstaltung gerade zu Ende, und die Massen strömen zu ihren Autos. Auf dem großen Parkplatz herrscht ein einziges Chaos, es gibt kein Weiterkommen, weder vor noch zurück. Aussteigen und zu Fuß sein Glück zu versuchen hat auch keinen Sinn, sicherlich hat man die Diva längst durch einen Seitenausgang hinausgeschleust. Also übt sich Diana in Geduld und weist den Taxilenker an, doch lieber das Hotel der LaBelle anzusteuern.

Als sie dort ankommt, ist eine weitere halbe Stunde vergangen. Der Herr Oberst wird seine helle Freude an ihrer Spesenrechnung haben, denkt sie sich und kann sich ein Lächeln kaum verkneifen. Das erste zu überwindende Hindernis stellt der Nachtportier dar, an dem vorerst kein Vorbeikommen ist. Anscheinend kennt der ältere Herr die Gesichter all seiner Gäste, oder er hat vom Hoteldirektor strengste Anordnung bekommen, sämtliche Personen zu kontrollieren.

Diana hält ihm ihre Dienstmarke unter die Nase. »Ich nehme jetzt den Lift und fahre zu Frau LaBelle hinauf. Und nein, ich möchte nicht angemeldet werden. Unter keinen Umständen«, fügt sie eindringlich hinzu, als sie bemerkt, wie die Hand des Mannes instinktiv nach dem Telefonhörer greifen will. »Und Sie bleiben auch, wo Sie sind, verstanden?«

Die letzte Anweisung gilt dem Wachmann in Zivil, der sich neugierig erhoben hat. Gehorsam setzt er sich wieder hin und vertieft sich in seine Zeitschrift. So fad hat er sich die Bewachung eines Hollywood-Stars wirklich nicht vorgestellt.

Lautlos gleitet der Lift nach oben, dann öffnen sich die Türen. Diana hat erwartet, einen menschenleeren Flur vorzufinden, doch dem ist nicht so. Leibwächter Bert steht vor dem Zimmer seiner Arbeitgeberin, die Stirn an das Türblatt gelehnt, und bittet inständig um Einlass. *»Please, Mam, please, don't be so hard on me!«*

Es ist schon bemerkenswert, einen Riesen von einem Mann so erbärmlich winseln zu sehen. Diana hätte sich gern noch weiter unbemerkt ein Bild von der Situation gemacht, doch hinter ihr schließen sich die Lifttüren, sie muss handeln. Rasch blickt sie sich um. Kein Schrank, hinter dem sie sich hätte verbergen können. Also bleibt ihr nichts anderes übrig, als den Leibwächter direkt anzusprechen.

»Wo kommen Sie denn auf einmal her, Ma'am?«, fragt er überrascht.

»Wie ich gehört habe, ist Frau LaBelle wieder aufgetaucht. Ich wollte nachsehen, wie es ihr geht. Sollte es tatsächlich keine Entführung gegeben haben, dann müssen wir den Staatsanwalt verständigen und die Ermittlungen umgehend offiziell einstellen«, sagt sie. Und den seltsamen Mann freilassen, der wegen der Entführung bereits sitzt, fügt sie in Gedanken dazu.

*»To whom are you talking?«,* bellt von innen die Stimme der Diva. Madame scheint ganz besonders schlechter Laune zu sein.

»Ich rede mit der Polizistin, die sich mit deinem Verschwinden befasst hat«, antwortet der Leibwächter auf Englisch. Dann überlegt er kurz und fährt mit einem listigen Aufleuchten in seinen dunklen Augen fort: »Ich wollte ihr gerade sagen, dass ich nicht an das erotische Abenteuer glaube, das du im Fernsehen erwähnt hast. Viel eher glaube ich –«

Mit einem Schlag wird die Tür aufgerissen, so als wäre die LaBelle höchstpersönlich die ganze Zeit dahintergestanden. »Du hast gar nichts zu glauben. Und jetzt verschwinde und lass mich mit der Frau von der Polizei allein sprechen.«

Aber Bert ist schon in ihr Zimmer geschlüpft. »Zuerst will ich wissen, warum du so böse auf mich bist, Mam.«

Die Augen der Diva funkeln ungehalten, doch sie schweigt.

»Mein Name ist Diana Pölz«, beschließt Diana die Stille zu nutzen. Sie atmet durch und sagt dann auf Englisch: »Ich freue mich, Sie wohlbehalten zu sehen.« Sie ist froh, dass ihre Vorliebe für London und die vielen Reisen mit Norbert und Lilly durch Süd- und Mittelengland das Einrosten ihrer Schulenglischkenntnisse verhindert haben. »Ich darf doch eintreten?«

»Aber selbstverständlich.« Die Diva reißt die Tür bis zum Anschlag auf. »Bert? Wenn du schon da bist, kannst du dich auch gleich nützlich machen. Bring uns Rotwein, Wasser und eine Kleinigkeit zu essen. Durch deine Schuld habe ich einen Hunger wie ein Wolf.«

Doch Bert denkt gar nicht daran, das Zimmer, zu dem er sich endlich Einlass verschafft hat, wieder zu verlassen. Er greift zum Telefonhörer und gibt dem Roomservice die Bestellung durch.

Die Diva lädt Diana ein, ihr gegenüber am Tisch Platz zu nehmen. In ihrem türkisfarbenen Hausanzug sieht sie aus, als wäre sie einer amerikanischen Sitcom entsprungen. »Sie sind also die Kommissarin, die meine Leute eingeschaltet haben. Völlig unnötigerweise, wie ich betonen möchte.«

Der Leibwächter schnauft unwillig.

»Kümmern Sie sich nicht um Bert, Frau Kommissarin. Tun Sie einfach so, als wäre er nicht da.«

Eine originelle Idee. »Das wird mir leider nicht leichtfallen, Ms. LaBelle. Ihr Leibwächter ist ein beeindruckend großer Mann, den übersieht man nicht so leicht.«

»Dafür ist sein Hirn nicht größer als …« Mit Zeigefinger und Daumen deutet sie die Größe einer Erbse an, während an ihrem Ringfinger ein riesiger Diamant im Schein der Deckenlampe funkelt. Ihre Augen glitzern wie der Edelstein, nur böser.

Nun wird es dem Schwarzen doch zu bunt. »Du bist so gemein zu mir, Mam! Warum tust du das? Du hast kein Recht, mich vor Fremden bloßzustellen.« Er scheint ernstlich beleidigt und verlässt das Zimmer, zu dem er sich den Zutritt doch gerade erst mühsam erarbeitet hat. Die Tür knallt hinter ihm ins Schloss.

Die LaBelle zuckt vom Geräusch kurz zusammen, lächelt dann aber zufrieden. Noch ahnt sie nicht, dass sie sich im Nachhinein dafür verfluchen wird, den Leibwächter aus dem Raum vertrieben zu haben. Und das wird spätestens dann der Fall sein, wenn sie feststellen wird, dass ihr eigenes Hirn in Wahrheit manchmal auch nicht größer ist als eine Erbse. Vor allem dann nicht, wenn sie sich von Emotionen leiten lässt.

»Glauben Sie mir, *darling*, es ist mir zutiefst unangenehm, dass meine Angestellten die Polizei eingeschaltet haben. Manchmal sind sie einfach dumm.« Sie tut, als hätte es den emotionalen

Abgang ihres Leibwächters nicht gegeben, greift über den Tisch und tätschelt Diana gönnerhaft die Hand. »Mein Gott, ich war zwei Nächte lang weg. Zwei lächerliche Nächte. Da wird man doch gut und gern einmal ohne mich auskommen können, oder etwa nicht? Das sind doch alles erwachsene Menschen.«

»Ich denke, es ist verständlich, dass sich Ihre Mitarbeiter Sorgen um Sie gemacht haben. Warum haben Sie sich nicht bei ihnen gemeldet? Das hätte uns allen viel erspart.«

»Sie haben ja so recht, meine Liebe«, die LaBelle fährt mit dem Tätscheln fort, »aber leider war es mir nicht möglich, anzurufen. Meine Handtasche wurde gestohlen.«

»Gestohlen? Tatsächlich? Wollen Sie Anzeige erstatten?«

Die LaBelle schnippt mit den Fingern. »Ach was«, sagt sie, »was ist schon eine Handtasche mehr oder weniger. Dumm war nur, dass damit auch mein Handy weg war und ich nicht anrufen konnte. Schließlich weiß ich die Nummern meiner Angestellten nicht auswendig.«

Das erklärt natürlich so manches. Andererseits wäre ein Anruf im Hotel immer noch möglich gewesen.

»Da fällt mir etwas ein. Würden Sie wohl so freundlich sein, *darling*, mir den Stuhl herüberzuschieben. Ich muss mein verletztes Bein hochlegen, sonst bekomme ich noch eine Rüge von meinem Arzt. Ah, danke vielmals, das ist äußerst nett von Ihnen.«

Diana schaut interessiert zu, wie die Diva ihr linkes Bein hochlagert und leise aufstöhnt. »Nur fürs Protokoll, damit ich den Entführungsfall, der offensichtlich keiner war, abschließen kann: Würden Sie mir bitte erklären, wie sich alles abgespielt hat?«

»Sie brauchen gar nicht viel ins Protokoll zu schreiben, die Geschichte ist meine Privatangelegenheit, darauf bestehe ich. Nur weil ich von Donnerstag bis heute auswärts genächtigt habe, braucht man doch kein Protokoll. Mit siebzig darf man wohl mal zwei Nächte fortbleiben, ohne dafür Rechenschaft ablegen zu müssen, meinen Sie nicht?«

Diana beeilt sich, ihr das zu versichern, als die Zimmertür wieder geöffnet wird. Doch statt des erwarteten Zimmerkellners kommt Alice, die Assistentin, mit den Getränken und einem Teller mit Club-Sandwiches und einem Berg Pommes frites herein. Die junge Frau hat rote Wangen, wahrscheinlich vor Freude, ihre Dienstgeberin wiederzusehen. Ihre Haare sind lose aufgesteckt, einige Strähnen ringeln sich über Stirn und Ohren.

»Caro, wie schön, dass Sie wieder da sind! Wo sind Sie denn gewesen? Wir haben uns solche Sorgen –«

»Wie siehst du denn aus?« Ihre Freude über das Wiedersehen wird von der Schauspielerin anscheinend nicht geteilt. »Alice, wir haben einen Gast. Verschwinde und richte dich erst einmal anständig her. Du siehst ja aus, als würdest du direkt aus dem Bett kommen.«

Die bedauernswerte junge Frau errötet noch stärker. Auch hektische Flecken bilden sich im Gesicht und an ihrem Hals. Ohne ein weiteres Wort stellt sie alles auf den Tisch, gießt Wein und Wasser in die vorbereiteten Gläser und geht schließlich angemessenen Schrittes zur Tür. Diana kann sie für ihre Contenance nur bewundern. Damit verlässt auch die nächste Angestellte das Zimmer, aber wo steht geschrieben, dass Diven keine Fehler machen?

Die LaBelle inspiziert in der Zwischenzeit das Essen. »Ah, ich *liebe* das! Wenn mir Alice in meiner jetzigen Stimmung ihr Low-Carb-Zeug angeschleppt hätte, wäre ich ernstlich böse geworden.« Anscheinend hat sich ihre Laune beim Anblick der frittierten Kartoffeln schlagartig gebessert. Sie lacht laut auf, als würde sie ihr eigener Scherz bestens unterhalten.

Diana beeilt sich, mitzulachen.

»Greifen Sie doch zu, Frau Kommissarin, es ist genug für uns beide da.«

Doch Diana hat keinen Hunger mehr, ein Mal Fast Food am Tag reicht völlig. Nur aus Höflichkeit greift sie zu ein paar Kartoffelstücken. »Sie wollten mir gerade erzählen, wo Sie die zwei Nächte seit Donnerstag verbracht haben«, nimmt sie den scheinbaren Faden wieder auf.

»Gar nichts wollte ich.« Die Diva durchschaut sie sofort. »Sie sind aber vielleicht eine gerissene Polizistin, alle Achtung, wirklich, aber nicht mit mir. Auch ein Glas Rotwein?«

Diana entscheidet sich lieber für Wasser.

»Ich verstehe, Sie sind im Dienst. Das hätte ich fast vergessen, wo wir doch gerade so nett plaudern. Und weil Sie so eine freundliche Frau sind, beantworte ich auch gern Ihre Frage: Nein, es gab kein erotisches Abenteuer. Das habe ich erfunden.«

Was soll Diana nun darauf antworten? »Das habe ich mir gleich gedacht!« klänge doch ein wenig zu uncharmant.

»Ich bin am Donnerstagabend spazieren gegangen«, fährt die Diva fort, die anscheinend gar keine Antwort erwartet hat.

»Ohne Leibwächter?«

»Ja, natürlich. Wozu brauche ich bei einem Spaziergang einen Leibwächter? Sie glauben gar nicht, was für eine Wohltat es ist, manchmal allein zu sein. Noch dazu, da ich endlich wieder einmal in meiner alten Heimat bin. Wo Geschichte, Architektur, Kultur … Jahrhunderte auf einen herniederblicken. So etwas gibt es in Amerika schlichtweg nicht.« In tiefem Bedauern schüttelt sie den Kopf.

»Jahrhunderte blicken auf einen hernieder?«, wiederholt Diana stirnrunzelnd. »Wo genau sind Sie denn am Donnerstagabend gewesen?«

Die Diva beißt mit solcher Gier in ihr Sandwich, dass die Mayonnaise rechts und links aus dem dreieckig geschnittenen Toastbrot quillt. »Das weiß *ich* doch nicht, denken Sie, ich merke mir alle Straßennamen? Und als mir meine Tasche gestohlen wurde, habe ich vollends die Orientierung verloren. Der Schock, es muss der Schock gewesen sein, der mich so verwirrt hat. Jedenfalls konnte ich mich plötzlich nicht mehr an den Namen des Hotels erinnern.«

»Was Sie nicht sagen.«

»Sie glauben mir nicht?«

Wenn Sie schon so offen gefragt wird, erscheint eine ebenso offene Antwort erlaubt. »Um ehrlich zu sein, nein, Ms. LaBelle, ich glaube Ihnen nicht.«

»Wollen Sie mir etwa unterstellen, dass ich lüge?«

Eigentlich würde Diana am liebsten mit »Nur ungern« antworten, aber ihr fällt der englische Ausdruck nicht ein. Daher muss ein schlichtes »*Yes*« genügen.

Doch das will die Diva nicht auf sich sitzen lassen. Zu groß ist ihr Stolz. »Aber ich lüge nicht!«, ruft sie aus, und es hat fast den Anschein, als wolle sie mit der Faust auf den Tisch schlagen. »Niemals! Sie können ja Frau Kaserer fragen, Anni Kaserer. Die hat mich aufgelesen und mir ein Zuhause gegeben. Nur die Adresse müssen Sie selbst herausfinden, die habe ich ebenfalls vergessen.« Die Diva scheint ernsthaft verärgert. Keine Rede mehr von »*darling*«. Stattdessen: »Wenn das jetzt alles war, Frau Kommissarin, dann darf ich Sie bitten zu gehen. Ich bin müde, es war ein langer, anstrengender Tag.«

Diana erhebt sich sofort. »Natürlich. Und herzlichen Dank für die aufschlussreiche Unterhaltung.« Sie ergreift die dargebotene Hand und schüttelt sie, während die Diva schon wieder milde lächelt.

## 54

Es war nicht nur für Caro LaBelle, sondern auch für Diana ein langer Tag, der damit endete, dass sie veranlasste, den Nun-doch-nicht-Entführer Wolf Gebhardt sofort nach seinem Aufwachen am Sonntagmorgen auf die normale Krankenstation zu verlegen oder ihn nach Hause gehen zu lassen – seinem Zustand entsprechend. Auf jeden Fall war er wieder ein freier Mann.

Jetzt ist sie so müde, dass sie sich im Bett von einer Seite auf die andere wälzt und nicht einschlafen kann. Zu viele Gedanken gehen ihr durch den Kopf. Zuerst einmal muss sie klären, wo die Diva tatsächlich gewesen ist. Aber muss sie das wirklich? Ist es nicht die Hauptsache, dass die Frau wieder da ist? Kann ihr nicht alles andere egal sein? Andererseits ist sie offenbar schon am Donnerstagabend verschwunden, warum also will der Leibwächter dann an dem entsprechenden Tag mit ihr noch in ihrem Hotelzimmer zu Abend gegessen haben? Wozu braucht er das Alibi? Oder wollte er viel eher seiner Arbeitgeberin ein Alibi verschaffen, weil er dachte – wusste? –, dass sie eins brauchen würde? Dass der Zimmerkellner das Alibi bestätigt hat, wundert Diana nicht wirklich. Wahrscheinlich hat er tatsächlich Essen für zwei Personen gebracht, das ihm vor der Zimmertür vom Leibwächter abgenommen wurde. Vielleicht hat er dabei sogar einen Blick auf das Bett erhascht und sich eingebildet, die Schauspielerin dort liegen zu sehen. Vielleicht aber war auch nur der Wunsch der Vater des Gedankens. So hatte er immerhin einen Grund, vor seinen Kollegen und Freunden zu prahlen. Manchmal sieht das Auge eben gern etwas, was nicht da ist. In jedem Fall wird sie ihn noch einmal befragen lassen.

Diana drehte sich auf die andere Seite. Schluss mit den Gedanken. Die wichtigsten Vorfälle sind geklärt, es gibt keinen Grund, nicht endlich einzuschlafen. Drazal hat gestanden. Das hätte er nicht getan, hätte er einen anderen Ausweg gesehen. Gut, ihre Vernehmung war noch nicht das Gelbe vom Ei, aber das wird sie am Montag besser machen. Und auch die Indizienlage gegen diesen, diesen … Muskelmann, den ledigen Sohn von Grundlsee, ist erdrückend. Er hat selbst zugegeben, wie sehr er seinen dichtenden, aber knauserigen Vater gehasst hat, und ein falsches Alibi angegeben. Zudem war das an der Fassade des Mariendoms eindeutig seine Schrift. Bleibt die Frage, wen der Leibwächter mit seiner Lüge schützen wollte. Sich? Seine Dienstgeberin? Aber wovor?

Nochmaliger Seitenwechsel. Wahrscheinlich war die Lüge völlig harmlos. Vielleicht hat er um den Ruf der LaBelle gefürchtet und gehofft, sie würde bereits nach der ersten Nacht wieder auftauchen. Bei einem internationalen Star sind dumme Gerüchte schnell in die Welt gesetzt. Schließlich konnte er nicht ahnen, dass sie mit einem erotischen Abenteuer prahlen würde. Gibt es diese Anni, Anni … – zum Glück hat sie sich deren Namen aufgeschrieben –, gibt es die wirklich? Und war die LaBelle bei ihr? Aber warum? Das Märchen von der verlorenen Handtasche kann sie sonst wem erzählen, aber nicht Frau Chefinspektorin Pölz. Die Bullin von Pölz, hat sie der Grobian genannt. Also wirklich. Oder war es der kleine Fritz? Ach, ist ja auch egal.

Und wieder linksherum. Aber der Drazal hat sein Geständnis zurückgezogen. Wahrscheinlich wird er ihr am Montag sagen, dass er den Stösser nicht umbringen wollte, sondern der Faustschlag, mit dem er ihm nur einen Denkzettel verpassen wollte, fatalerweise zum Tod geführt hat. Aber wieso hat die Diva ihren Leibwächter aus dem Zimmer verbannt? Und warum hat er sie angefleht wie … wie … ein waidwundes Tier? Die Verzweiflung in seiner Stimme will ihr einfach nicht aus dem Kopf gehen. Und dann schläft Diana doch – endlich – ein.

## 55

Endlich Sonntag! Der gemütlichste Tag der Woche. Lang ausschlafen und statt Soja-Joghurt zwei Semmeln – aus dem Tiefkühlschrank und dann frisch aus dem Backofen –, Butter, Marillenmarmelade von Tante Gusti – eingekocht aus den Früchten aus dem kleinen Garten unter ihrem Küchenfenster –, Schinken und zwei Eier im Glas. Dazu kein schneller Kaffee im Stehen, sondern ein Latte macchiato mit viel aufgeschäumter Milch. Und ausreichend Zeit, um die »Zeit« zu lesen. Herrlich! Ja, so ist Dianas Sonntagsfrühstück – normalerweise. Nicht so heute.

Heute sitzt sie schon früh am Morgen im Pyjama an ihrem Computer, neben der Tastatur ein schlichter heißer Espresso, und gibt »Anni Kaserer« in das elektronische Telefonbuch ein. Kein Eintrag. Auch nicht unter »Anna«, »Annemarie« und »Anneliese«. Neuerlicher Versuch mit der Suchmaschine. Sie findet stattliche achtundsechzig Einträge für den Namen. Na, dann wollen wir mal sehen.

»Dritter Platz im Turmspringen der unter Einundzwanzigjährigen in Lunz am See«, liest sie. Nein, das ist wohl nicht die Gesuchte.

»1941 am elterlichen Hof in Berchtesgaden verstorben.« Und das schon gar nicht. Es folgt ein Eintrag über eine Kneipe in Leipzig-Lützschena. Auch nicht wirklich hilfreich. Diana scrollt weiter nach unten. Bei Eintrag siebenundzwanzig wird es schließlich interessant. Guido und Emilie Schnurr aus Linz haben ihre Hochzeitsfotos online gestellt. Unter dem Bild einer mit weißen Lilien und viel Schleierkraut verzierten Kirchenbank befindet sich folgender Eintrag: »Wir danken der lieben Anni Kaserer für den sensationellen Blumenschmuck!«.

Diana schaut sich die Bilder genauer an. Das Brautpaar vor dem Altar. Das Brautpaar umringt von Gratulanten vor dem Kirchenportal. Noch ist sie sich nicht sicher, doch das nächste Bild gibt schließlich Gewissheit. Es zeigt den Linzer Mariendom in seiner vollen Größe. Darunter die Bildunterschrift: »In diesem

Gotteshaus besiegelten wir im Antlitz Gottes und Monsignore Grubers den Bund fürs Leben.«.

Sehr schön. Eine gewisse Anni Kaserer hat also den Blumenschmuck im Neuen Dom gestaltet. Das könnte die Gesuchte sein. Was für ein interessanter Zufall. In der Mordnacht hat Diana doch eine ältere Frau gesehen, die den Blumenschmuck für den nächsten Tag dekorieren wollte. Für eine Taufe, wenn sie sich richtig erinnert. War das Anni Kaserer? Einer der uniformierten Kollegen hatte sie schon vor ihrem Eintreffen befragt. Wenn die Erzählung der LaBelle stimmt, dürfte sie mit Frau Kaserer irgendwann am Nachmittag nach Hause gegangen sein, bevor die beiden Morde geschahen. Und anschließend ist die Kaserer dann noch einmal zum Dom, um alles für die Taufe vorzubereiten. Diana erinnert sich selten an Namen, doch dafür kann sie manchmal den genauen Wortlaut von Sätzen abrufen. Zum Beispiel die Aussage von Spurensicherer Alfred, der aus dem Dom kam und zu See und ihr sagte: »Nichts Verdächtiges gefunden. Bis auf den Pfarrer und die Frauen, die gekommen sind, um die Taufe für morgen vorzubereiten, ist die Kirche leer.«

Die Frauen. Plural. Vielleicht gibt es ja noch eine Zeugin, die die LaBelle gesehen hat, wie sie mit Anni Kaserer nach Hause gegangen ist, und die diese Angabe bestätigen kann?

Diana lehnt sich auf ihrem Schreibtischstuhl zurück, nimmt einen Schluck Kaffee und überlegt. Warum will sie unbedingt herausfinden, ob die Diva die Wahrheit gesagt hat? Wurmt es sie wirklich so sehr, sich eingestehen zu müssen, dass sie von der LaBelle und ihrem Gefolge offensichtlich als PR-Aktion missbraucht worden ist?

»Diana, du hast die einmalige Gabe, dich zu verrennen.« Sie hat die Worte ihres Wiener Lieblingskollegen noch genau im Ohr. Sicher hat er ein, zwei Mal damit recht gehabt, der Hannes. Manchmal allerdings, wenn er schon dachte, sie habe sich verrannt, war sie auf eine überraschende Spur gestoßen. Schaden kann es jedenfalls nicht, wenn sie auf eigene Faust ein wenig weiterforscht. Sie hat ohnehin nichts zu tun an diesem ruhigen Sonntag. Keine Familie, keine Freunde, nicht einmal einen Vertrag mit einem Fitnessstudio. Arbeiten ist immer noch die bessere Alternative, als in Selbstmitleid zu versinken.

Also lautet ihr Beschluss, dass sie sich die Protokolle von den Vernehmungen vor dem Dom noch einmal genau ansehen wird. Aber zuerst einmal muss sie mit Frau Kaserer ein paar Worte wechseln. Vielleicht ist es ja dafür wiederum ein Glück, dass heute Sonntag ist. Und weil Diana ohnehin schon vor dem Internet sitzt, hat sie in Nullkommanichts die Zeiten der heiligen Messen auf dem Bildschirm. Wenn Sie sich beeilt, kommt sie gerade noch rechtzeitig zum Ende der Neun-Uhr-Messe. Sie hat zwar keine Ahnung, wo und wie sie Frau Kaserer finden soll, ohne unnötiges Aufsehen zu erregen, aber dafür genügend Zuversicht, um es wenigstens zu versuchen.

Und diese Zuversicht wird belohnt. Anni Kaserer ist eben mit einer Gruppe Kinder auf dem Weg vom Dom zum Pfarramt, als Diana den Domplatz erreicht. Sie erkennt die große, hagere Frau sofort wieder. In der Mordnacht stand sie zwar im Schatten der Kirche, doch die markanten Gesichtszüge haben sich ihr eingeprägt. Die Kinder lachen und reden laut miteinander, und darum überhört die Frau Dianas erstes, etwas zaghaftes »Frau Kaserer?«.

Also ein zweites Mal, diesmal etwas energischer. »Frau Kaserer?«

Die Frau bleibt stehen, dreht sich um und schirmt mit der rechten Hand die Augen gegen das Sonnenlicht ab. »Ja?«

»Da bin ich aber froh, dass ich Sie so schnell finde, Frau Kaserer. Ich will Sie nicht lange aufhalten, ich sehe ja, Sie haben zu tun. Allerdings hätte ich da eine Frage. Hatten Sie in den letzten Tagen Besuch?«

Jetzt wird es spannend. Wenn die Frau wirklich einen Hollywood-Star beherbergt hat, dann wird die Geschichte entweder voller Stolz aus ihr heraussprudeln, oder sie wird sich taktvoll wie eine Auster verschließen. Vielleicht hat sie die Story aber auch schon meistbietend an eine deutsche Illustrierte verkauft?

Doch Anni Kaserer tut weder das eine noch das andere, sondern antwortet mit einer Gegenfrage. »War das Ihre Mutter?

Hab ich's mir doch gedacht, dass mit der Frau irgendetwas nicht stimmt. Sie ist aus dem Altersheim ausgerissen, oder?«

Was? Diana ist so perplex, dass sie zu keiner vernünftigen Antwort fähig ist. Kann es tatsächlich möglich sein, dass die Frau die LaBelle nicht erkannt hat? Die Dienstmarke, die sie soeben hat zücken wollen, rutscht wieder in ihre Jackentasche zurück.

»Hab ich's mir doch gedacht«, missdeutet Anni Kaserer Dianas Schweigen sichtlich zufrieden. »Ich habe einen Riecher für so etwas.« Sie klopft mit dem rechten Zeigefinger gegen ihre Nase. Dann sagt sie an die Kinder gewandt: »Geht schon einmal in den Pfarrsaal vor. Tante Anni kommt gleich nach. Der Bastian wartet bestimmt schon auf euch.«

Obwohl sie in der Zwischenzeit den Schock überwunden hat, sagt Diana erst einmal nichts. Sie will durch eine eventuell falsche Frage nichts zerstören. Also wartet sie schweigend ab, was ihr die Frau sonst noch alles Spannendes erzählen wird. Sie muss nicht lange darauf warten.

»Die alte Dame ist also wohlbehalten wieder zu ihrer Familie zurückgekehrt?«

Diana beschließt zu nicken.

»Da bin ich aber froh.« Es folgt ein kritischer Blick. »Jetzt, wo ich Sie mir genau ansehe, erkenne ich sogar eine gewisse Ähnlichkeit. Natürlich haben Sie noch keine grauen Haare, aber die Augen, die Augen sind unverwechselbar.«

»Ich habe noch keine grauen Haare?« Diana ist erstaunt.

»Na, ich weiß natürlich nicht, ob Sie Ihre Haare färben, aber für mich sehen Ihre Haare braun aus.«

»Aber, aber … meine *Mutter* … ist doch blond.«

Jetzt muss die Anni wirklich lachen. »Das ist wohl schon etwas länger her, gell? Wo haben Sie denn Ihre Augen? Ihre Frau Mutter ist so grau wie meine Oma selig. Und hat dieselben dicht gedrehten Löckchen.« Ihr rechter Zeigefinger kreist in der Luft, dann wird ihr Gesicht streng, und der Zeigefinger verwandelt sich in ein aufrechtes Mahnmal. »Sie haben Ihre Mutter wohl schon lang nicht mehr im Altersheim besucht? Das ist ganz und gar nicht nett von Ihnen. Aber so sind sie eben, die jungen Leute, haben nur ihr eigenes Vergnügen im Kopf.«

Also, zu den jungen Leuten hat man sie auch schon lang nicht mehr gezählt. Vielen Dank, Frau Kaserer! »Was hat Ihnen … meine *Mutter* denn so alles erzählt? Hätten Sie vielleicht Zeit für ein kurzes Gespräch? Darf ich Sie irgendwo auf einen Kaffee einladen?«

Anni Kaserers Blick bleibt streng. »Wir sind hier in einer christlichen Gegend, in der wir den Tag des Herrn noch feiern. Am Sonntag haben alle Kaffeehäuser zu. Aber wir können ein bisschen spazieren gehen, wenn Sie wollen. Das fördert die Durchblutung, und zu viel Kaffee ist ohnehin schlecht fürs Herz.«

Auch gut. Also gehen die beiden Frauen einträchtig nebeneinanderher um den Dom.

»Der Platz ist erst vor wenigen Jahren neu gestaltet worden«, sagt Frau Kaserer. »2009 waren wir eine der Kulturhauptstädte Europas, aber das wird sich hoffentlich auch bis zu Ihnen nach Wien durchgesprochen haben.«

Bis zu ihr nach Wien? Jetzt redet die Frau schon wie der schöne Carlos! Aber wieso weiß sie, dass Diana aus Wien kommt?

»Mir hat der Platz vorher besser gefallen«, redet die Anni Kaserer unbeeindruckt weiter. »Viel zu viel Stein ist verbaut worden. Mit dem Geld hätte man ihn auch anständig begrünen können, mit Bäumen und Blumenbeeten hier und da.«

»Bis zu mir nach Wien?«, fragt Diana endlich.

»Kommen Sie denn nicht von dort? Für mich klingen Sie so. Aber ich hab bei so etwas auch ein feines Gehör. Außerdem hat mir Ihre Mutter erzählt, dass sie Wienerin ist. Darum habe ich angenommen –«

»Und was noch? Was hat Ihnen meine Mutter sonst noch erzählt?« Diana kommt der Ausdruck »meine Mutter« schon ohne Zögern über die Lippen.

»Die Geschichte mit dem Koffer natürlich, dass ihr den jemand gestohlen hat. Wunder wär's ja keines bei den vielen Ausländern«, so viel zur christlichen Nächstenliebe, »aber eher glaub ich, dass sie ihn irgendwo hat stehen lassen, so wie die beisammen war.«

»Einen Koffer? Mir hat sie erzählt, ihre Handtasche sei verschwunden.«

»Daran sehen Sie doch, wie verwirrt sie ist.«

»Und wie haben Sie sie kennengelernt?«

»Das war richtiggehend seltsam. Sie ist drüben in der Kirche gekauert, neben einem Beichtstuhl, also von der Tür aus gesehen hinter einem Beichtstuhl. Ich hab sie gefragt, was sie dort tut, und wissen Sie, was sie zu mir gesagt hat? Sie betet zum St. Nikolaus wegen des Koffers. Zum St. Nikolaus! Ich hab ihr gesagt, dass der heilige Nikolaus in dem Fall nichts nützt und sie zum heiligen Antonius beten soll, am besten beim Seitenaltar. Der ist noch am ehesten für fehlende Koffer zuständig.«

»Und wann war das?«

Da wird die Frau Kaserer stutzig. »Seit wann haben Sie denn Ihre Mutter vermisst?«

»Seit Donnerstag. Ihr Fehlen wurde am Abend von den Angestellten bemerkt.« Dass es sich bei ihnen nicht um Angestellte des Altersheims gehandelt hat, braucht Frau Kaserer ja nicht zu wissen. Und genauso wenig, dass das Verschwinden von der LaBelle erst am Freitagmorgen aufgefallen ist.

»Das passt. Ich habe sie am Donnerstagabend gefunden. Wahrscheinlich ist sie am Nachmittag in den Zug gestiegen, nachdem sie abgehauen ist. Aber ich habe keine Ahnung, was sie in Linz wollte. Sie hat gesagt, sie wollte sich die Stadt anschauen, aber bitte, wer aus Wien schaut sich denn schon Linz an?«

»Und Näheres hat sie Ihnen nicht gesagt?«

»Nein, nur dass sie aus dem 10. Bezirk ist. Ich habe es natürlich sofort bemerkt, dass sie Wienerisch gesprochen hat. Ganz ähnlich wie Sie, nur mit einem komischen Akzent. Kommt Ihre Mutter vielleicht ursprünglich aus Böhmen? Aber warum schauen Sie denn so verwundert?« Eine wirklich seltsame Familie, denkt die Anni. Nun ja, aber der Apfel fällt ja bekanntlich nicht weit vom Stamm. Beide sicher nett, aber nicht ganz richtig im Kopf.

»Mich hat nur gewundert, dass sie Wienerisch sprach, ich dachte –«

»Also, Linzer Dialekt war das jedenfalls keiner, das habe ich sofort herausgehört. Außerdem hat sie ›Paradeiser‹ zu den Tomaten gesagt. Nur dieser … dieser Akzent, der war schon etwas merkwürdig. War der jetzt böhmisch oder nicht?«

»Sie haben wirklich ein gutes Ohr, Frau Kaserer«, lächelt Diana die Frau an. Schmeicheln kann ja nie schaden. »Regelrecht bewundernswert! Sie haben also … *Mütterchen* tatsächlich am Donnerstagabend im Dom getroffen? Sind Sie sich da absolut sicher?«

»Aber ganz sicher. Ich erinnere mich an alles haargenau, weil an dem Abend doch der Doppelmord bei uns passiert ist.« Sie schaut Diana mit einem so wichtigen Blick an, dass diese weiß, was sich gehört.

»Um Gottes willen!«, ruft sie pflichtschuldig aus und tut fürchterlich erstaunt.

Aber das scheinen nun auch wieder nicht die richtigen Worte zu sein. »Nein, mit dem Willen Gottes hat das nun wirklich nichts zu tun gehabt. Der Dichter Grundlsee ist vom Turm gefallen. Kennen Sie den? Ich hab ja nie was von seinen sogenannten Gedichten gehalten. Da reimt sich keine einzige Zeile.«

»Vom Turm gefallen, sagen Sie?«

»Ja, zuerst hat's so ausgesehen, als hätte er sich selbst umgebracht. Auf geweihtem Boden, ich bitt Sie! Gott sei Dank war es dann doch ein Mord.«

Na, aber wirklich, Gott sei Dank! Diana kann sich ein Lächeln kaum verkneifen.

»Und dann war da noch ein zweiter Toter. Mir ist bis heute nicht klar, wo der hergekommen sein soll. In der Zeitung ist bisher auch nicht viel über ihn gestanden.«

»Nein, so etwas, noch ein zweiter Toter? Was Sie nicht sagen.«

»Ja, die Polizei war da, ich sag Ihnen, das war vielleicht ein Trubel. Ein Oberkommissar höchstpersönlich mit seiner Assistentin und noch viele andere in Uniform. Die haben einen Haufen Fotos gemacht.«

Diana hält die Luft an. »Mit seiner Assistentin?« Anscheinend hat die gute Frau Kaserer kein gutes Personengedächtnis, sonst hätte sie sie schon längst wiedererkannt. Und es wäre doch sehr peinlich, wenn ihr jetzt auf einmal auffiele, dass …

»Ja, genau, seine Assistentin. Die ist etwas später gekommen und hat sich die ganze Zeit im Dunkeln gehalten. Jedenfalls hat die Polizei alles untersucht. Mich haben sie natürlich auch genau befragt, ich war ja ihre wichtigste Zeugin.«

Diana bemüht sich, beeindruckt zu schauen. »Tatsächlich?«

»Ihre Mutter ist auch befragt worden, aber die hat natürlich nicht viel sagen können.«

»Meine Mutter war also schon bei Ihnen, als die Polizei Sie zu den Morden befragt hat?« Diana schreit die Worte fast. Warum hat sie sie dann nicht gesehen?

»Kein Grund zur Aufregung. Ihre Frau Mutter ist ganz ruhig neben mir gestanden, wie der Polizist bei uns war. Von den Morden selbst hat sie nichts mitbekommen. Danach hat sie mir noch geholfen, die Kirche zu schmücken. Das war wirklich sehr christlich von ihr, wir hatten am nächsten Tag nämlich eine Taufe und waren schon spät dran. Und weil sie anschließend nicht wusste, wohin, habe ich sie mit zu mir genommen.«

»Ach, so war das also. Das war wirklich nett von Ihnen, vielen Dank. Eine Frage hab ich aber noch: Warum haben Sie ihre … Angehörigen, also mich … nicht verständigt? Oder die Polizei?«

»Die Polizei? Aber wozu denn die Polizei? Die hat doch mit dem Aufklären der beiden Verbrechen schon genug zu tun gehabt. Und Ihre Mutter war in Sicherheit, die hatte es gut bei mir. Sie hat mir und ich habe ihr geholfen. Fast könnte man sagen, frei nach dem Bibelspruch: ›Aug um Aug.‹« Die Anni lacht, unterbricht sich dann aber selbst. »Nein, eigentlich passt der Spruch nicht recht. Außerdem habe ich ja nicht wissen können, dass Ihre Mutter zwei Nächte bei mir bleiben wird, bis ihr wieder einfällt, in welchem Hotel sie sich ein Zimmer genommen hat.«

»Haben Sie sie dann zurückgebracht?«

»Das hatte ich vor.« Die Anni Kaserer nickt in Gedanken versunken. »Aber stellen Sie sich vor, was dann passiert ist. Ich war schon im Mantel und bin noch einmal schnell auf die Toilette. Ich hab's ein wenig mit der Blase, aber wie auch immer. Als ich jedenfalls zurückgekommen bin, ist Ihre Mutter schon auf und davon gewesen. Mit meinem beigen Hut! Einfach gegangen ist sie, ohne sich zu verabschieden. Ich war wie vor den Kopf gestoßen. Ich frage Sie: Ist das denn eine Art?«

Nein, das ist natürlich keine Art, und darum entschuldigt sich Diana auch töchterlich.

»Ja, ist schon recht, jetzt kann man es eh nicht mehr ändern.

Und den Hut kann sie auch behalten, den habe ich ohnehin nicht mehr leiden können. Was ist das denn eigentlich für ein Altersheim, in dem Ihre Mutter wohnt? Ich möchte wetten, irgendein nobles Haus mit vielen Bediensteten, so verwöhnt, wie die ist. Aber dass sie ohne Dank einfach abgehauen ist …« Sie sieht Diana streng ins Gesicht.

Die Kommissarin kann dem Blick nicht standhalten und zückt ihre Geldtasche. »Das tut meiner Mutter im Nachhinein auch äußerst leid, darum hat sie mich geschickt, dass ich Ihnen das hier gebe.« Mist, der einzige Schein, den sie eingesteckt hat, ist ein Fünfziger.

»Vergelts Gott!« Die Anni ist hocherfreut und mit der Welt versöhnt. »Und grüßen Sie mir Ihre Frau Mutter recht schön. Sagen Sie ihr, sie soll keine Dummheiten mehr machen.«

## 56

Auf dem Weg nach Hause versucht Diana ihre Gedanken zu ordnen. Die LaBelle war am Donnerstagabend also nachweislich im Dom. Warum hat sie das ihr gegenüber dann mit keinem Wort erwähnt? Und warum nur ist sie zwei Tage bei einer Frau wie der Anni Kaserer geblieben? Hatte sie wirklich den Namen des Hotels vergessen, oder steckte etwas ganz anderes dahinter?

Nachdenklich betrachtet Diana den Himmel, sieht aber die kleinen Wölkchen nicht, die über sie hinwegziehen. Zu atemberaubend ist der Gedanke: Was, wenn die LaBelle gesehen hat, wer sich da zu später Stunde den Turm hinaufschlich? Vielleicht ist sie ja die wichtigste Zeugin im Mordfall Grundlsee? Und dennoch: Warum hat sie den Mord dann mit keinem Wort angesprochen? Wen will sie schützen? Ihren Leibwächter, der behauptet hat, er hätte am Donnerstagabend mit ihr in ihrem Zimmer zu Abend gegessen, und der nun kein Alibi mehr hat?

Abrupt bleibt Diana stehen. Heißt das, dass der Leibwächter nicht gelogen hat, um seine Arbeitgeberin zu schützen, sondern sich selbst? Aber warum sollte ein Mann aus New York, der vorher nachweislich noch nie in Österreich war, in Linz einen alternden Dichter umbringen? Das ergibt doch alles keinen Sinn. Sie stöhnt auf. Nein, im Vergleich dazu ist der Verdacht gegen Harald Sonderberger, den sie gestern verhaftet haben, viel schlüssiger. Der hat immerhin beides: kein Alibi und ein handfestes Motiv.

Warum die Diva eine graue Perücke aufgehabt hat, ist für Diana hingegen sonnenklar. Will sich ein Star wie dieLaBelle unbehelligt in der Stadt bewegen, braucht er eben eine gute Verkleidung. Und wenn er in die Kirche geht, um zu beten, will er ganz bestimmt keine Paparazzi samt Blitzlichtgewitter um sich haben. Diana runzelt die Stirn und geht wieder weiter.

Aber warum soll sie sich hinter den Beichtstuhl gekauert haben? So etwas tut man doch nicht grundlos. Und schon gar nicht als verwöhnte Hollywood-Göttin. Wieder bleibt Diana stehen und zieht scharf die Luft ein. Natürlich! Die LaBelle hat den Muskelmann Sonderberger in den Turm hinaufsteigen sehen. Vielleicht hat er sie ja entdeckt und gedroht, sie ebenfalls umzubringen, sollte sie der Polizei etwas sagen. Diana atmet tief durch, als sie die Erkenntnis wie ein Blitz trifft: Die LaBelle hatte Angst! Todesangst. Darum hat sie sich auch anschließend zwei Tage und zwei Nächte lang in der einfachen Wohnung der Anni Kaserer aufgehalten und ist erst ins viel komfortablere Hotel zurückgekehrt, als Harald Sonderberger verhaftet war und ihr nichts mehr antun konnte. Aber wie soll die LaBelle von Sonderbergers Verhaftung erfahren haben? Und so komfortabel ist ihr Linzer Hotel nun auch wieder nicht. Da ist sie sicherlich größeren Luxus gewohnt. Selbst hier hätten ihr andere Hotels mehr bieten können. Warum bloß ist sie in diesem Hotel abgestiegen?

Diana seufzt. Es gibt zu viele ungeklärte Fragen, aber zumindest die letzte ist für ihre Ermittlungen nun wirklich nicht interessant. Die Beobachtungen der Diva im Dom könnten es allerdings schon sein.

Diana wirft einen schnellen Blick auf die Uhr: halb elf. Kann sie die LaBelle schon um diese Zeit mit all ihren neuen Überlegungen konfrontieren? Da fällt ihr der Befehl des Herrn Oberst ein, am Sonntag niemanden zu vernehmen. Außerdem hat ihr die Diva am Vortag beim Verabschieden energisch erklärt, dass dieser Tag ihr absoluter Ruhetag sei, an dem sie keine Besucher empfange.

»Höchstens den Papst«, hatte sie hinzugefügt. Diana hatte sich über diese Worte noch gewundert, aber da wusste sie auch noch nicht, wie gläubig die Diva anscheinend ist. Na gut, dann eben morgen. So bleibt ihr auch genügend Zeit, alles noch einmal zu überdenken und ihr weiteres Vorgehen zu überlegen. Einen Fehler will und darf sie sich jetzt nicht leisten. Denn wenn die Diva tatsächlich bedroht wurde, ist der Fall besonders heikel. Diana würde dann sozusagen vor den Augen der Weltpresse agieren.

Also nach Hause, nachdenken, Kaffee trinken und endlich etwas essen. Und morgen mit der LaBelle ein einfühlsames Gespräch führen. Am besten gleich in der Früh, bevor der Star mit seinen Leuten nach Wien weiterreist. Am Mittwoch wird die LaBelle zurück in die Staaten fliegen. Hoffentlich ist bis dahin alles geklärt.

## 57

Natürlich nimmt sich Diana dann doch nicht die Zeit für ein ruhiges spätes Frühstück. Schnell eine Pizza – Salami mit Mozzarella – ins Backrohr geschoben, davor schnell eine Scheibe Vollkornknäckebrot gegen den ärgsten Hunger reingestopft und ein Glas frisches Leitungswasser getrunken. »Viel trinken, Didschei, mindestens drei Liter am Tag. Das macht einen schönen Teint und verbessert den Stoffwechsel«, meldet sich sofort Dianas innere Stimme zu Wort und klingt wieder einmal verdächtig nach Hazel Wood.

Während sie wartet, dass die Pizza fertig wird, schwirren ihr schon die nächsten Gedanken durch den Kopf. Caro LaBelle ist also ein gläubiger Mensch, der sich auch in fremden Städten zum Gebet in Kirchen zurückzieht. Vielleicht ist das gar nicht so verwunderlich, schließlich nehmen viele Amerikaner Religion sehr ernst. Dass sie sich aber auch ausgerechnet den Mordabend aussuchen musste, um im Mariendom zu beten! Diana will gar nicht daran denken, was der prominenten Linz-Besucherin dabei alles hätte zustoßen können. Mit der Frau Kaserer hat die LaBelle anscheinend, ohne zu zögern, Deutsch oder eher Wienerisch mit amerikanischem, nicht böhmischem Akzent gesprochen. Aber warum hat sie dann bisher so getan, als hätte sie ihre Muttersprache verlernt? Um weniger Interviews geben zu müssen? Weil sie es aus einer Laune heraus einfach so wollte? Alle Hollywood-Stars haben bekanntlich ihre persönlichen Marotten. Diana fällt ihr »Suche-die-Fehler-Spiel« während der »Wetten, dass …?«-Sendung am Vorabend ein. Jetzt weiß sie endlich, was sie irritiert hat. Nachdem das Ferkel der LaBelle den Knopf aus dem Ohr gerissen hat, hat diese ungehindert weitergeplaudert. Hat deutsche Fragen mühelos auf Englisch beantwortet. Also hat sie doch alles verstanden und beherrscht sehr wahrscheinlich auch heute noch beide Sprachen.

Als der Backofen piept, springt sie auf, um die Pizza zu holen, und kommt dabei auf einen ganz anderen Gedanken.

Wie hat dieser Joesi Drazal eigentlich davon erfahren, dass der tote Grundlsee auf dem Domplatz lag? Wie ist er auf die Idee gekommen, ihm den toten beziehungsweise sterbenden Stefan Stösser unterzuschieben? Hätte Drazal wirklich genügend Kraft, einen circa siebzig Kilogramm schweren Mann zu schleppen? Diana versucht sich seine Arme vorzustellen, sieht aber nur sein hübsches Gesicht vor sich. Allerdings ist der Mann Kampfsportler, also im ständigen Krafttraining, eigentlich sollte es ihm möglich sein. Hat Drazal also Stösser umgebracht, liegen gelassen, ist herumgelaufen, um ein passendes Versteck zu finden, hat zufällig den toten Grundlsee gesehen und dann den Stösser geholt und dazugelegt? Diana schüttelt den Kopf. Nein, so kann es nicht gewesen sein. Im dem Tatort gegenüberliegenden »Cleese« gehen immer wieder Leute ein und aus. Die hätten den toten Stösser doch entdeckt. Heißt das also, dass Drazal mit dem Toten unter dem Arm auf Versteckssuche gegangen ist und dabei zufällig den toten Grundlsee entdeckt hat? Aber das ist doch ebenso unwahrscheinlich. Beide Tode traten in etwa zeitgleich ein. Ein Zufall? Drazal und dieser Sonderberger sind Anfang zwanzig, vielleicht kennen sie ja einander? Der eine ist Grafikstudent, der andere hat irgendetwas mit Internet und Design zu tun, das passt doch wunderbar zusammen. Also haben sich Drazal und Sonderberger abgesprochen.

Diana schießt von ihrem Stuhl auf, greift sich ihren Teller, und der größte Teil der Pizza landet ungegessen im Mülleimer. Sie hat keine andere Wahl, sie muss sich über die strikte Anweisung des Herrn Oberst hinwegsetzen und Joesi Drazal noch einmal vernehmen. Und zwar heute noch.

Es ist gegen dreizehn Uhr, als sie ihre Wohnung wieder verlässt und Richtung LKA marschiert. Natürlich hätte sie ihr Auto aus der Tiefgarage des benachbarten Einkaufszentrums holen können, aber das ist ihr zu umständlich. Schnelles Gehen in frischer Luft hält den Geist wach und die Beinmuskeln fit – sagt nicht nur Hazel Wood, sondern auch Pfarrer Kneipp. Außerdem ist es nicht weit, keine zwanzig Minuten, wenn sie sich beeilt. Unter der Woche trifft sie auf dem Weg viele Schüler und Leute, die in der Innenstadt etwas zu erledigen haben oder dort arbeiten. Heute ist die Gegend wie ausgestorben.

An der ersten Kreuzung hängen die Sonntagszeitungen in dicken, durchsichtigen Plastiktaschen an den Stangen der Verkehrszeichen. »Tagesblatt« und »Austria« friedlich nebeneinander. Während die Tasche vom »Tagesblatt« schon leer gekauft ist, befindet sich noch ein einsames Exemplar unter dem dicken rot-weiß-roten Schriftzug »Austria«, auf dessen Titelseite seltsamerweise das Bild eines Redakteurs vom »Tagesblatt« prangt. Kein qualitativ hochwertiges Bild, aber darauf unverkennbar Hubert Grobian. Wahrscheinlich mit einer Handykamera aufgenommen und zur Größe einer halben Titelseite aufgeblasen.

Diana sieht das Foto im Vorbeigehen, nimmt es zuerst gar nicht richtig wahr. Fünf Meter weiter bleibt sie jedoch abrupt stehen, macht kehrt und nimmt die Zeitung aus der Plastiktasche.

»Eiskalt!«, steht dort in dicken Lettern. »Tagesblattredakteur killt Fabrikantensohn!«

# 58

Diana ist so fassungslos, dass sie die Schlagzeile drei Mal lesen muss, um sie zu verstehen. Sie schaut sich das Foto noch einmal an. Hubert Grobian mit wutverzerrtem Gesicht. Eine Hand, die sich von links um seinen Oberarm krallt. Die Hand von Fritz Wöglinger? Wie, bitte, kommt dieses Bild in die Zeitung? Und wer, bitte, hat sich so einen Schwachsinn ausgedacht? Plötzlich fällt ihr die fremde Frau wieder ein, die im Flur des LKA auf sie gewartet hat und die plötzlich verschwunden war, als sie sie um ein paar Minuten Geduld bitten wollte. Anscheinend eine Journalistin der »Austria«. Na bravo, die Schlagzeile hat ihr gerade noch gefehlt zu ihrem Glück. Das hat sie jetzt von Wöglingers Übereifer. Und der Grobian? Auch der wird schäumen, wenn er das liest. Noch dazu zu Recht. Morgen in der Pressekonferenz muss sie der Öffentlichkeit unbedingt einen anderen Täter präsentieren. Den *wahren* Täter.

Zuerst schaut sie kurz in ihrem eigenen Büro vorbei, weil sie noch einmal die Vernehmungsprotokolle der beiden Frauen in der Mordnacht lesen möchte. Was hat Caro LaBelle dem uniformierten Kollegen gegenüber gesagt? Und wo hatte der seine Augen, dass er die Schauspielerin nicht erkannt hat?

Das Protokoll der Anna »Anni« Kaserer bietet keine Neuigkeiten. »Ich bin gegen zweiundzwanzig Uhr in den Dom gekommen, um alles für die Taufe vorzubereiten, die morgen stattfindet. Ich arbeite oft so spät, da ich aus gesundheitlichen Gründen Einschlafschwierigkeiten habe. Das kann der Monsinori Gruber«, der Kollege hat eine wirklich interessante Schreibweise für die ihm offensichtlich fremde Berufsbezeichnung des Geistlichen gewählt, »bestätigen. Ich kann nicht sagen, etwas Außergewöhnliches gesehen zu haben. Die Tür zum Turm war wie immer geschlossen, aber ich habe nicht geprüft, ob sie auch abgesperrt war.«

Viel interessanter ist da schon das zweite Protokoll, neben

dem eine Adresse in 1100 Wien vermerkt ist. »Mein Name ist Caroline Schönhuber«, beginnt es. Diana erinnert sich daran, dass sie das Papier schon einmal überflogen hat. Damals war ihr daran nichts verdächtig vorgekommen. Aber wenn man nicht weiß, worauf man achten soll, dann fällt einem auch das nicht auf, was einem im Nachhinein, wenn man es besser weiß, ins Auge sticht. Caroline Schönhuber! Natürlich kennt sie diesen Namen, jetzt, da sie weiß, dass Caro LaBelle dahintersteckt. Da haben sie die Schauspielerin tagelang verzweifelt gesucht, und dabei waren sie schon am ersten Abend so dicht an ihr dran. Sie muss furchtbare Angst vor Sonderberger gehabt haben, wenn sie sich nicht einmal einem Polizisten gegenüber zu erkennen gegeben hat. Vielleicht war der Mann sogar noch irgendwo in der Nähe und hat heimlich die Vernehmung belauscht. Eine schreckliche Vorstellung! Auffallend ist, dass die LaBelle keinen Phantasienamen, sondern ihren tatsächlichen angegeben hat. Sollte das ein wichtiger Hinweis sein? Etwa ein Hilferuf, den sie im Landeskriminalamt aber nicht verstanden haben? Diana seufzt und liest weiter.

»Ich bin erst seit Kurzem in Linz auf Urlaub. Ich wollte im Dom beten. Das Tor war nicht abgesperrt, alle Lichter haben gebrannt. Ich wusste nicht, dass die Kirche um diese Uhrzeit normalerweise geschlossen ist. Die Tür zum Turm habe ich nicht beachtet. Mir ist nichts Besonderes aufgefallen, allerdings war ich auch ins Gebet vertieft. Ich habe niemanden aus der Kirche laufen sehen. Weder einen Mann noch eine Frau. Mehr kann ich dazu nicht sagen.«

Diana wendet das Blatt Papier. Auf der Rückseite ist ein handschriftlicher Vermerk des vernehmenden Beamten. »Die Zeugin wirkt unnatürlich aufgeregt, kurzatmig und gesundheitlich angeschlagen, lehnt jedoch angebotene ärztliche Hilfe ausdrücklich ab.«

Auch an diesen Vermerk erinnert sie sich noch, doch erst heute ergibt er einen Sinn. Jetzt, da sie weiß, dass Sonderberger Caro LaBelle bedroht hat. Welche Angst muss die arme Frau ausgestanden haben.

Jetzt aber schnell zu Johannes Joesi Drazal. Sie legt die Protokolle wieder in die Mappe zurück, als ein kleiner Zettel herausfällt. »Shuai Jiao«, steht dort in ihrer eigenen Handschrift. Sie überlegt kurz, dann fällt ihr Wöglingers Vernehmung mit dem asiatischen Begleiter von Frau LaBelle wieder ein, der Shuai Jiao praktiziert. Bis jetzt hat Diana noch keine Zeit gefunden, im Internet zu recherchieren, worum es sich bei der Technik handelt. Oder sagen wir ehrlicherweise, sie hat's vergessen. Eigentlich ist es ihr auch völlig egal, und dennoch steckt sie den Zettel ein. Vielleicht ist es ja eine Kampfsportart, und Joesi Drazal kann ihr weiterhelfen.

## 59

Johannes Drazal wird von einem Uniformierten in Handschellen ins Vernehmungszimmer geführt. Sein Gesicht ist so weiß wie eine Wand. Die Augen sind rot geweint, seine Hände zittern. Diana bittet den Wachebeamten, ihm die Handschellen abzunehmen, der ihrer Anweisung zögernd folgt und am Rand des Zimmers Aufstellung nimmt, die Waffe in Griffweite.

»Glauben Sie mir«, beginnt Drazal, kaum dass sie an gegenüberliegenden Seiten des Tisches Platz genommen haben, und sieht sie mit flehendem Blick an, »ich habe den Stefan nicht ermordet. Ich habe ihn nicht besonders leiden können, aber ich wollte ganz bestimmt nicht, dass er stirbt!«

Diana glaubt ihm, dass es ein Unfall war, trotzdem ignoriert sie das Gesagte erst einmal. »Beginnen wir einfach der Reihe nach. Wie lange kennen Sie Harald Sonderberger schon? Würden Sie sagen, Sie sind gut befreundet?«

Drazals Kopf ruckt in die Höhe, in seinen Gesichtszügen spiegelt sich Überraschung. Er hat nicht erwartet, dass sie ihm auf die Schliche kommt. »Wen?«

»Harald Sonderberger.«

»Tut mir leid, aber ich kenne überhaupt niemanden mit dem Namen. Was soll der mit Stefan zu tun haben?«

»Das versuche ich soeben herauszufinden, aber es hilft Ihnen auch nicht weiter, die Bekanntschaft zu leugnen, Herr Drazal. Ich halte Sie für einen intelligenten Mann, also lassen Sie mich eins sagen: Wenn Sie mit uns kooperieren, wird es nicht zu Ihrem Nachteil sein.«

»Das weiß ich selbstverständlich, Frau Kommissarin. Aber einen Harald … Sonderdings … kenne ich trotzdem nicht.«

»Wir werden Ihre Freunde befragen.«

»Das können Sie gern tun, vielleicht haben Sie bei denen ja mehr Glück. Oder haben Sie ein Foto? Vielleicht kenne ich den Mann ja vom Sehen?«

Diana überlegt. Sonderberger ist sicher erkennungsdienstlich behandelt worden, also müsste es auch ein Foto geben. Sie bittet den Wachebeamten, es zu besorgen. Der zögert erst, gibt den Auftrag dann aber durch die Tür einem Kollegen weiter, bevor er sich wieder an den Rand des Raumes stellt. Sicher ist sicher.

»Und bis wir das Bild haben, beantworten Sie mir bitte noch einige weitere Fragen.«

Drazal sieht sie offen an und nickt.

Am liebsten hätte sie ihn gleich gefragt, ob er gewusst hat, dass Bernd Werner Grundlsee tot auf dem Domplatz lag, als er die Leiche von Stefan Stösser loswerden wollte, oder ob es reiner Zufall gewesen ist. Doch in dieser Ermittlung lief schon so viel durcheinander, jetzt ist es wichtig, alles chronologisch zu erfassen. »Erzählen Sie mir bitte der Reihe nach, was sich am Donnerstagabend zugetragen hat.«

»Am letzten Donnerstag?«

»Ja, sicher, wovon reden wir denn die ganze Zeit?«

»Am letzten Donnerstag war ich bei Tom, einem Freund. In dem Partykeller im Haus seiner Eltern treffen wir uns ziemlich oft. Am Donnerstag waren wir eine relativ große Gruppe. Sicher mehr als fünfzig Leute. Wenn Sie wollen, kann ich Ihnen die Namen aller Anwesenden aufschreiben.«

Wie bitte? »Wann sind Sie von dort weggegangen?«

Drazal überlegt. »Das muss so gegen zwei Uhr in der Früh gewesen sein, ich habe Jenny noch heimgebracht und bin dann selbst nach Hause.«

Diana wird jetzt doch ungeduldig. »Aber das meine ich nicht. Viel wichtiger ist, wann und wo Sie zwischendurch Stefan Stösser getroffen haben.«

»Gar nicht. Der Stefan war zwar auch eingeladen, ist aber nicht aufgetaucht. Er hat sich am Nachmittag beim Tom gemeldet und gesagt, er würde später kommen, weil er einen Anruf erhalten hat. Ehrlich gesagt ist mir gar nicht aufgefallen, dass er dann überhaupt nicht gekommen ist. Erst am nächsten Tag, als ich erfahren habe, was mit ihm passiert ist.«

Diana kann es nicht glauben. Alles klingt so logisch, so plausibel und leider auch so ganz anderes als das, was sie hören wollte. Sie fordert Drazal jetzt doch auf, den Namen und die Adressen all der Personen aufzuschreiben, die sein Alibi für die Tatzeit bestätigen können.

»Sie waren also die ganze Zeit auf dieser Party? Sind nie von dort weggegangen? Nicht mal für einen kurzen Augenblick?«

Er blickt auf, schüttelt den Kopf und schreibt weiter.

»Sie haben einen Anruf erwähnt, den Stefan Stösser erhalten haben soll. Wissen Sie zufällig, worum es in ihm ging?«

»Nicht genau. Der Tom hat nur kurz erwähnt, dass der Stefan von einem Zeitungsredakteur aus Wien angerufen wurde. Anscheinend wollte der ihm einen lukrativen Job anbieten, und da der Stefan immer knapp bei Kasse war, obwohl ihm sein Vater ein großzügiges Taschengeld nachgeschmissen hat, war er wohl gleich Feuer und Flamme. Ich weiß nur, dass sie sich im ›Cleese‹ treffen wollten. Der Stefan ist da gern hingegangen, also nehme ich an, dass er den Treffpunkt vorgeschlagen hat. Wenn Sie wollen, rufe ich den Tom an. Vielleicht kann der Ihnen mehr darüber erzählen.«

Und das kann er tatsächlich, der Tom. Wenige Minuten später befragt Diana Tom Jankic am Telefon, und dieser bestätigt sofort Drazals Alibi. Doch er hat sich auch noch etwas anderes gemerkt: »Der Stefan hat gesagt, der Typ, der ihn angerufen hat, sei etwas seltsam gewesen. Er habe so höflich gesprochen, ein bissl altmodisch. Eben so, wie heutzutage niemand mehr redet – außer vielleicht noch ein Wiener. Aber anscheinend hatte er etwas vom Stefan gelesen, oder ein Professor hatte ihn in seiner Anwesenheit gelobt oder irgend so etwas in der Art, darum wollte er den Stefan unbedingt einstellen.«

»Höflich und altmodisch?«

»Ja, genau. Was ist denn jetzt mit dem Joesi?«

Diana lässt die letzte Frage unbeantwortet, bedankt sich und legt auf.

Höflich und altmodisch? Das klingt ganz nach dem Leibwächter Bert. So ähnlich hat auch die dicke Portierfrau seine Stimme beschrieben, und Bert hat zugegeben, dass er mit Stefan Stösser am Tag der Tat telefoniert hat. Seinen Angaben nach wollte er eine Pressekonferenz für junge Journalisten organisieren. Von einem lukrativen Jobangebot war keine Rede gewesen … Oder sollte sie da etwas falsch verstanden haben?

»Glauben Sie mir jetzt, dass ich nicht der Mörder vom Stefan bin, Frau Kommissarin?«, fragt der Joesi Drazal wieder mit seinem flehenden Blick.

Sie haben wohl wirklich den Falschen erwischt. Ihr ungutes Gefühl nach der ersten Vernehmung hat sie nicht getrogen. »Und was genau haben Sie mir dann gestern gestanden?«

»Ich wusste doch gar nicht, dass Sie mich wegen Stefan befragen wollten. Ich dachte, es ginge um etwas ganz anderes.«

»Und zwar?«

»Ich war bei den Kiffern dabei.«

Aha, daher weht also der Wind. »Bei den Kiffern? Welchen Kiffern?«

Da die Kommissarin seine Aussage, nichts mit dem Mord zu tun zu haben, nicht gleich brüsk zurückweist, schöpft der Bursche Hoffnung. »Vor ein paar Wochen hat man beim Tom, dem Mann, mit dem Sie grad eben telefoniert haben, eine größere Menge Hasch gefunden. Erwischt hat man aber nur den Tom, noch ein paar und den Stefan Stösser. Wir anderen waren schneller.«

»Welche anderen?«

Sein Blick senkt sich wieder. »Ich wollte sagen, ich war schneller.«

»Welche anderen?«

»Da waren keine anderen. Nur ich.«

»Welche anderen?« Diana lässt nicht locker.

Sein Blick wird wieder flehentlich. »Frau Kommissarin, bitte nicht. Ich kann doch meine Freunde nicht verpfeifen. Verstehen Sie mich doch, bitte.«

»Oh, ich verstehe Sie sehr gut. Und unter den Umständen werden auch Sie ganz bestimmt verstehen, dass ich jetzt gehe. Wir setzen das Gespräch dann ein anderes Mal fort.« Diana steht auf und macht ein paar Schritte Richtung Tür. »Abführen«, sagt sie zum Uniformierten. Auch wenn Drazal kein Mörder ist, ist er doch wenigstens nicht völlig unschuldig eine Nacht in Polizeigewahrsam gewesen. Den Rest können dann die Kollegen von den »Drogen« erledigen.

Ihr Vorgehen ist vielleicht nicht ganz fair, aber wirkungsvoll. Sekunden später sprudeln die Namen von Joesi Drazals Freunden nur so aus ihm heraus. Diana setzt sich wieder und hat alle Mühe, die Namen auf seiner Freundesliste so schnell abzuhaken.

»Aber mit dem Mord an Stefan Stösser haben Sie immer noch nichts zu tun?«

Er schüttelt den Kopf. »Wirklich nicht, bitte, glauben Sie mir. Ich hab den Stefan zwar noch nie besonders gut leiden können, vor allem nach der Sache mit Jenny, aber ich bringe doch niemanden um. Ich bin Kampfsportler. Ich lerne, mich zu verteidigen, das Leben zu achten und zu schützen, nicht, es zu nehmen.«

Das bringt Diana auf eine Idee. Sie schiebt ihm den Zettel über den Tisch. »Sagt Ihnen Shuai Jiao etwas?«

Joesi Drazal kann und will ihrem Themenwechsel nicht folgen. »Glauben Sie mir jetzt endlich, Frau Kommissarin?«

»Es geht nicht darum, was ich glaube, sondern darum, was Sie getan haben und wir Ihnen nachweisen können. Sie haben gestern einen Mord gestanden, allerdings anscheinend, ohne es zu wissen, wie sich jetzt herausstellt. Warum haben Sie noch keinen Strafverteidiger oder eine andere Person Ihres Vertrauens eingeschaltet?«

»Ich kenne keinen Strafverteidiger. Mit Anwälten, der Polizei und dem Gericht habe ich bisher nichts zu tun gehabt. Und die Oma fragen kann ich ja nicht. Die würde sich nur aufregen, wenn sie erfahren würde, dass ich im Gefängnis sitze. Die würde glatt denken, ich bin so schlimm wie der Papa oder noch schlimmer.«

»Sie haben also keinen Verteidiger, weil sich die Oma nicht aufregen soll?«

»Genau. Wissen Sie, die Oma hat mich damals in die erste Kickbox-Stunde gebracht, damit ich lerne, mich gegen meinen Papa zu wehren, wenn er wieder einmal betrunken ist und um sich schlägt.«

»Das heißt, Sie haben Ihre Großmutter bisher noch gar nicht angerufen?«

»Doch, doch, natürlich. Aber ich habe ihr gesagt, ich müsse auf eine überraschende Exkursion mit der Uni. Apropos Uni, ich glaube, ich habe es schon gesagt, aber ich habe übermorgen eine wirklich wichtige Prüfung.«

Es klopft an der Tür, und eine uniformierte Hand reicht ein Foto herein. Der Wachebeamte nimmt es entgegen und gibt es an Diana weiter.

»Das ist Harald Sonderberger.«

Noch vor einer halben Stunde hat sie gedacht, Drazal und Sonderberger seien Komplizen, jetzt aber glaubt sie ihm, dass er den Mann noch nie gesehen hat. Sein unwissender Blick trügt nicht. Wieder einmal wechselt sie ohne Überleitung das Thema. »Werden Sie mit dem Kiffen aufhören?«

Diesmal geht er auf ihren Themenwechsel ein und nickt. »Worauf Sie sich verlassen können. So etwas wie jetzt hier möchte ich nie wieder erleben.«

»Trotzdem muss ich die Kollegen von der Drogenfahndung verständigen. Sie werden sich mit Ihnen in Verbindung setzen.«

»Heißt das, ich darf gehen?«

»Die Verdachtsmomente, dass Sie Stephan Stösser ermordet haben, haben sich nicht erhärtet. Ja, Sie können tatsächlich gehen.«

Joesi Drazal hat Tränen in den Augen, aber er strahlt. »Danke! Danke vielmals.«

»Und noch was sollte Ihnen eine Lehre fürs Leben sein. Bevor Sie das nächste Mal etwas gestehen, erkundigen Sie sich vorher, was genau man Ihnen vorwirft.«

Sein Strahlen vertieft sich, während er nickt. »Shuai Jiao ist übrigens eine asiatische Kampfsportart. Ich glaube, sie kommt aus der Mongolei und ähnelt dem Ringen. Ich habe da mal einen Wettkampf gesehen, der war der volle Wahnsinn. Die Gegner werden in hohem Bogen zu Fall gebracht. Es schaut so spielerisch aus, erfordert aber langes Training. Ziel ist es, dass der Gegner mit dem Rücken den Boden berührt.«

»In hohem Bogen?«, wiederholt Diana.

Drazal nickt. »Genau. Ist natürlich alles eine Frage der Körperbeherrschung. Soweit ich gehört habe, hat Shuai Jiao in Asien eine lange Tradition, wird aber auch in Amerika immer populärer. Hier kennt die Sportart noch kaum jemand. Aber in Hollywood«, er lacht auf, »soll es unter den Promis besonders fanatische Anhänger geben. Bei Madonna könnte ich es mir sogar vorstellen.«

»Sie meinen, auch Frauen können Shuai Jiao erlernen?«

»Was, bitte, können Frauen denn nicht erlernen? Nur der richtige Trainer und die Motivation sind ausschlaggebend. Wenn beides stimmt, legt eine halbwegs fitte Frau nach wenigen Jahren locker jeden weniger trainierten Mann auf die Matte.«

»In hohem Bogen?«

»Auch in hohem Bogen.«

## 60

Jetzt, da sie Joesi Drazal gegen den Wunsch des Herrn Oberst nicht nur vernommen, sondern sogar nach Hause geschickt hat, braucht Diana umso dringender den richtigen Täter, sonst ist sie seinem Zorn völlig schutzlos ausgeliefert. Wie würde er denn vor Dr. Stösser dastehen, dem gegenüber er in der Zwischenzeit bereits vollmundig mit seinem Fahndungserfolg geprahlt hat? Und bei seiner großartig angekündigten Pressekonferenz könnte er lediglich über eine Diva sprechen, die von selbst wieder aufgetaucht ist, und, na gut, zumindest auch über Harald Sonderberger, den Grundlsee-Mörder.

Mit eingezogenem Kopf und aufgestelltem Mantelkragen, die Hände in den Taschen vergraben, macht sich Diana auf den Weg nach Hause. Es hat leicht zu nieseln begonnen, doch davon spürt sie nichts. Ihre Gedanken drehen sich im Kreis. Wer hat Stefan Stösser ermordet? Ihre Logik sagt ihr, dass es jemand sein muss, den sie bisher noch nicht im Verdacht gehabt haben. Doch dem widerspricht ihr Gefühl – »Gefüühühl!«, wie der Herr Oberst sagen würde. Irgendetwas muss sie übersehen haben. Ihre gesammelten Überlegungen ergeben noch kein ganzes Bild, zu viele Puzzlesteine fehlen. Aber jetzt ist erst einmal Feierabend, sie braucht dringend eine Pause. Und einen Kaffee mit viel aufgeschäumter Milch.

Eine halbe Stunde später macht sie es sich auf ihrer ausladenden blauen Couch gemütlich. Beine hochlegen, Schluss für heute. Den Rest des Tages will sie sich nur mehr erholen und Kräfte sammeln für die harte Woche, die ihr zweifellos bevorsteht. Statt des Kaffees ist es doch nur eine große Kanne Früchtetee geworden. Die Vernunft hat gesiegt – außerdem möchte sie heute Abend endlich einmal wieder ohne Probleme einschlafen. Abgesehen davon ist der Tee wirklich gut. »Frauenkraft«, von Hazel persönlich zusammengemischt, natürlich rein biologisch.

Auf die Game-Shows im Fernsehen hat Diana ebenso wenig

Lust wie auf einen der Romane, die sich ungelesen auf ihrem Nachttisch stapeln. Doch auf dem Weg ins Wohnzimmer hat sie auf dem Stuhl bei der Garderobe Tante Gustis Album entdeckt. So ganz kann sie die Arbeit anscheinend doch nicht lassen. Zumindest kann es nicht schaden, das dicke Buch kurz durchzublättern. Vielleicht lernt sie dadurch die LaBelle ja ein bisschen besser kennen und Tante Gustis Begeisterung noch ein bisschen besser verstehen.

Auf den ersten Seiten Schwarz-Weiß-Fotos eines hübschen jungen Mädchens. Zusammengebundene Locken, die sich neckisch im Nacken ringeln, mit einer großen Schleife geschmückt. Knappe Oberteile, weit schwingende Röcke. Eine Wespentaille. Mein Gott, war die LaBelle da jung! Es folgen Dokumentationen ihrer ersten großen Erfolge, die Maria-Theresia-Filme. Anscheinend überschlugen sich die Zeitungen vor positiven Kritiken. »Caroline Schönhuber – unsere schöne Kaiserin!«, ist da zu lesen. Und … Diana kann es nicht glauben, was da steht: »Unsere Lini ist die Beste!« und »Lini, wir lieben dich, du fesches Mädl!«. Lini! Caro LaBelle ist »Lini« genannt worden. Und so schlecht ist Dianas Namensgedächtnis dann auch wieder nicht, dass sie vergessen hätte, wem Grundlsees Abschiedsbrief gewidmet war. Der Abschiedsbrief, der keiner war. Einer Lini, deren Name mit dicken, fetten Kreuzen versucht wurde unkenntlich zu machen.

Diana sitzt mit dem Buch auf dem Schoß da und will es nicht glauben. Hat Grundlsee sein eigenes altes Gedicht abgeschrieben, um es mehr als vierzig Jahre nach dessen Veröffentlichung Caro LaBelle zu widmen? Warum? Sie glaubt kaum, dass ihn Harald Sonderberger dazu angestiftet hat. Sie sieht den Muskelmann in der Jeansjacke noch vor sich, wie er sich mit Händen und Füßen gegen die Verhaftung wehrt.

»Meine Mutter heißt gar nicht Lini, die heißt Evelyn!«, hat er geschrien. Hat er also die Wahrheit gesagt? War die Lini, die Grundlsee gemeint hat, tatsächlich nicht seine Mutter, sondern Caro LaBelle? War Sonderberger im Turm aufgetaucht, als Grundlsee – aus welchem Grund auch immer – das Gedicht bereits fertig abgeschrieben hatte? Und wer hat den Namen »Lini« wieder durchgestrichen? Sonderberger? Grundlsee selbst? Oder war noch eine andere Person bei ihm im Turmzimmer? Der Leibwächter? Der chinesische Trainer, der die Kunst beherrscht, andere in hohem Bogen auf den Boden zu befördern? Oder Caro LaBelle höchstpersönlich?

Sie hätte das Album viel früher lesen sollen. Tante Gusti hat alles aufgehoben und fein säuberlich aufgeklebt. Sie war tatsächlich ein wahrer Fan der LaBelle. Diana blättert weiter. Vielleicht findet sich ja noch ein kleiner Hinweis, der ihr hilft. Sie stößt auf Berichte darüber, dass Lini in Kürze, also im Herbst 1964, im Burgtheater – »an der Burg« – debütieren wird. Die Zeitungen verteilen Vorschusslorbeeren. Im »Kurier« schreibt ein Autor mit dem Kurzzeichen »bw«, dass Caroline Schönhuber – »die reizende Lini« – wie ein leuchtender Stern am Wiener Theaterhimmel aufgehen wird. Viele Zeitungen drucken Fotos der jungen Schauspielerin ab. Lini im Kreis von Freunden, Lini mit Romy Schneider – »Die zwei Kaiserinnen unserer Herzen!« –, Lini mit ihrer Mutter. Das kleine Foto im »Kurier« hätte Diana fast überblättert. Die Unterschrift lautet: »Lini Schönhuber mit unserem unbestechlichen Kulturredakteur Bernd Wernher, dessen Kritiken allgemein ebenso geschätzt wie gefürchtet werden.«

Diana hält inne. Bernd Wernher, das Kürzel »bw«, ein Zufall? Na, da schau her! Sie hat sich nicht vorstellen können, dass sie die alten Geschichten von früher einmal so interessieren würden. Sie lächelt. Danke, Tante Gusti! LaBelle und Grundlsee waren also alte Bekannte. Sie schaut sich das Foto genauer an. Es zeigt einen feschen jungen Mann mit Schnauzbart in einem etwas zu weiten Anzug, wie er damals Mode war, und mit einem dazu passenden Hut. Unverkennbar der spätere Lyriker Grundlsee. Ihm zur Seite die junge LaBelle, etwas kleiner als er und in einem duftigen geblümten Sommerkleid, die mit strahlenden Augen zu ihm hinauflacht.

Was muss sie damals in den Grundlsee verliebt gewesen sein, wie sie ihn anhimmelt! Ein flüchtiger Gedanke, kaum gedacht, schon wieder verworfen. Wie kommt Diana nur darauf, dass sie hier einer Liebesgeschichte auf der Spur ist? Allerdings: Warum eigentlich nicht? Warum soll die junge Schauspielerin nicht in den nur wenige Jahre älteren Kulturredakteur verliebt gewesen sein? Diana blättert rasch weiter in der Hoffnung, noch weitere Fotos von den beiden zu entdecken, doch vergeblich. Die kleine Nachricht im »Kurier« ist der einzige Hinweis auf die Bekanntschaft zwischen der LaBelle und Grundlsee. Diana lehnt sich auf der Couch zurück und gießt sich heißen Tee in die Tasse nach. Zurücklehnen, nachdenken, Tee trinken.

Nur einmal angenommen, die Schauspielerin wäre in den späteren Herrn Grundlsee verliebt gewesen, und weiters angenommen, das Gefühl hätte auf Gegenseitigkeit beruht, dann waren die beiden vielleicht einige Zeit lang ein Paar. Verlobt waren sie jedoch nicht, da hätten sich die Zeitungen vor Freude überschlagen, und Tante Gusti hätte alles eingeklebt, was sie hätte finden können. Aber war man damals, Ende der Fünfziger, Anfang der Sechziger, nicht verlobt, so hatte man auch kein Paar zu sein. Und wenn man trotzdem ein Paar war, dann hatte man das gefälligst geheim zu halten, sonst hätte die öffentliche Moral laut aufgeheult – und von moralischem Geheul findet sich genauso wenig in Gustis Album wie von einer Verlobung. Diana spielt den Gedanken durch, nimmt an, dass Caro und Grundlsee ein heimliches Paar gewesen sind. Bis er sie, warum auch immer, plötzlich hat sitzen lassen. Sie war entehrt – ja, das war man damals, das weiß sie schließlich von Hazel –, sie war verletzt, wütend und hat sich geschworen, ihn umzubringen. Also ist sie den Turm hinaufgeschlichen und hat ihn in die Tiefe geworfen. Aber nach fast fünfzig Jahren? Wohl eher nicht.

Laut und vernehmlich zerreißt Dianas Handy die nachdenkliche Stille. Sie zuckt zusammen, springt auf, verschüttet etwas Tee auf der Couch – zum Glück nicht über Tante Gustis innig gehegtes Album –, flucht, sucht und findet ihr Mobiltelefon endlich im Flur. Sie hat es dort abgelegt, als sie den Mantel anzog, um ins Büro zu gehen, und dann dort vergessen. Das Display zeigt drei Anrufe in Abwesenheit.

»Pölz?«

»Sieh an, die Frau Chefinspektor ist endlich auch einmal zu erreichen.«

»Wer spricht?«

»Grobian. Hubert Grobian vom ›Tagesblatt‹. Zumindest war ich bis heute beim ›Tagesblatt‹, inzwischen hat mich die Nachricht erreicht, dass mich mein Herausgeber morgen sprechen will. Das bedeutet nichts Gutes. Sollte er mich wegen dieser Geschichte in der ›Austria‹ entlassen, dann mache ich Sie dafür verantwortlich.«

Mist, die Schlagzeile hatte sie ja völlig vergessen! Sie versteht sogar, dass der Redakteur ungehalten, ja wütend ist und er seinen guten Ruf so rasch wie möglich reingewaschen sehen will, aber ganz sicher lässt sie sich nicht für unqualifizierte Schreibereien einer Zeitung verantwortlich machen. Als sie ihm ihren Standpunkt klarmacht, spricht sie ruhig und sachlich, und wie so oft stellt sie auch diesmal fest, dass ihre Sachlichkeit ansteckend ist.

»Nun gut, aber der Tussi von der ›Austria‹, der hänge ich eine Verleumdungsklage an, die sich gewaschen hat.«

Bitte sehr, soll er tun, was er nicht lassen kann. Immerhin beruhigt er sich allmählich.

»Ich kann Sie nur anflehen, dass Sie baldmöglichst den Kerl schnappen, der den Stösser auf dem Gewissen hat. Nach der Schlagzeile werden die Leute nicht eher aufhören, mich zu verurteilen, bis der wahre Mörder hinter Schloss und Riegel ist.«

»Wir tun alles, was in unserer Macht steht, Herr Grobian. Und so, wie es ausschaut, sind wir dem wahren Täter bereits dicht auf den Fersen.«

»Ihr Wort in Gottes Ohr, Frau Pölz. Dann verzeihen Sie mir bitte meinen telefonischen Überfall. Ich hoffe, Sie haben Verständnis für meine Erregung.«

»Natürlich. Eine letzte Frage hätte ich allerdings noch, Herr Grobian, einfach so, aus persönlichem Interesse. Wissen Sie zufällig, warum ein Weltstar wie die LaBelle sich ausgerechnet Linz ausgesucht hat, um einen ihrer seltenen und umso begehrteren Liederabende zu geben?«

Grobian lacht auf. »Der Pichler, Sie wissen schon, der Obermacher von der LIVEVE, der hat überall rumerzählt, er hätte seine

Kontakte spielen lassen. Als ob seine jämmerlichen Kontakte bis nach Hollywood reichen würden! Ich hab ihm das natürlich nicht abgenommen und mich ein wenig umgehört. Ich hab da so meine Quellen. Deshalb weiß ich auch, dass der Pichler selbst über den Besuch völlig überrascht war. Es scheint, als wäre es das Management von der LaBelle gewesen, das mit ihm in Verbindung getreten ist, nicht umgekehrt. Klingt seltsam, ist aber wahr. Aber warum wollen Sie das wissen? Hat das irgendetwas mit dem Tod vom Stösser zu tun?«

»Nein, nein«, beeilt sich Diana zu versichern, bevor noch die nächsten Gerüchte entstehen können. »Meine Tante Gusti ist ein Riesenfan von Caro LaBelle. Ich habe ihr versprechen müssen, das herauszufinden, also dachte ich mir, ich nütze die Gelegenheit, wenn ich schon mal den wichtigsten Insider der Linzer Kultur am Telefon habe.« Wenn Karl-Heinz See dem Redakteur schmeicheln kann, dann kann sie das schon lange. Lächelnd legt Diana auf.

## 61

Soso, die LaBelle hat doch tatsächlich Kontakt mit der LIVEVE aufnehmen lassen, weil sie von sich aus in Linz singen wollte. Warum bloß? Vielleicht, weil sie einen Vorwand brauchte, um hier zu sein, damit sie hier einen Mord begehen konnte? Aber wo, bitte, ist das Motiv? Und wie lautet die Antwort auf die nicht ganz unwichtige Frage: Warum gerade jetzt? Und wer hat den Stösser umgebracht? Da ist sie noch immer nicht weiter. Und aus welchem Grund? Irgendwie überkommt Diana das höchst unangenehme, unglaublich unbefriedigende Gefühl, wieder an den Anfang der Ermittlungen zurückkatapultiert worden zu sein.

Also noch einmal zurück zu Tante Gustis Album. Viele Seiten sind es nicht mehr, die ihr noch bleiben. Auf den nächsten beiden Fotos sieht die junge LaBelle gar nicht gut aus. Eingefallene Wangen, die Augen liegen in dunklen Höhlen, die blonden Haare zu einer strengen Hochsteckfrisur gebunden. Stünde der Name nicht drunter, Diana hätte die Schauspielerin nicht wiedererkannt. Unter einem der Bilder findet sie die Unterschrift »Gute Besserung, Lini!«. Auf den nächsten Seiten folgen Fotos von der Burgtheaterpremiere. Lini hat sich anscheinend wieder erholt. Sie spielt die Christel von der Post im »Vogelhändler« von Carl Zeller. Damals hat die Rolle des einfachen Mädchens anscheinend zu ihr gepasst. Wenn man sie heute so sieht, erscheint einem das undenkbar. Dann die wohlwollenden Kritiken aus dem »Tagesblatt« und der »Wiener Zeitung«. Diana blättert um. Noch eine Besprechung. Sie beginnt sie zu überfliegen. Halbherzig zuerst, da ja ohnehin nichts anderes drinstehen wird als in den beiden vorherigen. Doch je mehr sie liest, desto genauer liest sie, und desto mehr stockt ihr Atem:

Kurier, 14.10.1964, (bw)

»Erwartungsvolle Stille im Parkett, die dem Anlass entsprechend elegant gewandete Zuschauerschar wartet gespannt auf ihren Auftritt. Den Auftritt unserer Lini Schönhuber, des neuen

Stars, den wir von der Leinwand kennen, nun also am Wiener Theaterhimmel. Sie sieht allerliebst aus in ihrem feschen Dirndlkleid. Dann öffnet sie den Mund, singt den ersten Ton und trifft ihn nicht ...« Diana überfliegt die nächsten Zeilen, die sich mit den anderen Sängern beschäftigen, und bleibt dann beim vernichtenden Abschluss hängen: »Wir alle hatten uns auf diesen Abend gefreut. Doch statt eines gekonnten Spannungsbogens bietet uns die Regie nichts als einen geraden, einfallsarmen Stock. Und ebenso hölzern wie die Regie erweist sich leider auch der Star des Abends. Wir wollen hoffen, dass die Hauptdarstellerin künftig, ihrem Potenzial entsprechend, besser in kleineren Rollen aufgehoben sein wird.«

Das gibt es doch nicht! Stösser hat genau die gleiche Kritik geschrieben! Auf ihrem Schreibtisch findet Diana mit einem Griff den Zeitungsausschnitt aus dem »Tagesblatt«. Bis auf den letzten Satz ist fast alles aufs Wort genau gleich. An solche Zufälle kann sie einfach nicht glauben.

Stösser hat also eine fünfzig Jahre alte Kritik abgeschrieben und als seine eigene verkauft. Sicher hat er nie damit gerechnet, dass das jemandem auffallen würde. Hat er absichtlich eine alte Kritik über LaBelle ausgegraben, oder wusste er am Ende gar nicht, dass es sich dabei um ein und dieselbe Person handelte? Und war es möglich, dass er sich mit dem Abschreiben einer uralten Kritik, freilich ahnungslos, im wahrsten Sinne des Wortes sein eigenes Grab geschaufelt hat? Die Glocke reißt sie aus den Gedanken.

Mit roten Bäckchen und noch etwas atemlos vom Stiegensteigen steht Tante Gusti vor der Tür. Und mit einem Teller herrlich duftenden Zwetschgenkuchens. »Ich habe gebacken, Kinderl! Zwetschgenfleck. Den hast du doch schon als kleines Mädchen so gern gemocht.«

»Tante Gusti, du sollst dir doch nicht immer so viel Arbeit machen. Wenn du mich weiter so mästest, muss ich mir bald noch eine neue Garderobe kaufen. Aber bitte, komm doch rein, ich blättere gerade in deinem alten Album.«

Der Einladung folgt die ältere Frau nur zu gern. »Ich liebe es doch, zu backen, das ist keine Arbeit für mich. Und alles allein aufessen kann ich auch nicht.«

»Möchtest du einen Tee?«

»Ja, aber bitte einen richtigen. Nicht so ein Kräutergebräu von Hazel.«

Minuten später sitzen beide einträchtig nebeneinander auf Dianas Couch, trinken Tee, essen Kuchen und blättern noch ein bisschen in Gustis Album. Was auch immer für ein Verdacht in Diana reifen mag, sie weiht ihre Tante mit keinem Wort ein.

»Ich genieße das wirklich, dass du ins Haus gezogen bist, Kinderl. Natürlich habe ich meine Freundinnen. Wir treffen uns regelmäßig und unternehmen auch viel gemeinsam, aber am Sonntag war ich oft schon recht allein.«

Diana drückt ihr die Hand und freut sich, dass sich die Tante freut. So traurig die Trennung von Norbert auch gewesen ist, es ist ein überraschend gutes Gefühl, wieder »zu Hause« zu sein. »Weißt du, was mich interessiert, Tante Gusti? Hat es vielleicht mal einen Skandal gegeben, in den die LaBelle verwickelt war? Damals, als sie noch Lini Schönhuber hieß?«

»Aber nein«, lautet die entrüstete Antwort. »Wie kommst du denn darauf, Kinderl? Die war ein hochanständiges Mädl, und so tragisch die Geschichte mit ihrem Unfall auch –«

»Ihrem Unfall?«

»Ja, Anfang oder Mitte der sechziger Jahre hatte sie einen Reitunfall. Ein Pferd soll mit ihr durchgegangen sein, und dabei ist sie ganz fürchterlich gestürzt. Eine schreckliche Sache war das, durch alle Zeitungen ist das gegangen. Hast du nichts davon im Album gefunden?«

Diana zeigt auf die beiden Fotos. »Die dürften in dieser Zeit entstanden sein, oder? Allerdings sieht man keine Verletzungen, sie schaut nur ganz krank, blass und eingefallen aus. Es ging ihr wohl alles andere als gut.«

Tante Gusti seufzt und nimmt noch einen Schluck Tee. »Eine schreckliche Sache war das. Man musste sogar die Premiere an der Burg deshalb verschieben.«

»So schlimm waren die Verletzungen?«

Tante Gusti nickt. »Ja, leider. Man brachte sie zu Spezialisten ins Ausland. Die haben zum Glück ihre Beine wieder ordentlich hinbekommen. Sie war ja noch ein junges Mädchen damals. Wie furchtbar muss es gewesen sein, als ihr die Ärzte sagten, dass sie nie Kinder bekommen kann.«

»Nie Kinder bekommen kann?«, echot Diane.

»Nie Kinder bekommen kann«, bestätigt Tante Gusti traurig. »Das steht natürlich nicht im Album, das habe ich aus dem Rundfunk. Ich habe ja auch keine Kinder, aber bei mir ist das etwas anderes. Ich hatte auch nie den passenden Mann dazu.«

»Aber die LaBelle hatte ihn, den passenden Mann?«

»Ja, freilich, die war sogar zwei Mal verheiratet. Da war sie aber schon in Amerika drüben. Der erste war ein Regisseur, ich habe vergessen, wie er hieß. Und der zweite war ihr Psychotherapeut, aber dessen Namen habe ich auch nie gewusst. Von beiden ist sie schon lange geschieden.«

## 62

An diesem Abend kann Diana wieder nicht einschlafen. Und das liegt nicht am Tee, sondern an den Puzzleteilen, die in ihrem Kopf langsam und über gedankliche Umwege ein großes Ganzes formen. Und daran, dass sie nicht glauben kann, was in ihrem Hirn immer mehr zu einer Gewissheit wird. Eine Gewissheit, gegen die ihr Gefühl nichts einzuwenden hat. Es ist gegen zwei Uhr morgens, als sie in einen tiefen, bleischweren Schlaf fällt. Das große Ganze ist so gut wie fertig. Nur ein Puzzlestein fehlt noch. Ein großer, wesentlicher, vieles entscheidender Puzzlestein.

Montagmorgen.

Zuerst läutet der Wecker. Diana fühlt sich wie gerädert und dreht sich im Bett noch einmal um. Gleich darauf meldet sich das Handy. Diana ist zwar immer noch nicht wach, schafft es aber, sich aufzusetzen, sich die Haare aus dem Gesicht zu streichen und halbwegs verständlich ihren Namen in den Hörer zu sprechen: »Pölz?«

»Hi, Mam!«

»Hi, was? Wer spricht?«

Lachen am anderen Ende der Leitung. Das liebste Lachen der Welt. Lillis Lachen. Mit einem Schlag ist Diana hellwach.

»Hallo, meine Lillifee! Sag mal, wie hast du mich grad genannt?« Natürlich hat sie ihre Tochter verstanden, aber gewundert hat sie sich doch. Lilli hat sie sonst immer »Mutti«, manchmal »Lady Di«, aber nie »Mam« genannt.

»Mam, ich habe dich Maaaaaaam genannt, so nennen hier alle ihre Mütter. Ich bin schon eine richtige Amerikanerin, wie du hörst. Und stell dir vor, Mam, ich habe meine Klausur zurückbekommen. Und welche Note hat deine kluge Tochter? Ein ›A‹, was so viel bedeutet wie ›Sehr gut‹.«

Diana gratuliert, freut sich mit ihr. Sie plaudern noch ein wenig, lachen miteinander, nicht lange, obwohl Lilli über ihren Computer anruft, um Kosten zu sparen, aber Diana muss ins

Büro. Manchmal kracht es in der Leitung, aber meist ist Lilli gut zu verstehen. Es ist schön, ihre Stimme zu hören, zu spüren, dass es ihr gut geht.

Diana hat noch immer ein Lächeln im Gesicht, als sie längst aufgelegt hat und aufgestanden ist, um eine Kapsel – extrastark – in die Kaffeemaschine zu werfen. Ihre Tochter klingt wirklich schon fast wie eine Amerikanerin. Allein, wie sie dieses »Mam« ausspricht! Dabei hört sie sich so an wie Bert, der Leibwächter. Diana geht zum Tisch, um den obligatorischen Soja-Joghurt anzurühren. Greift automatisch zu einem Apfel in der Obstschale, stellt den Zimtstreuer bereit, holt die Reibe aus der Schublade. Gedanken wirbeln durch ihren Kopf, dann hält sie plötzlich mitten im Reiben des Apfels inne. Wie Schuppen fällt es ihr von den Augen. Das letzte, große, vieles entscheidende Puzzleteil hat seinen Platz gefunden. Sie legt Apfel und Reibe achtlos zur Seite, wischt sich die Hände an einem Geschirrtuch ab. Zum Essen ist jetzt keine Zeit mehr. Schnell einen Schluck Kaffee. Heiß, Vorsicht, nicht den Mund verbrennen! Dass sie dazu, allerdings im übertragenen Sinn, heute noch oft genug die Möglichkeit haben wird, ahnt sie noch nicht.

Kurz nach sieben ist sie im Büro. Karl Heinz See ist schon da, als sie kommt, und wie sie an den Papieren in seiner Hand sieht, hat er die aktuellen Protokolle bereits gelesen. Statt mit einem Hallo wird sie mit einem ungebetenen Kommentar begrüßt: »Na, da haben Sie am Wochenende aber ordentlich gewütet, alle Achtung. Drazal verhaften, Drazal freilassen. Einen gewissen Wolfgang Gebhardt verhaften, Wolfgang Gebhardt wieder freilassen. Sie haben nicht vielleicht zufällig das Gefühl, mit den Fällen völlig überfordert zu sein?« Und um noch eins draufzusetzen, fügt er hinzu: »Bullin von Pölz?«

Sehr witzig. »Woher haben Sie das? Hat Kollege Wöglinger Sie etwa extra zu Hause angerufen, um Sie an diesem grandiosen Meisterwerk an Sprachwitz brühwarm teilhaben zu lassen?«

»Nein, das war Grobian. Dem haben Sie ja auch übel mitgespielt, alle Achtung. Ihn in der ›Austria‹ so bloßzustellen, das schafft nicht jeder.«

Jetzt wird es ihr zu dumm. »Ich habe gar niemanden bloßgestellt. Ihr Freund Fritz hatte die unschlagbare Idee, den Mann hier anzuschleppen und ihm einen Mord zu unterstellen.«

»Was hatte ich für eine Idee?«, fragt Freund Fritz von der Tür her.

»Jedenfalls hat mich Grobian angerufen, um sich über Sie zu beschweren«, erklärt Kommissar See, ohne auf die Frage seines Kollegen einzugehen. »Der hat wirklich nicht alle Tassen im Schrank. Ruft mich an meinem freien Tag an und will, dass ich sofort etwas unternehme.«

»Und, haben Sie etwas unternommen?«

»Ich habe ihm Ihre Telefonnummer gegeben. Schließlich hatten Sie gestern Journaldienst.«

Ach, so ist das also gelaufen. Sie hatte sich schon gewundert, wie der Redakteur sie anrufen konnte. »Meine Nummer geben Sie in Zukunft niemandem mehr, haben Sie mich verstanden?« Hat der Mann denn noch nie etwas von Datenschutz gehört?

Doch See denkt gar nicht daran, ihren Wunsch zu bestätigen. »Lassen Sie heute den ganzen Tag Ihren Mantel an?«, fährt seine süffisante Stimme stattdessen fort. »Na, wahrscheinlich haben Sie damit recht. Ich an Ihrer Stelle würde mich auch warm anziehen.«

Seine Frage erinnert sie wieder daran, was sie als Nächstes erledigen will. Erledigen muss. Die Zeit drängt. Um elf Uhr ist mit Pauken und Trompeten die Pressekonferenz angesetzt. Sie muss sich beeilen, soll die gesamte Mannschaft nicht mit ebensolchen Pauken und Trompeten untergehen. »Ich gehe jetzt, um den wahren Mörder von Grundlsee hinter Schloss und Riegel zu bringen. Sind Sie bereit, mich zu begleiten, Kollege See?«

Der schöne Carlos blickt überrascht von ihr zum schulterzuckenden Wöglinger und zurück. »Was, im Fall Grundlsee sitzt auch der falsche Verdächtige? Respekt, Frau Kollegin, so etwas hat bei uns in der Vergangenheit noch niemand geschafft. Drei Verhaftungen an einem Tag, und drei Mal hat's den Falschen getroffen.«

»Also, was ist jetzt?«, fragt sie anstelle eines Kommentars.

»Welchem armen Unschuldigen soll es denn diesmal an den Kragen gehen?«, fragt er anstelle einer Antwort.

Der kleine Fritz lacht, sieht Dianas strengen Blick, hört schlagartig auf zu lachen, hebt entschuldigend die Hände und verzieht sich wieder.

»Sie haben heute anscheinend Ihren besonders witzigen Tag, Kollege See. Aber jetzt ist keine Zeit dafür. Details erzähle ich Ihnen im Wagen. Ich frage mich nur, ob ich nicht vorab den Oberst darüber informieren soll, was ich vorhabe. Die Angelegenheit ist ziemlich heikel.«

See greift zum Autoschlüssel und wirft ihn in die Höhe, um ihn gleich danach wieder aufzufangen. »Das können Sie vergessen. Es ist Montagvormittag, da ist er immer auf der Tillysburg.«

»Auf was für einer Burg?«

»Brauchen wir uniformierte Kollegen?«, fragt See und ignoriert ihre Frage.

»Sind bereits informiert, werden sich aber zurückhalten. Ich glaube nicht, dass ihr Eingreifen vor der Verhaftung notwendig sein wird. Und jetzt sagen Sie schon: Was macht der Oberst am Montagmorgen auf einer Burg?«

Der schöne Carlos hat sein Gesicht zu einer höhnisch grinsenden Fratze verzogen. »Der Herr Oberst geruhen dort, das zu betreiben, was er gern ›Beziehungspflege‹ nennt. Tillysburg ist der Golfplatz der Noblen und Wichtigen, und zu denen zählt er sich nun einmal gern. Da erreicht ihn niemand, aber das können Sie als Wienerin natürlich nicht wissen.«

Irgendwann ist auch der Bogen des geduldigsten Menschen überspannt. Gegen den Herrn Oberst hat Diana sich nicht wehren können, aber gegen einen Kollegen, der ihr formal unterstellt ist, kann sie es allemal. »Jetzt wird mir das aber wirklich zu blöd!«, fährt sie ihn an. »Entweder verhalten Sie sich von nun an so kooperativ, wie ich das von einem Kollegen erwarten kann, und lassen diese blöden Sprüche, oder ich sorge eigenhändig dafür, dass Sie zum ›Raub‹ versetzt werden. In der Abteilung wird im November eine Stelle frei.« Ohne ihn anzusehen, geht sie auf den Flur hinaus und hinüber zum Lift. Er folgt ihr schweigend.

# 63

Seit die Diva wieder aufgetaucht ist, sind die Autos der Presseleute vor dem Landeskriminalamt verschwunden. Die Journalisten haben sich zu ihren Kollegen gesellt, die vor dem Hotel ausgeharrt haben. Diana und See können unbehelligt in ihr Dienstauto steigen. Letzterer schwingt sich auf den Fahrersitz, steckt den Schlüssel ins Zündschloss und wartet. Beide sagen kein Wort. Es herrscht genau die Stimmung, die Diana am meisten hasst und am meisten fürchtet. Eisiges Schweigen. Auch eine der Spezialitäten von Hazel Wood. Wiederum gelernt von deren Mutter, der Frau Landesgerichtsrat Holzer. Eiskaltes Schweigen – eine Familientradition, die Diana nie und nimmer fortsetzen wollte. War das wirklich notwendig gewesen? Hatte sie ihn so anschnauzen müssen?

»Na, Frau Kollegin, sind wir jetzt wieder zurück von unserem emotionalen Egotrip?«

Ja, es war nötig gewesen. Und sie denkt nicht daran, sich bei ihm dafür zu entschuldigen. »Passen Sie lieber auf, was ich Ihnen jetzt erzähle. Was wir vorhaben, braucht extremes Fingerspitzengefühl.« Dann weiht sie ihn in die Erkenntnisse ihrer nächtlichen Überlegungen ein. Oder, um genau zu sein, in den Großteil ihrer Erkenntnisse. Anfangs unterbricht er sie immer wieder, will ihr nicht glauben und macht dumme Witze zu den Aussagen, die er einfach nicht für wahr halten kann. Dann aber beginnt er, gezielte Fragen zu stellen. Hört zu, nickt, fragt weiter. An seinen konzentrierten Gesichtszügen ist abzulesen, wie stark es in seinem Gehirn arbeitet, wie wichtig es ihm geworden ist, alles zu verstehen, nichts zu übersehen. Seine Wortmeldungen werden wieder seltener, und als sie schließlich an der Donau im morgendlichen Stau stehen, schweigt er vollends. Sie lässt ihm Zeit, um das Erfahrene zu verdauen.

Nach ein paar Minuten schüttelt er den Kopf. »Aber wenn es sich wirklich so zugetragen hat, wie Sie das analysiert haben, und es schaut ganz danach aus, dann ist das der absolute Hammer.«

Diana atmet auf. Er glaubt ihr. Ein Stein fällt ihr vom Herzen. Hätte er Zweifel, würden auch in ihr sicherlich wieder Zweifel aufkeimen. Und Zweifel sind noch nie eine gute Voraussetzung für rasches, konsequentes Agieren gewesen. Außerdem will sie für das, was sie vorhat, seine Hilfe.

»Wie es aussieht, brauchen wir also unbedingt ein Geständnis«, fasst See ihre Gedanken zusammen. »Eine Verhaftung ohne definitiven Beweis wäre in diesem Fall zu heikel.«

»Der beste Beweis wäre ein DNA-Abgleich mit den Haaren oder den Fingerabdrücken, die im Turm gefunden wurden. Aber das dauert Tage, selbst wenn sich die Kollegen beeilen, und die Zeit haben wir nicht. Dennoch sollten wir zur Sicherheit unbedingt etwas fürs Labor mitnehmen, das uns im Nachhinein einen stichhaltigen Beweis liefern kann, selbst wenn das Geständnis widerrufen werden sollte.«

See schaut starr vor sich hin, konzentriert sich anscheinend wieder voll auf den Verkehr, der wieder rollt. Mit gutem Willen kann man ein leichtes Nicken erkennen.

»Was halten Sie von der Perücke?«, fragt sie ihn. »An der müssten doch Fingerabdrücke sein, im Allgemeinen setzt man sie ohne Handschuhe auf. Wenn wir Glück haben, finden wir an ihr sogar ein echtes Haar.«

»Sie glauben doch nicht, dass uns die Alte das gute Stück freiwillig überlässt? Einen richterlichen Beschluss haben Sie ja keinen, wie ich Sie kenne, oder?« Er ist wieder ganz der Alte.

»Sehr witzig.« Unwillig verzieht sie das Gesicht.

Doch der Kollege See scheint das tatsächlich witzig zu finden, er grinst dementsprechend. »Wenn Sie die Perücke wollen«, wird er wieder ernst, »dann habe ich eine Idee, wie wir die beschaffen können. Und zwar völlig legal. Wir lassen sie uns einfach schenken.«

»Schenken? Was meinen Sie damit?«

Er lenkt das Auto auf einen freien Parkplatz vor dem Kunstmuseum Lentos, nimmt sein Handy aus der Brusttasche und wählt eine eingespeicherte Nummer.

»Was haben Sie vor?«

Er bedeutet ihr mit der linken Hand, zu schweigen. Wieder

mal typisch, dass er sie nicht in seine Pläne einweiht. Sie beschließt abzuwarten.

*»Hi, good morning, Alice, how are you today, darling?«*

Wie bitte? Alice? *Darling?* Karl-Heinz See erfreut sich sichtlich an Dianas Fassungslosigkeit. Auf Teufel komm raus flirtet er mit seinem *sweetheart* am anderen Ende der Leitung, bevor er sagt: »Ich bin gerade auf dem Weg zu dir ins Hotel, um dir ein kleines Abschiedsgeschenk zu bringen.«

Wäre es möglich gewesen, hätte Diana ihre Augen noch weiter aufgerissen. »Hören Sie sofort auf«, zischt sie ihm zu. »Sie ruinieren noch meinen Plan.«

Doch er lacht nur, nimmt den Hörer in die andere Hand und flötet weiter. »Ich fürchte allerdings, dass mich die Journalistenmeute vor dem Hotel erkennt, was auf keinen Fall geschehen darf. Ich bräuchte irgendetwas, um mich zu verkleiden. Eine Perücke vielleicht oder …?«

Diana horcht auf.

»Was, du hast tatsächlich …? *Really?* Na, so ein Zufall. – Ja, bitte, am besten in der Tiefgarage. – Ich freue mich auch.« Mit großer Geste drückt er auf den roten Knopf und grinst wie ein Honigkuchenpferd.

»Sie sagen mir jetzt sofort, was das zu bedeuten hat«, fordert Diana energisch.

»Sie wollten doch die Perücke, also bekommen Sie auch die Perücke. Die gute Frau LaBelle hat Alice doch tatsächlich damit beauftragt, das edle Stück zu entsorgen.«

»Und was, wenn die Assistentin Ihre völlig unnötige Lügengeschichte nicht glaubt und in diesem Moment schon zu ihrer Arbeitgeberin rennt?«

»Das wird sie nicht tun. Alice ist viel zu dumm, um irgendetwas zu kapieren.«

Da geht ihr ein Licht auf. »Sie waren das? Natürlich, Sie haben die Assistentin am Samstag im Hotel abgeholt.«

»Das wissen Sie? Alle Achtung.«

»Sie haben mit ihr geschlafen!«

Nun ist es an ihm, große Augen zu machen. »Was macht Sie da so sicher?«

»Sie haben doch selbst gesagt, die Frau sei zu dumm, um irgendetwas zu kapieren«, sagt sie in harmlosem Tonfall und jubiliert innerlich. Was für ein aufgelegter Treffer!

»Wirklich sehr originell«, macht er ihr die Freude, sich wirklich zu ärgern. »Jetzt müssen wir aber los. Wir haben nicht den ganzen Tag Zeit für sinnlose Gespräche.« Mit Schwung fährt er aus der Parklücke, sodass der nachkommende Wagen gerade noch mit quietschenden Reifen bremsen kann.

»Wie ist es dazu gekommen?«, lässt sie die Neugierde nun doch fragen. »Wann haben Sie mit Frau Cooper das Date vereinbart? Sie haben doch nie allein mit ihr gesprochen.«

Er ist zu stolz darauf, ein Frauenheld zu sein, als dass er ihr die Antwort verweigern würde. »Nachdenken, Frau Kollegin, dann erst fragen«, erwidert er in seiner unnachahmlichen Art. »Sie haben mich selbst losgeschickt, um den Leibwächter noch einmal zu vernehmen, oder etwa nicht? Dabei ist mir Alice wieder über den Weg gelaufen. Das ist der Grund, warum sie auch nicht im Hotel war, als sich die LaBelle auf ihren Auftritt bei »Wetten, dass …?« vorbereitet hat. Als sie die Alte bei mir im Fernsehen gesehen hat, wäre sie mir fast aus dem Bett gefallen.«

Die Geschichte findet er auch noch in der Erinnerung äußerst amüsant. Während sich Diana insgeheim fragt, ob der schöne Carlos im Bett immer fernsieht, während er Damenbesuch hat, und ob es klug ist, mit einer Zeugin in einem Mordprozess zu schlafen, erfolgt der nächste rasche Schwenk an den Straßenrand.

»Warten Sie kurz. Ich habe ihr ja ein Abschiedsgeschenk versprochen. Ich schau schnell, ob ich in dem Laden Mozartkugeln oder etwas Ähnliches auftreiben kann. Bin gleich zurück.«

Na, der Mann hat Nerven.

»Wo bleiben Sie denn?«, fragt Diana, als er zehn Minuten später wieder in den Wagen steigt. »Wegen Ihrer dämlichen Spielchen verlieren wir wertvolle Zeit. Die LaBelle plant, heute noch nach Wien weiterzufahren. Wenn die jetzt weg ist, wenn wir im Hotel ankommen, nur weil Sie Mozartkugeln kaufen mussten, dann dreh ich Ihnen den Hals um.«

See wirft das Säckchen mit dem Geschenk auf die Rückbank.

»Kein Grund zur Aufregung. Alice hat gesagt, dass sie erst um elf Uhr losfahren.«

»Wenn die gute Alice die LaBelle nicht schon vorgewarnt hat und der Tross bereits auf dem Weg zum Flughafen ist.«

»Schwachsinn!«

Als sie die Tiefgarage des Hotels erreichen – nachdem ihnen zwei Uniformierte den Weg durch die wartenden Journalisten gebahnt haben –, ist die Diva mit Gefolge offensichtlich noch da. Jedenfalls steht Alice als Begrüßungskomitee bereit. Ihr scheint kalt zu sein, sie hat die Arme in ihrem dünnen zartrosa Jäckchen um den Körper geschlungen und steigt von einem hochhackig beschuhten Bein auf das andere. Sie muss schon länger warten. Als sie das Auto kommen sieht, stiehlt sich ein Strahlen in ihr Gesicht, das sofort wieder erlischt, als sie Diana erblickt.

Nachdem das Fahrzeug zum Stillstand gekommen ist, öffnet sie die Fahrertür. »Du bist nicht allein, *honey*?«, flüstert sie. Es hallt in der Garage, Diana versteht jedes Wort. Alice errötet.

See steigt lässig aus, tut so, als wäre es das Selbstverständlichste auf der Welt, sie vor seiner Kollegin zu küssen, und gibt ihr dann die Mozartkugeln. »Für dich zum Abschied. Alles Gute.«

Das klingt nicht wirklich romantisch, und trotzdem sagt sie ihm, wie *sweet* sie das findet. Und wie *sweet* sie ihn findet. Diana grinst spöttisch. »Süß« wäre so etwa das letzte Eigenschaftswort, das ihr im Zusammenhang mit ihrem Kollegen einfallen würde. Doch sein Charme trägt Früchte. Die Assistentin greift in ihre Jacke und zieht die gewünschte Perücke mit genau den kleinen, dichten, grauen Locken hervor, wie sie Anni Kaserer beschrieben hat.

»Die kannst du behalten, *honey*. Caro braucht sie nicht mehr. Komm, setz sie schon auf, ich bin neugierig, wie du damit aussiehst.«

»Weißt du was? Ich glaub, ich habe es mir anders überlegt.« Anstelle ihr zu danken, greift er nach der Perücke, steckt sie in einen durchsichtigen Plastiksack der Spurensicherung und sperrt sie ins Auto.

»Was machst du da? Was soll das bedeuten, *honey*?«

Die junge Frau ist sichtlich verwirrt, doch See nimmt darauf keine Rücksicht. Er ist offiziell im Dienst. *»Let's go!«*, sagt er und marschiert mit energischen Schritten in Richtung Ausgang.

Diana folgt ihm. »Könnte es vielleicht sein, dass sich die Frau von Ihnen ausgenützt fühlt? Könnte es sein, dass –«

»Das kann Ihnen doch vollkommen egal sein. Sie wollten die depperte Perücke, und ich habe sie für Sie organisiert. Und zwar ganz ohne Hausdurchsuchungsbefehl. Legal. Geschenkt, wie ich es vorausgesagt habe.«

Wunderbar. Sie beschließt, darüber kein weiteres Wort mehr zu verlieren. Es würde ohnehin nichts ändern. »Wichtiger als die Perücke ist das Geständnis«, sagt sie stattdessen.

See, der zwei Schritte vor Diana herläuft, hinter der wiederum die ratlose Assistentin auf hohen Stöckelschuhen trippelt und weder Deutsch noch die Welt versteht, bleibt abrupt stehen. »Herz in der Hose?«, fragt er mit spöttisch hochgezogener Augenbraue.

»Besser als das Hirn«, erwidert Diana.

## 64

Als sie das Dachgeschoss erreichen, treffen sie auf eine äußerst ungehaltene Diva.

»Wo treibst du dich nur wieder herum, Alice? Sind die Koffer gepackt? Geh sofort zu diesem Direktor hinunter und sage ihm, er soll mir bei der Abreise die lästigen Medienleute vom Leib halten. Ich beabsichtige, nicht ein einziges Interview zu geben. Er soll dafür sorgen, dass ich unbemerkt das Hotel verlassen kann.« Erst jetzt sieht sie, dass ihre Assistentin nicht allein gekommen ist. »Na, schau mal einer an, Besuch. Guten Morgen, Frau Kommissarin.« Sie wendet sich an See: »Und wer ist dieser gut aussehende Mann?«

Die Diva macht keine Anstalten, sich von ihrem Polstersessel zu erheben, sondern schwingt das rechte Beim auf den benachbarten Sessel, um es hoch zu lagern. Hätte Diana noch ein Indiz für ihre Theorie gebraucht, hätte sie es jetzt. Doch eine Kette von Indizien reicht nicht aus, um einen Fall gegen die besten amerikanischen Anwälte zu gewinnen.

Alice verlässt das Zimmer, um den Wunsch, nein, den Befehl ihrer Chefin auszuführen. Noch ein wehmütig zärtlicher Blick zum schönen Carlos hinüber, aber der sieht sie schon lange nicht mehr, sondern macht stattdessen ihrer Arbeitgeberin schöne Augen. Wenn auch mit ganz anderen Hintergedanken.

»Mein Name ist Inspektor See, Madam«, erklärt er in seinem besten Englisch, mit seinem charmantesten Lächeln und mit, man möchte es kaum glauben, der Andeutung einer Verbeugung.

Fehlt nur noch ein Handkuss, meldet sich Dianas spöttische innere Stimme zu Wort.

Der Kommissar küsst zwar nicht, doch er flirtet weiter, lächelt charmant und spart nicht mit Komplimenten. Bezeichnet sich als ihren langjähriger Fan, redet von großer Freude und Ehre.

Die Diva lächelt wohlwollend, Diana mechanisch. Anscheinend hat See für sich die Rolle des »guten Bullen« in Anspruch genommen, der mit der Verdächtigen ganz bewusst ein angenehmes Gesprächsklima aufbaut. Eine Rolle, die bei Vernehmungen gemeinsam mit ihrem Wiener Kollegen Hannes immer ihr zugefallen war. Diana wartet ab, ob sie ein zweiter guter Bulle sein darf oder ob sie den für sie ungewohnten »bösen Bullen« spielen muss.

Die Verbindungstür wird vom Nebenzimmer aus aufgerissen: »Mam, bitte vergiss nicht – oh!« Der Leibwächter Bert erkennt die beiden Polizisten und kommt ihnen mit einem freudigen Lächeln entgegen. »Guten Morgen, meine Herrschaften! Wie schön, Sie beide wiederzusehen. Darf ich fragen, was uns am Tag unserer Abreise noch einmal die Ehre verschafft?«

»Wie geht es Ihnen?«, erkundigt sich der Kommissar, statt eine Antwort zu geben, und geht ganz in seiner leutseligen Rolle auf.

»Oh, danke, uns geht es allen gut, jetzt, da Caro wieder gesund und munter in unserer Mitte weilt. Unser Aufenthalt in Linz war wirklich ein größeres Abenteuer, als wir uns das vorgestellt haben. Aber bitte, möchten Sie nicht Platz nehmen?«

See kommt der Einladung sofort nach. Beiläufig nimmt er seinen Stuhl und rückt ihn in die Nähe der Zimmertür, während Diana ihren Stuhl so stellt, dass sie die Verbindungstüre im Auge behalten kann.

»Wir hätten da nur noch ein paar kurze Fragen zum Abschluss«, sagt nun auch sie freundlich und lächelt in die Runde. Allerdings spricht sie wie selbstverständlich deutsch. »Es wird nicht lange dauern, dann wissen wir alles, was wir brauchen. Zuerst aber möchte ich Ihnen, Ms. LaBelle, schöne Grüße von Frau Kaserer ausrichten.«

»*The officer wants to …*«, beginnt der Leibwächter zu übersetzen.

Doch die Schauspielerin antwortet zeitgleich schon instinktiv auf Deutsch: »Vielen Dank, das ist wirklich nett von Ihnen.«

»*But …*« Bert ist sichtlich erstaunt, um nicht zu sagen entsetzt darüber, dass seine Arbeitgeberin die Kommissare ganz offensichtlich verstanden hat.

»Sie brauchen sich nicht mehr zu bemühen, Frau LaBelle hat ihre Muttersprache nicht verlernt. Mit Frau Kaserer haben Sie sich ja auch blendend auf Deutsch unterhalten, nicht wahr?«

»Ach, lassen Sie mich doch in Ruhe!« Die Diva reagiert äußerst ungehalten. »Wenn Sie so viel Schmach in diesem Land erlitten hätten wie ich, dann würden Sie auch meinen Schwur verstehen, die deutsche Sprache nie wieder zu verwenden und all das, was einmal war, zu vergessen.«

»Oh, das tut mir leid zu hören. Und was genau wollten Sie vergessen?«, erkundigt sich See in mitfühlendem Plauderton.

Diana hält die Luft an. So hätte sie die Vernehmung auf keinen Fall begonnen. Die Diva wird Lunte riechen und jede weitere Antwort verweigern. Und wenn sie die Lunte nicht riecht, dann ganz bestimmt Bert. Diana soll recht behalten. See allerdings auch.

Es ist so mühsam, gute Arbeit zu leisten, wenn man sich mit seinem Partner nicht absprechen kann beziehungsweise wenn der ständig glaubt, seine eigene Suppe kochen zu müssen. Ein eingespieltes Team hätte die Rollen vorher verteilt, hätte eine Strategie festgelegt und nicht nur ein gemeinsames Ziel, sondern auch einen gemeinsamen Weg verfolgt. Herrgott, wie lange wird es noch dauern, bis sie mit diesem Kollegen ein eingespieltes Team sein wird? Wenn überhaupt.

Wahrscheinlich ist es gescheiter, sofort nach Aufklärung dieser Fälle die Teams neu zusammenzusetzen, geht es ihr durch den Kopf, während sie mitfühlend lächelt und wartet, ob und was die Diva antworten wird. So kann ich jedenfalls nicht weitermachen. Mit diesem unmöglichen Menschen will ich künftig nicht mehr unmittelbar zusammenarbeiten müssen. Und je früher ich etwas daran ändere, desto besser.

»Das habe ich vergessen, das ist zu lange her«, lautet inzwischen die Antwort der Schauspielerin. Die LaBelle klingt jetzt nicht mehr wie eine Diva, sondern wie ein trotziges kleines Kind.

»Das verstehe ich, das verstehe ich«, sagt der schöne Carlos gütig, beugt sich nach vorn und schaut ihr direkt ins Gesicht. »Darum möchte ich Ihrem Erinnerungsvermögen gern ein wenig auf die Sprünge helfen, wenn Sie gestatten. Ich, als Ihr großer Fan«, als er sich die Hand aufs Herz legt, wird Diana schon vom Zusehen übel, »interessiere mich schon lange für Ihr Leben. Darum habe ich recherchiert.«

»Aber diese Mühe hätten Sie sich doch nicht machen müssen, mein Guter«, lächelt sie ihn an. Ist sie geschmeichelt? Erschrocken?

Aber der Gute hat ja auch nicht recherchiert, sondern ich, denkt Diana. Doch es passt zum schönen Carlos, dass er sich ohne jeden Skrupel mit fremden Federn schmückt.

»Sie waren damals ein wunderschönes junges Mädchen, erfolgreich, ihre Anhänger haben Sie vergöttert.«

»Darf ich fragen, worauf Sie hinauswollen?«, fragt nun der Leibwächter dazwischen, der noch immer neben seiner Arbeitgeberin steht, als hätte er selbst in diesem Hotelzimmer das Bedürfnis, sie zu beschützen.

»Unterbrich ihn doch nicht, Bert, der Herr Inspektor hat ja mit allem recht, was er sagt.«

Carlos lächelt wieder. Diana findet nicht, dass es ein angenehmes Lächeln ist, aber sie lässt ihn weitermachen in der Hoffnung, dass er weiß, was er tut. Jedoch immer bereit, einzugreifen, sollte es notwendig sein.

»Vielen Dank.« See verbeugt sich abermals. Wieder mit seiner Hand auf seinem Herzen.

Die Diva lehnt sich in ihrem Sessel zurück und scheint sich etwas zu entspannen.

»Doch obwohl Sie von allen vergöttert und von vielen jungen Männern umschwärmt wurden, hatten Sie nur Augen für einen, für Ihren Bernd!«

Die Diva fährt wie vom Schlag getroffen auf. »Was wissen Sie von Bernd Wernher?«

»Nur das, was damals in den Zeitungen stand«, antwortet er harmlos. »Sie waren so ein schönes Paar, das schönste von ganz Wien. Selbst auf den Fotos von damals kann man Ihnen beiden Ihre Liebe ansehen. Sie haben so gut zusammengepasst.«

»Ja, wir waren wirklich ein schönes Paar«, bestätigt die Diva und lächelt bei der Erinnerung daran. »Aber ich wusste gar nicht, dass damals etwas darüber in der Zeitung stand. Wir mussten es geheim halten, es war ja eine andere Zeit.«

Diana beginnt, Sees Vorgangsweise mit weniger Skepsis zu verfolgen. Er hat die Diva nicht nur dazu gebracht, zu bestätigen, dass sie Grundlsee kannte, nein, sondern dass sie auch ein intimes Verhältnis miteinander hatten.

»Verzeihen Sie, *officer*, aber Frau LaBelle hat jetzt wirklich keine Zeit mehr für alte Geschichten. Die Pflicht ruft. Wir müssen in Kürze aufbrechen.« Der Leibwächter wird zunehmend unruhig und deutet auf seine große goldene Armbanduhr.

»Nun gut, dann möchte ich mich kurz fassen.« See ist immer noch die personifizierte Zuvorkommenheit. »Es muss Sie sehr getroffen haben, als Ihr Bernd, der Bernd, den Sie über alles liebten, Sie eiskalt sitzen ließ, als Sie schwanger wurden, nicht wahr? Und dass er darüber hinaus diese gemeine, vernichtende Kritik über Ihr Debüt am Burgtheater schrieb, als Sie sich von dem ersten Schock halbwegs erholt hatten.«

»Und darum«, nimmt Diana jetzt den Faden auf, »haben Sie Bernd Wernher alias Bernd Werner Grundlsee am Donnerstagabend vom Mariendom gestürzt.«

»Hat sie nicht!«, ruft der Leibwächter aus, nein, er brüllt vielmehr. »Sie hat ein wasserdichtes Alibi. Sie war bei mir im Hotel. Mit Migräne, ich habe ihr –«

»Beruhigen Sie sich. Frau LaBelle hat bereits ausgesagt, dass sie am Donnerstag nicht im Hotel genächtigt hat. Sie hat auch eine Zeugin dafür genannt, Anni Kaserer, die ihre Aussage bestätigt hat.«

Die Diva sieht zu ihrem Leibwächter hinauf. »Du hast mir ein Alibi gegeben? Wie lieb von dir.« Sie tätschelt seine Hand. »Schade, dass ich das nicht wusste.«

»Aber Frau LaBelle ist viel zu schwach, um einen erwachsenen Mann über die Brüstung zu heben«, bemüht sich der Leibwächter zu retten, was noch zu retten ist.

Doch die Schauspielerin winkt ab. »Es hat keinen Sinn mehr, Bert. Die beiden wissen über alles Bescheid. Und ich habe Erfahrung darin, zu wissen, wann der Vorhang gefallen ist. Hier«, sie streckt See beide Arme entgegen, »legen Sie mir Handschellen an. Ich bin bereit, Ihnen zu folgen.«

»Warum gerade jetzt, Frau LaBelle? Warum nach all den vielen Jahren?«, will Diana noch wissen.

»Frau Kommissarin, ich denke, Sie wissen die Antwort längst.

Ihr Kollege hatte recht damit, dass ich ein Kind erwartete. Ein uneheliches Kind. In der damaligen Zeit war das eine Katastrophe.«

Oh ja, das weiß Diana nur zu gut aus Hazels Erzählungen. Sie selbst ist ja auch so eine Katastrophe gewesen.

»Es war undenkbar, dass ich das Kind austrug. Der Skandal hätte meine Zukunft und meine Karriere ruiniert, und das wollte meine ehrgeizige Mutter nicht zulassen. Ich habe geweint, ich habe gebettelt, aber sie hat mich zu einer Engelmacherin nach Holland geschleppt. Sie hat den Zeitungen weisgemacht, ich hätte einen Reitunfall gehabt. Einen Reitunfall! Ich bin mein Lebtag nicht auf einem Pferd gesessen. Seit damals kann ich keine Kinder mehr bekommen, obwohl ich mir immer sehnlichst ein Kind gewünscht habe. Und schuld an meiner Misere war einzig und allein dieser Kerl. Verführt mich, hängt mir ein Kind an, und dann schreibt er auch noch dieses bösartige Pamphlet.« Sie ist weiß geworden wie die Wand hinter ihr. Der stechende Blick und das dunkle Rot ihrer Lippen treten umso stärker hervor.

»Aber warum gerade jetzt?«, lässt Diana nicht locker.

»Weil er seine Memoiren schreiben wollte und angekündigt hat, dunkle Geheimnisse von Prominenten ans Tageslicht zu zerren. Das konnte ich nicht zulassen.« Sie schüttelt den Kopf, die Lippen eng aufeinandergepresst. »Nicht nach all dem, was ich durchgemacht habe.«

»Frau Caroline Schönhuber alias Caro LaBelle«, Karl-Heinz See steht auf und geht zur Schauspielerin hinüber, »ich verhafte Sie wegen Mordes an Bernd Wernher. Bitte kommen Sie mit. Sie haben selbstverständlich vom Landeskriminalamt aus die Möglichkeit, einen Rechtsanwalt und eine weitere Person Ihres Vertrauens anzurufen.«

Diana hebt eine Hand. »Einen Augenblick noch!« Sie wendet sich an den Leibwächter. »Da Frau LaBelle am Abend des vergangenen Donnerstags nachweislich nicht bei Ihnen im Hotel war, haben Sie nunmehr kein Alibi. Auch der Hotelangestellte, der sie beide gesehen haben wollte, ist nicht mehr glaubwürdig. Ich frage Sie daher: Wo waren Sie am Donnerstag zwischen einundzwanzig Uhr dreißig und zweiundzwanzig Uhr dreißig?«

Das ist der Teil ihrer Erkenntnis, in den sie See bisher nicht eingeweiht hat. Er selbst hat dem Leibwächter vor wenigen Tagen einen Persilschein ausgestellt, hat ihn für ganz und gar unschuldig befunden. Da ist es nur recht und billig, dass sie ihn nun überrascht. Kurz hat es den Anschein, als wolle See ihr ins Wort fallen, dann aber schaut er sie zum Glück nur erwartungsvoll an.

»Warum möchten Sie das wissen, Frau Kommissarin? Der Mord an diesem Dichter ist doch jetzt leider geklärt.«

»Aber der Mord am Studenten Stefan Stösser ist es noch nicht.«

»Stefan Stösser, wer soll das sein?«

»Der junge Mann, nach dem Sie sich beim ›Tagesblatt‹ erkundigt haben, wie Sie selbst meinem Kollegen gegenüber zugegeben haben. Der junge Mann, den Sie nachweislich um zweiundzwanzig Uhr ins ›Cleese‹ bestellt haben, um ihm angeblich einen Job zu vermitteln. Der Mann, der faul und dumm genug war, eine fünfzig Jahre alte Kritik abzuschreiben und als seine eigene in die Zeitung zu setzen.«

Der LaBelle scheint ein Licht aufzugehen. »Ach, darum!«, sagt sie mehr zu sich selbst als zu den anderen. »Jetzt verstehe ich es wenigstens.«

»Jetzt verstehen Sie was?«, fragt Diana.

»Alles. Und das ist gut so.«

»Aber warum sollte ich den Praktikanten einer Zeitung töten?« Der Leibwächter schüttelt den Kopf über so viel Phantasie. »Ich bin für den Schutz und die körperliche Unversehrtheit meiner Arbeitgeberin zuständig. Mir kann es doch egal sein, ob sie sich über Kritiken ärgert.«

Diana schaut zu See hinüber, der mit den Schultern zuckt. Wo er recht hat, hat er recht, scheint sein Blick zu sagen, und: Jetzt schau halt selbst, wie du aus dem Schlamassel wieder herauskommst.

»Aber Stössers Kritik war keine normale Kritik, sondern im Wortlaut genau die gleiche Kritik, mit der Bernd Wernher Frau LaBelle dereinst den seelischen Todesstoß versetzt hat. Der Mann, der sie als junge Frau so bitter enttäuschte, dass sie ein Leben lang mit Hass an ihn dachte. Hass, der sie schließlich zur Mörderin werden ließ. Und das wissen Sie genau.«

Der Schwarze zuckt mit den Schultern. »Und wenn es so wäre? Als Leibwächter hat mich das alles nicht zu interessieren.«

»Als Frau LaBelles Leibwächter vielleicht nicht«, bestätigt Diana mit ruhiger Stimme, »aber als ihr ergebener Sohn schon.«

## 65

Als die Kollegen in Uniform, die nahe dem Hotel gewartet haben, die beiden eine halbe Stunde später abführen, schaut Diana erstmals an diesem Tag auf die Uhr. Es ist zehn vor elf. Schon! Sie reißt ein Blatt Papier vom Block, den das Hotel auf dem Schreibtisch für seinen Gast bereitgelegt hat, und schreibt, so schnell sie kann: »Caro LaBelle und ihr Leibwächter haben die Morde gestanden.« Sie steckt den Zettel ein, dann beeilen sie und See sich, ins Landeskriminalamt zurückzukommen.

Der Herr Oberst will nicht länger mit dem schon überfälligen Beginn der Pressekonferenz warten. Wenn die Kommissare See und Pölz nicht da sind – was eine ungeheure Frechheit ist, er wird sie die Konsequenzen spüren lassen, darauf können sie sich verlassen! –, dann wird er eben allein den versammelten Medienleuten die frohe Kunde mitteilen, dass sowohl der Mordfall Stösser als auch der Mordfall Grundlsee von ihm, ja, vor allem von ihm persönlich, in Rekordzeit aufgeklärt worden sind. Natürlich unter Mithilfe seiner Mannschaft, das wird er nicht verschweigen. Vielleicht.

Selten ist der Presseraum des LKA so rammelvoll gewesen. Unzählige Radiomikrofone mit bunten Emblemen darauf sind auf ihn gerichtet. Alle wichtigen österreichischen Sender sind dabei. Grundlsee war zwar kein Star von Weltruf wie die LaBelle, aber doch bekannt genug, dass sich sogar Mikrofone aus Deutschland und der Schweiz auf dem Rednertisch befinden. Blitzlichtgewitter, Kameras, die ihn in Großaufnahme einfangen. Das gute Gefühl von Wichtigkeit macht sich im Oberst breit.

»Meine Damen und Herren, ich danke Ihnen für Ihr Kommen. Es ist bei allem Ernst der Geschehnisse auch ein erfreulicher Anlass, der Sie zu uns geführt hat, denn ich kann Sie über die Aufklärung von zwei der spektakulärsten Mordfälle der letzten Jahre informieren.«

Die Tür neben dem Rednertisch wird geöffnet, und Diana

und See betreten den Raum. Sie sind die Treppe hinauf- und die Flure entlanggerannt. Ihre Wangen sind gerötet, beide sind reichlich außer Atem, und doch versuchen sie, einen möglichst ruhigen Eindruck zu erwecken. Sie blicken in die Runde, nicken kurz und nehmen dann rechts und links von ihrem Chef auf den freien Stühlen Platz. Der Oberst schweigt währenddessen. Verärgert, aber klug genug, seinen Mitarbeitern nicht vor laufenden Kameras eine Rüge zu erteilen.

Diana schiebt den vorbereiteten Zettel zu ihm hinüber. Einen kurzen Moment lang befürchtet sie, dass er ihn ignorieren wird, also tippt sie zur Bekräftigung mit dem Finger auf die Zeilen. Der Herr Oberst liest, stutzt, schaut sie überrascht an. Sie nickt. Er schaut zu seiner anderen Seite, vergewissert sich, dass See ihm die ungeheuerliche Nachricht ebenso bestätigt, was dieser umgehend tut. Also räuspert sich der Herr Oberst laut und vernehmlich und sagt, als sei alles schon immer so geplant gewesen: »Und nun wird Sie Frau Kollegin Pölz, die Leiterin der Abteilung ›Leib und Leben‹, über die wichtigsten Details informieren.«

So kommt es, dass Diana ihren ersten wichtigen Auftritt vor den Augen und Ohren der Linzer Öffentlichkeit mit Bravour meistert. Natürlich bricht umgehend nach ihren Erklärungen der erwartete Wirbel los, und unzählige Fragen prasseln auf sie und See ein. Wenn sich Prominente etwas zuschulden kommen lassen, dann ist das für die gierige Meute immer ein besonders willkommenes Fressen. Und bei Mord ist das Interesse sowieso am allergrößten. Die Journalisten sind wegen einer mittelwichtigen Nachricht gekommen, haben wahrscheinlich erwartet, vertröstet zu werden, und werden nun mit einer Schlagzeile für Seite eins nach Hause gehen. Für manche von ihnen ist das sogar eine besondere Genugtuung, so schnappen sie den Medienleuten, die seit Tagen das Hotel der Schauspielerin belagern, die Sensation vor der Nase weg.

»Aber wie hat sie es geschafft, Grundlsee über die Brüstung des Doms zu heben? Dafür ist sie doch viel zu zart«, lautet die skeptische Frage eines norddeutschen Journalisten.

»Sie haben recht«, geht Diana sofort darauf ein. »Doch auch

wenn die Schauspielerin zart ist, ist sie doch gut trainiert. Seit Jahren hat sie mehrmals täglich Unterricht in Shuai Jiao erhalten, einer asiatischen Kampfsportart, bei der man lernt, den Gegner in hohem Bogen auf den Rücken zu werfen. Ursprünglich war das Training wahrscheinlich zur Selbstverteidigung gedacht, entpuppte sich nun aber auch anderweitig als nützlich.«

»In hohem Bogen?«

»In hohem Bogen.«

»Kann es nicht sein, dass ihr Trainer ihr bei der Tat geholfen hat?«, fragt der nächste Journalist.

»Nein, der Mann hat für die Tatzeit ein wasserdichtes Alibi. Er hielt einen Vortrag im Linzer Asia-Center.«

»Wie hat sich die LaBelle Zutritt zu dem Turm verschafft?«, will eine Reporterin wissen, die Diana schon aus ihrer Wiener Zeit kennt.

»Es ist ihr offensichtlich gelungen, sich den Schlüssel zu beschaffen. Wie genau sie das angestellt hat, werden die weiteren Ermittlungen zeigen.«

»Aber sie hatte doch ein verletztes Knie. Damit schafft man nie und nimmer vierhundert Stufen, oder?«, fragt ein Journalist, der unüberhörbar aus Vorarlberg stammt.

»Wir gehen davon aus, dass die Verletzung vorgetäuscht war. Haben Sie die ›Wetten, dass …?‹-Sendung gesehen? Ist Ihnen eine Verletzung aufgefallen, als die Diva die Showtreppe herunterkam? Nein? Sehen Sie.«

»Wissen Sie, warum die LaBelle nach ihrer Tat nicht sofort wieder ins Hotel zurückgekehrt ist?«

»Das hatte sie anscheinend vor. Doch als sie sich aus dem Kirchenportal schleichen wollte, sah sie ihren Leibwächter beziehungsweise ihren Sohn mit der zweiten Leiche. Der Mann hatte gewusst, was sie vorhatte, und seinen Mord demzufolge zeitlich genau geplant. Ihm erschien es eine gute Gelegenheit, die Leiche seines Opfers auf diese Weise loszuwerden. Frau LaBelle war über den Anblick so fassungslos, dass sie vergaß davonzurennen. Und als die ersten Schaulustigen schneller als erwartet eintrafen, zog sie sich in die Kirche zurück, wo sie von einer Zeugin angesprochen wurde.«

»Dann hatte sie also nicht von langer Hand geplant, eine Entführung vorzutäuschen? Wir dachten schon, es sei ein PR-Gag gewesen.«

»Nein, wie es derzeit aussieht, kam die Idee spontan. Nach der Tat hatte Frau LaBelle das Bedürfnis nach Ruhe und Abstand. Sie war nachträglich entsetzt, zu erfahren, dass ihre Angestellten inzwischen die Polizei eingeschaltet und für einen großen Medienwirbel gesorgt hatten.«

»Hat Frau LaBelle auch den Mord am jungen Stösser in Auftrag gegeben?«

»Nach unseren Ermittlungsergebnissen nicht, und sie billigt diesen Mord auch nicht. Der Leibwächter hat auf eigene Faust gehandelt, weil er wusste, wie sehr Frau LaBelle die ursprüngliche Kritik gekränkt hatte, die Stösser wiederverwendet hat. Wie sehr sie und ihr Selbstvertrauen darunter gelitten hatten.«

»Der Leibwächter ist ihr Sohn, sagen Sie?«, vergewissert sich ein besonders gründlicher Schweizer.

»Richtig. Als Frau LaBelle erfahren hat, dass sie keine Kinder bekommen kann, hat sie einen zehnjährigen schwarzen Jungen aus der Bronx adoptiert.«

Der zu ihrem Ein und Alles wurde, ergänzt Diana in Gedanken. Ihrer einzigen Bezugsperson. In einer Zeit ständig wechselnder Liebhaber war er ihre einzige Konstante. Und ist es bis heute geblieben. Dankbar und treu. Zu ihrem Schutz in allen Belangen.

»Eigentlich eine traurige Gestalt«, hatte See bei der Rückfahrt ins LKA überraschend einfühlsam zu ihr gesagt. »Er hatte nie die Chance auf ein eigenes Leben. Keine Frau, keine Kinder, nur die vergötterte Mutter, die ihm nicht nur Deutsch und Manieren beibrachte, sondern auch, alles, was er tat, zu ihrem Wohlbefinden zu tun. Offenbar verstand er es sogar als Auftrag, für sie zu töten. In vorauseilendem Gehorsam.«

»Noch eine letzte Frage«, kündigt der Herr Oberst das Ende der Pressekonferenz an. »Ja, bitte, der Herr dort drüben.«

»Heißt das, die Unschuld von Hubert Grobian vom ›Tagesblatt‹ ist zweifelsfrei erwiesen?«

Der Herr Oberst nickt. »Das heißt es zweifelsfrei, Herr Grobian.« Das sorgt dann doch für etwas Aufheiterung in der angespannten Atmosphäre.

»Nachdem Sie nun alle Einzelheiten erfahren haben, meine Damen und Herren«, der Herr Oberst zieht die Aufmerksamkeit der Anwesenden von Grobian wieder auf sich, »möchte ich noch etwas sagen. Sie kennen doch die Redensart: ›*Never change a winning team!*‹? Ein überaus kluger Satz, dessen Richtigkeit sich auch in Zukunft wieder beweisen wird.«

Alle Anwesenden nicken zustimmend, nur zwei verharren starr. Sie sitzen auf dem Podium.

»Aus diesem Grund«, setzt der Herr Oberst fort, »wird das bewährte Team Pölz und See auch den nächsten spektakulären Mordfall gemeinsam lösen. Seit heute Morgen sind wir in St. Florian mit einer bisher noch ungeklärten Tat konfrontiert. Da hat –«

Aber das ist schon wieder ein anderer Kriminalfall.